Читайте романы
примадонны иронического детектива
Дарьи Донцовой

Сериал «Виола Тараканова. В мире преступных страстей»:

Сериал «Татьяна Сергеева. Детектив на диете»:

А также:

Дарья Донцова

Стриптиз Жар-птицы

роман

Диета для трех поросят

главы из нового романа

Советы от безумной оптимистки Дарьи Донцовой

советы

Москва

Эксмо

2008

ИРОНИЧЕСКИЙ ДЕТЕКТИВ

МОЙ ЛЮБИМЫЙ ЧИТАТЕЛЬ!

В 2008 году я снова приготовила для вас сюрприз. Какой? Сейчас расскажу.

На корешке каждой моей книги, начиная с этой и заканчивая твердой новинкой октября, вы найдете букву. Если к концу года вы соберете все восемь книг, то из букв на корешках сможете составить:

Д.	Д	О	Н	Ц	О	В	А

Каждый, кто станет обладателем Великолепной восьмерки книг, получит приз — сборник моих рассказов в эксклюзивном издании (такого не будет ни у кого, кроме вас). А самых удачливых определит Фортуна. Восьмерых счастливчиков ждут ценные призы.

Участвуйте и побеждайте! Всего Вам ВЕЛИКОЛЕПНОГО!

С любовью — Дарья Донцова

«ВЕЛИКОЛЕПНАЯ ВОСЬМЕРКА ОТ ДАРЬИ ДОНЦОВОЙ» ДЛЯ УЧАСТИЯ В АКЦИИ НЕОБХОДИМО:

1. Купить все 8 новых романов Дарьи Донцовой в твердом переплете. Первая книга выйдет в марте 2008 года, восьмая книга выйдет в октябре 2008 года.

2. Собрать все книги таким образом, чтобы на корешках составленных вместе книг читалось «Д. ДОНЦОВА».

3. Сфотографироваться на фоне книг, корешки которых, составленные вместе, образуют надпись «Д. ДОНЦОВА».

4. Вырезать из каждой из 8 книг уголок с буквой, расположенный в конце книги.

5. Взять чистый лист бумаги и печатными буквами разборчиво написать: ФИО, контактный телефон, возраст, точный адрес с индексом.

6. Вашу фотографию с книгами и 8 вырезанных уголков, а также лист с вашими данными (из п. 5) вложить в конверт и отправить на 109456, а/я «Дарья Донцова» с пометкой «Великолепная восьмерка от Дарьи Донцовой».

НЕОБХОДИМЫЕ АДРЕСА, ПАРОЛИ, ЯВКИ:

1. В акции участвуют 8 новых романов Дарьи Донцовой в твердом переплете, вышедшие в 2008 году в серии «Иронический детектив» в следующие месяцы: март, апрель, май, июнь, июль, август, сентябрь и октябрь.

2. Сроки акции: 15.03.08 — 14.03.09.

3. Ваше письмо должно быть отправлено по почте до 15.01.09.

4. Адрес для отправки писем: 109456, а/я «Дарья Донцова».

5. Телефон горячей линии, по которой можно задать ваши вопросы: (495) 642-32-88. Линия будет функционировать с 1 апреля по 1 мая 2008 года и с 20 октября 2008 года по 14 марта 2009 года.

6. На ваши вопросы по акции на сайте www.dontsova.ru 16 апреля 2008 года ответят сотрудники издательства «Эксмо».

7. На ваши вопросы по акции на сайте www.dontsova.ru в апреле 2008 года ответит Дарья Донцова (следите за новостями на сайте Дарьи Донцовой).

8. Условия акции, обновления, свежие данные и т.п. ищите на сайтах: www.dontsova.ru, www.eksmo.ru.

9. Восьмерых победителей мы назовем 20.02.09 на сайтах www.dontsova.ru и www.eksmo.ru. Имена счастливчиков также будут опубликованы в книге Дарьи Донцовой и в газете «Жизнь». Помимо этого, мы известим выигравших восемь ценных призов по указанным контактным телефонам.

10. Призы будут отправлены до 14.03.09.

А ТЕПЕРЬ О САМОМ ГЛАВНОМ — О ПРИЗАХ[1]:

1. Гарантированный приз — сборник рассказов Дарьи Донцовой в эксклюзивном издании — получает каждый участник, выполнивший все (!) условия, указанные выше в разделе «**Для участия в акции необходимо**».

2. 8 призов — 8 сертификатов магазинов бытовой техники и электроники на сумму 15 000 рублей каждый — получают 8 (восемь) человек, которые выполнили все (!) условия, указанные выше в разделе «**Для участия в акции необходимо**», и чьи письма вытащит из барабана Дарья Донцова.

НЕОБХОДИМЫЙ P.S.:

Восьмерых счастливчиков, которые окажутся победителями, узнает вся страна!

Ваши фото с любимыми книгами будут напечатаны на форзаце одной из книг Дарьи Донцовой в 2009 году.

Вам есть за что побороться! Участвуйте в акции «Великолепная восьмерка», собирайте библиотеку любимых книг, получайте призы, и пусть у вас всегда будет много поводов для хорошего настроения!

С уважением,
Издательство «Эксмо»

---

[1] Призы не подлежат обмену на денежный эквивалент. Издательство берет на себя выплату налогов с приза.

Стриптиз Жар-птицы

роман

Глава 1

Внутри каждого яблока спрятан огрызок. А в любой женщине непременно притаилась красавица, но порой никто ее просто не замечает...

Я вышла из метро и попыталась продышаться. Только не надо напоминать мне, что московский воздух — коктейль из токсинов, тяжелых металлов и окиси углерода. Если сорок минут трястись в подземке, то потом даже смог на Садовом кольце покажется упоительно сладким. Однако я вдруг начала кашлять — в последнее время ко мне привязалась невесть откуда взявшаяся аллергия. И тут я увидела очень симпатичного мужчину, который с явным интересом смотрел на меня. Обычно я не знакомлюсь на улице, более того, будучи некогда женой милиционера, я очень хорошо знаю: в нашем городе можно легко нарваться на криминальную личность, так что не следует заговаривать с незнакомцами. Ну, если только подсказать растерявшемуся туристу дорогу. И все же, согласитесь, явный интерес, читаемый в глазах идущих навстречу мужчин, женщину как-то бодрит. То же и со мной, Виолой Таракановой, — у меня и в мыслях нет заводить роман, но ощущение того, что я еще не вышла в тираж, радует. Вон сколько вокруг юных, ярких девушек, а шикарный блондин уставился на меня разинув рот. Похоже, он сражен наповал. Я сегодня действительно замечательно выгляжу, да и одета самым достойным образом, как раз вчера купила себе светло-розовое пальто. Абсолютно непрактичное приобретение — стоит пару раз прокатиться в муниципальном транспорте — и его можно выбрасывать, оно покроется невыводимыми пятнами, — но я не смогла удержаться. Зато выгляжу я сейчас, словно модель с обложки журнала. А еще я с утра сделала макияж и красивую прическу, потому что сегодня ездила в издательство сдавать рукопись (для тех, кто забыл, напомню: госпожа Виола Тараканова является одновременно и Ариной Виоловой, автором детективных романов, довольно известных в определенных кругах). Кстати, с очередной книгой я успела почти вовремя, задержка на десять дней не в счет, и на данном этапе я весьма довольна собой. Итак, я красива, отлично одета, молода, талантлива, и, ясное дело, парень, не сводящий с меня взгляда, почти лишился чувств от восторга. Ба, да он решил взять инициативу в свои руки! Ну надо же, отпихнул какую-то старшеклассницу, натянувшую на себя, несмотря на осень, супермини-юбчонку, и, широко улыбаясь, идет прямо ко мне. Нужно срочно сделать злобный вид, чтобы потенциальный кавалер понял: шикарная особа не испытывает ни малейшего желания общаться с посторонними!

Красавец приблизился почти вплотную, на моем лице помимо воли поселилась улыбка. Нет, конечно, я абсолютно не собираюсь кокетничать, просто выслушаю комплименты и сурово отвечу: «Не даю номер телефона незнакомым людям». Хотя такое заявление звучит глупо: знакомым номер давно известен, так что если кому-то и давать телефон, то как раз незнакомым.

Пока эти мысли крутились в моей голове, мужчина откашлялся и глубоким баритоном произнес:

— Здравствуйте!

— Добрый день, — кивнула я и повернула голову, очень хорошо зная, что в профиль смотрюсь наиболее выигрышно.

— Меня зовут Александр, — продолжил блондин

и, представляясь, вежливо поклонился. — Вот, увидел вас в толпе и сразу понял...

Тут на него напал кашель. Мне бы следовало воспользоваться возникшей паузой и быстро уйти, но ведь неприлично убегать, не дав собеседнику выговориться! Пусть уж сообщит мне о том, какое впечатление я произвела на него, а потом, когда красавчик, покраснев от смущения, закончит «выступление», я гордо скажу, отвечу, заявлю... э... однако парню давно пора прекратить кашлять и продолжить речь! У него что, туберкулез?

— Простите, — заулыбался наконец блондин, — целый день на улице провожу, слегка простыл.

— Понятно, — кивнула я.

— Так вот... — Парень приободрился и завел: — Ваш вид! Внешность! Лицо! Короче говоря, звоните! Главное — понять, что это необходимо! Держите! Совсем не страшно! И ничего стыдного нет!

Я машинально взяла протянутый листочек и запоздало удивилась: что, так теперь принято — сунуть женщине открытку и застыть рядом, уставившись на объект обожания?

— Вы прочитайте! — бодро продолжал блондин. — Хоть нас и обучали на специальных курсах, но у меня хорошо говорить не получается. А над текстом профессор потрудился, этот... как его... стилист!

Мое удивление выросло до размеров небоскреба. О чем толкует потенциальный кавалер? Я уткнулась в крупный шрифт и прочла следующее:

«Новое лицо к Новому году. Начните январь обновленной. Сейчас у вас грыжи под глазами, глубокие морщины, старческие пигментные пятна, оплывший овал лица? Короче говоря, глядя утром на себя в зеркало, вы испытываете ужас и хватаетесь за косметичку? Надеетесь выглядеть моложе при помощи тональной пудры, корректора и румян? А зря, от слоя косметики ваша кожа станет только хуже, и в конце концов вы будете похожи на печеное яблоко. Мы предлагаем вам революционное обновление внешности. Новое лицо — новая жизнь — новые заботы. Безразрезная и бесшовная подтяжка мышц — метод глубокой прошивки. Торопитесь! Запись всего один раз в году, количество мест в клинике ограничено».

В первую секунду я поморщилась. Текст составлен из рук вон плохо! Эти повторения прилагательного «новый»: «Новое лицо к Новому году», «обновленной»... Следовало отдать сей опус редактору! Вот моя Олеся Константиновна никогда бы не пропустила столь явной ерунды. А заявление: «новое лицо — новая жизнь — новые заботы»? В особенности радуют последние. Их что, обещают вкупе с красивой внешностью? Кроме того, слово «бесшовная» пишется не через букву «з»! Удивительная безграмотность! Похоже, составители рекламы плохо учились в школе. Вот я отлично помню правило: если корень слова начинается на...

— Скидка пятнадцать процентов! — вдруг заявил блондин.

— Вы о чем? — не удержалась я от вопроса.

— Если вы отдадите листовку на ресепшен, услуги обойдутся вам намного дешевле, — зачастил красавчик. И добавил: — Причем скидка распространяется на все, в том числе и на пересадку волос... э... на голове.

Это дополнение вызвало у меня улыбку. А куда еще можно пересадить волосы? На ноги, что ли? Неужели есть на свете женщины, которые с восторгом побегут на подобную операцию! Я уже хотела высказать вслух все, что думаю об идиотской рекламе, и только тут сообразила: минуточку, молодой человек вовсе не собирался приставать ко мне с комплиментами и выпрашивать у меня номер телефона! Кретин просто раздает визитки клиники, которая проводит омолаживающие процедуры! И из всего потока дефилирующих по улице теток он выбрал МЕНЯ? С какой стати?

— С ума сошел? — искренне возмутилась я. — Еще бы липосакцию предложил!

Дурак снова кашлянул раз-другой, и на его лице появился восторг.

— Вау! — взвизгнул он. — Я чегой-то стесняюсь о жироотсасывании шуршать, хотя на курсах объясняли: все бабы о похудении мечтают! А вы молодец! Уважаю! Смело про свои проблемы рубите! Ща, уно моменто...

Не успела я моргнуть, как блондин сунул мне под нос другую бумажонку. На сем рекламном шедевре черным по белому стояло: «Революционная методика увеличения бюста путем использования отходов липосакции. Убираем лишнее, превращаем ненужное в необходимое. Нужна ли вам толщина в районе бедер? Нет? Желаете иметь сексуальную грудь восьмого размера? Легко сделаем из материала клиента! Никакого отторжения! Во время вмешательства получите удовольствие, без боли и наркоза. Гарантия на всю жизнь».

На долю секунды я растерялась. Зачем мне бюст устрашающей величины? Думаю, с ним крайне неудобно ходить. Он просто перевесит госпожу Тараканову, я буду постоянно падать. К тому же у меня на бедрах не найти такого количества жира, чтобы из него получилось два футбольных мяча. Хотя, если быть совсем объективной, в верхней части моих ног начинают намечаться «уши»... Неужели крохотный дефект столь заметен посторонним?

И тут я разозлилась, быстро-быстро изорвала листочки в мелкие клочки и швырнула их на тротуар. Вообще говоря, я категорически не одобряю людей, засоряющих улицы, никогда не кидаю мусор мимо урны, но в этот момент напрочь забыла о хороших манерах.

— Мерзавец! — с вызовом сказала я блондину. — На себя посмотри! Натуральная белая мышь в обмороке!

— Скидочку можно увеличить, — совершенно не

обиделся болван. — Потом передумаете, локти кусать станете, у нас временная акция!

Я развернулась и отточенным шагом двинулась в сторону маршрутного такси. Слава богу, малоприятный тип не побежал за мной. На пути мне попался магазин с зеркальными стеклами, я невольно посмотрела на себя и приуныла. Пальто цвета поросенка, страдающего анемией, не подходит мне, а вертикальные складки вместо того, чтобы зрительно удлинить фигуру, парадоксальным образом ее уменьшили. А под глазами темнеют синяки, верхние веки того же цвета, я напоминаю очковую мартышку. Видели когда-нибудь это симпатичное человекообразное с крохотной мордочкой и почти черными кругами, сходящимися у носа? Вылитая я!

В сумочке завибрировал мобильный.

— Алло, — мрачно сказала я.

— Вилка! Приветик! — прокудахтал голосок.

— Добрый день, — ответила я, не понимая, кто находится на связи.

— Что ты делаешь? — продолжала женщина.

— Стою на проспекте.

— Ой, ты прям как Андре! Спросишь у него: «Милый, где находишься?» — он живо ответит: «В машине».

— Дана? Ты? — обрадовалась я.

— Кто ж еще! — воскликнула приятельница. — Не узнала? Здорово! Не звонишь сто лет... Конечно, ты у нас писательница! Небось звездишь без остановки? Презентации, автограф-сессии...

Лучшая защита — нападение. Похоже, моя старинная знакомая Дана Колоскова отлично усвоила сей незамысловатый постулат. В прежней жизни, когда мы с Томочкой считали себя неразлучными подругами[1], я преподавала детям немецкий язык, и Дана наняла

---

[1] Читайте книги Дарьи Донцовой «Черт из табакерки» и «Зимнее лето весны», в них рассказано, как началась и завершалась дружба. Издательство «Эксмо».

меня для своего сына Андре, милого мальчика, но самозабвенного двоечника. Не успела я первый раз войти в квартиру, как хозяйка моментально усадила меня за стол, налила прекрасный кофе и сообщила кучу подробностей о своей жизни. На самом деле Дану зовут не по-российски красиво — Данунция. Еще шикарнее звучит ее девичья фамилия — Гарибальди. Поглощая аппетитные булочки с корицей, Дана безостановочно говорила:

— Слышала про того Гарибальди[1], революционера из Италии? Видишь сейчас перед собой его родственницу.

— Ну надо же! — изумилась я.

Дана, явно обрадованная моей реакцией, добавила скорости беседе, и через четверть часа я была в курсе, что ее муж Альберт пишет книгу, сын Андре юный безобразник и никого не желает слушаться (похоже, весь удался в дальнего родственника, борца с угнетателями итальянского народа), свекровь Жозя разводит птичек, пернатые летают по дому и роняют перья в кофе. А еще, стрекотала Данунция, хорошо бы уехать из Москвы за город, но дела не позволяют, она же работает, а на досуге делает бижутерию, в основном бусы, которые продает коллегам и их знакомым.

Я слегка ошалела под лавиной информации, но, когда попыталась пойти в детскую, чтобы заниматься с Андре, Дана меня не отпустила. И все наши дальнейшие «занятия» всегда выглядели одинаково: едва я появлялась на пороге, Дана мгновенно хваталась за кофейник. В комнате у мальчика я так и не побывала. Андре сам приносил на кухню учебник, и, пока мать двоечника болтала, я живо делала ему домашнее задание. Навряд ли такое времяпрепровождение можно назвать полноценным уроком. В конце концов мне стало стыдно брать у Данки деньги, и я отказалась от

---

[1] Джузеппе Гарибальди (1807—1882) — революционер, народный герой Италии.

ученика. Но наши отношения не прервались, мы с родственницей Гарибальди активно общались, а я по-прежнему писала для Андре сочинения на тему «Летние каникулы» или «Родной город». Стихийно возникшему приятельству немало способствовал тот факт, что мы жили в соседних домах. А кроме того, Дана изумительно готовила, из нее вышел бы отличный повар.

Потом я и Томочка вышли замуж, переехали на новую квартиру, и мое общение с Данкой сократилось. Почти каждый день забегать в гости стало невозможно, но мы периодически перезванивались. Правда, в последний раз мы беседовали давно, больше года назад. И вот сейчас я слышу из трубки веселый голосок. Похоже, Данка не изменилась — за пару минут она успела выложить все свои новости: муж Альберт ее бросил, выросший Андре женился и вместе с женой живет в Италии, где у Гарибальди есть родственники. Наверное, Дана забыла, что я об этих обстоятельствах хорошо знаю.

— Я наконец-то вернула себе девичью фамилию. На фиг мне Колосковой быть, — пулеметом строчила Данка. — И очень хорошо, что Алик исчез из моей жизни, теперь это не моя забота. От него были одни расходы — пить начал, а мне завидовал. Я же бизнесмен, а он типа никто! Слава богу, он другую нашел, уже год как смотался. Ну да ты это знаешь! Жозя, конечно, осталась со мной. Ты можешь приехать?

— Куда и зачем? — попыталась выяснить я.

— Видела тебя тут по телику, — тараторила Дана. — Горжусь безмерно, всем рассказываю: Арина Виолова моя лучшая подруга. Все твои книги прочитала по пять раз. Фанатею по-черному! Давай, кати сюда!

— Да куда?

— В Евстигнеевку! Неужели забыла?

— Прости, да, — ответила я чистую правду.

— Вилка, ты чего? — возмутилась Дана. — Это дача Жози!

Я напряглась, из глубин памяти выплыло воспоминание о большом, старом деревянном доме, в котором на разные голоса скрипели рассохшиеся полы. Жозя, свекровь Даны, была очень гостеприимна, летом она зазывала к себе всех: подруг, знакомых, коллег сына и невестки.

— Мы теперь постоянно живем в Евстигнеевке. Я же тебе рассказывала о ремонте, — вещала Дана. — Сделай одолжение, приезжай! Очень надо, ей-богу! Прямо сейчас!

Я заколебалась. Может, принять приглашение? По крайней мере, Данка до отвала накормит меня вкусностями. К тому же дома меня никто не ждет, рукопись сдана, в городской квартире, несмотря на теплую погоду, царит дикий холод — отопление пока не включили, а в Евстигнеевке имеются печи.

— Хорошо, приеду, — приняла я решение. — Но ближе к вечеру.

— Ты на машине? — спросила Гарибальди.

— Нет, — вздохнула я.

— Дуй сейчас же на вокзал, — поторопила меня Данка, — через сорок минут пойдет электричка. Если успеешь на нее, встречу тебя на станции. Ну?

— Не могу же я ехать за город в розовом пальто!

— Почему? — изумилась Дана.

— И у меня нет с собой даже зубной щетки.

— Ну и ерундища лезет тебе в голову! — незамедлительно отбила и эту подачу подруга. — Кати как есть. У меня найдется и пижама, и пуховик, и мыло с мочалкой.

Но я все равно пребывала в сомнениях, и тут Дана тихо сказала:

— Вилка, ты мне срочно нужна, беда случилась!

— Я уже в пути, — ответила я, — встречаемся у первого вагона. Станция Манихино?

— Верно! — обрадовалась Дана. — Но лучше садись в конец состава.

Глава 2

— Ну, сильно я изменилась? — спросила Дана, заводя мотор не совсем новой, но вполне приличной иномарки.

Похоже, материальное положение моей подруги за время, прошедшее с нашей последней встречи, не стало хуже, а может, даже улучшилось. Вон какой дорогой мобильный торчит у нее на поясе в специальном креплении — трубка ярко-красного цвета с отделкой из натуральной кожи, вся в стразах. Словно подслушав мои мысли, аппарат начал издавать звуки.

Дана вытащила его и поднесла к уху.

— Да, да, едем, — сказала она и вернула мобильный на место.

Я улыбнулась. Дана верна своей привычке: она легко теряла сотовые телефоны, а потом придумала прицеплять их к поясу цепочкой.

— Так как, сильно я постарела? — кокетливо поинтересовалась Дана.

— Нисколечко, — улыбнулась я. — Ты у нас как настоящая стратегическая тушенка, которая хранится полвека без ущерба для качества.

— Скажешь тоже! — хихикнула Дана. — Вот ты шикарно смотришься. А какое пальто!

— На днях купила, — похвасталась я, а затем поинтересовалась: — Почему вы до сих пор на даче? Вроде сезон закончился.

Дана сосредоточенно уставилась в лобовое стекло.

— Да понимаешь, в чем дело... Альбертик, гад, работу бросил, бухать начал. Пока Андре с нами жил, горе-папашка еще сдерживался, а как сын в Италию укатил, с цепи сорвался. У него резьбу сорвало! Короче, мы подали на развод, и тут выяснилось: все пополам делить надо. Помнишь мои проблемы? Сколько я плакала у тебя на кухне...

— Веселое было время, — пробормотала я.

— Ага, обхохочешься, — кивнула Данка. — Главное, сначала Альбертик ничего не требовал, а потом бумага от адвоката приплыла. Я не сразу сообразила, что у муженька моего баба появилась. Это ее работа, стервятины ушлой. Ну и пошла у нас битва за шмотки. В конце концов договорились: Алику городская квартира отошла, а мне дача.

— Печально, — кивнула я, — у тебя был сложный развод.

— Не, наоборот, хорошо вышло, — засмеялась Данка. — Нашу халупу помнишь? Три комнаты как три спичечных коробка, ванная похожа на мыльницу, кухня — не повернуться. Зато дачка хоть и старая, да четыреста квадратных метров, и участок полгектара, от Москвы недалеко. Мы с Жозей счастливы! Альбертик один разок выгадал момент, когда я в свой магазин в город покатила, и привез новую жену — матери показать. Ой, тут такое было! Жозя со смеху умирала, когда рассказывала! Мадам Колоскова, как фазенду узрела, сначала челюсть уронила, потом не утерпела и заорала: «Ты ж говорил, что тут сарай! Дурак! Ты хоть понимаешь, сколько здесь одна земля стоит? Обобрали тебя!»

Конечно, мы с Жозей в доме ремонт сделали, ты халабуду и не узнаешь. Вот прикатим — удивишься!

— Ты работаешь по-прежнему в магазине? — поинтересовалась я.

Дана засмеялась:

— Давно же мы с тобой не болтали! Я горжусь своей «точкой». Помнишь, я сначала бусами по знакомым торговала... А теперь собственную лавку имею и штат мастериц, я дизайн придумываю, а они изделия собирают. Есть постоянные клиенты. Например, дама по фамилии Яндарова кучу всего ежемесячно заказывает и, думаю, перепродает. Кстати, сейчас в моде крупные аксессуары, а тебе пойдут красные серьги. Ну вот, мы прибыли...

Дана щелкнула брелоком, железные ворота отъехали в сторону, машина нырнула во двор и покатила по узкой, засаженной со всех сторон кустарником и деревьями дорожке к гаражу.

— Как у вас красиво! — ахнула я. — Кто занимается садом?

— Раньше Жозя копалась, — ответила подруга, — но теперь ей трудно, только за птичками ухаживает. Раз в неделю мужик приходит, садовник. Следит за посадками, траву косит, ветки подстригает.

Продолжая болтать, Дана нажала на пульт, железные ворота гаража начали медленно подниматься вверх.

— Когда же я была тут в последний раз? — продолжала восхищаться я. — Здорово, у вас дом стоит прямо у леса!

— Ты сюда приезжала сто лет назад, — засмеялась Гарибальди. — Да и в городе мы с тобой давно не встречались.

— Дела, заботы... — пробормотала я.

— Надо взять за правило хоть раз в неделю звонить друг другу. А то вон сейчас пришлось тебе про развод рассказывать и про бизнес, — укорила Дана.

— Я великолепно помню о твоих проблемах! И об успехах тоже!

Гарибальди засмеялась.

— Память лучше лишний раз освежать.

Ворота поднялись.

— Ой, «Запорожец»! — охнула я. — Тот самый! Любовь и гордость Жози! Он еще на ходу?

— Зверь-машина, — рассмеялась Дана. — Жозя его ежедневно заводит и проверяет. Как раньше.

— Твоя свекровь на нем ездит? — поразилась я.

— Нет, конечно, — помотала головой Дана. — Но считает «Запорожец» лучшим авто на свете, его же подарил ей Матвей Витальевич. Знаешь ведь, как свекровь обожала мужа. Она даже его кабинет переделать не позволила. Помнишь, он и раньше как музей стоял, да так и остался. Везде ремонт сделали, а в кабинете Колоскова ничего не тронуто. С внешней стороны, когда на дом смотришь, это странно выглядит: повсюду стеклопакеты — и вдруг одно допотопное окно. Давай, входи, а то, кажется, дождь начинается...

Миновав просторную прихожую, коридор и холл, мы вошли в квадратную кухню-столовую. Данка немедленно бросилась к плите.

— Кофеек сейчас сварганю, — пообещала она. — Еще ватрушки имеются. Вкусные, заразы, с апельсиновыми цукатами!

— Теперь понимаю, отчего вторая жена Альбертика взбесилась, — констатировала я, удобно устроившись в кресле. — От прежней дачи ничего не осталось! Все иное, включая мебель.

— Нет, картины старые, и кабинет Матвея нетронут, настоящий музей, — уточнила Дана и засмеялась. — Да и мы с Жозей прежние. А вот и она! Мам, привет, узнаешь Виолу?

Я встала и повернулась к двери. На пороге стояла хрупкая фигурка. Жозя всегда была стройной и подтянутой, но за тот срок, что мы не виделись, она стала похожа на одну из своих любимых канареек.

— «Виола»? — растерянно переспросила Жозя. — Спасибо, я недавно обедала. Может, к ужину съем кусочек хлебушка с плавленым сыром.

Данка засмеялась:

— Ма, я не о сыре, а о Виоле Таракановой, моей подруге, а теперь писательнице. Чьи это там книжки? Вон, на подоконнике...

Я невольно посмотрела в сторону огромного стеклопакета в темно-коричневой деревянной раме и увидела стопку своих книг. Данка не пыталась сделать мне приятное, рассказывая о своей любви к детективам Арины Виоловой, она и в самом деле скупила их все.

— Это ее романы, — терпеливо продолжала Дана.

— Она их заберет? — вопросила Жозя.

— Нет, нет, оставлю, — успокоила я старушку.

— А говоришь, книжки принадлежат гостье, — нараспев произнесла Жозя.

— Виола их написала, — объяснила Данка, — она автор бестселлеров.

Жозя погрозила невестке пальцем, потом глянула на меня.

— Дануся вечно надо мной подшучивает! Я великолепно знаю, как зовут писательницу — Арина Виолова! А в гости к нам пришла Виола Тараканова...

— Мамуля, — перебила ее подруга, — вспомни: мы с тобой вчера смотрели телик. Я увидела Вилку и тебе сказала: «Гляди, Тараканова выступает!»

— Не делай из меня дуру, я имею расчудесную память! — рассердилась бабуля. — Виола Тараканова наша давняя знакомая. Здравствуй, моя милая, замечательно выглядишь, слегка повзрослела, но это ведь естественно!

— Спасибо, Жозя, — улыбнулась я. — Собственно, я теперь уже не взрослею, а старею... Ты слишком деликатна!

— А при чем тут Арина Виолова? — задала вопрос престарелая дама.

— Писательница она, — указала на меня Данка.

— У нас в столовой Виола Тараканова, — напомнила Жозя. — Никакой Арины я не вижу!

— Вилку еще зовут Виоловой, — бестолково объясняла невестка. — Они одно лицо.

Жозя наморщила лоб.

— Виола Тараканова и Арина Виолова?

— Да, — кивнула я.

— Слава богу, разобрались, — обрадовалась Данка.

— Так не бывает, — заявила Жозя. — Ох, юмористка! Ну ладно, пейте чаек, а потом приходите посмотреть на птичек, я буду в вольерной.

Шаркая уютными теплыми шлепанцами из дубленой овчины, Жозя двинулась в сторону коридора. Только тут я сообразила, что она надела свитер наизнанку — ярлычок с названием фирмы торчал на виду, а домашние тапки у старушки оказались от разных пар: на правой ноге красовалась голубая, на левой розовая.

— У Жози склероз? — спросила я, когда мать Альберта ушла.

Дана почесала переносицу.

— Не-а, все отлично. Ну забывает порой мелочи, может имена перепутать или кое-что недопонять. Но Жозя вполне здорова, я за ней в четыре глаза слежу, раз в три месяца на анализы вожу, таблетки даю. Меня врачи уверяют, что она проживет еще долго. Да и с какой стати ей помирать? Она совсем молодая, восьмидесятилетие не отметила. Скажи, она чудесно выглядит?

Последние слова Данка произнесла слишком громко, словно желая скрыть собственное беспокойство.

— Да, да, да, — закивала я, — больше пятидесяти ей и не дать. Насчет склероза я глупость сморозила.

Лицо Даны разгладилось.

— Вот и кофе, — обрадованно сказала она, — а к нему булочки, колбаска, сыр...

Я молча смотрела, как подруга мечется по кухне. Дана рано потеряла родителей и, насколько я понимаю, всю жизнь мечтала иметь большую семью, состоящую из любящих родственников. И ей повезло. Правда, не с мужем. Альберт всегда был эгоистом, он искренне считал, что супруга дура, не способная ничего добиться. Он и не скрывал своего презрения по отношению к жене, а его насмешки над Данкой вызывали у меня желание стукнуть Алика по носу. Хорошо, что он завел другую бабу и ушел от Даны!

Но вот свекровь ей досталась замечательная. Жозя всегда стояла на стороне невестки, защищала ее, как могла, подсовывала деньги из своей не слишком большой пенсии и фактически вырастила Андре. Тут, наверное, надо сделать некоторые уточнения. Андре по паспорту Андрей, на иностранный манер его с пеленок начала звать Данка, которая очень гордится своим итальянским происхождением. А Жозя по-настоящему Антонина Михайловна Колоскова. Как она стала Жозей? В этом следует «винить» внука — едва научившись лепетать, малыш принялся так называть бабушку, и с его легкой руки это имя прижилось. Так вот, спустя пару лет после свадьбы Дана твердо уверовала, что свекровь ей — самый родной человек, и с тех пор называет ее мамой. Моя подруга видит, что старушка дряхлеет, понимает: рано или поздно настанет момент, когда смерть разлучит ее с Жозей, и страшно боится неминуемого расставания.

Мы попили чаю, потом Дана спохватилась:

— Птички! Пошли скорей, Жозе не терпится похвастаться!

Я покорно потопала в вольер, который был устроен в специальном помещении. Жозя очень любит пернатых, в доме у нее всегда жили канарейки, простые воробьи, попугаи. Каким-то образом дама умеет договариваться с крылатыми — те порхали свободно по квартире, но гадили только в клетках, не портили мебель и вели себя весьма пристойно. Видно, птичкам было хорошо у Жози, и потому они постоянно пели. А на фазенде свекровь Данки держала кур, и местные бабы обивали ее порог, прося рассказать, чем та кормит несушек. Ну по какой причине у них цыпы от ветра дохнут и откладывают мелкие, абсолютно невкусные яйца, а у Жози на насесте гордо восседают красавицы, выдающие по утрам яйца размером с кулак?

— Да нет у меня никаких особых секретов! — отбивалась Жозя. — Просто кур любить надо. Утром поздороваться с ними, с каждой поболтать, о петухах посплетничать, вечером колыбельную спеть, вот и все дела...

Крестьянки вертели пальцем у виска и уходили. Окончательно считать горожанку сумасшедшей им мешал цветущий вид обитателей ее курятника. В общем, местные кумушки пришли к выводу, что Жозя прикидывается дурой, а на самом деле подсыпает-таки в корм некую чудо-добавку и просто не желает делиться секретом.

— А вот и птичник, — сказала Данка, распахивая дверь.

На секунду я оглохла и ослепла. В просторной комнате стояла жара, со всех сторон неслось оглушительное чириканье, с потолка и стен били лучи мощных ламп, в многочисленных клетках порхали разноцветные птахи.

— О! Вы пришли! — обрадовалась Жозя, сидевшая на диванчике с книгой в руках.

Оставалось лишь удивляться, коим образом пожилая дама могла отдыхать в такой обстановке. И в птичнике странно пахло — нет, не отходами жизнедеятельности разномастной стаи, а чем-то вроде лекарств.

— Смотри, Виолочка, — начала экскурсию Жозя, — вон там у меня австралийские птицы. Очень редкие! Знаешь, мне в зоопарке не поверили, когда я сообщила, что мои питомцы вывели птенцов, заявили, мол, в неволе они не размножаются. Ха! У меня самка яйца отложила и высидела их замечательно! Нравится?

— Очень, — покривила я душой, потому что чувствовала себя здесь отчего-то неважно. — А кстати, у вас ведь еще собака была, Линда...

— Да, — грустно ответила Данка, — умерла моя девочка.

— Не расстраивайся! — воскликнула Жозя. — А вот тут «гости» из Африки...

— Вы теперь увлекаетесь экзотами? — поддержала я разговор, очень надеясь, что экскурсия вот-вот завершится.

— А ну перестань! — вдруг воскликнула Жозя и бросилась к одной из клеток. — Только вчера приехал, а уже хамит! У нас так в семье не принято, изволь жить со всеми в мире!

Неожиданно мне стало совсем плохо — в носу защипало, в горле запершило, и, что называется, в зобу дыханье сперло.

— Ты как? — шепотом спросила Данка.

Я попыталась ответить, но не сумела выдавить из себя ни звука. Гарибальди быстро выволокла меня из птичника в прихожую и живо распахнула входную дверь.

— Спасибо, — пролепетала я, хватая ртом воздух. А когда я пришла в себя и смогла говорить, то заволновалась: — Наверное, Жозя обиделась!

— Да нет, не переживай, — улыбнулась Данка. — Она как ребенок! Ей новую птичку привезли, а та оказалась с тяжелым характером. Мама вчера весь вечер сокрушалась, до чего конфликтный экземпляр прибыл.

— Где же она берет всех этих экзотов? — запоздало удивилась я.

— Был бы купец, а товар найдется, — усмехнулась Дана. — Птиц я покупаю. Сначала имела дело с частными торговцами, но, понимаешь, пернатые прибывают в ужасном состоянии, чаще всего больные либо донельзя истощенные. Привезешь клетку домой, а ее обитатель через сутки покойник. Жозя так плакала! И денег, конечно, отданных нечистоплотному торгашу, жаль. В общем, я нашла в Интернете сайт и заказываю по каталогу из Германии всяких там дроздов и синиц. Знаешь, я хоть и живу в доме с вольером, но так и не научилась разбираться в пернатых, а вот Жозя у нас — профессор! Она выбирает нужный экземпляр, я оплачиваю, и новый обитатель доставляется самолетом из Франкфурта.

— Скажи пожалуйста! — восхитилась я. — Так просто!

— Да, — согласилась подруга, — теперь стало просто: прикатываешь в аэропорт, демонстрируешь бумаги и везешь домой здорового птенчика. Кстати, ты спрашивала про мою собаку...

— Извини, — быстро сказала я, — не хотела причинить тебе боль, не знала о смерти Линды.

— Ей исполнилось пятнадцать лет, — грустно сообщила Дана, — она умерла от старости. Но я через тот же Интернет нашла щенка, завтра должен в Москву прилететь. Цвергшнауцер.

— Кто? — не поняла я. — Извини, я не очень в породах псов понимаю.

— Есть просто шнауцер, — охотно пояснила Дана, — есть ризеншнауцер, здоровенный такой, лохматый. Пожалуй, повыше стола будет...

— Господи! Зачем тебе такой мамонт? — невоспитанно перебила я подругу. Но тут же спохватилась и решила обратить некорректное замечание в шутку: — Хотя... сможешь на нем в магазин верхом ездить. Впрочем, если на полном серьезе, то охранный пес в деревне совсем не лишний.

— У нас спокойно, — отмахнулась Дана, — до сих пор двери не запираем. Но ты, как всегда, не дослушала меня. Я ведь вела речь не о великане-шнауцере, а о цверге. Ну-ка, переведи с немецкого!

— Гном, — автоматически ответила я. И засмеялась: — Гном-шнауцер. Карликовый вариант.

— Верно, — кивнула Дана, — маленький, меньше кошки. Такой славный! Вот завтра его привезу, и увидишь. Ты же можешь у нас пару дней пожить?

Я глубоко вздохнула и внезапно ощутила полнейший душевный комфорт. Давно мне не было так хорошо, ни одна будоражащая нервы мысль не лезла в голову. Рукопись я сдала, никаких обязательств не имею, в доме у Гарибальди тепло, уютно, замечательно пахнет свежими булочками и кофе, а мой мобильник молчит...

— Мы с тобой, несмотря на дружбу, ни разу не говорили о твоем творчестве, а тут я прочитала в журнале статью про Виолову, — вдруг тихо продолжила Дана, оглядываясь на плотно закрытую дверь гостиной. —

Там говорилось, что ты сначала лично раскрываешь преступление, а уж потом пишешь книгу. Скажи, это правда?

— Ну, в принципе да, — кивнула я. — Иногда мне, правда, кажется, что сюжеты лучше придумывать, но господь обделил меня фантазией. А вот рассказать о реальном случае получается очень здорово.

Данка встала, приоткрыла дверь, заглянула в коридор, потом осторожно захлопнула дверь и заговорила, еще больше понизив голос:

— Боюсь, Жозя услышит, еще волноваться начнет. Тут беда приключилась!

— С тобой? — насторожилась я.

Данка помотала головой.

— Знаешь, иногда происходит цепь случайностей, а потом соображаешь: их судьба специально подстроила. Понимаешь?

— Пока нет, — удивленно ответила я.

Дана села в кресло и поджала ноги. Голос ее стал непривычно серьезным.

— Мы с тобой в последнее время мало общались, даже звонить друг другу перестали, а тут еду в метро, гляжу, девчонка книгу читает, на обложке фото писательницы, написано — «Арина Виолова», и я сразу узнала тебя. Мне так интересно стало! Когда вышла на улицу, к лотку с газетами и книгами побежала, а там несколько твоих детективов продается. Купила из любопытства и, что называется, подсела. Все позвонить тебе собиралась, высказать восхищение, да дела мешали. Магазин, мастерицы... Аксессуарами сейчас многие торгуют, надо крутиться, чтобы выжить. Знаешь, какую я феньку придумала? Украшение из птичьих перьев! Но не о бизнесе речь. Видишь, как получилось: сначала я твои книги приобрела, потом газету о тебе прочитала, а вчера по телику увидела. Тут я и поняла: не случайно все это, надо к тебе обратиться. Ты же мне поможешь, а?

— Непременно, если сумею понять, в чем проблема, — так же шепотом ответила я. — Ты расскажи все по порядку...

Глава 3

Не сразу, но мне удалось разобраться в ситуации. К сожалению, Данка не умеет говорить кратко и емко, поэтому пришлось потратить много времени, задавая подруге вопросы. Но в конце концов в темном тоннеле забрезжил свет, картина произошедшего стала проясняться.

Гарибальди живет в деревне. Да, да, в прямом смысле слова — дом стоит не в охраняемом поселке, а в самом обычном селе. Если вы купили себе коттедж за общим забором, то очутитесь в компании людей примерно одного с вами достатка. А вот в деревне классовое расслоение крайне велико. Данка со своим свежеотремонтированным домом, худо-бедно вертящимся бизнесом и иномаркой считалась в Евстигнеевке ну очень богатой. Местные бабы улыбались Дане, а за глаза шипели, исходя ядом:

— Везет же некоторым! Ни черта не делает, а рубли в таз сгребает. Лишь о себе заботится — сын за границей, мужа нет, живет вдвоем с бабкой. Повозилась бы, как мы, на огороде с утра до ночи, попряталась бы от мужика-алкоголика в овраге, потащила бы на горбу пятерых детишек...

Тем не менее бабы частенько прибегали к Гарибальди с просьбами:

— Даночка, дай сотенку до зарплаты, мой ирод детское пособие пропил!

Дана, почему-то испытывавшая чувство вины перед селянками, охотно вытаскивала кошелек. А попрошайки, живо сообразив, что она не только обеспеченна, но и глупа, увеличили размер кредитов. Счет пошел уже не на сотни, а на тысячи.

Через некоторое время Дана поняла: ее попросту

используют. И деньги просят, и охотно приходят в гости с голодными отпрысками — поужинать, и никогда не возвращают долгов. Прозрению способствовал разговор, свидетельницей которого Дана стала совершенно случайно, решив зайти в местный магазин за хлебом. До того дня Гарибальди никогда не заглядывала в сельпо, привозила продукты из Москвы, но в тот вторник она забыла купить в городе хлеб и, подумав, что местный «нарезной» тоже сойдет, поспешила в лавку.

Дело было летом, Дана побежала за покупкой, нацепив босоножки на каблуках. Каблуком зацепилась о какой-то камень да шлепнулась прямо под открытым окном продмага. Она не ушиблась, улыбнулась лишь своей неловкости, начала подниматься, коря себя за то, что надела неуместную в деревне обувь, и тут из окна до нее донеслись голоса.

— Бери колбасу, — хрипло предложила продавщица, — свежая, утром привезли.

— Не надо, — ответила Таня Ларюхина, главная местная сплетница. — Макарон насыпь!

— Чегой-то ты перестала «Докторскую» брать? Вегетарианкой заделалась? Здоровенькой помереть решила? — засмеялась торговка.

— Да не! Зайду к этой дуре Гарибальди и пожру сервелату, — объяснила Ларюхина. — Чего зря деньги тратить, когда у ней задарма угоститься можно! Я и конфеты детям теперь не беру. Едва завоют: «Мамка, сладкого хочем», — отправляю их к Данке. Ступайте, мол, ребята, к соседке, у ней и трескайте шоколадки.

— Ваще денег не считает! — подхватила лавочница. — В долг дает по первой просьбе!

— Видать, средств много, раз не жаль, — отметила Татьяна. — Харитоновы за ее счет давно бухают.

— Вот идиотка!

— Ваще без ума!

— А уж страшная!

— Потому и мужика потеряла.

— Говорят, сын ее бросил, не захотел с матерью-транжирой жить.

— Да ты че?! Вот интересно! Откуда ж у ней бабки?

— Хрен ее знает! Наверняка ворует. По-честному таких денег не заработать, — подвела итог беседе продавщица.

Хлеба Данка в тот день не купила. Вернулась домой и сразу полезла под душ — ей захотелось отмыться от грязи. Едва она вышла из ванной, как в дверь позвонила Ларюхина и, как всегда, мило улыбаясь, проворковала:

— Даночка, чего поделываешь? Пусти сериальчик по хорошему телику поглядеть, на большом экране лучше, чем по спичечному коробку.

Гарибальди прищурилась:

— Наверное, и от бутерброда с колбаской не откажешься?

— Если угостишь, то с удовольствием, — согласилась сплетница.

— Деток дома оставила? — усмехнулась Дана. — Как же они без шоколадных конфеток спать пойдут?

Лицо Ларюхиной вытянулось.

— Ты о чем?

— Надоело вас кормить! — рявкнула Дана. — Больше не шляйтесь! Придется тебе самой колбасу покупать, на меня больше не рассчитывай, пришел конец лафе. И остальным передай: банк закрыт, а долги пора возвращать!

Узнав, что дойная корова перестала давать сливочки, местные жители обозлились и принялись мстить. Сначала в саду у Гарибальди оборвали цветы, потом некто вывалил ей под дверь тачку с навозом... Вот после этого случая в село приехала милиция и арестовала за хулиганство Петра, сына Ларюхиной.

— Я ничего не делал! — орал парень, когда его тащили в отделение.

— Надо Данке стекла камнями побить! Красного

петуха пустить! Черепицу расколотить! — возмущались приятели Пети.

Но потом в село вернулась заплаканная Танька, побежала по соседям, и народ попририх. Идиотка Дана оказалась вовсе не дурой. По периметру ее участка и над входом в дом, как выяснилось, установлены видеокамеры, и Ларюхиной продемонстрировали «кино»: Петя выливает на ступени коровье дерьмо.

— А еще есть записи, как Дана деньги в долг давала, — всхлипывала Татьяна. — Ейный адвокат сказал: «Теперь никто не отвертится, вернете все до копеечки». О как! А еще она вчера оружием обзавелась, оформила по закону. Если кого во дворе без приглашения увидит — пристрелит, и будет вроде права. Нарушение границ частной собственности!

Петр получил два года условно, местное население притихло, к Данке и Жозе больше никто не лез. Более того, все стали невероятно вежливы с ними, но ни молодая, ни пожилая хозяйка уже не желали ни с кем дружить. Исключение было сделано только для Насти — учительницы местной школы и жены ее директора. Милая, интеллигентная, легко краснеющая даже от намека на грубое слово Анастасия частенько прибегала к Дане почаевничать.

Некоторое время назад Гарибальди заметила, что та плохо выглядит, похудела и осунулась. Не выдержала, спросила:

— Ты не заболела?

— Нет, все нормально, — вяло ответила Настенька.

— Худеть решила? — не отставала Данка. — Вот глупость — диетами себя мучить!

— Да не до диеты мне, — вымученно улыбнулась Настя.

— А юбки сваливаются! — воскликнула Гарибальди. — И от торта отказалась, а он домашний, мой фирменный.

— Меня от сладкого тошнит, — призналась подруга.

— Ой! Ты беременна! — подскочила Дана.

Настя молча опустила голову. И тут Гарибальди, не являющаяся образцом тактичности, решила пошутить и ляпнула:

— А кто папочка младенца? Он знает о твоем положении?

Дане вопрос казался «юморным», она ожидала, что Анастасия рассмеется и ответит: «Ну ты даешь! Ясное дело, дед Сергей! Я давно состою в связи с местным бомжом, обожаю пьяниц и придурков!»

Но Настя отреагировала иначе. Глаза ее мгновенно наполнились слезами, она прижала руку ко рту, потом сдавленно прошептала:

— А ты откуда знаешь? Уже в деревне болтают?

— О чем? — изумилась Дана.

— Ну... обо мне... и... вообще... — мямлила учительница.

Дана изумилась:

— Погоди, ты что имеешь в виду?

Настя разрыдалась и рассказала невероятную историю. Они с Леонидом, едва поженившись, стали мечтать о ребенке, но малыш никак не получался. Супруги испробовали народные средства, помогающие зачатию, затем обратилась в медцентр. Специалисты провели множество анализов и вынесли вердикт: здоровы оба. Вопрос: «Почему же тогда Настя не беременеет?» — повис в воздухе.

Два месяца назад Леонид уехал в Москву и задержался там на три дня. Настя решила съездить к супругу, благо это недалеко. Хорошо проведя время в столице, она села на последнюю электричку и отправилась домой в Евстигнеевку.

Когда она сошла в Манихине, уже стемнело. Рейсовый автобус вечером не ходит, и Настя побежала напрямик через лес. Тут-то на нее и напали, стукнули по голове. Учительница упала, потеряла сознание, а когда очнулась, поняла: у нее не только украли сумочку и пакеты с покупками, но еще и изнасиловали.

В полном шоке Настя добралась домой, проревела до утра и решила никому не сообщать о случившемся. В деревне люди памятливые, сто лет пройдет, а внуки местных кумушек будут повторять: «Это случилось в тот год, когда чужой мужик над учительницей надругался».

Поэтому, чтобы не стать притчей во языцех, Настя решила все скрыть.

— Дурочка! — вспылила Данка. — А милиция на что?

Настя безнадежно махнула рукой:

— Наш участковый под каблуком у жены, а его Наташка в магазине за прилавком стоит. Только я принесу заявление, сплетни птицами полетят.

— А Леня о том случае знает?

— Нет, — прошептала Настя. — Мужчины ведь ревнивы... Вдруг еще уйдет от меня? Со всех сторон тридцать восемь получается! Если обращусь в милицию — в школе проблемы начнутся, родители будут кляузы в район строчить, что-нибудь про развратную училку писать, Леня обозлится. Нет, я воды в рот набрала. А месяц назад поняла, что беременна...

— Здорово! — обрадовалась Дана. — Вы же так хотели малыша! Наверное, Леонид на седьмом небе.

— Он не в курсе, — шмыгнула носом Настя.

— Ты не сообщила о беременности мужу?

— Нет!

— Ничего не понимаю, — растерялась Гарибальди.

Настя посмотрела на нее исподлобья.

— Мы долго лечились, но результаты — ноль. А потом меня изнасиловали и... По срокам получается, что отец не Леня.

— Вау! — выпалила Данка. — Слушай, наплюй! Родится ребеночек, станете жить счастливо.

— Сначала я тоже так подумала, — пролепетала Настя, — но вскоре другие мысли в голову полезли. Мы с мужем похожи — оба светловолосые, голубоглазые, невысокие.

— И что? — перебила ее Гарибальди.

— Тут повсюду стройки... — продолжила Настя. — Кто меня мог изнасиловать? Местные жители? Маловероятно, здесь спокойно. К тому же наши парни в основном по водке специализируются, нажрутся — и спать. А вот гастарбайтеры... Если это был какой-нибудь выходец из Средней Азии, то на свет родится смуглый ребенок восточного типа, у них генетика сильная. Что Леня подумает?

— М-да... — крякнула Дана. — Подожди, ведь вполне вероятно, что отец украинец или белорус, их тут теперь тоже масса.

— Вот я все и сомневаюсь... — Настя заплакала. — Я теперь понимаю — проблема была в Лене. Представляешь его реакцию? Если жена от другого забеременела, а от него не могла, значит, он с дефектом. И еще: вдруг это мой единственный шанс стать матерью?

— Ну и дела... — протянула Данка.

А Настя вытерла глаза рукавом платья, открыла сумочку, вытащила из ее недр листок и молча протянула Дане.

— Что это такое? — изумилась та и развернула бумажку.

«Знаю все. Молчание стоит пять тысяч долларов. Если через неделю не получим деньги, о вашей тайне узнают все».

— Ужас, да? — прошептала Настя. — Кто-то в курсе!

— Ни в коем случае не плати! — взвилась Дана. — Иначе никогда не избавишься от шантажиста!

— Нет, лучше отдам то, что он требует, — не согласилась учительница.

— Пойми, гад не успокоится, пока не вытащит из тебя все до копейки, — справедливо заметила Гарибальди. — Сделай аборт и, если сукин сын сообщит

Леониду правду, спокойно возражай: «Вокруг полно сумасшедших, я не беременна».

— Лишиться долгожданного малыша?! — с ужасом спросила учительница.

— Тогда расскажи обо всем мужу. Ты же не изменяла ему, стала жертвой насилия.

— Потерять Леню? — заплакала Настя. — Он ведь меня бросит!

— Так что делать? — воскликнула Гарибальди.

— Одолжи мне денег, — попросила Настя. — Я верну. Накоплю и отдам.

— Ну уж нет! — топнула ногой Данка. — Ради твоего же блага не дам! Объяснись с Леней!

— Спасибо за совет, — кивнула та, — непременно обдумаю его.

После ухода подруги Дана так и не сумела уснуть. С одной стороны, она была уверена, что поступила совершенно правильно: если протянешь шантажисту палец, он не только руку, но и полтуловища отхапает. С другой — Настя уходила крайне удрученной. С третьей — пять тысяч долларов большая сумма, а у Гарибальди средства вложены в бизнес. С четвертой — Анастасии следовало помочь. С пятой...

Впрочем, вполне хватило и уже перечисленных причин, чтобы всю ночь провертеться под одеялом. Слегка вздремнуть Дане удалось лишь под утро, но забытье оказалось недолгим. Над Евстигнеевкой полетели вопли, истеричный женский плач, визг.

Уж на что Дана не желала связываться с соседями, но даже она выскочила на улицу и спросила у местных баб, толпившихся на дороге:

— Что случилось?

— Настя повесилась! — заголосили тетки. — Училка наша, директорская жена! В сарае удавилась, оставила записку: «Прости, милый, никому не верь, я любила одного тебя». Ой, говорят, она мужика завела! А Леонид Палыч их застукал!

Дане стало дурно. Держась за забор, она вернулась домой и упала на кровать. Ну что мешало ей вчера пообещать подруге денег.

Анастасия бы успокоилась. А Гарибальди без промедления следовало кидаться к Леониду и объяснить ситуацию, в которую попала его супруга. Леня интеллигентный, мягкий человек, он бы все правильно понял! А так получается, что Дана толкнула подругу в петлю...

— Ты не виновата! — быстро сказала я. — И вовсе не обязана брать на себя ответственность за чужую судьбу.

— Настя просила помощи, а я не смогла дать ей нужный совет!

— Она хотела не совета, а денег. Кстати, совсем не маленьких. У тебя их могло и не быть, — решила я утешить Дану.

— Надо было отправиться в банк и взять ссуду, — мрачно возразила она, — а я прочитала ей лекцию и спокойно отпустила домой.

— Ты не виновата!

Дана отвернулась к окну.

— Ты абсолютно не виновата! — с жаром повторила я. — Кто-то узнал об изнасиловании. Может, подглядывал из кустов... Хотя вполне вероятно, что в шантаже замешан сам насильник. Сначала надругался над учительницей, а потом, сообразив, что она боится поднять шум, решил еще и руки нагреть. Вот гад! Думаю, он из местных. Гастарбайтеры на такое не пойдут, они пугливы. Даже если кто-то из них изнасиловал женщину, просто убежал бы, и все. Шантажировать не стал бы, побоялся. Да и текст записки явно написан человеком, для которого русский язык родной. Нет, здесь точно поработал кто-то свой...

— И мне очень хочется его найти, — перебила меня Дана, — может, поможешь?

Глава 4

На следующее утро, около восьми, в комнату, где я спала, вошла, держась за голову, Дана.

— Вилка, дрыхнешь?.. — протянула она. — Впрочем, прости за идиотский вопрос. О, как мне плохо!

Подруга со стоном рухнула в стоящее у стены кресло.

Я села и участливо спросила:

— Мигрень?

— Ужасная, — прошептала Данка.

Потом вдруг резко вскочила, кинулась к окну, распахнула его и перегнулась через подоконник. По моим ногам побежал холодный ветер. По утрам в сентябре зябко, да еще сегодня моросил мелкий противный дождь.

— Осторожно, не упади, — сказала я.

— Мы на первом этаже, — уже нормальным голосом ответила Дана, — лететь недалеко.

— Все равно не следует висеть вниз башкой, — не успокаивалась я, — только хуже станет, иди ляг в кровать. Погода меняется, вот твои сосуды и отреагировали.

Данка закрыла окно и упала в кресло.

— От воздуха легче. В моей спальне дышать нечем, я себе после ремонта комнату в мансарде оборудовала.

— Под крышей? — удивилась я. — На втором этаже у вас пустая спальня.

— Хотела тишины, — призналась подруга. — И потом... э... пойми меня правильно... на второй этаж ведет широкая, удобная деревянная лестница, а выше — винтовая.

— И что? — не поняла я.

Дана схватила со спинки салфетку, накинула ее себе на лицо.

— Свет резкий, — пожаловалась она. — Жозе по

отвесным ступенькам туда не залезть. Ее комната внизу, у нее ноги болят и с равновесием плохо, на второй этаж старушка еще залезает, а дальше никак. У Жози была подруга, Люся, та в семьдесят сломала шейку бедра и скончалась. У мамы с той поры страх, она уверена, что такая травма смертельна, хоть я ей и повторяю: нынче просто сустав заменяют, через месяц после хирургического вмешательства старички сайгаками скачут. Не верит. Я очень люблю Жозю, встаю ежедневно в шесть, чтобы в магазин к открытию прирулить, пробки же на дорогах. Выспаться удается только в понедельник, в мой выходной. А Жозя вскакивает с птичками в пять, и ей ничего не стоит пришлепать в мою спальню — на циферблат она не смотрит — и с самыми лучшими побуждениями объявить:

«Я кофе сварила. Хочешь чашечку?»

Жозя беспокоится о моем здоровье. Я люблю утром пить кофе с молоком, а вечером какао. Только из города приеду, возьмусь за банку, а она тут как тут, с заявлением: «Какао плохо для твоей головы!» Вот я и нашла выход. Оборудовала себе спальню в мансарде и там же некое подобие кухоньки устроила: чайник, небольшой холодильник, шкафчик с запасами. Только пойми меня правильно! Я очень, очень люблю Жозю, она мне как мать и...

— Можешь не продолжать, — усмехнулась я, — ты в поисках покоя устроилась на самом верху, куда по винтовой лестнице старушке не добраться.

— Да, — глухо ответила Дана и сняла салфетку. — Фу, как мне плохо. Извини, только-только жаловалась на Жозю, а сама выдернула тебя из-под теплого одеяла на заре.

— Ерунда, — покривила я душой, — я уже проснулась. Чем могу помочь? Хочешь, сделаю завтрак? Только честно предупреждаю, повариха из меня никудышная, яйца всмятку не заказывай! Еще ни разу, даже если стою над кастрюлей с часами в руках, не удалось получить твердый белок и жидкий желток. Отчего-то постоянно выходит наоборот!

— Это же невозможно, — неожиданно улыбнулась Дана, — белок всегда сварится раньше.

Я развела руками:

— Прости.

— Я не хочу есть, вопрос в другом.

— Говори. С остальным я легко справлюсь, — опрометчиво пообещала я.

— Ты же водишь машину?

— Да, но сейчас временно осталась без автомобиля. Джип вернула старым издателям, купила малолитражку, да неудачно. Живо продала ее, заказала в салоне новую и пока передвигаюсь пешком. Ты же знаешь последние события моей жизни[1], я вчера рассказала вам с Жозей про свой развод.

Данка кашлянула и вздрогнула.

— Ой, головой двигать не могу! Поняла, тачки у тебя нет. Но права имеются?

— Конечно.

— Можешь скатать на моей коробчонке в аэропорт?

— В принципе да. А зачем?

— Собачку встретить.

— Кого? — изумилась я.

— Вечером я говорила тебе о цвергшнауцере, он сегодня прилетает из Франкфурта.

— Ага! — вспомнила я.

— Щенка надо забрать.

— Я сумею?

— Конечно, это элементарная процедура, — забубнила Дана. — Все оплачено, вот нужные бумаги,

---

[1] Как Виола разошлась с мужем и порвала с ближайшей подругой Тамарой, рассказано в книге Дарьи Донцовой «Зимнее лето весны», издательство «Эксмо».

зал номер семь, там отдашь квитки и получишь Мусеньку.

— Цвергшнауцера кличут Мусей? — засмеялась я. — Не слишком пафосно.

— Вообще-то она Беатриса Каролина Третья Гросс Шлосс из Эттинга, — пояснила Дана. — Но я посмотрела на фото и сразу поняла: прилетит Муся. Полное имя лишь для выставки. Уже купила ей розовую подстилку, шлейку со стразами и миску с надписью «Girl».

— Думаю, Муся устроится на ночлег в твоей кровати, и личный матрасик ей не понадобится, — вздохнула я. — Давай ключи. Вот только одна проблема... Хоть я и имела когда-то дома живность, но недолго, животных не понимаю и слегка побаиваюсь. Правда, кошек меньше, чем собак.

— Это ты зря, — с явным трудом выговорила Гарибальди, — киски непредсказуемы, а когти у них острее бритвы, с псом легче договориться. Так в чем незадача?

— Твоя фон баронесса третья меня не укусит? Посажу ее на сиденье, а она на меня набросится... Мало ли чего собачине покажется, еще кинется и сожрет водителя!

Данка расхохоталась и опять рванула к окну. Высунувшись по пояс на улицу, она оттуда сказала:

— Мусе два с половиной месяца, она чуть больше апельсина и намного меньше буханки черного хлеба. В столь нежном возрасте щенята обожают окружающих и кидаются на людей только с желанием поцеловаться. К тому же Мусю выдадут тебе в перевозке, специальном боксе. Умостишь его на заднее сиденье — и рули спокойно.

— Вот и отлично, — успокоилась я. — Не волнуйся, доставлю твою собачку в лучшем виде.

До аэропорта я докатила без особых приключений. И зал, в котором происходит выдача живых посылок, обнаружила легко.

Симпатичный молодой человек в форме таможенника внимательно изучил бумаги и сухо произнес:

— Подождите, пожалуйста, сейчас привезут клетку.

Я опустилась в кресло и начала перелистывать один из журналов, лежащих на стеклянном столике. Через пятнадцать минут мне надоело читать про лаковые сапоги и модные береты, и я уже начала подумывать, не спросить ли у служащего, куда подевалась собака, но тут послышался грохот, железная дверь в дальнем конце комнаты распахнулась, и в помещение вкатилась тележка, на которой громоздилась здоровенная ярко-голубая конструкция из пластика.

— Получите — распишитесь, — бойко проорал парень в комбинезоне, толкавший каталку. — Тяжелая, зараза!

Я разочарованно опустила взгляд в журнал. В зале находилось еще несколько человек, и в голову мне пришло: наверное, кто-то выписал себе слона. Отчего я была столь уверена, что сейчас привезли не Мусю? Объясняю: навряд ли экономные немцы посадят крохотного щеночка в перевозку, которая по размерам обогнала «Газель».

— Госпожа Гарибальди, получите груз, — сказал офицер.

Я мирно перелистывала страницы с фотографиями.

— Данунция Гарибальди, ваш заказ прибыл! — не успокаивался таможенник.

— Сколько можно ждать? — возмутился сидевший на диване мужчина в пальто. — Я пришел сюда час назад!

— Пока госпожа Гарибальди не заберет клетку, я не могу заниматься другим делом, — отрезал парень в форме.

— Где же она, эта чертова баба? — взвился мужчина.

— Если получатель отсутствует, увезите животное и обратите свое драгоценное внимание на других людей, — ехидно заметила блондинка, скучавшая в кресле.

— Данунция Гарибальди! — надрывался таможенник. — Идите сюда!

Я отложила глянцевое издание.

Очевидно, я прокукую тут сутки, пока вынесут Мусю. Ну почему получательница слона не торопится? Минуточку! Выкрикивают же фамилию Данки...

— Здесь! — заорала я и рванулась к стойке.

— Проснулась! — прошипел скандалист в пальто. — Доброе утро!

Не обращая внимания на ядовитое замечание, я улыбнулась таможеннику.

— Вот, — профессионально вежливо заявил офицер, — ваш груз. Уносите.

Я икнула:

— Как? В руках? Простите, но это невозможно.

Парень прищурился, потом сделал выразительный жест пальцами правой руки, указательным и большим.

— Договоримся, киса, — пообещал он. — Куда пинать перевозку? Авто имеется?

— А почему упаковка такая большая? — сообразила спросить я.

Таможенник пожал плечами:

— Мое дело выдать прибывшее соответственно предъявленным документам. Проверять присутствие отсутствия будете?

Нет, все-таки хорошо, что в моей жизни когда-то был майор Олег Куприн. Нормальному человеку фраза про «присутствие отсутствия» может показаться по меньшей мере странной, но я, бывшая жена мента, элементарно разбираюсь в подобных пассажах.

— Непременно, — кивнула я. — Давайте выведем прибывший контингент в свободно ограниченное пространство накопителя и произведем предусмотренные правилами действия: осмотр единицы перевозимого имущества живого состояния.

Офицер улыбнулся. Он явно почуял в клиентке родственную душу, поэтому решил проявить заботу — вышел из-за стола и открыл пластиковую дверь короба.

— Котеночек, — засюсюкала я, — выходи, любимая!

— Вы встречаете кошечку? — с неподдельным интересом спросила молодая женщина в кресле.

— Судя по размеру клетки, гиену, — фыркнул мужчина в пальто.

— Можно посмотреть? — не успокаивалась дамочка.

— Конечно, — кивнула я и пояснила: — Только там не гиена вовсе, а щенок. Фон барон, то есть баронесса, короче, Муся, крохотная, как гном.

Из глубины клетки высунулось нечто небольшое, черное и лохматое.

— Надо очки надеть, — засуетилась девица и начала рыться в сумке.

— Иди сюда, — поторопила я.

Но комок шерсти не пошевелился.

— Она же из Неметчины, — неожиданно приветливо сказал мужчина, — по-нашенскому ни бум-бум не понимает! С ним надо по-другому. Эй, зитцен!

— Komm, mein Herz, — сказала я. — Bitte, keine Angst[1].

— Здорово вы шпрехаете, — похвалил меня мужчина.

— Вообще-то я уже подзабыла язык, — призналась я. — Раньше без проблем говорила, а сейчас слова подыскиваю.

— Для беседы с псиной вашего запаса хватит, — приободрил меня мужчина.

---

[1] Иди, мое сердце. Пожалуйста, не бойся (*нем.*).

— Мама, — взвизгнула девушка. — Это что? Кто? Оно идет сюда!

В голосе незнакомки звучал неприкрытый ужас. Я вздрогнула, посмотрела в сторону пластмассового «дома» и мигом вспотела.

Из отверстия выползало нечто. Вернее, некто, полностью покрытый черной, сильно вьющейся шерстью. Сначала мне показалось, что собачка размером с небольшой чемодан, но, когда далее потянулись две лыжи-лапы, я сообразила: в перевозке прячется монстр.

Блондинка завизжала и бросилась за стойку рецепшен.

— Так вот ты какое, лох-несское чудище! — выпалил мужчина и со скоростью ящерицы нырнул за диван.

— Я фигею без баяна, — взвыл носильщик и рухнул под тележку.

На своих местах остались лишь я и таможенник. Меня от ужаса просто парализовало. А офицер, очевидно, отчаянно храбрый человек, продолжал исполнение служебных обязанностей.

— Прошу спокойствия, — твердо заявил он. — По документам животное — щенок двух с половиной месяцев, поэтому подвергался перевозу без намордника.

— Если ща он маленький, то страх представить, че из него вырастет, — глухо прозвучало из-под тележки.

— Документы небось перепутали, — подал голос мужчина, но из-за дивана не вылез.

— Это невозможно. Сопроводительные бумаги в порядке! — отрезал офицер.

Тут ко мне вернулась способность шевелить языком, и я прохрипела:

— Значит, в Германии ошиблись! Я ожидала цвергшнауцера, а не мамонта!

Щеночек тем временем выполз полностью и бойко встряхнулся. Я постаралась не завопить от ужаса.

Милое животное было крупнее пони и, если честно, смотрелось устрашающе.

— Цверг — это гном, — дрожащим голосом продолжала я. — А тут кто?

— Нефиговый карлик, — прокомментировал увиденное из-под тележки носильщик. — Гном кинг сайз!

— По документам «цвергшнауцер малолетний», — отрапортовал офицер. — Берите и уходите.

Щенуля медленно подошел к батарее и задрал заднюю лапу.

— Глядите! — заорала я. — Он же мальчик!

— Каким образом вы определили пол? — заинтересовался таможенник.

— Ты дурак? — не удержалась я.

Три головы высунулись из укрытий.

— Так только мальчики писают, девочки присаживаются, — решила просветить таможенника блондинка.

— И видно, чем он ссыт, — вздохнул мужик. — Впечатляющее зрелище.

— Не возьму его! — топнула я. — У нас девочка, Муся!

— Нет! — напрягся офицер. — В бумагах стоит: Беатрис Каролин Три Гросс Шлосс из Эттинга, пол не указан. Может, она, а может, он.

— Беатриса Каролина Третья, — поправила я.

— Сами почитайте, — протянул документ офицер. — И чего?

— Беатриса — женское имя, — стояла я на своем.

— Здесь «Беатрис», без «а» на конце.

— Все равно, это не для кобеля название.

— Про писателя по имени Эрих Мария Ремарк слышали? — неожиданно спросил таможенник.

— Да, — изумилась я. — Но при чем тут автор культовых романов «Три товарища» и «Триумфальная арка»?

— И кто он, мужик? — не успокаивался офицер.

— Конечно.

— А имечко «Мария» при чем? Оно бабье!

— Ремарк взял его в память о своей матери, — начала было объяснять я, но таможенник воскликнул:

— Забирайте груз, и точка! Имя тут не играет роли, назваться можно хоть табуреткой.

— Не хочу, — честно призналась я. — Отправляйте его назад.

— Это невозможно.

— Почему?

— Здесь зал прибытия.

— Как прилетел, так и улетит, — обозлилась я. — Грузите его обратно в самолет!

— Ишь какая хитрая... — растерял холодную официальность парень. — А билет? Документы? Его переоформить надо, а в мои обязанности подобная хрень не входит!

— Что же делать? — растерялась я.

— Хватай чудище, волоки в зал отлета, оплачивай расходы или выводи его за пределы аэропорта и кидай в лесу. Мне фиолетово! — заорал офицер. — Груз выдан, и чао какао! Не мешай остальным. Эй, как тебя там, с тележкой, вези свое добро.

Я вновь потеряла дар речи. И тут «пони» подошел ко мне и... поставил передние лапы мне на плечи. Из-под черных волос глянули два коричневых глаза, потом монстр разинул пасть и живо облизал мое лицо розовым языком. Пес явно пытался продемонстрировать дружелюбие, на его морде появилось некое подобие улыбки. Он словно говорил: «Прости, мама, незадача вышла. Да, я большой, но ведь не виноват в этом. Люблю тебя от всего своего шнауцерова сердца!»

Ужас прошел, я погладила гиганта по голове, почувствовала, что шерсть его нежнее шелка и больше напоминает пух цыпленка, чем собачью шкуру, и сказала:

— Пошли, Муся, не оставлять же тебя тут.

Глава 5

С некоторым трудом я запихнула Мусю на заднее сиденье (на переднее он не влезал). Клетку-перевозку я в припадке щедрости подарила носильщику. Конечно, я понимала, что короб стоит немаленьких денег, но скажите, пожалуйста, коим образом засунуть его в легковой автомобиль? Легче поступить наоборот: вкатить машину в пластиковый куб.

Парень с тележкой очень обрадовался презенту.

— Супер! — пришел он в восторг. — Давно сарай на даче поставить хотел.

Я лишь вздохнула, устраиваясь за рулем. Надеюсь, я поступила правильно. А правда, что было делать? Ну не выкидывать же Мусю? Кстати, имя совершенно не подходит цвергу-переростку, его следует звать иначе. Ладно, Дана подыщет питомцу другую кличку. А кстати, интересно, почему в доме у подруги никто не берет трубку? Я набирала номер раз десять, не меньше! Хотя Данка небось приняла таблетки от мигрени и сейчас спит. А Жозя хлопочет в вольере, занимается любимыми птичками.

— Надеюсь, тебя не стошнит? — спросила я у Муси и завела мотор. — Однако день почти прошел, я провела на таможне кучу времени! Просто с ума сойти!

Свернув на улицу, где находился дом Гарибальди, я ощутила тревогу. Что-то случилось! На дороге стоит «Скорая помощь», чуть поодаль маячит «козлик» с надписью «Милиция», а вокруг толпятся местные жители — кто в байковом халате, кто в ватниках и калошах (последние, похоже, прибежали с огорода, бросив копать картошку). Тревога сменилась страхом: что способно отвлечь российского пейзанина от сбора любовно выращенного корнеплода? Картофель — это наше все!

Я выбралась из автомобиля и бросилась к дому.

— Нельзя! — остановил меня юный лопоухий сержант.

— Я живу тут, — буркнула я и, отпихнув его, влетела в дом.

По коридору плыл резкий запах сердечных капель. Ноги принесли меня в гостиную, я с облегчением увидела совершенно живую и здоровую Жозю, сидящую на диване.

— Ой, слава богу, все в порядке! — воскликнула я. — Зачем окно открыла? Простудишься!

И тут из сада донесся незнакомый голос:

— Давай жесткие носилки! Куда на перелом мягкие припер?

Одним прыжком преодолев полкомнаты, я очутилась у подоконника и высунулась наружу.

Около кучи цветных тряпок сидела на корточках женщина в синей куртке, спину которой украшала надпись «Скорая помощь». Рядом стоял полный лысый милиционер, фуражку он держал в руке. Чуть поодаль маячил парень с носилками и несколько местных мужиков, которых, очевидно, позвали на помощь.

Мне понадобилась пара секунд, чтобы понять: груда цветных тряпок на самом деле Данка, прикрытая сшитым из кусков разномастной ткани одеялом.

— Она умерла! — закричала я.

Доктор подняла голову и с чувством произнесла:

— Типун тебе на язык!

— Вы кто? — сурово осведомился мент.

— Ее подруга, тут в гостях. Что случилось?

— Подождите, сейчас отправим пострадавшую в больницу и вас опросим, — пообещал участковый.

— Куда увозят Дану?

— Минуту, все сообщу, сядьте спокойно, — приказал милиционер.

Я безропотно послушалась и плюхнулась около Жози. Старушка прижалась ко мне и задрожала.

— Ты видела происшествие? — спросила я.

Жозя замотала головой:

— Я ничего не знаю! Чистила клетку, а Дана спать пошла. У нее мигрень случилась, она в таких случаях всегда под одеяло заползает и сутки не спускается.

Трясясь и шмыгая носом, Жозя продолжала рассказ. Я не перебивала старушку, подумав: в данной ситуации ей лучше выговориться.

— Дана очень заботлива, перед тем как рухнуть в постель, вынула из холодильника суп, налила его в тарелку и поставила в СВЧ-печку. За беспамятную идиотку меня держит, — шептала Жозя, — боится, я про обед забуду. А еще она меня к хозяйству не подпускает. Вот и сегодня приказала: «Закончишь в вольере, поешь борщ. Посуду не мой, посмотри телик. Я встану и уберу, а потом тебе плюшек напеку. Раньше чем к полднику Вилка не вернется. Так что, если мне станет лучше, я успею сладкое сделать».

Жозя выполнила указание невестки — поела первое. Потом села наслаждаться сериалом. Затем глянула на часы и решила разбудить Дану. На третий этаж по винтовой лестнице старушке не залезть, поэтому она вскарабкалась на второй и заорала:

— Дана! Ты хотела булочки испечь!

Но из спальни невестки не донеслось ни звука.

Жозя позвала ее еще раз. Как правило, Дана всегда отзывалась, кричала:

— Хорошо, мама, скоро спущусь.

Но сегодня в мансарде царила тишина. Больше тревожить Дану старушка не решилась.

— Подумала, у нее с головой совсем плохо. Бог с ними, с булочками, лучше бедняжке выспаться спокойно, — шептала Жозя, прижавшись ко мне. — А потом Вера пришла!

— Это кто? — перебила я ее.

— Расторгуева, — неожиданно вмешался хриплый мужской голос, — соседка, напротив живет, до всего ей дело есть. Жозя, вы меня чаем не угостите? Я продрог на ветру!

— Конечно, Глебушка, — закивала Колоскова и пошла на кухню.

— Старший лейтенант Грибков, Глеб Сергеевич, — представился милиционер. — Жозе лучше не вспоминать об этом. А вы кто?

— Виола Тараканова. Под псевдонимом Арина Виолова пишу детективные романы, — сухо ответила я.

Глеб несколько секунд разглядывал меня, потом хлопнул себя ладонью по лбу:

— Точно! А я все думал, где ваше лицо видел... В телике! Недавно программа была!

— Верно, — кивнула я.

— Вы подруга Даны? — Глеб приступил к допросу.

— Да, она меня погостить позвала.

— Давно знакомство водите?

— Не один год.

— Ну надо же, какие люди к нам в Евстигнеевку наведываются! — восхитился участковый. — Звезды! Впервые с человеком из телевизора в одной комнате нахожусь!

Я с недоверием посмотрела на Глеба. Он издевается? Хотя, не похоже.

Милиционер тем временем, не обращая внимания на выражение моего лица, говорил:

— Вот мой шурин в ДПС служит, на Рублевке стоит. Он привык к знаменитостям, штрафует их, вечно потом хвастается, кто ему чего подарил: один диск с песнями, другой кассету с фильмом, третий книгу. А теперь и я не в лаптях! Вы мне автограф дадите?

Глупость участкового раздражала меня, но, услыхав просьбу, я моментально включила автопилот для читателей и ласково заулыбалась.

— Покажу шурину, пусть заткнется, — продолжал между тем старший лейтенант. — А то взял моду, дразнится, дояром меня зовет. «Ты, — говорит, — у нас мастер машинного доения, спец по розыску сдохших кур». Обидно ведь!

Автопилот дал сбой, улыбка стекла с моего лица.

— Немедленно объясните, что случилось с Даной! — потребовала я.

— Так Верка из своей халупы увидела... Вечно баба у окна торчит, — запыхтел участковый, — огород не убран, скотина грязная, корова по шею в навозе, а хозяйка за соседями зыркает. Хотя сегодня ее нехорошая привычка Гарибальди жизнь спасла. Если Дана выздоровеет, ей надо Вере подарок купить. Кабы не ейное любопытство, точно померла бы баба. Жозя-то в сад не сунется, дождь идет. И ваще, зачем ей? Не в туалет же бечь? Он в здании, хорошая у них дача!

— Хватит болтать, отвечай конкретно! — рявкнула я.

Глеб Грибков вздрогнул и повиновался.

— В общем, было так. Вера увидела в чужом саду одеяло. Вернее, ей показалось, будто белье валяется. Соседка решила, что ветер сорвал с веревки свежую постирушку, и побежала к Жозе — предупредить о неприятности.

Старушка же попросила:

— Верочка, будь добра... у меня ноги болят, от перемены погоды артрит разошелся, лишний шаг не ступить... Сбегай во двор, принеси тряпку.

Вера ринулась в сад и там заорала от ужаса. На дороге, ведущей к гаражу, разбросав руки в стороны, лежала на спине Дана. Сначала соседке показалось, что она мертва, но потом несчастная вдруг приоткрыла один глаз и попыталась что-то сказать.

— Жива! — заголосила Верка и кинулась в дом — вызывать врача.

«Скорая помощь» прибыла на удивление быстро, и врач высказала примерный диагноз: черепно-мозговая травма, перелом позвоночника. Это из крупных повреждений, мелкие не в счет, поскольку в машине с красным крестом нет рентгена. Точнее об увечьях сообщат в клинике.

— Мною установлено, — рапортовал далее Глеб, — что Дана плохо себя чувствовала.

— У нее болела голова, — кивнула я.

— Мигрень! — поднял указательный палец участковый. — Верка говорит, что у Гарибальди была привычка вывешиваться из окна чуть ли не по пояс. Вроде Расторгуева один раз даже спросила у соседки: «Ты чего так вываливаешься?» А Дана объяснила: «Если голову схватывает, мне воздуха не хватает. Идти в сад сил нет, вот я и ползу к подоконнику».

Я вспомнила сегодняшнее утро, Данку, практически выпавшую наружу, и согласилась:

— Точно! Ей было очень плохо.

— Следовательно, события разыгрывались так... — Деревенский мент потер лопатообразные ладони. — Гарибальди решила хватануть кислорода и выпала из окна. Несчастный случай, ничего криминального. Надеюсь, Дана выздоровеет.

— Может, ее столкнули? — прошептала я.

— Кто? — изумился Глеб.

— Не знаю! Дану не любили местные жители.

— Тут полсела друг с другом на ножах, — засмеялся милиционер. — Как набухаются, начинают повод для драки искать, ну и припоминают старые обиды. В прошлый понедельник Антон Маслов Кирюхе Стогову нос сломал. Знаете, по какой причине?

Я помотала головой.

— Антону мать сказала, что его прадед изменял жене с родней Кирюхи, с Галкой Андреевой. Болтают, Андреева еще та прошмандовка была и пьяница в придачу, местный батюшка даже в церковь бабу не пускал. Да только покойники они все давно, правду не узнать. Ну Антон и решил за честь семьи постоять! Накинулся спьяну на Кирюху с воплем: «Твоя прабабка Андреева б...!»

— Достойное поведение, — мрачно отметила я.

— Уроды, — отмахнулся Глеб.

— Вот видите! — подскочила я. — А Дана тут многим насолила — денег в долг никому не давала. А еще...

— Что? — оживился участковый.

— Ничего, — ответила я.

Не стоит пока говорить про Настю и письмо шантажиста. Дана непременно поправится, вернется в Евстигнеевку, ей сплетни ни к чему. А то еще начнут шептаться: «Гарибальди денег пожалела, вот училка в петлю и полезла».

Позвякивая чашками, в гостиную с подносом в руке приковыляла Жозя.

— Какао кончилось, — объявила она, — пустая банка стоит.

Я вскочила, взяла у старушки ношу, поставила на сервировочный столик и спросила:

— Жозя, к вам никто не заходил?

— Когда? — деловито осведомилась старушка.

— Утром или днем.

— Нет, мы гостей не ждали, — отметила Жозя.

— Но, может, они все же прошли? Тайком? — настаивала я. — Ты возилась в вольерной, там шумно, могла не услышать, как человек прошмыгнул в дом.

Пожилая дама распахнула поблекшие глаза.

— Вилка, с какой стати людям сюда лезть? У Даны мигрень, а я занята!

— Вы не запираете входную дверь! Мне Дана вчера об этой вашей милой привычке рассказала, — не успокаивалась я.

— Забываем, — со вздохом подтвердила Жозя. — Но здесь ведь спокойно! А после того, как Данка обнародовала информацию про камеры, к нам без спроса никто не совался... Ой, господи! Люди добрые! Это кто? А-а-а!

С нестарческой прытью, очень споро Жозя бросилась к дивану и села за спинку.

— Медведь! — заорал Глеб. — Черт, я табельное в сейфе оставил!

— Успокойтесь, это Муся! — не сумев скрыть раздражения, воскликнула я. — Совсем про него забыла, оставила одного в машине, как он только наружу выбрался...

— Кто? — хором спросили Жозя и Глеб.

— Собака, — пояснила я. — Дана ее через Интернет заказала, попросила меня малыша из аэропорта доставить. Сама из-за мигрени не могла сесть за руль.

— Хорош щеночек... с полтонны кусочек... — пробормотал участковый и на всякий случай перекрестился.

— Вместо Линды собачка? — обрадовалась Жозя. — Очень симпатичная Муся. Вот только чем ее кормить?

— Ну... наварить ведро каши, — предложил Глеб и, вспомнив о служебном положении, повернулся ко мне: — Оставьте свой адрес и телефон.

— Зачем? — Я решила проявить бдительность.

— На всякий пожарный случай, — забубнил участковый, — вдруг чего... в ближайшие дни понадобитесь... хотя... думаю, нет. Дело ясное, несчастный случай, но... для порядка...

— На всякий пожарный случай я останусь здесь до возвращения Даны, — отрезала я. — За вещами только смотаюсь.

— Не надо, солнышко! — запротестовала Жозя. — Ну и ерунда тебе в голову взбрела...

— Одной тебе тяжело, — ответила я, — дом большой, за продуктами ездить надо.

— Я заплачу Зине, домработнице, она притащит, — хорохорилась Жозя, — не хочу тебя напрягать.

— Я давно собиралась пожить на даче.

— А работа? Отсюда далеко ездить, — сопротивлялась старушка.

— Мне не надо ходить в офис. Если решу начать новую книгу, займусь рукописью тут.

— Семья обозлится на тебя, — выдвинула новый аргумент Жозя.

— Я одинокая, с мужем развелась, детей нет.

Пожилая дама беспомощно заморгала.

— Тебе нельзя оставаться одной в огромном доме, — сказала я. — Мало ли что случиться может? Потом я перед Данкой не оправдаюсь. Или птичка какая заболеет, как ее к ветеринару везти?

— Действительно, — кивнула Жозя.

— Теперь еще и Муся появился, — напомнила я. — Его надо кормить, выгуливать. Впрочем, если по каким-то причинам ты не хочешь меня видеть, только скажи, я мгновенно уеду. Но на свое место пришлю другого человека.

Жозя вздрогнула и кинулась ко мне с распростертыми объятиями.

— Вилка! Я очень люблю тебя! И ты абсолютно верно подметила: одной мне страшно. Просто я не хочу превратиться в обузу. У молодых своя жизнь, интересы, карьера, свидания, а здесь паси чужую бабку...

— Во-первых, ты мне не посторонняя, — возразила я. — А во-вторых... я не намерена бегать на встречи с мужчинами и просто мечтаю провести время в покое деревенской жизни.

— Ну так, значит, договорились, бабоньки! — подвел итог Глеб.

Глава 6

Ночью мне не спалось. Сначала почему-то, несмотря на пышущие жаром батареи, меня бил озноб, потом, наоборот, стало душно, воздух будто исчез из комнаты.

Я встала и распахнула окно. Нет, все-таки хорошо жить за городом. И ведь у меня имелась подобная возможность! Может, надо было закрыть глаза на некоторые обстоятельства, простить Олега, перешагнуть через обиду, ложь, забыть предательство и оставить все как есть? Что я выиграла, закусив удила? Одиночество? По телу пробежал сырой ветерок. Я захлопнула раму, потом осторожно приоткрыла дверь и, не надев тапочки, босиком пошла на кухню. Если сон покинул вас, бесполезно ворочаться под одеялом. Лучше выпить какао.

Стараясь не шуметь, я порылась в шкафчиках на кухне, но так и не обнаружила банку с порошком. Потом засунула нос в холодильник. Ну надо же! Молока тоже нет! Однако странно, что у Даны не оказалось в запасе пакета, она постоянно пьет молоко. И тут мне вспомнились ее слова: «Оборудовала себе спальню в мансарде и там же некое подобие кухоньки устроила».

Я на цыпочках пошла к лестнице. Уж там-то, в личных покоях хозяйки, точно найдутся и пакеты с молоком, и банка с какао.

Подкрышное пространство оказалось неожиданно большим и уютным, Дана устроила норку по своему вкусу. На полу лежит толстый ковер, угол занимает роскошная белая кровать, рядом с королевским ложем возвышалась позолоченная тумбочка. На ней стояла пустая чашка, и я машинально понюхала ее. Кофе! Вернее, в емкости было то, что Данка называет арабикой. Подруга делает очень оригинальный «капучино» — наливает в чашку двадцать миллиграммов ароматного напитка, а затем добавляет до краев сливки. В результате о кофе напоминает лишь запах.

Бедная Дануша! Наверное, ей сейчас так плохо! Надеюсь, Гарибальди вкололи в больнице обезболивающее. Ну зачем она так вывесилась из окна?! Хотя мигрень коварная штука, могла на пару секунд лишить ее сознания, и короткого мгновения хватило, чтобы та свалилась вниз.

Я обежала взглядом комнату. Заметила на столе зарядку от мобильного Даны — ярко-красную, украшенную стразами. Сбоку на ней выбиты цифры. Наверное, серийный номер.

Внезапно я ощутила тревогу. Что-то было не так,

какая-то деталь заставила меня насторожиться. Чашка из-под кофе! Я уставилась на пустую посуду.

Дана очень аккуратна. Альберт в свое время обожал рассказывать «бородатый» анекдот про развод некой пары.

Муж жалуется судье:

— Сил больше нет! Жена замучила, слишком уж аккуратная.

— Неряха намного хуже, — совершенно справедливо возразил представитель закона.

— Да, ваша честь, — согласился муж. — Но если я ночью встаю в туалет, то возвращаюсь к идеально убранной постели!

Выдав в очередной раз сию историю, Альберт начинал противно ржать, а потом не забывал добавить:

— Это как раз про Дану. Впрочем, моя жена переплюнула бабу из анекдота — она требует раскладывать тапочки по размерам!

Самое интересное, что отменный лгун Алик сейчас не врал. Дабы навести порядок в небольшой прихожей, моя подруга оборудовала калошницу. Из-за отсутствия места полки в ней оказались разной ширины, и Дана просила домашних:

— Алик, ставь свои ботинки на первой полке, твоя обувь сорок пятого размера только там уместится, Андре предназначена вторая, ну а мне третья. Пожалуйста, не перепутайте!

Дана не вредничала, ей хотелось избежать горы штиблет в холле, но Алик постоянно издевался над ней и запихивал свои «лыжи» куда ни попадя. Данка вечно прибирала за ним, ставила его здоровущие ботинищи на место, иначе шкафчик не закрывался. Мне до сих пор кажется, что Алик нарочно засовывал туфли не туда, ему нравилось дразнить жену.

У Даны всегда и везде царил идеальный порядок.

— Совсем нетрудно снять свитерок и аккуратно положить его на место, — поучала она, например, меня, разгильдяйку. — Потратишь всего пару минут, зато гардероб не стыдно открыть!

Я кивала, соглашаясь. Конечно, Дана совершенно права, но мне отчего-то лень думать о судьбе снятого с себя пуловера, вот я и запихиваю его комком на полку.

К чему вдруг мне все это вспомнилось? А вот к чему: Дана никогда бы не оставила грязную чашку на тумбочке! Она непременно отнесла бы ее вниз и поставила в мойку. Хотя... У нее ведь страшно болела голова, и вряд ли бы она поползла вниз...

Я быстро открыла дверь в ванную. Так и есть! Помещение большое, метров пятнадцать, с окном. На широком подоконнике оборудована «кухня». Там стоит электрочайник, а чуть левее выстроились три кружки разных размеров, все повернуты ручками в одну сторону, в каждой виднеется ложечка. В углу крохотный холодильник, над ним шкафчик. Как я и ожидала, в холодильнике стояла пара пакетов жирного, шестипроцентного, молока. Другое Дана не пьет, «нулевое» она называет помоями. Гарибальди не особо заморачивается правильным питанием, спокойно лопает колбасу, сыр, чипсы, вот только сахар не любит. Вернее, никогда не кладет его в напитки, считает, что он портит вкус чая или кофе, а вот конфеты, кексы, тортик Дана съест с превеликим удовольствием.

В шкафчике нашлись банки с кофе и какао, жестянка с чайной заваркой, вазочка с трюфелями и «Мишками», печенье курабье, мармелад и клубничное варенье.

Я в задумчивости вернулась в спальню и опустилась в большое кресло. Конечно, Дана очень любит Жозю, считает ее матерью, но даже от самого близкого человека порой хочется отдохнуть. Гарибальди много работает, устает, а старушка целые дни проводит с птичками да перед экраном телевизора. Хорошо, что у нее есть хобби, но пернатые не умеют разговаривать. Поэтому, когда невестка возвращается со службы, свекровь спешит к ней — поболтать.

Вот Дана и спряталась на третий этаж, оборудовала там гнездышко, окружила себя милыми сердцу мелочами, предусмотрела все, чтобы не спускаться лишний раз вниз. Небось, поужинав с Жозей, она ласково говорила: «Мамуля, спать хочу», — и убегала к себе, заваривала чай-кофе и пила его с конфетами, тихо радуясь тишине и одиночеству. В мансарде царит нужный ей для душевного комфорта порядок, чашки ждут хозяйку, как солдаты маршала на параде: чинно стоят, повернутые ручками в одну сторону. Так почему же сегодня Дана не помыла чашку? Она никак не могла оставить ее на тумбочке. Ну не в характере Гарибальди лечь и смотреть на грязную посуду! У нее от подобного зрелища мигрень еще сильнее разыграется.

Мой взгляд упал на красную лаковую балетку, валявшуюся у подоконника. Еще одна странная деталь!

Забыв обо всем, я схватила мобильный и набрала номер.

— Алло, — недовольно ответил мужской голос.

— Глеб?

— Угу.

— Это Виола Тараканова.

— Кто? — не понял участковый.

— Писательница Арина Виолова.

— А! Здрассти, — ответил милиционер.

— Я заметила нечто странное в спальне Даны.

— Чего?

— Чашку из-под кофе! Она не вымыта! И еще туфелька валяется!

Глеб со смаком зевнул:

— И что?

Я попыталась объяснить ему суть дела, через пять минут лейтенант не выдержал:

— На часы глянь — полвторого ночи! — буркнул он. — И потом, ты ерунду несешь. Подумаешь, не помыла посуду! У меня дома тарелки потолок подперли. А у нее ботинок с ноги упал, когда она из окна перевесилась. А это доказательство того, что из той комнаты она и грохнулась. Лучше ложись спать! Гарибальди случайно вывалилась. Это несчастный случай. Гуд-бай!

Из трубки полетели частые гудки, я сунула мобильный в карман.

Но чем дольше я смотрела на грязную чашку, тем большее волнение испытывала. Во время мигрени Дану тошнит, она даже воду не пьет, не говоря уж о кофе. Значит, если она полакомилась арабикой, головная боль уже отступила. Но тогда у Даны не было необходимости высовываться из окна — удушье у нее бывало только во время приступа...

Я прикусила губу и еще раз внимательно осмотрела комнату. В спальне царит абсолютный порядок. Книги на полке подобраны по авторам, кровать застелена серым пушистым пледом, на подушках расправлены наволочки с кружевами, на краю сложена теплая пижамка, голубая, со смешным рисунком. Дана уверяет, что она помогает ей при болезни. Гарибальди обожает красивое белье, но в момент недуга надевает фланелевую рубашку с мишками, старую, застиранную. Когда-то мы вместе купили ее на вещевом рынке. Помнится, я приобрела розовый халат с кошками, а Данка... Минуточку!

Я вскочила из кресла. Как же я ошиблась! Дана, одетая в пижаму, должна была лежать в кровати. Именно так она пережидает мигрень. Когда моя подруга ощутила приступ удушья, она доползла до окна, распахнула его, высунулась, на секунду потеряла сознание и упала вниз. Если ситуация складывалась подобным образом, то вопросов нет. Но пижама сложена, постель заправлена. Может, события развивались иначе? Дана начала задыхаться, но, будучи человеком патологически аккуратным, она предварительно заправила койку, переоделась, сложила пижаму, расправила кружевную кайму у наволочек, добрела до окна, потеряла сознание и вывалилась в сад... Но почему, успев навести везде порядок, она не помыла чашку из-под кофе, а?

Я схватила телефон. Нечего Глебу спать! Преступление расследуют по горячим следам, через сутки теряется большая часть улик! Пусть участковый вылезает из своей уютной постельки и топает сюда!

— Аппарат вызываемого абонента выключен или находится вне зоны действия сети, — сообщил равнодушный женский голос.

Я чуть не швырнула сотовый о пол. Вот противный мужик! Специально отключил телефон! Конечно, намного проще объявить случившееся элементарным несчастным случаем, чем искать человека, задумавшего убийство. Но Дана жива, она придет в себя и расскажет, что случилось в мансарде.

Я подошла к окну и начала внимательно осматривать подоконник. Нет, царапин, сколов, отломов или каких-либо следов борьбы не видно... Кто и зачем мог пытаться убить Дану? Альберт? Муж хотел получить наследство, дачу? Просторный, хорошо отремонтированный дом с прилегающим к нему большим участком, да еще неподалеку от Москвы, стоит сейчас целое состояние. Но Алик давно перешел в разряд бывших мужей и, насколько я знаю, не имеет права претендовать на наследство от прежней супруги. Нет, Алик отпадает. Тогда кто?

Я взяла грязную чашку, спустилась в свою спальню, упаковала ее в чистый целлофановый пакет и легла в кровать, приготовившись к бессоннице. Но неожиданно веки сомкнулись, а из головы вылетели все мысли.

На следующее утро, около восьми, я вошла в кухню и спросила Жозю:

— Если я отъеду в город, не побоишься одна остаться?

— Нет, — удивленно ответила старушка. — Кого тут опасаться?

— Все-таки запри дверь на замок, — приказала я.

— Хорошо, — пообещала Жозя. — А ты куда, на работу?

— Нет, в больницу к Дане, — пояснила я.

В глазах пожилой дамы промелькнула растерянность.

— В клинику? — переспросила она. — Зачем?

Мне стало не по себе — Жозя забыла о вчерашнем несчастье. Очевидно, у нее начался старческий маразм. И как мне быть?

— Где Дана? — заволновалась Жозя, беспомощно оглядываясь.

— Э... э... — протянула я, — ну... э... э...

Внезапно она схватилась за голову.

— Господи, Дана же вчера разбилась! Ну как я могла забыть!

— От стресса иногда пропадает память, — сказала я, — не переживай.

— Надо немедленно ехать в медцентр! — засуетилась Жозя. — Так, что взять? Халат, тапочки, книги-газеты...

— Думаю, пока ничего этого ей не понадобится, — я попыталась урезонить Жозю, — врачи не разрешат ей читать.

— Тогда соберу покушать! — воскликнула она и рванула к холодильнику.

Чтобы не разочаровывать и не пугать пожилую даму, я взяла собранный ею пакет с харчами и спросила:

— Ты не будешь против, если я воспользуюсь машиной Даны?

— Глупый вопрос! — фыркнула Жозя. — Конечно, пользуйся.

— Вот тут номер моего мобильного, — сказала я и прилепила на стене у холодильника листок с цифрами. — Если что-то случится, немедленно звони.

— Да, да, — закивала Жозя.

— Дверь запри, — напомнила я.

— Непременно.

— Окна не открывай.

— Не буду.

— Я скоро вернусь.

— Хорошо, — сказала Жозя. — Не волнуйся, я привыкла. Дана обычно на целый день в магазин уезжает. Ой!

— Что? — Я сделала стойку.

— Надо же сообщить ее подчиненным о беде... — протянула Жозя. — Секундочку!

Не успела я моргнуть, как старушка вытащила из кармана мобильный и нажала на одну кнопку.

— Память у меня иногда барахлит, — пожаловалась она. — Впрочем, я и в молодости с цифрами не дружила. Матвей Витальевич, отец Алика, вечно надо мною подшучивал. А Дана купила мне аппарат. Сначала я рассердилась, это очень дорого, но потом оценила приобретение: теперь ничего записывать не надо. Если хочу связаться с Даной, нажимаю на кнопку два, и номер сам набирается. Поликлиника на третьей клавише... Ой, почему она выключила телефон? Дана не отвечает, там автомат бормочет.

— Она в больнице, — со вздохом напомнила я, — а ты хотела позвонить ей на работу, наверное, нажала не на ту кнопку.

— Я не идиотка! — обиделась Жозя. — Всегда сюда тычу, и девочка мне непременно отвечает. Где бы ни находилась, трубку она берет.

— Ясно, — вздохнула я. — А как называется магазин?

— Не знаю, это просто лавка с бусами и браслетами.

— И где же лавка находится?

— В хорошем месте, — уверенно заявила Жозя. — Даже Алик, когда узнал, где Даночка арендовала помещение, воскликнул: «Это круто!»

— Можешь улицу назвать?

— Тверская, — без былой уверенности ответила Жозя. — Там еще аэродром рядом, много людей.

— Спасибо, — заулыбалась я. — В вольерной не очень утруждайся.

Жозя кивнула. Я вышла во двор и двинулась к гаражу. На Тверской нет аэродромов, Жозю опять подвела память.

Глава 7

В больнице меня встретили неприветливо. Лечащий врач, толстая баба, назвавшаяся Вероникой Матвеевной, сухо обронила:

— Гарибальди находится в отделении интенсивной терапии, посещения запрещены.

— Неужели одним глазком нельзя посмотреть на Дану?

— Зачем? — сурово перебила меня Вероника Матвеевна.

— Ну... удостовериться... — растерялась я.

Реаниматолог нахмурилась:

— Даже не пытайтесь подкупить медсестру и пробраться в палату вечером. Был у нас дикий случай: к умирающему мужу жена с видеокамерой рвалась, хотела запечатлеть для детей уход отца из жизни.

— Я похожа на сумасшедшую?

— Все родственники со сдвинутой психикой, — не дрогнула она, — вот мы и приняли меры безопасности. Дверь в отделение интенсивной терапии открывается особым ключом, он есть лишь у врача, медсестры не выходят во время своей смены в общий коридор. На посту охрана, любой посторонний будет схвачен в два счета. Еду, одежду и все остальное мы не принимаем. Я ясно объяснила? Приезжать вам сюда не следует, «одним глазком посмотреть» не удастся, сведения о состоянии больной получите по телефону.

— А как ее самочувствие? Можно надеяться на скорое выздоровление? — не отставала я.

— Состояние тяжелое, но стабильное, что радует, — неожиданно почти с сочувствием ответила Вероника Матвеевна.

— Не вижу повода для радости, — не сдержалась я.

Доктор окинула меня презрительным взглядом, каким обычно профессионалы смотрят на дилетантов.

— В случае Гарибальди не наблюдается отрицательной динамики, ухудшения состояния не происходит.

— Значит, ей лучше! — обрадовалась я.

— Нет, но и не хуже, — терпеливо объяснила врачиха.

— Она поправится?

— Прогнозы делать рано.

— Но вы же опытный специалист, — я попыталась к ней подольститься, — много знаете, видели таких больных не раз.

— Каждый случай уникален, — с каменным лицом заявила реаниматолог, — давайте радоваться тому, что имеем, и не будем загадывать вперед.

— Ей что-нибудь нужно? — не успокаивалась я. — Лекарства?

— Слава богу, мы всем обеспечены.

— Скажите, в травмах Даны нет ничего особенного?

Доктор пожала плечами:

— Насколько я поняла, падение было горизонтальным. Оно менее тяжелое и напоминает транспортную травму. Очевидно, потерпевшая выпала с относительно небольшой высоты, примерно этаж второй, удар пришелся на спину.

— На спину? — переспросила я.

— Ну да, — кивнула Вероника Матвеевна. — А что?

— Дана рухнула, перевесившись через подоконник, значит, должна была упасть на голову!

Доктор сложила руки на груди.

— Я не эксперт, но знаю, что на голову человек приземляется в двадцати пяти процентах случаев. Что же касается вашего предположения, то в полете возможна перемена положения, переворот, кувырок.

— Из мансарды? Если учесть, что здание не сталинской эпохи, а дача, думаю, Дане сложно было сделать сальто, — заметила я.

— Милиция непременно разберется, — мягко остановила меня врач, — дилетанту не надо лезть в профессиональную епархию, это глупо. Основной причиной повреждений при падении с высоты является удар при соприкосновении с грунтом. Тем не менее различают фазы: первичные прямые повреждения, первичные непрямые и вторичные при падении тела уже после приземления. К первичным непрямым относятся оскольчатые переломы голени и нижней трети бедра, вколоченный перелом головки бедренной кости по краю вертлужной впадины таза, компрессионные переломы поясничных и нижнегрудных позвонков, кольцевидные переломы вокруг большого затылочного отверстия черепа от внедрения первого шейного позвонка...

— Спасибо, хватит, — прошептала я. — А где вещи Даны? В чем ее привезли?

Вероника Матвеевна ткнула пальцем в селектор на столе:

— Лена, подойди!

Тут же дверь кабинета распахнулась и появилась худенькая девочка, почти подросток.

— Пришла родственница Гарибальди. Где одежда больной? — поинтересовалась врач.

Лена моргнула и ответила:

— Так на складе! Мы инструкцию знаем, опись составили и сдали. Забрать хотите?

Я кивнула.

— Пошли. — Медсестра сделала приглашающий жест.

Мы вместе покинули кабинет доктора, и тут Лена, понизив голос, призналась:

— Извините, я сказала неправду.

— Вещей нет?

— В целости и сохранности лежат, — заверила меня она, — просто на склад их не отнесли. Они в кладовке.

— Какая разница, где их держат, — легкомысленно отмахнулась я.

— Вам это по фигу, — поджала губы девчонка, — а нам геморрой. Если человека по «Скорой» без сопровождающего лица привезли, надо опись составить в присутствии свидетелей, печать шлепнуть, пакет заклеить и на склад отнести. Не знаю, чего в других клиниках придумано, а у нас главный так требует. А то некоторые, слишком ушлые, выздоравливают и вместо «спасибо» заявы строчат, дескать, у них в карманах миллион лежал, а медсестры его стырили. Мы не воровки! Вот «Скорая» может поживиться, в особенности если понимает, что до приемного покоя человека живым не довезут. Мы же ничего не берем! Вчера в ночь Ирка Лапшина дежурила, одна, потому что Варька Коткина заболела и на смену не вышла. Так и чего ей, разорваться? Игнатову плохо стало, Табакину стошнило, да еще и вашу раздевать позвали. Склад у нас знаете где? Через всю территорию бежать, километра два намотаешь. Ирка уйти не могла и мешок с одеждой в нашей кладовке оставила. Это нарушение, вы можете скандал устроить, и ей вломят. В общем, если хотите лаяться, никто вам не запрещает, правда на вашей стороне, но по совести — возьмите одежонку молча. Не последняя же она у больной! Да и разрезали небось тряпки, когда ее раздевали.

— Я не имею ни малейшего желания нападать на вашу Иру, — заверила я, — просто решила взять мобильный Даны и вещи.

— Вот, получите, тут все! — немного успокоившись, сказала Лена и распахнула дверцу кладовки.

— Давайте вместе посмотрим, — предложила я.

— Ладно, — с неохотой согласилась Лена. — Только лично я ничегошеньки не паковала и ответственности не несу.

Я кивнула и открыла бумажный пакет. Внутри оказались разрезанные по швам джинсы, розовый, красивый, но крайне грязный свитер, маленькие трусики и кружевной бюстгальтер.

— Белье дорогое, — с завистью отметила Лена, — больная на себе не экономит.

— А где мобильный? — спросила я.

— Я без понятия, — огрызнулась медсестра. — Говорила уже, не в мою смену вашу родственницу привезли, в Иркину, ей и отвечать!

— Значит, аппарата нет, — констатировала я. — Дана хорошо зарабатывает, модно одевается, имеет собственный бизнес, общается с клиентами, а люди очень внимательны, оценят и стоимость украшений и телефона. У Даны была недешевая трубка — красная, с отделкой из натуральной кожи, вся в стразах.

— Ваша родственница из окна сиганула, а вы о сотовом волнуетесь! — звенящим голосом воскликнула Лена.

— Молодец, — кивнула я, — лучшая защита — нападение. Я сейчас, по-твоему, должна устыдиться и молча уйти? Не надейся. Мобильный вещь нужная, в нем хранится масса номеров, книжка с контактами. Ну-ка, посмотри на ремень брюк. Что видишь?

— Хрень какая-то железная и кусок цепочки, — без прежней уверенности в голосе отметила Лена.

— Дана часто теряла телефоны, — объяснила я, —

и несколько лет назад, посеяв очередной, она купила специальное напоясное крепление и держала мобильный только в нем. Выработала у себя привычку, перешедшую в рефлекс: поболтала с кем хотела — и всунула аппарат в держатель. Телефон всегда был на цепочке, даже если она выпускала его из рук, трубка не падала, висла на ремне. Дана не изменила привычке. Смотри: телефона нет, а цепь разорвана! Так где найти Иру?

— Она в общежитии живет, — сникла Лена, — тут рядом, за углом, комната десять. У нее соседка — Надя Рычагова из гинекологии.

— Показывай дорогу!

— Я здесь ни при чем, — заныла Лена, — не брала чужого. Ирка тоже не возьмет: она на голову долбанутая, с принципами. Типа, не воруют!

— К тебе у меня претензий нет, — заверила я. — Так где общага?

Ира не ожидала никаких неприятностей. Едва я забарабанила в тонкую створку, как изнутри донеслось:

— Входите.

Я пнула дверь, влетела в комнату и замерла. Что ожидаете увидеть вы в помещении, где обитают две незамужние девушки? Кровати, покрытые яркими пледами, постеры на стенах, полки с плюшевыми игрушками и горой косметики, плеер, телик, видеомагнитофон, DVD-диски с сериалом «Секс в большом городе» или записи романтических комедий, может, дешевый компьютер. Вот книги вряд ли обнаружите, их заменят глянцевые журналы.

Но сейчас перед моим взором развернулась необычная картина. Правда, койки были, но смахивали они на спальные места курсантов военной академии — вместо цветных покрывал серые одеяла. Никакой аудио- или видеотехники не было и в помине, отсутствовало даже радио, зато на полке, тянувшейся почти по всему периметру стен, теснились книги, в углу я увидела иконостас с лампадой, а в небольшом кресле у окна сидела полная девушка в скромном коричневом платье. Ее волосы были заплетены в простую косу.

Увидав меня, хозяйка отложила толстый том, взяла с ручки кресла косынку, быстро прикрыла ею голову и вежливо спросила:

— Вы ко мне?

— Да, — растерянно ответила я. И тут же уточнила: — Я ищу Ирину Лапшину.

— Слушаю.

— Мне надо поговорить с вами.

— Садитесь, — вежливо предложила девушка. — Но предупреждаю сразу: если хотите нанять ежедневную сиделку, я вынуждена отказаться. Могу ходить за больным только два дня через три, в свободное от основной работы время.

— Вы вчера дежурили в клинике?

— Да, — безо всякого волнения ответила Ирина.

— Тяжелые сутки выдались?

— Как обычно.

— Помните Дану Гарибальди?

Ирина слегка нахмурилась:

— Женщину, которая из окна выпала? Да.

— Мне сказали, что ваша коллега вчера не вышла на службу.

— Она заболела, — кротко подтвердила Ира.

— Я родственница Даны, пришла за ее вещами.

Медсестра опустила глаза.

— Виновата, не отнесла их на склад, оставила в кладовке, хоть это и не положено. Просто у меня не было времени. Вам отдадут одежду, не волнуйтесь.

— Я уже ее получила.

Ирина с недоумением посмотрела мне в лицо:

— Зачем тогда вы пришли?

— Вам не трудно ответить на несколько вопросов?

— Пожалуйста, спрашивайте.

— Дана разговаривала?

— Конечно нет! При подобной травме речь отсутствует либо пострадавший бредит.

— Что она говорила?

— Ничего связного, отдельные слова.

— Какие?

Ирина сцепила пальцы в замок.

— Сначала стонала, я попыталась снять с нее брюки, но не получилось, поэтому спросила: «Можно, я штанину разрежу?» Глупый вопрос, пострадавшая не могла адекватно ответить, но я всегда с больными беседую, как с нормальными, думаю, им от этого легче.

— Может, вы и правы, — тихо сказала я. — Значит, Дана только стонала?

— Нет, еще я услышала слово «забор». И вроде «птица», — уточнила Ира.

— Ясно, — вздохнула я, — это она старушку Жозю вспомнила, та разводит пернатых. Все?

— Да.

— Больше ничего?

— Увы, нет.

— Ни имен, ни фамилий?

— Нет, нет.

— Вы не могли не услышать?

Ирина скрестила руки на груди.

— Я раздела больную, и ее тут же увезли в операционную.

— Может, Дана говорила там?

Ира улыбнулась:

— Она была интубирована, а с трубкой в горле не поговоришь.

— Ира, а где мобильный пострадавшей? — резко спросила я.

— Телефон?

— Да.

— Не было его.

— Он должен был на поясе висеть, — прищурилась я.

— Нет, — помотала головой медсестра, — никаких аппаратов при ней не было. Помню балетку на одной ноге — красную, кожаную... Женя, врач со «Скорой», еще обронила, что парашютиста привезли.

— Кого? — не поняла я.

Ира опустила голову.

— Простите, у меня это случайно вырвалось. Медики со «Скорой» народ циничный, у них свой жаргон, подчас очень грубый. Тех, кто из окон выпадает, они «парашютистами» зовут.

— Туфля была одна? — уточнила я.

Ира увела глаза в сторону.

— Обувь обычно при падении слетает, врачи ее не ищут, это забота милиционеров. Пострадавшего грузят в машину как есть. У вашей родственницы на правой ноге была туфелька, очень красивая, лаковая, красная. Похоже, дорогая. А вторая, скорей всего, осталась на месте происшествия. Видно, удар сильный был.

— Почему вы так решили? — спросила я.

Ира поправила платок.

— У туфли по верхнему краю резинка продернута, чтобы она при ходьбе не сваливалась. Нехитрое, но надежное крепление. Если туфелька слетела, значит, ваша родственница испытала сильный удар. Но переживать об обуви не стоит, следует молиться за здравие. Господь добр, он явит милость.

— Значит, телефона вы не видели? — уточнила я.

— Нет, — без колебаний ответила Ирина.

Я еще раз оглядела комнату: иконы, книги, хозяйка с платком на голове, из-под которого выглядывает длинная коса. И поинтересовалась:

— Как вы думаете, мобильник могли взять сотрудники «Скорой»?

Ира встала.

— Нет. Я хорошо знаю Женю, фельдшерицу, которая больную доставила. Мы не дружим, но сталкиваемся по службе, наша клиника «скоропомощная», к нам людей со всей области везут, Женя у нас частый гость. Она гневлива, может вспылить, резкое слово сказать. Курит много и ругается как мужик, но она честная, нитки себе не присвоит. И Леша, санитар, ей под стать. Не скажу, что все экипажи такие, люди разные встречаются, но третья бригада точно чужого не возьмет. А зачем вам телефон? Дорогой очень?

— Там список всех знакомых Даны, — обтекаемо ответила я.

Ира в задумчивости прикусила губу, потом встрепенулась:

— Знаете место, где ее нашли?

— Она выпала из мансарды собственного дома.

— Обыщите там все в округе, — посоветовала девушка. — Небось сотовый оторвался от цепочки и улетел в кусты. Везде посмотрите, даже там, где и в голову искать не придет. Попомните мое слово, найдется мобильный.

Глава 8

Следующий визит я нанесла Наде Чемко, своей знакомой, которая работает в криминалистической лаборатории.

— Надеюсь, ты понимаешь, что я не имею права в служебное время заниматься частными делами? — пробурчала Надька, когда я выложила перед ней пакет с чашкой из-под кофе.

— Можно сделать анализ после работы, — предложила я.

— О боже! — закатила глаза Надя. — За что мне это?

— За книжки, — напомнила я. — Кто тебе перетаскал в свое время весь ассортимент издательства «Марко»? Между прочим, абсолютно даром! А диски с фильмами? Ты же обожаешь отечественные ленты. И сколько я тебе приносила их со студии, которая снимала сериал по моим романам?

— Верно, — неохотно призналась Чемко. — Говори, что надо?

— Анализ содержимого чашки!

— Ну... попробую.

— И еще отпечатки. Если они есть, конечно.

— Ладно, — помрачнела Надя. Но тут же ее лицо расцвело улыбкой: — Хочу подшивку журнала «Вапа»[1] за прошлый год!

— Есть такое издание? — удивилась я.

— Да, — кивнула Надя, — постарайся. Кстати, твой Олег бабу себе завел, ужасную калошу, из отдела баллистики. Ты намного красивее!

— Куприн уже не мой, — спокойно отреагировала я, — надеюсь, он счастлив. Кстати, об отпечатках... Ты проверишь их по базе? Вдруг найдутся совпадения?

Надюха почесала нос.

— Потерявши голову, по волосам не плачут, — вздохнула она. — Чего еще пожелаешь?

— Пока все, — ответила я, — ты уж постарайся побыстрее.

— Ладно, — без всякого энтузиазма ответила Чемко и положила пакет в ящик.

Я вышла на улицу, села в машину Данки и набрала номер справочной.

— Наталья, слушаю, — откликнулся девичий голос.

— Мне нужен телефон магазина, в котором продают бусы, браслеты и все такое прочее.

— Уточните название.

— Я его не знаю.

— Примерный адрес.

---

[1] Такого журнала не существует. Здесь и далее названия придуманы автором, совпадения случайны.

— Рядом с торговой точкой находится аэропорт, — ответила я и тут же ощутила себя полной идиоткой.

Но сотрудница справочной, очевидно, привыкла к умственно отсталым клиентам. Она, ничуть не раздражаясь, уточнила:

— Бутик расположен в здании аэровокзала?

— Понятия не имею.

— Простите, но я никак не могу выполнить ваш заказ. В Москве слишком много точек, торгующих аксессуарами.

— Спасибо, — буркнула я, но присутствия духа не потеряла и отчаиваться не собиралась.

Помнится, Жозя сказала, что Алик, когда услышал, где Дана основала магазин, воскликнул: «Круто!» Следовательно, Альберт знает его адрес. Вот только звонить противному мужику мне неохота, да и номера его мобильного у меня нет. Мы с ним никогда не симпатизировали друг другу, я предпочитала общаться только с Даной. Интересно, в Москве есть контора, где регистрируют магазины? Если поехать туда, назвать фамилию Гарибальди...

Внезапно я обозлилась на себя. Хватит мучиться ерундой! Альберт, конечно, неприятный тип, но самое ужасное — это то, что он тоже писатель. Вернее, Алик представитель так называемой серьезной литературы — он издал за свой счет роман о смысле жизни: сто страниц текста, повествующих, как умирающий мужчина, мучаясь не только морально, но и физически, вспоминает перипетии своей судьбы и приходит к выводу, что никакого смысла земное существование не имеет, лучше вообще не рождаться на этот свет. Желая опубликовать свою «нетленку», Алик приволок опус мне и категорично приказал:

— Вели там, в издательстве, чтобы напечатали. Кстати, мне важнее донести до людей смысл, чем огрести гонорар, поэтому я согласен даже на такой мизер, как полмиллиона долларов. Причем пусть заплатят аккордно, сразу.

Я попыталась втолковать Альберту, что такие деньги не получает в России никто, а на Западе, на стадии сдачи рукописи, может, только Стивен Кинг или Джоан Роулинг, но Алик презрительно фыркнул:

— Моя книга гениальна. Она потрясет мир!

В конце концов я отнесла дискету Олесе Константиновне и умыла руки. Спустя полгода произведение появилось на свет — Алик издал его за свой счет количеством в сто экземпляров. Ни о каком гонораре, как вы понимаете, речи не было. Альберт раздал роман знакомым (госпоже Таракановой он «нетленку» не подарил). А через некоторое время до меня долетел слух: мол, Алик Колосков создал гениальное произведение, по наивности попросил подругу жены, бумагомараку Арину Виолову, послужить курьером, отвезти рукопись в издательство. Детективщица из любопытства прочитала роман, испугалась конкуренции и сделала все возможное, чтобы произведение не было опубликовано. Но правда восторжествовала, нынче шедевр Колоскова номинирован на Нобелевскую премию по литературе.

И как вам подобное? Понимаете теперь, по какой причине у меня желудок свело судорогой при одной мысли о том, что нужно позвонить Колоскову? Но делать нечего, придется переступить через себя. Алик с новой женой живут в старой квартире, той самой, которая досталась ему после развода, и телефон его у меня, естественно, имеется.

Тяжело вздохнув, я набрала номер и в ту же секунду услышала бархатное:

— Аллоу! У аппарата писатель Волконский.

Мне стало смешно. Фамилия Колосков кажется Альберту затрапезной, поэтому он взял себе псевдоним. Не удивлюсь, если наш классик выдает себя за потомка древнего рода!

— Алик? Здравствуй, — собравшись с духом, сказала я.

— Добрый день, милейшая барышня, — прогудел Альберт. — Чем могу служить? Вы представитель СМИ? Всегда рад дать интервью, но мое время расписано на двенадцать месяцев вперед. Впрочем... э... как раз сегодня, в шесть вечера, случайно образовалось окно, и я готов...

— Алик, не корчи из себя Майкла Джексона, у которого график расписан на три года вперед, — не выдержала я. — Боюсь, тебе не поверят.

— Этта кто? — изменил тон Колосков.

— Виола Тараканова.

— Какого хрена тебе надо? — потерял напускную вежливость Альберт. — За фигом трезвонишь?

— Скажи мне адрес магазина Даны, — рявкнула я, — и можешь садиться за продолжение великого романа.

— Ну и наглость! — заорал Алик. — Откуда мне знать, где работает эта сука, обобравшая меня? Захапала себе особняк, участок, выселила меня на помойку, в грязную нору...

— Насколько я помню, при ней апартаменты сверкали чистотой, что тебе не нравилось, ты вечно жаловался на «стерильный уют», — ехидно перебила я его. — Хватит идиотничать! Всего-то труда — сообщить название улицы и номер дома!

В трубке повисла тишина, затем послышался тихий щелчок, и я поняла, что некто, скорее всего новая жена Алика, решил подслушать наш разговор.

— Погоди, — уже вполне вменяемым голосом заговорил Колосков, — а почему ты обращаешься ко мне?

— Больше не к кому, — пояснила я. — У Жози склероз. Извини, что напоминаю тебе о матери, но, похоже, у нее начинается болезнь Альцгеймера. А Дана, увы, ничего сказать не может.

— Бабка притворяется! — рявкнул Алик. — Сколько себя помню, столько мамашка кривлялась.

Постой-ка! Должен ли я понять тебя так, что Дана умерла?

— Слава богу, нет, она всего лишь попала в больницу, — обозлилась я. — И непременно выздоровеет!

— Что с ней? — довольным тоном уточнил Альберт. — Инсульт? Ее парализовало?

— Нет, она из окна выпала! — гаркнула я.

— Вау! Шею сломала! — возликовал бывший муж. — Жозя осталась одна?

— Я живу с ней.

— За фигом ты ей нужна, проваливай! Она моя мать, — занервничал Алик, — участок, дом и все, что в доме, принадлежит Колосковым. Рассчитываешь на наследство? Ни хренашечки тебе не обломится!

— Жозя отказалась иметь с тобой дело, а за бывшей женой ты не можешь наследовать. По завещанию, я думаю, имущество отойдет Андре. Это твой сын, если ты забыл. С моей стороны было полнейшим идиотизмом звонить тебе! — выпалила я и бросила телефон на пассажирское сиденье.

Вилка, ты дура, принялась я ругать себя. Нашла с кем разговаривать! Надо успокоиться и ехать в Евстигнеевку. Скорей всего, сотрудники бутика, удивленные отсутствием хозяйки, сами начнут звонить ей домой.

Телефон издал несколько коротких гудков, я взяла аппарат и прочитала сообщение: «Ленинградский проспект, дом напротив городского аэровокзала». Ну надо же! У Колоскова неожиданно проснулась совесть, и он прислал эсэмэску. Однако Жозя не совсем потеряла память: магазин и впрямь находится у аэродрома, хоть и бывшего, а Ленинградка является продолжением Тверской. Мне следовало вспомнить и о станции метро под названием «Аэропорт», и о приземистом стеклянном здании, расположенном напротив.

Я завела мотор и бодро покатила в сторону Третьего транспортного кольца. Снова ожил телефон.

— Привет! — закричала женщина.

— Чемко, это ты? — удивилась я.

— Ну да! Хочешь отчет по чашке?

— Конечно! Уже сделала?

— Нет, — хихикнула Надя, — звоню просто так. Поглупей чего спроси!

— Извини, пожалуйста, — покорно откликнулась я. — Так что там с посудой?

— Хорошая вещь, качественный фарфор, дорогая фирма, — похвалила Надя. — В чашку был налит кофе, с сахаром и молоком. Думается, третьего ингредиента имелось больше, чем первого. Фигурант, скорее всего, сначала побаловался арабикой, а затем влил в немытую чашку молоко.

Я вздохнула. Все правильно, любимый рецепт Даны: чайная ложка кофе на ведро сливок.

— А ишо тама наполнитель есть, — начала дурачиться Чемко, — толстый-толстый слой шоколада.

— Шоколада? — растерялась я.

— Шутка, — хмыкнула Надя, — наверное, неудачная. В остатках исследуемой жидкости обнаружены следы рецитола[1].

— Это что за зверь? — изумилась я. — Впервые слышу такое название.

— И слава богу, — не меняя серьезного тона, заявила Надежда. — Препарат прописывают больным болезнью Паркинсона. Он улучшает координацию движений, у некоторых вообще купирует дрожание конечностей.

— Замечательное лекарство, — протянула я. — Но зачем его принимать Дане? Она ничем не болела.

— Рецитол растворили в кофе, — объяснила Надя. — Лекарство имеет характерный горький вкус, поэтому в чашку положили побольше сахара. Впрочем, если человек ощутит горечь, то не насторожится, подумает, что это от кофе.

---

[1] Название препарата придумано автором

— В чашке был сахар? — с запозданием поразилась я.

— Ну да. А что удивительного? Многие подслащивают кофе.

Я озадачилась. Дана не любит сладкие напитки!

— А что случится со здоровым человеком, если он примет рецитол? — спросила я через секунду.

— Ничего хорошего, — пояснила Надя. — Гарантированно возникает сильная головная боль. Рецитол — мощное сосудистое средство, оно резко меняет давление, может привести к потере сознания или его спутыванию, к крайней послушности человека, покорности. Все зависит от дозы. У некоторых людей возможен даже паралич, который через определенное время пройдет, но того, кто принял лекарство, напугает до паники. Было у нас дело, там, правда, использовалась другая фармакопея, но аналогичного действия. Жена мужу в грейпфрутовый сок его сыпала, супруг без движения падал, а врач микроинсульт диагностировал. Баба так мужика запугала, что тот все имущество на нее перевел: квартиру, дачу, машину, счет в банке. Решил, что ему помирать скоро, зачем женушке лишние хлопоты с наследованием. А она захапала нажитое и развелась с идиотом. Круто?

— И такое сильнодействующее лекарство можно свободно купить? — ахнула я. — Ну и порядки!

— Его отпускают лишь по рецепту, — «успокоила» меня Надя, — но, сама понимаешь, возможны варианты. Теперь об отпечатках.

— Они есть?

— Да.

— Вот здорово! Можно определить, кому они принадлежат?

— Легко.

— И в базе есть данные?

— Ага.

— Скажи, пожалуйста, чьи?

— Виолы Ленинидовны Таракановой, — отрапортовала Чемко. — Ты попадала в поле зрения милиции, у тебя брали отпечатки и внесли в комп. Помнишь?

— Да, — промямлила я, — было дело. Значит... значит...

— Я выполнила твою просьбу, — перебила меня Надя, — долг платежом красен.

— Помню про журнал.

— Забудь! — приказала Надя. — Лучше помоги моему Сережке книжку издать. Он написал рассказы, хорошие. Кому из наших ни читал, всем нравятся!

— Это непросто, — призналась я.

— Мне тоже было нелегко тратить свой законный обеденный перерыв на анализ, — напомнила Надя. — К тому же, если начальство об этом узнает, три шкуры с меня спустит! Однако я постаралась. Теперь твой черед.

— Я тоже приложу все усилия, чтобы тебе помочь.

— Надеюсь, — отчеканила Надежда. — Иначе больше на меня не рассчитывай!

Езда по Москве теперь напоминает цирковое представление. Нужно проделывать прямо-таки акробатические трюки, если желаешь передвигаться в потоке машин, порой приходится нарушать правила, выскакивать на тротуар и даже изображать слалом между злыми пешеходами. Впрочем, людей можно понять, никому не понравится шарахаться испуганным зайцем от автомобилей. Но что делать, если надо повернуть направо и у светофора горит разрешающая стрелка, а впереди стоит, загораживая проезд, джип, за рулем которого сидит тупица, решивший ехать прямо и только прямо? Ну зачем тогда становился в крайний ряд?

Произнося сквозь зубы отнюдь не парламентские выражения, я заехала на пешеходную зону и, втянув голову в плечи, поплелась за толпой прохожих. Все-го-то осталось миновать несколько метров...

— Др-р-р-р, — полетел свист.

Я послушно затормозила. Вот оно, счастье госпожи Таракановой! Если бы сейчас я стояла в очереди за внедорожником, перегородившим дорогу, то никакого гаишника в радиусе километра не нашлось бы. Но стоило мне заскочить на тротуар, как владелец полосатого жезла уже тут как тут, идет по асфальту с радостным блеском в глазах.

— Сержант Самойлов, — представился патрульный, — нарушаем правила?

— Джип мешает повороту, почему вы его не штрафуете? Он не в том ряду стоит! — попыталась отбиться я.

— Ваши права! — не пошел на контакт гаишник.

— У меня спецталон, — грустно вздохнула я, протягивая кожаную визитницу.

— Где? — оживился гаишник и перелистнул прозрачные «кармашки», куда были вставлены документы.

— В страховке лежит, — пояснила я.

Сотрудник ДПС вытащил спрятанную мною сторублевку, ловко сунул ее в свой карман и нахмурился.

— Это теперь не спецталон! Штрафы увеличены.

Делать нечего, пришлось вынимать кошелек.

— Сколько?

— Тысяча!

— Обалдел? — рассердилась я. — Двести.

— Пятьсот, — сбавил сержант. — И ни копейкой меньше! Иначе права отберу, замучаешься их назад получать.

— Держи, тут четыре сотни, — мрачно сказала я. И не удержалась от упрека: — Хотела себе крем для лица купить, да, видно, не судьба, ты повстречался.

— Еще сотняшка! — нахмурился собеседник.

— Договаривались на полтысячи!

— Ты дала четыре бумажки.

— И спецталон, — напомнила я.

— Он не в счет.

— Значит, шестьсот? Ну ты и нахал!

— А это уже оскорбление при выполнении служебных обязанностей, — обрадовался гаишник, — на статью тянет.

Я живо вытащила купюру:

— Держи.

— Проезжайте и будьте внимательны, — напутствовал меня ставший вдруг вежливым сержант. Потом махнул жезлом и заорал на ни в чем не повинных пешеходов: — Эй, граждане, разойдитесь! Дайте дорогу оперативной машине, она торопится по служебной необходимости...

Я невольно усмехнулась. Парень в некотором роде честен: получил деньги и теперь отрабатывает их — освобождает мне путь. А ведь, по идее, он должен выписать штраф и вернуть нарушительницу в поток машин. По тротуару-то нельзя ездить, именно за это он и содрал с меня деньги. Только получается, что запрет срабатывает лишь до оплаты. Выходит, плати — и езди где хочешь и как хочешь.

Глава 9

Бутик Даны оказался маленьким магазинчиком с двумя прилавками и множеством стендов на стенах, но на крошечном пятачке толпилось штук пять покупательниц, и обе продавщицы были заняты.

Пока девушки бойко обслуживали тех, кто пришел раньше, я стала рассматривать товар. Бусы, браслеты и серьги... Если честно, ничего необычного, разве что украшения с птичьими перышками выглядят оригинально.

— Вам понравилась коллекция «Какаду»? — воскликнула подбежавшая ко мне девушка с бейджиком «Валентина» на блузке. — Это эксклюзивные изделия, двух похожих нет. Госпожа Гарибальди лично ездит в долину Амазонки и там собирает перья для аксессуаров.

Мне стало смешно, я ведь великолепно знаю, где течет сия «река» — это вольер Жози.

— Если желаете заказать нечто специальное, тогда присядьте, — ворковала Валентина, — госпожа Гарибальди лично побеседует с вами. Извините, хозяйка сегодня задерживается, на шоссе пробки и...

— Она не приедет, — тихо сказала я.

Валя осеклась, потом по-детски спросила:

— Кто?

— Дана. Я ее подруга, Виола. С вашей владелицей случилось несчастье.

Глаза Вали начали расширяться, она вздрогнула, схватила меня за плечи и втолкнула в небольшой кабинет, заставленный коробками.

— Что случилось? — прошептала она.

— Вы только не кричите, — предупредила я, — клиентов распугаете. Дана выпала из окна.

Валя отшатнулась к стене и медленно осела на пол. Я схватила с письменного стола бутылку с минеральной водой и начала брызгать ей в лицо.

— Вы кто? — пришла в себя девушка.

— Эй, ты чего тут делаешь? — всунулась в комнату вторая продавщица. — Ой! Валя, что с тобой?

— Иди в зал, — приказала ей я, — и работай спокойно!

— Вы из милиции, да? — простонала Валентина.

— Нет. Уже говорила, я подруга Даны, приехала рассказать о происшествии. Меня зовут Виола, можно просто Вилка.

Валентина вытерла лицо ладонью.

— Писательница, да?

— Верно. Откуда ты знаешь?

— Дана часто вас вспоминает, рассказывает, как вы ее сыну сначала немецкий преподавали, а потом с ней подружились.

— Все верно, — кивнула я. — Скажи, у Гарибальди на работе были враги?

— Нет, — испуганно ответила Валя. — Нас тут сейчас трое. Я, Лера и сама Дана. Есть еще мастерицы, которые товар делают, но они сюда никогда не приходят, Дана с ними лично встречается, затем коробки привозит. Вот эти, там ширпотреб. Если же эксклюзив заказали, то его Сюзанна делает. Она художница, но я ее тоже не знаю, только имя слышала. Она очень красивые вещи собирает, но они и стоят дорого, хотя, конечно, не как бриллианты.

— Никто сюда скандалить в последние дни не приходил?

— Нет. А зачем?

— Может, заказ плохо выполнили.

— Бывает такое, но редко, — пояснила Валя, — тогда вещь просто переделывают. Наши постоянные клиенты — интеллигентные женщины, в основном те, кто не может себе позволить настоящие камни. Украшений-то хочется, но не покупать же дешевый пластик. И обидно: все гости в золоте, а ты как нищенка, в ожерелье с рынка. Поэтому они и бегут к нам, здесь художественные изделия. Можно спокойно заявить подружкам: «Платина с изумрудами — это пошло, я предпочитаю другие материалы и лично для меня созданные украшения». Кстати, теперь даже очень известные ювелирные фирмы перья используют, это модно.

— Значит, обиженных клиентов нет?

— Не-а.

— А служащих? Может, Дана выгнала кого-то?

— Мы с Лерой здесь со дня открытия. Никогда не ругаемся, оплата хорошая. Чего еще надо?

— Налоговая инспекция, пожарные, кто там еще на бизнес наехать может...

Валя поднялась.

— А какой смысл нас гнобить? Дана дела правильно ведет, налоги платит, все разрешения имеются. В кабинетах начальников бабье сидит, им тоже охота иметь сережки с бусами. Понимаете? Да и бизнес у Гарибальди не нефтяной, суперприбылей нет. Почему вы такие вопросы задаете?

— Просто хочу убедиться, что у нее на работе нет людей, которых обрадует случившееся с ней несчастье.

— Конечно нет! — возмутилась Валентина. — Ее все любят! Ой, а чего нам теперь делать?

— Торгуйте спокойно, пока Дана не поправится.

— Она выздоровеет?

— Непременно, — оптимистично заявила я.

— Боже! — всполошилась Валя. — Яндарова! Дана должна была ей сегодня отправить коробку. С мастерицами только Гарибальди общалась! Где ту Сюзанну искать? И адреса Яндаровой у меня нет. Она по почте от Даны заказы получала. Наша лучшая клиентка, больше всех берет, каждый месяц нам кассу делает!

— Давайте поступим так.

После небольшой паузы я предложила: я временно поселюсь у Даны дома, не хочу оставлять Жозю одну. Вечером поищу в комнате у подруги коробку с украшениями — наверное, она где-то там стоит — и звякну продавцам.

— Записывайте номер, — деловито сказала Валя, — и магазина, и мой... Только непременно найдите заказ! Яндарова — наше спасение. Не дай бог мы ее потеряем, магазин тогда накроется. Ведь, если честно, мы не так уж много в розницу продаем. Дана с ума сойдет, если мы такую клиентку упустим.

— Хорошо, — пообещала я. — А вы попробуйте вспомнить, вдруг у Даны с кем-то хоть небольшой конфликт был!

Валентина кивнула, я вышла в торговый зальчик и опять увидела в нем нескольких женщин. Очевидно, бусы и браслеты все же пользовались спросом. А может, успех предприятия зависел от места его расположения. Магазин ведь находится возле аэровокзала, здесь много приезжих, которые хотят привезти близким сувенир из столицы, и вот вам лавка с красивыми и недорогими украшениями. С другой стороны, арендная плата тут небось заоблачная — что выручишь, то и отдашь за помещение.

Кто же мог желать смерти Дане? Она милая женщина и на первый взгляд не должна иметь врагов. Алик? Но бывший муж давно женился на другой и вполне доволен судьбой, если, конечно, такой субъект вообще способен жить в мире с собой и окружающими. Жозя? Это даже не смешно. Старушка считает невестку любимой дочерью и живет с ней вместе, подарила Дане участок и дом в Евстигнеевке. Бизнес у Гарибальди, как правильно отметила Валентина, не нефтяной, покупательницы самые обычные тетки средней обеспеченности. Но кто-то же насыпал в чашку Даны опасный препарат? Преступник не сомневался в его действии — вполне вероятно, в его семье имеется человек с болезнью Паркинсона, так что он понимал, как организм Даны отреагирует на лекарство. И похоже, мерзавец знаком с Гарибальди, наслышан о ее мигренях, о ее привычке дышать свежим воздухом во время приступов...

Внезапно мне захотелось есть. Я оглянулась, увидела небольшое кафе, зашла внутрь, заказала капучино и задумалась, уставившись на фарфоровый бокал, который притащила официантка.

Дана давно мучается головными болями и все надеется найти некую панацею, которая избавит ее от этой напасти. Может, кто-то из знакомых обмолвился о рецитоле — сказал в разговоре, что таблетки благотворно действуют на мозг, а Дана решила испробовать это лекарство? Ага, купила и... растворила его в кофе. И положила сахар, чтобы не ощущать горечь. Это маловероятно, легче просто проглотить пилюлю, но в принципе возможно. Но почему в комнате Даны не разобрана постель, почему Гарибальди не переоделась в пижаму, а на ногах у нее были не тапки, а красные лаковые туфли?

Я откинулась на спинку стула. Есть лишь один правильный ответ на эти вопросы. Итак, Дана, заболев, попросила меня забрать из аэропорта щенка, а после того, как я уехала, мигрень у нее прошла, и подруга захотела побеседовать с каким-то человеком. Но отправиться сама на свидание Дана не смогла, ведь я уехала на ее машине. Следовательно, тот человек прибыл в Евстигнеевку. Вот почему Дана облачилась в джинсы и розовый свитер вкупе с лакированными красными балетками. Дома она обычно носит тапочки! Значит, гость был не из близких людей — просто знакомый, кого Дане не хотелось встречать этакой росомахой. Вероятно, это мужчина. И Дана решила скрыть его визит от Жози.

Я схватила бокал и отхлебнула кофе, капучино оказался мерзким на вкус, но мне было все равно... Попытаемся реконструировать события... Я уехала, Жозя топчется в вольере, дверь в птичник плотно закрыта, старушка бдительна, все, что касается пернатых, соблюдается ею тщательно, а попугайчикам и иже с ними вреден сквозняк. У Даны проходит мигрень. Я хорошо знаю, что болячка как внезапно набрасывается на человека, так же мгновенно его и покидает. Подруга звонит некоему N и говорит:

— Надо срочно встретиться. Но я без машины и не хочу, чтобы свекровь знала о твоем визите.

— Сам приеду, — обещает N, — только впусти меня тайно.

Дана надевает мягкие лаковые туфли и тихонько открывает дверь, мужчина проскальзывает в дом.

Жозя ничего не слышит, в вольерной оглушительно щебечут птицы, а Дана действует беззвучно.

Что же было потом? Таинственный незнакомец поднялся в мансарду. Ясное дело, Гарибальди не могла его угостить в столовой, предложила кофе в мансарде. N улучил момент, подсыпал Дане рецитол, затем вымыл свою чашку, вернул ее на место и тихо покинул особняк. Жозя, занятая птицами, ничего не услышала, а я была в аэропорту.

Почему убийца не убрал кружку Даны? Наверное, забыл. Или хотел, чтобы ее нашли, сделали анализ и поняли — она объелась рецитолом, пытаясь купировать мигрень.

Вроде все складывается, но преступник совершил ошибку: памятуя об отпечатках пальцев, он протер чашку, на ней не нашлось ничьих следов, кроме моих — я же схватила ее. Но на чашке непременно должны были присутствовать пальчики Даны! А их нет. Следовательно, посудину вытерли после того, как Данка ее опустошила.

Дело за малым: найти N.

Я вскочила и побежала к выходу. Это мужчина! Может, даже ее любовник! Вполне вероятно, что Жозя о нем и не слышала — Данка, не желая нервировать старушку, скрывала свои амурные дела.

Во что бы то ни стало мне нужно отыскать мобильный Даны, в нем есть телефонная книжка. Ну не дура ли я! Каким образом Данка узнала, когда следует открыть дверь гостю? Он ей позвонил! В аппарате остался его номер! В сотовом у Гарибальди, естественно, имеется определитель — когда я звоню ей, подруга берет трубку и сразу кричит: «Привет, Тараканова!»...

И тут ожил мой телефон.

— Жозя, ты? — заволновалась я. — Что случилось?

— Все замечательно, — отрапортовала старушка. — Извини, может, я зря тебя побеспокоила, но твоя лошадь нервничает.

— Моя... кто? — не поняла я.

— Конь, — уточнила старушка. — Ну тот, которого ты вчера привезла, лохматый такой. Он громко плачет. Может, скучает? Или голоден? Хотя семечки есть не стал.

Черт побери, я совсем забыла про Мусю! Несчастного щенка не покормили, не попоили, не вывели гулять. Впрочем, думаю, проблему с туалетом он уже решил самостоятельно, и мне предстоит мыть полы в доме.

— Сейчас приеду, — пообещала я. — Ты не бойся Мусю, он пока не умеет кусаться.

— Мне и в голову не придет лошадки пугаться, — засмеялась Жозя. — Предполагаю, что она очень голодна. Вот, на моих глазах табуретку грызет.

— Отними у него мебель, — приказала я, — и скажи: «Сейчас привезут обед».

— Миленький, — закудахтала Жозя, — солнышко...

Связь оборвалась. Я поехала по проспекту и увидела за зданием автодорожного института вывеску «Товары для животных». Радуясь, что на пути столь удачно попался нужный магазин, я припарковалась и пошла в том направлении, куда указывала стрелка.

— Возраст щенка? — спросил продавец.

— Два с половиной месяца, — ответила я.

— Тогда это лучшее. — Юноша поставил на прилавок маленький пакетик.

— Думаю, Мусе такая порция на один зуб, — вздохнула я. — Он очень здоровый. В смысле, большой.

— Какая порода?

— Цвергшнауцер, — не подумав, ответила я, — весом больше меня.

— Вы уверены? — усомнился парень. — Цверги крошечные.

— Наш переросток. Ну очень здоровый!

— Возьмите экономичную упаковку в двадцать пять кило. Там есть таблица, взвесьте животное и кормите, — посоветовала женщина, отпускавшая за соседним прилавком лекарства.

— Ага, спасибо, — кивнула я.

— Щенку полезно мясо, — вступила в разговор дама из очереди.

— Сухой корм не следует совмещать с обычной едой, — возразила продавщица.

— В качестве игрушки, — уточнила женщина. — Здесь рядом есть рынок, купите там мосол. Тогда щенок мебель с обоями не тронет.

Я, вспомнив про табуретку, на которую покусился Муся, с благодарностью воскликнула:

— Спасибо!

— Не за что, — улыбнулась дама. — Кстати, я ветеринар, держите мою визитку. Вера Сергеевна Ефимова, прививки и прочее. Выезжаю в любое место. Что у вас за порода?

— По размеру лошадь, — вздохнула я. — Покупали как цвергшнауцера.

— Один мой клиент на Птичке приобрел милую ящерку, — улыбнулась Вера Сергеевна, — через год из нее получился крокодил.

Я вздрогнула:

— Собаки до какого возраста растут?

— По-разному. В основном к году сформировываются, — «успокоила» продавщица. У меня начала непроизвольно дергаться щека, а Вера Сергеевна продолжала: — Витамины приобретите, минеральную добавку для костей.

— Дропсы, — вклинился продавец, — в банке. Вот ценник.

Я глянула на бумажку. Прочитала: «Конфеты шоколадные для собак. Крупных размеров. Жесть. 1100 р.», — неожиданно ко мне вернулось хорошее настроение. Интересно, лакомство гигантское или его следует давать здоровенным псинам типа Муси? И, если учесть цену, слово «жесть» тут как нельзя кстати!

— Коробочка жестяная, — продолжал парень за прилавком, — в виде кости. Элегантно и практично.

— Возьмите в картонной тубе, — вступил в беседу пенсионер с крошечной болонкой под мышкой, — вашему Бобику без разницы, в чем конфеты, а за обычную упаковку сто рублей просят, тысячу за жесть отдадите.

— Огромное спасибо, — поблагодарила я дедушку. — Увы, вы видите перед собой весьма неопытного собачника.

— Так мы вам поможем! — обрадовалась Вера Сергеевна.

— С огромным удовольствием, — подхватил старичок. — Я Иван Михалыч, а это моя Ася...

Собачка тихо тявкнула.

— Корм выбрали? — потерла руки ветеринар.

— Вон тот мешок, — кивнула я.

— Фу, не берите, — предостерег Иван Михалыч. — Дешевка! Один вред без пользы. Лучше вон тот приобретите.

— Ясно, — сказала я.

— Еще матрас, шлейку, миску на подставке, — начал загибать пальцы пенсионер.

— Попону на дождь, — перебила его Вера Сергеевна, — ошейник на выход, ну в гости, красивый, кожаный, со звездами, а на каждый день и обычный сойдет.

— Шампунь!

— И кондиционер!!

— Гребень!!!

— Когтерезку!!!

— Мы забыли про набор необходимых лекарств. Левомеколь, зеленка и марганцовка непременно!

— Косточки из жил!

— Игрушки без пищалок!

— Нет, со звуком собакам больше нравится.

— Но тогда хозяин может сойти с ума, щенок ведь и ночью будет свистеть, — справедливо заметила Вера Сергеевна.

— Так ведь он же ребенок, — Иван Михалыч нежно погладил свою Асю, — нет уж, покупайте для веселья.

— Массажная щетка! — добавила ветеринар.

Я без сил прислонилась к прилавку. Похоже, приобретение собаки — это только начало. Вон какое приданое требуется для пса. Неужели люди все это покупают? Ни Иван Михайлович, ни Вера Сергеевна не похожи на богачей. На пенсионере весьма потертая, видавшая виды штормовка, зато у Аси на тонкой шее застегнут вычурный ошейник из натуральной лайковой кожи, спину собачки прикрывает бархатная стеганая попонка, и, судя по крайне довольному виду псинки и ее сытой мордочке, Ася питается самым лучшим кормом и имеет восхитительные игрушки. Скорей всего, дедушка тратит на любимицу не только всю свою пенсию, но и «подкожные» запасы.

— Тут за углом рынок, — деловито напомнила Вера Сергеевна, — ступайте в мясной ряд и обязательно купите мосол. Ваш песик придет в полнейший восторг.

Я вынула кошелек, оплатила покупки для Муси и, согнувшись под тяжестью ноши, вылезла из подвального помещения. Наверное, ветеринарша права: чтобы Муся не сгрыз весь дом, следует приобрести для него пресловутый мосол, да побольше.

Глава 10

В отличие от многих российских женщин я никогда не занималась домашним хозяйством. Мы с Томочкой очень давно разделили обязанности: я зарабатывала деньги, а подруга готовила, убирала, стирала. Нет, я помогала Томусе, учитывая ее слабое здоровье, всегда приносила из магазина тяжести, например, картошку, но покупать мясо мне никогда не доверяли. Отличить грудинку от лопатки — для меня слабо, сообразить, из какой части выйдут хорошие котлеты, я не способна, если честно, сейчас я впервые оказалась в ряду, где стоят женщины в белых халатах, перед которыми на эмалированных подносах лежат тушки кур, индеек, уток, поросят и большие шматы мяса.

— На суп ищете? — обратилась ко мне одна из торговок. — Берите у меня, свежее не найдете.

Я осторожно приблизилась к прилавку.

— Нет, нужно для собачки... этот... ну как его... забыла.

— Обрезки? — оживилась другая продавщица, толстуха с ярким макияжем. — Во, целый пакет!

— У тебя там ерунды навалено, — донеслось слева. — Девушка, не берите обрезь, дорого и невкусно. Лучше для собаки подойдет пашина! Идите сюда!

— Мосол! — вспомнила я. — Вот что мне надо!

— Тогда иди в конец ряда, — потеряла ко мне интерес толстуха. — Спроси Игоря, у него этого добра навалом. Он ласковый, даром отдаст.

Услышав последние слова, бабы начали в голос смеяться, а я, чувствуя себя абсолютной идиоткой, двинулась в глубь зала.

Мясом отчего-то торговали женщины, ни одного мужчины в обозримом пространстве не было. В конце концов я наткнулась на показавшуюся мне милой девушку, которая с грустным видом стояла около тушек кроликов.

— Простите, я ищу Игоря. Не знаете, где он может находиться? — вежливо сказала я.

Внезапно из глаз продавщицы горохом посыпались слезы, она вытащила из кармана скомканный платочек, промокнула щеки и с горечью произнесла:

— Он тут стоял. Справа.

Я покосилась на кафельный прилавок, увидела пустое место, на котором сиротливо лежал смятый фартук в кровавых пятнах, и уточнила:

— А куда же он подевался?

— Гарик на разделе, — еле выдавила из себя собеседница и заплакала еще горше.

— Поберегись! — заорали сбоку, и я шарахнулась в сторону.

Огромный мужик зверского вида бухнул прямо на смятый фартук пластиковый ящик, набитый костями с остатками мяса на них. Наверное, это и были таинственные мослы.

— Встала тут на дороге... — недовольно буркнул грузчик, сдернул брезентовые рукавицы, вытер ладонью нос и вразвалочку пошел в служебное помещение.

— Игорь скоро придет? И сколько стоят косточки? — не успокаивалась я.

Продавщица обхватила голову руками и нырнула под прилавок. Похоже, у девушки подлинное горе, потому что она начала повторять на одной ноте:

— Боже, почему? Почему это случилось именно со мной? Не вынесу!

Мне стало неудобно. Может, у бедняжки кто-то умер? Нужно тихо постоять, подождать Игоря, приобрести мосол и уйти.

Я отступила назад, машинально посмотрела на пластиковый короб, набитый костями с мясом, и онемела. На боку тары виднелась надпись, сделанная черным фломастером: «Люди, не выносите в зал, это Игорь».

У меня подкосились ноги и свело желудок. Это Игорь? Вот почему бедная девочка заходится в рыданиях! И что она там прошептала, когда я спросила про парня? «Гарик на разделе». Катастрофа! Куда бежать, чтобы сообщить о преступлении? Надо же, что творится в служебных помещениях рынка... Нет, я больше никогда не куплю ни одного колбасного изделия! Стану вегетарианкой, перейду на тушеную морковь со свеклой... Кто знает, из чего производят сосиски? Часто ли на комбинатах пропадают служащие? Так к кому нестись? К местному начальству или сразу в милицию?

— Что вы хотели, гражданочка? — равнодушно-вежливо спросил черноволосый парень, материализуясь за прилавком.

— Мосол, — неожиданно для самой себя ответила я, — для собаки.

— Ща нарисуем, — кивнул юноша и протянул руку к ящику.

— Нет! — заорала я. — Не берите! Ни в коем случае! Даже не прикасайтесь!

— Не нравится? — искренне удивился мясник. — Все очень свежее, только что нарубили. Хоть весь рынок обойдите, лучше не отыщете. А вот и мосол!

Парень выцапал из груды кусков один и кинул на весы.

— На ящике написано: «Люди, не выносите в зал, это Игорь», — в полуобморочном состоянии пролетала я. — Собаке нельзя употреблять человечину! И вообще... — Слова закончились.

Мясник воззрился на меня с изумлением.

— Че накорябано? Где?

— Вот, — я ткнула пальцем в короб, — гляньте.

— Козлы! — заорал он. — Ну ща им мало не покажется! Отомщу по полной! Морды разобью!

— Убили... — стонала из-под прилавка девушка, — зарезали...

— Руки обломаю! — вопил парень. — Оторву и выкину.

— Игорек! — выла девчонка. — Игорек!

Я прислонилась к стене, ноги превратились в бетонные чушки, тело оцепенело.

— Милый, любимый... Игоряша...

— Да хватит тут сопли лить! — возмутился черноволосый продавец. Потом нагнулся, вытащил на свет божий рыдающую девушку, с видимой злостью встряхнул ее и заявил: — Если тебе так плохо, вали домой! Но имей в виду, я из твоей зарплаты за прогул вычту.

— Правильно рубщики говорят... Ты, Игоряша, жлоб! — неожиданно взвизгнула девчонка. — Ваще скоро без людей останешься! Один тут ковыряться будешь!

— Заговор устроили! — взвыл торговец и побежал к двери с надписью «Не входить».

— Игорь! Игорь! — закричали сбоку. — Кады за весы заплатишь?

— Опаньки... — обрадовалась девчонка. — Теперь ему еще и кладовщица вломит!

— Это Игорь? — в изнеможении уточнила я, показывая на створку, за которой скрылся парень.

— Ну? — вздернула брови девушка и шмыгнула носом.

— А в ящике кто? — поинтересовалась я. — Там же ясно написано: «Это Игорь»!

Девочка перегнулась через прилавок, прочитала и хмыкнула.

— А! Игоряша жмот, никому не платит. Рубщики на окладе от рынка, но все равно им с каждой туши от нас копейка капает. Игорь же на принцип пошел, заявил: «Ни фига не получат, пусть зарплату оправдывают. С какой радости я им санки маслом смазывать должен?» Вот развальщики и написали на ящике, чтоб грузчик ему не носил. Типа, нехай сам товар прет. А че?

— Ничего, — попыталась улыбнуться я. — Иногда ситуация выглядит совсем не такой, как в действительности. И когда только люди научатся правильно использовать родной язык! «Это Игорь». Следовало написать: «В ящике мясо Игоря». То есть нет: «В коробе мясо коровы от Игоря». Впрочем, и это нехорошо. Ладно, а почему вы так плачете?

— Зуб выдрали! Прямо зарезали меня! — заныла девушка. — Терпеть нет сил, а муж от прилавка не отпускает. Вот жлобина! Слышали, что сказал: он мне денег не даст... Ну что, берете мосол?

— Ага, — кивнула я, испытывая странные чувства: смесь жалости, удивления и негодования. — Значит, Игорь ваш супруг?

— Чтоб он сдох! — взвизгнула в ответ продавщица. — Сукан!

Я взяла протянутый пакет, расплатилась и быстро пошла к машине, мучимая недоумением. Зачем жить с человеком, которого ненавидишь? Отчего бы не развестись? И какое странное слово изобрела девушка, страдающая зубной болью: «сукан». Вообще-то сука — существительное женского рода, мужской вариант не предусмотрен. Вернее, он звучит иначе, кобель.

Жозя занималась птичками и не слышала звонков в дверь. Сначала я просто нажимала на кнопку, потом принялась колотить в створку ногой, затем заорала, как иерихонская труба:

— Жозя!!!

Но она не реагировала. В конце концов я догадалась позвонить по телефону.

— Дом Гарибальди, — бойко отрапортовала бабуся.

— Жозя, открой дверь, — устало попросила я.

— Это кто? — предусмотрительно спросила она.

— Вилка.

— Сейчас, дорогая, — засуетилась Жозя, — уже бегу!

Минут через пять в замке заскрежетал ключ.

— Ты почему не позвонила в дверь? — сердито поинтересовалась старушка.

— Не догадалась, — улыбнулась я, решив не рассказывать ей о том, что уже полчаса прыгаю на крылечке. Жозя ведь не виновата, что с возрастом потеряла слух.

Муся был счастлив, получив миску коричневых катышков. Очевидно, в Германии его кормили тем же яством, потому что «гном кинг сайз» с восторгом умял содержимое миски, а потом вылизал ее.

— Жозя, где телефон Даны? — спросила я, после того как и старушка съела свой обед.

— Мы всегда ставим трубку на место, иначе ее в

доме не найти, — пояснила она. — На комоде он, в холле.

— Я про мобильный, городской аппарат мне не нужен.

— По нему дешевле разговаривать.

— Знаю, но мне нужен сотовый!

Бабуля сдвинула брови.

— Дана его всегда на поясе носит. На цепочку пристегивает, чтобы не потерялся.

— Ты не против, если я поброжу в саду? Хочется подышать свежим воздухом.

— Куртку надень, — проявила заботу Жозя, — холодает.

— Непременно, — кивнула я.

Надо завтра поехать домой и привезти теплую одежду, а пока придется померзнуть. Ладно, сейчас нужно думать не о себе, а о деле. Куда мог задеваться мобильный?

Я дошла до места, где лежало тело Даны, и вздрогнула. Можно считать, что подруге повезло: немного поодаль из земли торчал штырь, и, упади она чуть левее, железка проткнула бы несчастную насквозь. Но тело, по счастью, угодило на неширокую дорожку, которая ведет к гаражу. Я присела и стала внимательно осматриваться. Что там темнеет в пожухшей траве? Какая-то коробочка! Я схватила находку, но тут же с разочарованием поняла: это не телефон, а дистанционный пульт. Точь-в-точь такой я взяла утром с ключницы в доме, чтобы открыть ворота гаража. Я нажала на зеленую кнопку, железные ворота поехали вверх.

— Что случилось? — высунулась в открытое окно Жозя. — Вилка, что ты делаешь?

— Нашла в траве пульт, — ответила я.

— Правда? — обрадовалась старушка. — У нас их было пять штук, но Дана все потеряла. Теперь один остался, бережем его, как зеницу ока! Ты, значит, второй обнаружила? Так я и знала! Говорила же ей, чтобы пошарила в саду. Точно, все брелоки она в траве посеяла! Приедет, ворота откроет-закроет, а пульт мимо кармана и положит! Вилка, может, еще поглядишь? Вдруг там и остальные валяются?

— Ладно, — кивнула я. — А твой «Запорожец» на ходу? Ездишь на нем?

Не успел вопрос сорваться с языка, как я поняла его глупость. Сейчас старушка обидится, подумает, что я издеваюсь над ней. Но Жозя спокойно ответила, правда, со вздохом сожаления:

— Нет, я давно не садилась за руль.

— Может, «Запорожец» лучше убрать из гаража? Чего он место занимает?

— Никогда! — отчеканила Жозя. — Это подарок Матвея Витальевича! Пока я жива, и машина, и его кабинет в доме останутся нетронутыми! Не желаю слушать никаких разговоров на эту тему!

— Извини, — пробормотала я.

Окно с треском захлопнулось.

Около часа я ползала по траве, ощупывая руками каждый попадающийся на дороге камушек. Надежда умирает последней — мне очень не хотелось признавать свое поражение. Но в конце концов стало понятно: Данкиного телефона нигде нет. Либо цепочка разорвалась раньше и мобильник находится не в саду, либо его прихватил кто-то из тех, кто присутствовал на месте трагедии. Медсестра Ира уверяла, что бригада со «Скорой» не способна на воровство, и я склонна верить девушке. Тогда кто у нас остается? Выпавшую из окна Дану обнаружила соседка, Вера Расторгуева, живущая напротив.

Я выпрямилась и пошла к небольшому деревянному дому, расположенному через забор от коттеджа Гарибальди.

— Знаю вас, — забыв поздороваться, зачастила Вера, распахивая дверь в избу. — Вы — Данкина подружка-писательница, по телевизору выступаете. Альбина, верно?

— Арина, — поправила я, — но лучше Виола.

— Бывают же у людей красивые имена, — с завистью протянула Расторгуева. — А меня, как козу, обозвали, Веркой.

— На мой взгляд, имя Вера замечательное, — дипломатично заметила я.

— Вы в деревне не живете, а здесь каждая вторая животина — Верка, — заявила женщина. — Дана жива? Еще не померла? Ой, она так страшно лежала! Ваще... Зачем из окошка прыгнула? Все ж имеет! Особняк крышей черепичной покрыла, машину приобрела, и мужа-пьяницы у ней нету. Живет шоколадно, не то что другие! Ей бы, как мне, с Колькой-алкоголиком помучиться, вот тогда...

— Вера, — оборвала я занудные стоны, — почему вы решили, что Дана предприняла попытку самоубийства?

— А чего еще? — изумилась Расторгуева.

— Вы увидели в саду упавшую с веревки простыню, поэтому и пошли к соседям?

— Ага, — закивала Вера. — Дана со мной не дружила, но ведь постирушку жаль! Я встала у окошка, гляжу, валяется. Ну и помчалась сообщить.

— Не поленились и времени не пожалели...

— А я всегда людям помочь готова. Только не все это ценят, — надулась Вера.

— Вы были первой, кто обнаружил несчастную...

— Ну да, а то б «Скорую» раньше вызвали, — резонно заметила Расторгуева.

— Вы сначала приблизились к Дане?

Вера живо перекрестилась.

— Вот уж зрелище! До сих пор глаза от жути скрючиваются! Я плохо видеть стала и, пока вплотную не подобралась, что к чему, не разобрала. Думала, подниму простынку и бабке отдам, чего старухе в сад шлепать...

— Благородно.

— А там Дана!

— Ужасно, — пробормотала я. — Телефон случайно не подбирали?

— Какой?

— Мобильный, — терпеливо пояснила я, — не дешевый аппарат.

— Мне звонить некому, — слишком быстро ответила Расторгуева. — Лучше к Зинке сбегать, чем по трубке трещать, да и дорого. Нету у нас таких денег! Сказала ведь — муж у меня пропойца.

— Но до вас к Дане никто не приближался, а у нее всегда при себе был дорогой телефон.

— Во здорово! — подбоченилась Вера. — Недаром говорят: не хочешь себе зла, не делай другому добра. Пусть бы она на сырой земле проваялась и померла от воспаления легких... За фигом я шум подняла? Теперь меня же в воровстве обвиноватят. Правильно Зинка советует: «Не твое горе — иди мимо».

— Дана носила сотовый на поясе, прикрепленным к цепочке, — не успокаивалась я. — Может, вы ненароком прихватили? Не сообразили, что это дорогая вещь, решили, что просто кусок пластика. И подобрали, а? Из желания помочь? Исключительно из христианской заботы о чужих клумбах.

Вера села на диван и скривилась.

— Ваще придумали... Спасибо! Здорово врете. Хотя вам за ложь деньги платят, вот и зарабатываете брехаловом! Не каждая так устроится!

— Вера, телефон отлетел в тот момент, когда Дана упала на землю, — резко сказала я. — Понимаете?

Соседка молчала.

— Выскочил из держателя, цепочка разорвалась... — продолжала я.

Она сжала губы в нитку.

— Но далеко мобильный откатиться не мог, это не мячик. Точно находился рядом с Даной. Можете оставить трубку себе, мне нужен только список звонков того дня.

— Там даже ни одной бумажки не валялось! —

подскочила Расторгуева. — Ничего от нее не отпадало! Только звук странный был, типа как матрас свалился, а потом вроде собака бежала, чихала и шуршала. Но ничего близко не лежало. Истинный крест! Я никогда не вру! И чужого не сопру!

Глава 11

По моей спине пробежал озноб.

— Вера, — ласково произнесла я, — у какого окошка вы стояли, когда заметили «простынку»?

— Здесь, — простодушно ткнула она пальцем, — слева.

— Можно мне из него посмотреть?

— Пожалуйста! — разрешила хозяйка.

Я медленно приблизилась к серым от пыли занавескам.

Конечно, муж-алкоголик — это тяжелое испытание, но ведь никто не прибил вас к нему гвоздями, вполне можно на развод подать. А все отговорки вроде: «Нашу квартиру не разделить» — от лукавого. Коли захочешь избавиться от камня на шее, забудешь обо всем и найдешь обмен. Если живете с пьяницей, значит, вам это нравится. По какой причине? Не знаю. Вероятно, вас устраивает ореол мученицы, греет душу жалость подруг и коллег по работе. А избавитесь от недостойного супруга — станете как все. И еще: наличием в семье забулдыги хорошо оправдывать собственную лень. Отчего у Веры занавески напоминают половую тряпку? Ах, ей муж-алконавт лишних рублей не дает... Бедняжка! Вот только на постирушку особых средств и не требуется. Но сейчас мне было не до Расторгуевой.

— Наверное, дует зимой, — протянула я, облокачиваясь на подоконник, — щели в раме большие.

— Нет средств на стеклопакеты, — привычно отреагировала Вера, — я не ворую, честно деньги зарабатываю, а мужик-то мой запойный!

— Вы уверены, что отсюда узрели упавшее белье?

— Абсолютно.

— Может, ошибаетесь и стояли на втором этаже?

Расторгуева засмеялась:

— У нас изба без лестниц! Под крышей чердак, там окон нет.

— Странно, — вздохнула я.

— И че?

— Идите сюда.

— Зачем?

— Вместе посмотрим!

— Не хочу, — уперлась Вера.

— Ну что вы как маленькая, — укорила я ее, — это совсем не страшно и не больно. Я слегка запуталась в ситуации.

Вера встала рядом и прищурилась.

— Вы носите очки? — полюбопытствовала я.

— Только для телика, — уточнила она.

— Простынка висела на дереве?

— На земле валялась.

— Где?

— Тама.

— За кустами? Точно не болталась на елке?

— Я дура, по-вашему?

— Вполне вероятно! — не выдержала я.

Расторгуева разинула рот.

— Если смотреть из этого окна, — уже спокойно продолжала я, — то земли не видно. Можно заметить лишь высокие посадки и кусты. Отсюда никак нельзя обнаружить постельное белье, если оно упало на землю. И еще... Вы не обладаете зоркостью орла, но тем не менее сумели определить: в грязи валяется простыня. Отчего не пододеяльник?

— Я просто так сказанула, — испуганно попятилась Вера, — в смысле, вещь.

— Понятно. Но все равно из окна дорожку к гаражу не видно. Может, все-таки вы вели наблюдение из другого окошка?

— Конечно! — обрадовалась Вера. — Право, лево... Легко перепутать!

Я обогнула диван, отдернув другую не менее грязную занавеску, и констатировала:

— Отсюда вообще виден только гараж.

— Построили, заразы, в нарушение правил! Задняя стенка вплотную к лесу! — начала лаять Вера.

— Вернемся к Дане. Как вы увидели тело?

— Из окна, — вопреки фактам стояла на своем Расторгуева.

— Право, смешно. И еще вы бросили фразу: «Звук странный был, типа матрас свалился, а потом вроде собака бежала, чихала и шуршала». Значит, телефона не было?

— Нет, — попала в расставленную ловушку Вера.

— А откуда вы знаете про звук? Его тоже увидели? — ехидно спросила я. — Вы там присутствовали в момент несчастья? Ведь так? Зачем пошли в сад к Дане?

Расторгуева в растерянности плюхнулась на диван. Потом вскочила, подбежала к стоящему на буфете телефону, быстро набрала номер и велела:

— Иди сюда! Сам придумал, теперь и расхлебывай!

Не прошло и пяти минут, как в избу Веры вошел коренастый мужчина.

— Здрассти, — вежливо произнес он. — Что случилось?

— Добрый вечер, господин участковый, — холодно кивнула я.

— Зовите меня Глебом, — предложил Грибков.

— Вера хочет сделать заявление, — строго сообщила я.

— Неправда! — взвизгнула тетка. — Молчу, как еж на поляне!

— Ладно, — незлобиво согласилась я, — сама объясню. Расторгуеву надо арестовать.

— Этта почему? — нахмурился Грибков.

— Ложные показания, обман лица, производяще-
го дознание, с целью скрыть ценную для следствия
информацию карается лишением свободы сроком на
десять лет с отбыванием наказания в колонии строго-
го режима без права переписки и с конфискацией
имущества, — оттарабанила я, совершенно не опаса-
ясь, что милиционер и Расторгуева упрекнут меня во
вранье. Вера не знает законов, Грибков, похоже, тоже
не слишком юридически подкован.

— Ах ты, мент поганый! — кинулась на Глеба Верка. — Кто мне велел глупость пороть? Кто со страху
перед Наташкой в штаны наложил? Обещал: «Сам
оформлю случай. Никто не подкопается». И че? Она
говорит, из окна лишь елки видать, земли не различить!

— Тише, дура, — попытался купировать скандал
участковый, но лишь сильней раздразнил испуган-
ную бабу.

— Ща я тебе морду-то расцарапаю! — в ажиотаже
пообещала Вера. — Объясняй потом Наташке, откуда
отметины!

И, выставив вперед руки, она кинулась на Глеба.
Мы с Грибковым попытались скрутить тетку и в конце концов одержали над ней верх. Победа досталась
нам непросто, у Глеба Сергеевича под глазом начал
наливаться синяк, я лишилась нескольких прядей волос — рыхлая Вера в драке продемонстрировала ярость
тигрицы и недюжинную силу.

— Сука ты! — с отчаянием произнес Глеб, трогая
кожу под веком. — Чего я жене скажу?

— Правду. Как всегда, одну лишь правду, — за-
ржала Расторгуева. — Что мы трахались и я тебе пят-
кой по рылу запузырила! Ты же любишь Камасутру,
пузан хвостатый?

Неожиданно мне стало смешно. Оказывается,
Грибков местный мачо, этакий Казанова из Евстигнеевки. А Вера знает про Камасутру! Хм, сексуальная
революция добралась до российских деревень... Гле-

бу очень подходит прозвище «пузан хвостатый», хотя никакого атавистического отростка у него явно нет. Думаю, если бы люди имели хвосты, Камасутра оказалась бы на треть толще.

— Значит, вы любовники? — констатировала я.

— Не надо столь резко высказываться, — возразил Глеб. — Ну... так, проводим вместе время... Я женат.

— Ха! — подскочила Вера. — Трус! Ща все расскажу! Пущай пузана с конфискацией посодют! То-то Наташке радость будет... А Дане так и надо. Шантажерка! Сука!

— Тише... умоляю, не надо шума... — стонал Грибков. — Я представитель закона... В форме, при погонах...

— Всем заткнуться! — приказала я. — Сесть по разным углам, встряхнуться и говорить по очереди. Вера, ты первая!

Через полчаса я стала обладательницей не очень ценных, а вернее, банальных сведений. Вера и Глеб изменяют своим вторым половинам. Супруг Расторгуевой вечно пьян и не обращает внимания на Веру, зато жена Грибкова Наташа подозрительна и ревнива, она великолепно знает о его кобелиной сущности и предупредила ловеласа:

— Пронюхаю о походе налево — уничтожу. Из дома выселю, а машина и сберкнижка на меня оформлены. Голым уйдешь! Да еще начальству твоему кое-что рассказать могу.

Глеб Сергеевич перепугался. За ним водятся мелкие нарушения по службе, да и нажитого имущества лишаться не хочется. Поэтому он заверил Нату:

— Дорогая, ты единственная моя любовь!

— Смотри! — пригрозила супруга.

Теперь понимаете, как испугался Грибков, когда Вера позвонила ему и зашептала:

— Беда! Нас кто-то засек!

Участковый кинулся к любовнице, а та показала ему записку с простым, но впечатляющим текстом:

«Знаю все. Молчание стоит пять тысяч долларов. Если через неделю не получу денег, о вашей тайне узнают все».

На воре, как говорится, шапка горит. Парочка живо скумекала, что за их постельными упражнениями наблюдал чужой глаз. Глеб Сергеевич собрал всю свою дедукцию в кучку и понял: в Евстигнеевке есть только одна личность, способная раскрыть их тайну, — Дана Гарибальди.

— Почему именно она? — изумилась я.

Участковый поскреб пальцем макушку.

— Логические вычисления. Мы для утех удачное место нашли — у Верки на чердаке. Там никто нам помешать не мог. Наташка в чужой дом не попрет, Колька вечно пьян, ему по лестнице туда не залезть. Вот только...

Он замолчал.

— Дальше! — приказала я.

— Жарко там очень, — нехотя признался Глеб, — я сильно потею, а Верка злится.

— Неприятно ведь, когда к тебе мужик прилипает. Скажи, я права? — по-свойски воскликнула Расторгуева. — Окон на чердаке нет, вот он и выдумал... Все беды от него, дурака!

— Я часть стены выпилил, типа двери получилось, и отставлял ее в сторону, — вздохнув, пояснил Грибков. — Хорошо, ветерок дует, и небо видно... Да не подумал, что с третьего этажа дома Гарибальди мы — как на ладони. Больше некому было нас узыркать! А как письмо пришло, так меня и стукнуло: она! На принтере отпечатано, без адреса, в простом конверте.

— Надеюсь, вы отправили бумагу в лабораторию, чтобы ее изучили специалисты? — прикинулась я идиоткой.

— Нет, — мрачно сказал Глеб, — это личная ситуация. Сам решил разобраться.

— Убив Гарибальди? — подытожила я.

— Ты глупости-то не болтай! — побагровел мент. — Я к ней Верку отправил для разговора.

— Интересно... — процедила я.

— Откуда нам пять тысяч в валюте взять? — звенящим голосом сказала Расторгуева. — Я такую сумму и в рублях не каждый месяц вижу! Хотела Данку разжалобить, дескать, не трепись о нас. Чем мы тебе мешаем? Ведь не у тебя же я мужа слямзила... И не нужен мне Глеб навсегда, попользуюсь им и верну его родной супруге. На худой конец предложение заготовила: Дана держит рот на замке, а я ей по хозяйству помогу. Лучше Зинки справлюсь! Хоть та мне и подруга, но я хорошо знаю, какая она лентяйка. Жозя плохо видит, да и слышит тоже, Дана на работу укатит, а Зинка положением пользуется — грязь по углам быстренько распихает и в сад — курить.

— Так, давай о деле, — остановила я Веру. — Вы не хотели причинять Дане вред?

— Нет! — хором ответили любовники.

— Расторгуева отправилась на переговоры с мирной целью?

— Да, — опять в унисон отозвалась парочка.

— И что случилось дальше?

— Ужас! — Вера схватилась за щеки.

— А конкретнее?

— Я вошла в сад и побрела к крыльцу, — зашептала Вера. — Хорошо их привычки знаю: Жозя с птицами сидит, Дана, если дома, на кухне топчется. И для кого только она готовит? Бабка ж много не сожрет. Дверь у них всегда открыта, можно легко внутрь попасть. Понятно?

— Более чем. Дальше!

А дальше было так. Вера полезла через кусты. Участок у Гарибальди здоровенный, одним прыжком до дома не добраться. Внезапно до Расторгуевой долетели странные звуки: сначала «ба-бах», затем словно собака пробежала: топ-топ-топ, скрип, шуршание... Соседка раздвинула кусты, закрывавшие вид на дорожку к гаражу, и увидела разноцветную кучу тряпок.

Расторгуева вспомнила звук «ба-бах» и решила, что из окна упал матрас, который Дана положила на подоконник для проветривания. Но потом вгляделась, приблизилась вплотную к куче и... едва не лишилась чувств. Не чуя под собой ног, Вера ринулась домой, к ожидавшему ее Глебу.

Вместе они придумали нехитрый план. Грибков сказал:

— Сиди дома и молчи. Небось Дана уже покойница, шантажировать нас больше не сможет.

Но Вера, при всем своем хамстве женщина жалостливая, закудахтала:

— А вдруг она живая и сейчас от боли мучается? Надо «Скорую» вызвать.

— Дура! — зашипел участковый. — Знаешь, как у нас заведено? Кто тело нашел, тот автоматически под подозрение попадает! И как ты объяснишь, зачем к ней в сад поперла?

— Сахару одолжить! — выпалила Вера.

— Так чего кралась? Почему не через центральную калитку двинула?..

— Минуточку! — остановила я Расторгуеву. — Ты вошла через какой-то боковой вход?

— Ну да, — подтвердила Вера. — Не хотела светиться, вот и обошла дом вокруг. Вроде в лес направляюсь, а сама шмыг... У Гарибальди сзади в заборе решетка сломана. Меня никто не заметил. Ну а потом Глеб про простыню придумал.

— Не лучший вариант, — отметила я.

— Времени мало было, — буркнул он.

— А теперь вспомни, — повернулась я к Вере, — телефон около Даны лежал?

— Понятия не имею, — жалобно протянула Расторгуева. — Мне он без надобности!

— Там ничего не было рядом? — не успокаивалась я.

Глаза Веры округлились.

— Не видела я! И не взяла бы! Очень страшно было!

— А где письмо с требованием денег, которое тебе шантажист прислал?

— Я его сожгла! — прошептала она. — Такое не хранят.

— Никто из жителей деревни не жаловался вам на вымогательство? — спросила я у Глеба.

Грибков поднял брови домиком.

— Нет. У нас в основном чепуха всякая: выпили — подрались. Халат у бабы Клавы с веревки сперли. Кому старье понадобилось? Небось ребятишки баловались. Я Оксану Решеткину подозреваю — ей двенадцать лет, а хуже допризывников пьет. Родительское горе.

— А мать у ней кто? — уперла руки в боки Расторгуева. — Настоящая проститутка! Ей денег даже не платят, задарма с мужиками спит!

Я поразилась аргументам Веры: доступная женщина как раз получает мзду за пользование ее телом. Затем я переспросила:

— Значит, жалоб на шантаж не поступало?

— Нет, — подтвердил участковый.

— И Настя, учительница, к вам не подходила? Глеб оттопырил нижнюю губу.

— Она же с собой покончила.

— Знаю! Но до этого она у вас не показывалась?

— Нет, — изумился участковый и выхватил из кармана запиликавший мобильный: — Да! Где я? У Расторгуевой. Зачем? Сижу с ней и с писательницей Виоловой. Ща она тебе словечко скажет... Виола, пожалуйста! Жену Наташей зовут.

Заискивающе улыбаясь, Глеб сунул мне в руку липкую трубку. Преодолев брезгливость, я поднесла ее к уху и, ощущая запах чеснока, воскликнула:

— Наташенька? Это Арина Виолова, для вас просто Вилка!

— Здрасти, — прозвучало в ответ.

— Извините, что задержала вашего супруга.

— Ничего, у него ненормированный рабочий день.

— Хотела кое-что узнать об ужасном происшествии с Даной. Она моя близкая подруга.

— Очень сожалею о случившемся. Надеюсь, Даночка поправится, — вежливо сказала Наташа.

— Спасибо за добрые слова.

— Заходите к нам чаю попить.

— Непременно, благодарю за приглашение.

— Буду рада вас видеть.

— Взаимно, до скорого, — прочирикала я и вернула мобильный Глебу.

— Козел! — прошипела Вера. — Подкаблучный пузан!

— Я пойду? — спросил участковый. — Супруга нервничает.

— Ступайте, — кивнула я.

— Если понадоблюсь, звоните, — бросил уже на ходу участковый и убежал, как вороватый кот, за которым гонится с веником разъяренная кухарка.

— И отчего ко мне вечно дерьмо липнет? — поинтересовалась Вера, проводив любовника взглядом. — Только пьяницы, уроды и идиоты. Ни одного нормального мужика за всю жизнь! А ведь вроде я не косая, не хромая, не горбатая...

Я сделала вид, что не услышала риторического вопроса. Да и как ответить на него? Сказать правду, мол, подобное притягивает подобное?

— И что теперь со мной будет? — задергалась Вера. — У нас тут слухи птицами летают! Ой, голова болит, сил нет, прямо отваливается... Давление замучило, я ж полный инвалид. Не смотри, что по возрасту еще не старая, вся гнилая! А откуда здоровью взяться? В детстве отец у нас с мамкой валенки пропил, я ноги застудила. Легко ли зимой в калошах? Теперь Колька квасит... И за какие прегрешения меня в тюрьму засаживать? За Глеба? Миленькая, ты уж никому не рассказывай, мы ж ничего плохого не делали... Ща покажу тебе записи про свои болячки, все как на ладони увидишь!

Вера прытко вскочила, подбежала к старомодному буфету, вытащила из ящика круглую коробку из-под печенья и начала перебирать лежащие в ней блистеры.

— Во, — тараторила она, — если в доме здоровье, зачем столько таблеток? Они же дорогущие! Дибазол с папаверином от давления, анальгин, если башка раскалывается, валерьяновка для сна, слабительные... Так, че еще тут? Йод, зеленка, пластыри...

Глава 12

Я молча наблюдала за Расторгуевой. Надо встать и вернуться в дом Гарибальди, но я отчего-то очень устала, даже пару шагов сделать тяжело. А Вера, судя по набору медикаментов, ничем серьезно не страдает, принимает самые простые средства. Хм, дибазол с папаверином... Неужели это еще прописывают людям? Наука давным-давно изобрела более действенные и менее опасные таблетки, поддерживающие нормальный тонус сосудов. Минуточку, а что там такое темнеет?

— Вера, айн момент! — воскликнула я. — Покажи вон ту синюю коробочку...

— Которую? — Хозяйка будто ослепла. — Зеленую? Не узнала? Это ж аспирин быстрорастворимый!

— Нет, синюю, с яркой надписью.

Вера быстро закопала небольшую упаковку.

— А ну, дай сюда! — приказала я и выхватила блистер из кучи. — Надо же, точно, я не ошиблась, это рецитол. У вас в семье кто-нибудь страдает паркинсонизмом?

— Чего? — разинула рот Вера. — Это чего такое?

— Паркинсонизм, — повторила я. — Хорошо, что

ты с ним пока не знакома, надеюсь, не повстречаешься и в дальнейшем. Так откуда у тебя рецитол?

— Понятия не имею, — загудела Расторгуева. — Может, забыл кто? Или на сдачу в аптеке дали.

— На сдачу? — повторила я. — Интересно...

— Ага, — приободрилась хозяйка. — Иногда у них мелочи нет, вот и суют всякую хрень типа таблеток от кашля за два рубля.

— Здесь и цена написана... — протянула я. — Ничего себе, полторы тысячи рублей! Такое лекарство в качестве довеска не пойдет.

Лицо Веры покрылось красными пятнами.

— Так откуда рецитол? — насела я на нее. — Его продают только по рецепту врача, и исключительно несчастным людям, которым поставили страшный диагноз. Вот аспирин в принципе могут употреблять многие, хотя он тоже опасен, допустим, при язве желудка или гемофилии.

— Ты че, врач? — поразилась Вера.

— Нет, но я люблю программу «Здоровье» смотреть, — засмеялась я. — Очень познавательная передача! Ну вот что, Вера, ты мне рассказываешь, зачем тебе рецитол... к тому же... — Я быстро вытащила блистер. — Так и есть, несколько таблеток отсутствует! Кто их принял? Отвечай!

Вера попыталась изобразить рыдания, но артистическая стезя предназначена явно не для Расторгуевой, ей так и не удалось выжать из себя ни слезинки.

— А все Зина... — гнусаво протянула она, демонстративно вытирая сухие глаза рукавом замызганного халата, — это она посоветовала и принесла. Не растерялась, дрянь! Ты правильно заметила, лекарство дорогое, вон какие деньжищи... А Зинаида с меня две тыщи слупила. Сказала: в аптеке провизор лишку попросила, иначе — только по рецепту отпустит.

— Зинаида — это та женщина, которая убирает дом Даны? — осенило меня.

— Убирает... — презрительно фыркнула Расторгуева. — Грязь размазывает. Только богатая дура может за такую работу бабки платить. Гарибальди следовало меня позвать. Я рядом живу, хоп через заборчик — и на месте, а Зинке с другого конца деревни надо плюхать и...

— Зачем тебе рецитол?

— Ну... так... про запас.

— Вера, не смеши меня! Подобные медикаменты никто не складирует. Это же не нитроглицерин, который на случай сердечного приступа держат!

— Э... да... о...

— Ладно, — сказала я, — до свиданья.

— Ты куда? — встрепенулась Вера.

— Поеду в Москву, — пояснила я, — на Петровку, у меня там полно друзей. Знаешь ведь, я детективы строчу, вот и перезнакомилась с сотрудниками МВД. Здесь всем Глеб заправляет, но ему веры нет, и я привезу своих товарищей. Да, забыла сказать: Дану, похоже, хотели убить. Накормили рецитолом, а потом через подоконник перевесили — лекарство вызывает потерю сознания. Кстати, никуда не уезжай, ты первая подозреваемая: Дану обнаружила и лекарство в аптечке хранишь.

— Мама! — обвалилась на диван Вера. — Рецитол для другого! Зинка мне его дала! Спроси у нее, если она совесть не потеряла — подтвердит!

— Сначала сама объясни.

Вера закатила глаза:

— Голова кружится... Плохо мне...

— Тебе может стать еще хуже, — ехидно пообещала я. — В тюрьме особых условий нет: народу в камере битком, душно, не факт, что тебе личная койка достанется, будешь с какой-нибудь грязной бабой на одной шконке по очереди спать...

— Господи... — затряслась Вера. — У меня муж алкоголик!

— Отличное оправдание для плохих поступков, — кивнула я. — Но ты слегка занудна, я уже слышала сегодня про беспробудное пьянство Николая, пора сменить тему. Начинай рассказывать о тяжелом детстве, лучше с момента появления на свет. Я стопроцентно уверена, что у твоей матери были патологические роды и поэтому тебе досталась кривая карма...

Расторгуева заморгала.

— Да нет, — выдавила она из себя, — ты не поняла, рецитол для Николая. Как он мне надоел!

— Намекаешь на то, что задумала убить не Дану, а мужа? — поинтересовалась я.

Вера вжалась в угол дивана.

— Погоди, щас все спокойно растолкую...

— Да уж, сделай милость, — заявила я.

И Вера начала каяться.

Она устала жить с не просыхающим от водки Николаем. Мало того, что он не приносит в дом деньги, так ведь еще и норовит утащить последнее, к тому же муж легко распускает руки. Колька — здоровенный амбал, и он звереет, если Вера скандалит, увидев его пьяным. Пропойцей себя урод не считает, «зашиваться» не идет, а на все мольбы Веры посетить нарколога орет:

— Я употребляю, как все, заткнись, дура!

Мне непонятна логика женщины, которая терпит рядом омерзительное, проспиртованное чудовище. Из любой ситуации есть два выхода. Всегда! Если хочешь избавиться от дебошира и мерзавца, это вполне возможно сделать, надо лишь уяснить: алконавт сам никуда не денется, ему уютно в доме, где есть еда и чистая постель. Убегать придется самой, резко ломать свою жизнь. Пьяница всегда находится в зоне риска, даже распрощавшись с бутылкой, он может сорваться, спокойствие и благополучие вашей семьи висит на тонкой нити. Если не хотите жить в состоянии вечного стресса, лучше уносите ноги и впредь не приближайтесь к мужчине, который считает поллитровку своей лучшей подругой.

Но на резкое изменение судьбы способны только

сильные личности, остальные элементарно боятся уходить из дома и оправдывают себя, приговаривая: «Мне жалко мужа! Кто ж его накормит, напоит, обстирает? Пропадет он без жены!»

Девочки, вы ошибаетесь! На свете много глупых женщин, всегда найдется новая нянька для алкоголика. А у вас, может, после разрыва с ним начнется иная жизнь.

И уж категорически нельзя иметь ничего общего с мужиком, который поднял на тебя руку. Не надейтесь, что побои были случайными, что муж раскаивается. Нет, раз он начал махать кулаками, теперь не остановится. Тут снова выбор: либо записаться в секцию самбо и научиться давать отпор, либо навсегда с ним расстаться. Швырнете муженька пару раз через бедро, он мигом притихнет, а если не станете терпеть побои и уйдете, начнет вас уважать.

Но Вера опасалась уезжать из Евстигнеевки. Здесь у нее изба, огород, мебель, закрученные на зиму банки. И что же, все это бросить?

Поэтому она сидела на месте и привычно жаловалась соседкам на пьяного Кольку. Бабы жалели Верку, и жизнь иногда даже казалась ей сносной. Может, Вере просто не приходило в голову, что есть иной мир, в котором можно добиться успеха, встать на ноги и быть счастливой? Не знаю. А пару недель назад к ней пришла Зина и возбужденно зашептала:

— Слышь, подруга, свезло мне! Пристроилась тут неподалеку в коттеджный поселок — меня взяли полы мыть в доме.

— Хорошо, — кивнула Вера.

— Зарплата отличная, — радовалась Зинка, — и для тебя кое-что есть.

— Что? — без особого интереса осведомилась Расторгуева.

— У моей новой хозяйки муж генерал!

— А мне-то что с того? — фыркнула Вера.

— Пьяница дикий! Ваще, говорят, жрал водяру

ведрами, — оживленно частила Зинаида. — Мне ихняя кухарка доложила, она в доме восьмой год.

— Думаешь, мне легче станет? — вздохнула Вера. — Узнаю, что богатые тоже ханкой наливаются, и успокоюсь?

— Так он бросил! — выпалила Зина.

— Здорово! Небось в клинике лежал, — не сумела скрыть зависть Расторгуева. — Только у меня денег на врачей нет. Да и Колька не пойдет.

— Дай договорить! Генерал еще худший урод, чем твой дурак. Анна Степановна, жена его, лекарство купила... — сказала главное Зинаида. — Его вообще-то от болезни прописывают. Есть такая напасть, когда у человека руки-ноги трясутся, сам даже чашку поднять не может.

— И чего? — не поняла Вера.

— А то, что ему пилюлю дают, и трясучка проходит.

— Не пойму никак, при чем тут водка? — недоумевала Расторгуева.

— Ох и дура ты! Нормальный человек, не больной, слопает рецитол — и его парализует.

— Жуть!

— Но не навсегда! Часа на два, ну на три. Потом отпустит. Но только, когда он бревном свалится, надо непременно ему сказать: «Ой, ой, теперь остаток жизни в кровати гнить будешь, пролежишь до смерти камнем. У тебя инсульт случился. Допился, родимый!»

— Ты сама говорила, что через некоторое время он встанет, — возразила Вера.

— Точно, — согласилась Зина. — А надо ему на следующий день в суп новую таблеточку кинуть. И снова руки с ногами откажут. А ты тут как тут, не упускай момент, дуди свое: «Вот что водка с человеком делает! Ой, жалко-то как, не встать тебе уже». Мужики трусы, генералу хватило трех разов. Теперь как отрубило, даже не нюхает спиртное.

— И где лекарство взять? — оживилась Вера.

Зина приложила палец к губам.

— В аптеке. Но без рецепта его не дадут.

— Кто ж его мне выпишет? — справедливо заметила Расторгуева.

— Я тебе помогу, — пообещала Зинка. — У меня есть знакомая, она пособит. Но придется потратиться. Средство очень даже не дешевое, а еще надо сверху дать, чтобы про рецепт с печатью забыли.

— Ради такого дела денег мне не жаль, — заявила Вера и отсчитала две тысячи.

Зинка ее не подвела, притащила упаковку и прочитала лекцию, как пользоваться препаратом.

— Он горчит, лучше в кофе подмешать. Или навести компоту послаще, — советовала Зина.

Вера послушалась и вскоре поняла: не врет Зина.

— Переколбасило Кольку по-черному, — говорила Расторгуева, не скрывая радости, — ну так плохо ему стало, что я с перепугу врача вызвала! Ни рукой, ни ногой не шевелит, слюни текут... Знала ведь, что потом отойдет, а все равно страшно, да и совестно!

— И «Скорая» Николая не увезла? — поразилась я.

— Кто про неотложку говорил? — удивилась Расторгуева. — Я Катю кликнула, медсестру, она через две избы живет. Уколы хорошо ставит и давление ловко меряет, к ней вся Евстигнеевка лечиться ходит. До поликлиники ехать далеко, очереди там! Катюха лучше любого врача разбирается. Вон, мне от головы папазол присоветовала. Зачем время терять, доктор то же пропишет.

Я вздохнула. Чего в Вере больше? Элементарной лени или пещерной глупости? Умные политики сетуют на короткую продолжительность жизни в России, мол, умирает население, едва достигнув пенсионного возраста. А как же иначе, если большая часть страны бегает лечиться к какой-то фельдшерице, ничтоже сумняшеся прописывающей гипертоникам папазол.

С другой стороны, нельзя осуждать людей. Евстигне-евка хоть и расположена вблизи Москвы, но даже сю-да «Скорая помощь» доберется, простите за глупый каламбур, совсем не скоро.

— Катюха Николая совсем добила, — злорадство-вала Вера. — С порога диагноз поставила: «Доклю-кался ты, Колька, до инсульта». Муж прям посинел, захрипел и даже описался.

— Давай без лишних подробностей, — попросила я. — Значит, рецитол тебе дала Зина, домработница Даны.

— Ага, — закивала Вера. — Колька уже третий день трезвый. Рекорд! Слушай, у тебя никому такие таблетки не нужны? Их в упаковке пятьдесят штук, я б себе половину оставила, а вторую отдала. Всего три тысячи прошу.

— Однако! — рассердилась я. — Ты целую упаков-ку за две приобрела, а теперь на половине лекарства решила подзаработать.

— А чего добру пропадать? — деловито ответила Вера. — Ведь не дрянь предлагаю. Действует. Наши бабы за такое лекарство все отдадут!

— Предложи соседкам.

— Ага, нашла дуру! Чтобы слух попер: Верка му-жика на лекарство посадила? Ну ты и сказанула... — возмутилась Расторгуева. — Не, я молчать буду.

— Где живет Зина?

— У сельпо, чуть левее, домик с синей крышей, — неохотно сообщила Вера.

— Ладно, — сказала я. — А ты тихо, никому о на-шей беседе не рассказывай. В первую очередь сплет-ни невыгодны тебе!

В глазах Веры появилось выражение облегче-ния.

— Можешь не предупреждать, я очень умная, — затрясла она головой. — Прямо как Цинцирон!

Я не поняла, кто такой Цинцирон, но, честно говоря, мне было абсолютно все равно, с кем сравнила себя Вера. Я торопилась к Зине, чтобы задать той пару вопросов про рецитол.

Дверь в домик домработницы была приоткрыта, на пороге самозабвенно умывался грязный рыжий кот. Я вошла в захламленные сени, сделала вдох и моментально вспомнила бабку, мать моей мачехи Раисы. Когда я была маленькой, меня каждое лето отправляли к ней в колхоз. Старуха казалась мне злой и противной, у нее буквально приходилось выпрашивать кусок хлеба с маслом. Подброшенную неродную внучку она предпочитала кормить кипяченой водой, в которой плавали куски репчатого лука и крупно нарезанная капуста.

— Моей пенсии на жиры и прочие конфеты тебе не хватит, — говорила бабуся, — жри, чего дали, а если не нравится, значитца, ты не голодная. Коли припрет — кирпичи пожуешь.

Но сейчас, став взрослой, я поняла: мать Раисы была по-своему доброй, не всякий человек согласится поселить у себя на лето чужую малышку. Родней меня назвать было трудно: я дочь ее зятя от первого брака. Но ведь старушка привечала меня, как умела, заботилась, а один раз даже подарила мне почти нового плюшевого мишку. Где она его взяла? Явно не приобрела в магазине.

Я помотала головой, чтобы стряхнуть непрошеные воспоминания, но они, как назло, не собирались уходить. Надо же, у Зинаиды в сенях валяются точь-в-точь такие же сапоги, как у старухи, на стене висят ржавые санки, а на лавке лежат порванные куски марли.

— Кто там? — закричал из избы хриплый голос.

— Свои, — бойко ответила я.

— Свои все дома, — прозвучало в ответ. — Чего затаилась в дверях? Шагай сюда!

Глава 13

— О! Писательница! — подпрыгнула Зина. — Во дела!

— Откуда вы меня знаете?

Она засмеялась:

— Да уж вся деревня гудит: к Гарибальди подружка из телевизора приехала. Чаю хотите? Хотя вы, наверное, особенный пьете, не из магазина?

Я собралась сказать домработнице, что привыкла пить амброзию и закусывать ее черной икрой в швейцарском шоколаде, но удержалась. Еще подумает: это правда. Лучше сразу, без долгих вступлений задать Зинаиде пару вопросов.

— Вы садитесь, — продолжала она исполнять роль гостеприимной хозяйки, — в кресле устраивайтесь.

Меня охватило сомнение. Чтобы беседа протекала, как любят говорить журналисты, «в теплой, дружественной обстановке», мне лучше воспользоваться креслом. Но оно выглядело отвратительно засаленным, а прикрывающий его гобеленовый коврик большинство женщин постеснялось бы постелить как половичок у двери. Наверное, Дана никогда не заглядывала к Зине в гости, потому что в противном случае не наняла бы Зину. Особа, живущая в таком ужасающем беспорядке и в столь невероятной грязи, явно не способна быть хорошей прислугой.

— Вы знаете, что случилось с Гарибальди? — спросила я, осторожно устраиваясь на краю табурета (в деревянной мебели хоть не живут клопы).

— А то нет! — всплеснула руками Зинаида. — Из окошка она упала. Наши тут до хрипоты доспорились. Одни талдычат: она с собой покончить хотела, потому что без мужика жила. Но мы-то с вами знаем: это неправда!

Я пожала плечами, а Зина продолжала:

— Не было у нее поводов кидаться сверху, случайно вывалилась. Наверное, воздухом подышать хотела. Очень уж головой мучилась! Когда похороны?

— С ума сошла? — забыв о вежливости, воскликнула я. — Дана жива, скоро поправится.

— Да? — протянула неряха. — А Катька сказала, что ее до больницы не довезут, травмы серьезные.

— К счастью, Катя не специалист, — отрезала я. — Гарибальди в реанимации. А откуда вы о привычках Даны знаете?

— Полы я у них мою, навидалась, как она от башки мучается. Правда, в последнее время ей лекарство помогало.

— Какое? — насторожилась я.

Зина закатила глаза.

— Ща вспомню... типа ацетон название...

— Рецитол?

— Оно самое! Я ей достала, — похвасталась Зина. — Дорогое, зараза, — пять тысяч рублей!

— Действительно, недешево, — согласилась я. — Тяжело было добывать таблетки?

— У меня знакомая в аптеке за прилавком стоит, — охотно пояснила Зина. — В Москве работает, любое лекарство отпустить может, даже из списка «А», но за деньги.

— Ясно. Может, вы в курсе, кто Дане рецитол прописал?

Зина замялась, потом честно ответила:

— Без доктора обошлись, поэтому так дорого и встало. Рецитол вообще-то по рецепту отпускают, Нине Ивановне извернуться пришлось. Но она всем помогает, очень жалостливый человек, а зарплата маленькая.

— Значит, у Даны имелся рецитол?

— Ага, в аптечке был, — закивала Зина. — У них там в доме просто гора лекарств! На целую поликлинику хватит. Жожа сказала, что Дана все уже испробовала и отчаялась. Раньше, как увидит что новое от головной боли, мигом хватала. Уколы себе делала, траву заваривала, а потом поняла: все бесполезно. Жозя так ее жалела! Вот я и решила...

— Сволочь поганая! — заорали со двора. — Поставила, блин, ведро на дороге!

Крик перешел в мат, потом раздались звон и дикий кошачий вой.

— Ой, мамочки! — испуганно зашептала Зина. — Васька припер, брат мой. Опять его Клавка из дома выгнала. Беги, писательница, отсюда, пока жива! Вася психический, со справкой, ему по барабану, кто перед ним, если обозлился — тушите свечи.

— Хорошо, — сказала я, слыша, как на улице бушует ураган, — завтра загляну.

— Давай, давай, — поторопила Зина. — Куда пошла?

— Так к двери...

— Там Васька с топором! Попадешься ему под горячую руку — мало не покажется.

— Но как же мне выйти?

— Иди сюда, — поманила меня пальцем Зина, — через заднюю дверь выскочишь, сквозь кухню прошмыгнешь, потом налево по коридору, там дверь. Очутишься около сарая с дровами, к калитке не суйся, бери налево, дыру в изгороди найдешь... А я пока комодом дверь подопру и Грибкову звякну. Васька участкового боится, Глеб Сергеевич его живо в дурку устроит, а там плохо. Хотя небось менту уже Федоровы шумнули, они всегда видят, когда шизик сюда рулит.

— А-а-а, сука! — заорали со двора еще громче. — Хде ты, падла?

Поняв, что больше вести беседу с хозяйкой нет никакой возможности, я на одном дыхании долетела до черного выхода, мельком отметила, что на крючке висит красивая, новая, явно маленькая для тучной Зины кожаная куртка, и, забыв удивиться этому факту, выбежала в сад.

На улице моросил мелкий дождик. Втянув голову

в плечи, я помчалась к дому Гарибальди, а в голове мелькали разные мысли. Детство мое прошло во дворе самой обычной московской пятиэтажки. Соседи знали друг про друга практически все, но в хрущобе жили люди, о которых никто ничего не мог рассказать. В деревне же, где многие даже не запирают входную дверь, ничего не утаишь. Просто удивительно, что, несмотря на кардинальные изменения в стране, возросшую криминогенность общества и массовый приезд гастарбайтеров из разных стран, люди из Евстигнеевки не изменили своим привычкам...

В доме Гарибальди царила тишина. Я тщательно закрыла дверь на замок, задвинула щеколду и позвала:

— Жозя!

Из коридора послышался топот, я изумилась — однако старушка к ночи стала более бойкой, чем днем. Вон как резво бежит! Из полумрака выскочило черное существо, и, прежде чем я сумела ахнуть, оно повалило меня на спину. Еще хорошо, что я шлепнулась на толстый шерстяной ковер и не сильно ударилась.

Большой язык облизал мое лицо.

— Муся, отстань! — вознегодовала я.

Собака не послушалась и только удвоила старания — умывала меня с возросшим тщанием.

— Ты хочешь есть! — осенило меня.

Муся начал выть.

— Но сначала тебе нужно погулять, — вспомнила я. — Псов выводят на улицу, затем моют им лапы и только потом дают еду.

— Вав! Вав! — гулко залаял Муся.

— Немедленно прекрати, — приказала я, — Жозя, наверное, легла спать. Ты ее разбудишь.

Пес послушно захлопнул пасть.

— Умница, — вспомнила я заветы дедушки Дурова. Великий дрессировщик велел постоянно хвалить и ободрять животных.

Муся отчаянно замахал хвостом.

— Сюда! — скомандовала я и открыла дверь.

Пес ринулся наружу, но через секунду со стоном вбежал в дом.

— Тебя что-то испугало, милый? Нельзя быть таким трусом! — погрозила я Мусе пальцем. — Шнауцер твоих размеров может победить слона, но я твердо знаю, в Евстигнеевке они не водятся. Ты здесь будешь самым крупным животным!

Собака заскулила.

— Иди, иди, — приказала я и попыталась сдвинуть щенка с места.

Но с тем же успехом можно было толкать Кутафью башню. Муся определенно не желал высовываться в сад. Решив посмотреть, что испортило ему настроение, я вышла на крыльцо и увидела, что морось превратилась в хороший дождь.

— Тебе неохота шлепать по лужам! — сообразила я. — Ну и неженка! Скажи, а альтернатива есть?

Муся грустно опустил голову.

— Для собак не придуманы унитазы, — сурово сказала я, — а писать в гостиной не положено. Скажи спасибо добрым Вере Сергеевне и Ивану Михайловичу из зоомагазина, они посоветовали приобрести тебе комбинезон. Где он? Ага, вот... Нравится?

Я вытащила из пакета собачий «наряд» и встряхнула его. Послышалось рассерженное шуршание. Муся задрожал.

— Послушай, да ты и впрямь трус! — возмутилась я. — Это всего лишь комбинезон, он не кусается и не царапается. Давай натянем его. С каких лап желаешь начать?

Муся зашелся в истерике.

— Спокойно, — я погладила его по голове, — потом привыкнешь. Ну, не дрейфь...

Наконец пес смирился, и я быстро запихнула его хвостовую часть в болонью, натянула «плащ» на спину щенка и попыталась прикрыть передние лапы.

Сначала у меня возникло ощущение, что комбинезон мал, но потом раздался тихий хлопок, и Муся мигом поместился в прикид.

— Ловко! — обрадовалась я, откинула челку со лба... и обнаружила, что задние конечности псины оголились — Муся таинственным образом сумел освободить филей, вот почему комбинезончик хорошо сел спереди.

Отдуваясь, я начала натягивать хрустящую ткань... Хлоп! Ситуация повторилась с точностью до наоборот. Теперь передние лапы торчали наружу.

Промучившись минут десять, я поняла свою ошибку. Пса нужно повалить на бок, и тогда никаких проблем не возникнет.

— Лежать! — приказала я.

Муся уставился на меня.

— Ложись! — повторила я уже по-немецки.

Но и на родной ему язык Муся не отреагировал. Похоже, Дане прислали цверга-дауна!

Я села около собаки.

— Дорогой, попытаемся еще раз...

Муся внезапно тоже принял сидячее положение.

— Здорово! — возликовала я. — Вот оно что, надо действовать личным примером. Смотри, показываю, как надевать комбинезон: ноги туда, руки сюда... опля, сел как влитой. Жаль, «молнию» не застегнуть; но и не надо. Ну, и как тебе? Впрочем, айн момент!

Изогнувшись самым диковинным образом, я сумела до конца застегнуть «змейку» и ощутила себя почти олимпийской чемпионкой по художественной гимнастике. Однако здорово у меня получилось! Я продемонстрировала чудеса гибкости!

— Правда красиво? — поинтересовалась я у Муси и сделала пару шагов. — Ты будешь выглядеть еще лучше!

Мне было очень неудобно, я же все-таки человек и не приспособлена для хождения на четвереньках. Комбинезон сильно сковывал движения и противно вонял — такой едкий запах издают новые мешки для мусора.

Муся тихо гавкнул. Чем дольше я дефилировала в его прогулочном прикиде, тем больше бесновался пес. В конце концов шерсть на нем встала дыбом, и тут уже перетрусила я. Муся заметно увеличился в размерах и сейчас походил на слоненка, рожденного от дикобраза. Извините за неудачное сравнение, но, стоя в позе буквы «зю», я плохо соображаю. А еще у меня заболела шея и к горлу подкатила тошнота — все-таки новый комбинезон издавал отвратительный запах! Муся отпрыгнул на полметра в сторону, случайно открыл входную дверь и, воя, как оборотень в полнолуние, кинулся в сад.

— Стой! — завопила я и бросилась за щенком-переростком.

Конечно, Муся издали смотрится собакой Баскервилей, но разума у него меньше, чем у кузнечика. Сейчас он легко перемахнет через изгородь, пронесется по чужому огороду, помнет кусты, выкорчует елки, снесет баню, угонит трактор... Да мало ли на какие подвиги способен разбушевавшийся мамонт! А в деревне нравы простые: почти у каждого мужика припрятан обрез. Это русская народная традиция, уходящая корнями в 1917 год, когда власть постоянно менялась: красные-белые-зеленые влетали в село, и пейзане хватались за оружие. Бедные мужики привыкли защищать урожай, а их правнукам генетически передалось желание иметь в избе винтовку. Еще хорошо, если зарядят ружье крупной солью... А ежели пальнут дробью?

— Муся! Стой! — голосила я, скача за собакой.

Скажу сразу: никогда не повторяйте мой подвиг. Бегать на четвереньках очень неудобно, а в собачьем комбинезоне практически невозможно. Я сумела продвинуться на пару метров вперед и шлепнулась на дорожку. Следовало во что бы то ни стало расстегнуть комбинезон и выбраться наружу, но проделать сию процедуру мне оказалось слабó — дотянуться рукой до «молнии» на спине я не могла. Радовало лишь одно: добрые советчики Вера Сергеевна и Иван Михайлович не обманули, собачье пальтишко и впрямь оказалось замечательно теплым, я совершенно не замерзла и сохранила тело сухим, а вот волосы на голове, ничем не защищенные, вымокли. Жаль, что у комбинезона не было капюшона, это явная недоработка производителей. А еще не помешали бы ботинки, причем две пары, на передние и задние конечности... До сих пор я не задумывалась о том, что испытывают наши домашние любимцы, прогуливаясь холодным, дождливым вечером по улице. Сейчас же, лежа на боку в луже, я искренне пожалела их. Вот бедолаги! И ведь подобные мучения зверье испытывает по меньшей мере два раза в день!

Внезапно около моего лица оказалась лягушка.

— Мама! — заорала я. — Люди, помогите! Жозя! Грибков! Вера! Зина!

Но ни одна душа не поспешила мне на помощь.

— Люди... — повторила я уже тише. В горле запершило, начался кашель.

Интересно, что подумают соседи, когда утром увидят на участке мой труп в собачьем комбинезоне? Наверняка их посетят мысли о сексуальных извращениях. И что мне делать?

Мало-помалу до меня дошел весь ужас собственного положения. Участок у Гарибальди большой, из ближайших соседей есть лишь Вера Расторгуева, но из окон ее избы, как я успела убедиться, виден лишь темный, еще не успевший потерять листву кустарник, мохнатые елки и гараж. Жозя давно легла спать, к тому же она стала плохо слышать. Впрочем, обладай она слухом горной антилопы, все равно ничего бы не разобрала. Стены дома капитальные, обложены кирпичом, стеклопакеты тщательно закрыты. Правда, дверь не заперта, но это мне не поможет: хоть оборись, Жозя не шелохнется в кровати.

— Кто-нибудь... — запищала я, — умоляю...

Может, попытаться ползти, как гусеница? Подтянуть колени, потом разогнуть их, раз, два... Спустя несколько минут я устала и прекратила бесплодные попытки доползти до крыльца. Даже если я совершу подвиг и доберусь до него, каким образом я поднимусь по ступенькам? Да, их всего три, они очень удобные, пологие, но попробуйте взгромоздиться наверх, лежа на боку, в тесной собачьей одежде, практически не шевеля лапами... то есть руками и ногами... А я ведь всегда всем оптимистично говорила: «Безвыходных положений не бывает, из любого непременно есть лазейка». И вот, пожалуйста! Что делать? Положеньице — безвыходнее не придумаешь.

Задав себе основной вопрос русской интеллигенции, я чихнула и поняла, что начинаю простужаться — у меня невероятно замерзла голова. Нужно немедленно предпринять очередную попытку к освобождению. И тут из стены дождя вынырнул Муся. Пес был насквозь мокрый, его шерсть покрывал слой глины.

— Иди сюда! — простонала я.

Собака упала на брюхо и поползла ко мне. Уж не знаю, почему Муся избрал такую тактику. Может, он на самом деле пытался повторить мои движения — садился, бежал и ложился вместе с идиоткой, временно исполнявшей обязанности его хозяйки?

Через несколько секунд морда Муси оказалась около моего лица.

— Иди в дом и разбуди Жозю, — велела я.

— Гав?

— Ступай внутрь!

— Ав! Ав! Ав!

— Nach Hause, — перешла я на немецкую речь, — э... gehe... то есть ging...

Ну надо же, я забыла нужную форму глагола gehen[1], такого со мной ранее никогда не случалось. Впрочем,

---

[1] Gehen — идти (*нем.*).

никогда до сих пор я не валялась на дорожке в собачьем одеянии.

Неожиданно Муся встал.

— Ты понял! — обрадовалась я. — Давай, цыгель-цыгель айлюлю! То есть bitte schnell!

Но пес не пошел в дом — он начал скрести лапой по моей спине и плакать самым несчастным образом.

— Эй, поосторожней, мне больно! — возмутилась я и тут же чихнула.

Муся взвизгнул, сильно дернул лапой... послышался треск, комбинезон лопнул, и я обрела долгожданную свободу.

Глава 14

— Муся! — завопила я и кинулась обнимать щенка. — Ты меня вызволил из плена! Котик! Зайчик! Рыбка! Ангел! И как только ты догадался порвать комбинезон? Ты невероятно умен!

Муся гордо вскинул голову, высоко задрал хвост и замахал им из стороны в сторону. Было понятно, что он страшно доволен собой.

— А теперь пошли в ванную, — приказала я. — Только тихо, ступай осторожно, иначе мне придется мыть коридор, ты ведь жутко грязный.

Оказавшись в просторном санузле первого этажа, я критически оглядела пса и поразилась. В Москве осень длится шесть месяцев подряд, причем на протяжении этого времени стоит слякотная, хмурая погода с дождем или мокрым снегом. Не припомню, когда у нас была настоящая зима с крепким морозом, солнцем и скрипучим снегом. Говорят, в изменении климата повинно глобальное потепление, но я веду речь не об экологии, а о жителях столицы, которые заводят крупных собак. Как люди справляются с элементарной задачей — купанием пса? Муся сейчас напоминает многокилограммовый шматок грязи. А ведь выгуливать четырехлапого друга надо два раза в день! И что, регулярно устраивать ему баню?

Тяжело вздохнув, я приказала слонопотаму:

— Прыгай в ванну!

Муся незамедлительно сел на пол.

Меня охватило отчаяние. Ну вот! Сначала он не хотел надевать комбинезон, теперь не желает принимать душ.

Но Муся резко вскочил и встряхнулся. Брызги полетели в разные стороны и осели на моем лице, руках, волосах, одежде.

— Уходи отсюда, — обозлилась я, — не стану приводить тебя в благопристойный вид! Уже поздно, я хочу спать. Если бы ты сразу надел комбинезон, то... Короче говоря, уматывай в коридор и там сохни. Грязь слоем толще сантиметра, по закону всемирного тяготения, должна отвалиться сама!

Гневные слова я подтвердила энергичными действиями. Уж не знаю, откуда у меня взялись силы, но я уперлась обеими руками в лохматый зад Муси и вытолкала стокилограммового щеночка вон. Потом перевела дух и еще раз огляделась.

Чьи-то заботливые руки повесили в ванной комнате чистый халат и положили гору свежих полотенец, на бортике ванны вытянулась шеренга баночек с кремами и бутылок с гелем, шампунем, кондиционером и скрабом. Стащив с себя грязную одежду, я швырнула ее на пол, отвернула кран, наполнила ванну и села в теплую воду.

Очевидно, Жозя любит понежиться в пене, потому что в поле зрения было все необходимое для кайфа. Под головой у меня пружинила специальная подушка, соль, которую я добавила в воду, издавала приятный фруктовый аромат, а на небольшой тумбочке лежал глянцевый журнал — необременительное для уставшей женщины чтение.

Я взяла издание и начала перелистывать страницы. Обо всех своих проблемах я подумаю завтра, сейчас полюбуюсь на сумочки и шмотки.

Внезапно в ванной повеяло свежим ветерком. Я выглянула из-за журнала и онемела. Дверь в коридор распахнута настежь, по плитке, скребя когтями, несется Муся. Я живу одна и давно отвыкла запираться в санузле изнутри — все равно никто не зайдет. Вот «малютка» и воспользовался моей оплошностью. Наверное, тронул дверь лапой, и пожалуйста, он уже тут — с улыбкой на грязной лохматой морде.

— Муся! — взвизгнула я. — Пошел вон! Komm... то есть... Вот беда, я совсем забыла немецкий! Не komm, а...

В ту же секунду черное тело взметнулось вверх и плюхнулось в ванну. Я застонала и уронила журнал. По воде пошли радужные пятна. Наверное, Муся был покрыт тонким слоем нефти, иначе почему жидкость приобрела столь странный вид и запах? Еще через мгновение содержимое ванны стало напоминать жижу в овраге при дороге. По поверхности воды заколыхались щепки, опилки, обрывки бумаги. Может, Муся приволок на себе мусорное ведро?

Я закрыла глаза. О боже, дай мне сил встать и, приняв душ, взять полотенце. Главное, не вцепиться в здоровенную деревянную щетку с длинной ручкой, предназначенную для мытья спины, и не треснуть ею с размаху Мусю по его дурацкой башке.

Конечно, пес ни в чем не виноват — он еще маленький, трех месяцев не исполнилось, ума не нажил. У Муси огромное тело, а мозг в зачаточном состоянии. И, похоже, щенок старательно повторяет все мои действия. Скорей всего, он считает меня матерью и подобным образом познает окружающий мир. И я сама спровоцировала его прыжок в воду. Уж не знаю, что случилось с моей головой, но я опять перепутала глаголы. Gehen — означает «идти», и его можно употребить в значении «пошел вон», а вот глагол komm, повелительная форма от kommen, приходить, в данном случае прозвучал как «иди», но только не прочь, а ко мне. Вот Муся и послушался!

Нечто влажное коснулось моего лба. Я открыла глаза и тоненько взвизгнула. Прямо около моего лица маячила мокрая волосатая морда с высунутым розовым языком. Глаза щенка лучились восторгом, весь его вид без слов говорил: «Мама, я люблю тебя! Мама, я счастлив!»

Неведомая сила вытолкнула меня из воды со скоростью отделяемой ракетной ступени. Я завернулась в полотенце и сказала:

— Знаешь, дорогой, я всегда считала посещение ванной комнаты очень интимным делом. Можешь мне не верить, но я не поклонница совместного омовения. На мой взгляд, плавание в грязной пене даже рядом с любимым человеком отнюдь не эротично.

Муся гавкнул, я вцепилась в бутылочку с жидким мылом и приказала:

— Сидеть молча!

Поклявшись никогда не заводить домашних животных размером больше божьей коровки, я, как сумела, вымыла, вытерла и высушила собаку. И лишь приведя монстра в относительно приличный вид, сообразила: завтра мне не в чем будет поехать в город. Моя одежда, грязная и мокрая, не успеет высохнуть до утра. Есть еще одна маленькая деталь: я категорически не намерена сейчас заниматься стиркой! И что делать? Ответ на сей вопрос пришел сразу: подняться в мансарду к Данке и порыться в ее вещах. У нас с ней примерно один размер, отыщу что-нибудь подходящее.

Туго завязав халат, я пошла по коридору к лестнице и, когда поравнялась со спальней Жози, услы-

шала странный звук, похожий на стон. Насторожив-
шись, я остановилась и вновь услышала жалобное:

— А-у-у-у-у!

— Жозя, — прошептала я, — ты как?

— А-у-у-у.

— Кто это?

— А-у-у-у.

Наверное, следовало заглянуть в спальню Жози,
но мне это показалось неприличным. И, похоже,
стон идет не из комнаты хозяйки дачи.

— А-у-у-у...

Я повернула голову вправо.

Здесь нужно кое-что пояснить. Как я уже говорила, мы с Даной давно дружим, и ранее я частенько
бывала у нее в гостях. Став писательницей, я лишилась большей части личного времени, и наше общение свелось к болтовне по телефону. Городскую
квартиру Даны, где сейчас проживает с новой женой
Альберт, я великолепно помнила — это самый обычный типовой вариант. Основная часть москвичей
имеет подобные, они разнятся лишь количеством
комнат. Войдя в квартиру, вы попадаете в крохотное
пространство, из которого тянутся два коридорчика.
Направо разместились ванная, туалет и кухня (очень
неудобное расположение, уж не знаю, кто из архи-
текторов придумал его). А двери в жилые комнаты
находятся в другом коридорчике. Короче говоря, в
московских апартаментах Даны никаких тайных мест
не было, а вот на даче, которую я изучила намного
хуже, полно чуланов, кладовых и закоулков. После
ремонта я ни разу еще не приезжала к Дане и не
знаю, что находится в тупиковой части холла, под лестницей. А именно оттуда и доносилось странное «а-
у-у-у».

Трясясь от страха, я подошла к стене и обнаружила там ранее не замеченную дверцу, оклеенную обоями. Если бы из нее не торчала маленькая ручка, я никогда бы не сообразила, что здесь есть вход в какое-

то помещение. Створка слегка покачивалась на петлях и тихонечко стонала: а-у-у-у!

Из моей груди вырвался вздох облегчения. Всего лишь скрип несмазанной железки, а как похоже на стон! Впрочем, небольшое происшествие лишний раз убедило меня в справедливости мысли о том, что все таинственное имеет, как правило, самое банальное объяснение. Но что там, под лестницей? Кладовка? Или, может, бойлерная? Я забыла, где у Даны расположены технические помещения

Не в силах сдержать любопытство, я толкнула дверцу и увидела небольшую комнату с двумя железными ящиками, на одном из которых моргали маленькие разноцветные лампочки. Еще тут громоздились здоровенный цилиндр и серебристые, похожие на ракеты, конструкции.

Некоторое время назад я, тогда еще семейная дама, жила в загородном доме[1], поэтому сейчас сразу поняла: ящики — это котлы отопления, один из них резервный. Цилиндр — бойлер, а «ракеты» всего лишь фильтры для воды. Небольшая коробочка на стене — автоматический отключатель газа. Если, не дай бог, газ начнет просачиваться из трубы, электроника мигом заблокирует его подачу. Дана не пожалела денег на оборудование и тщательно соблюдала технику безопасности. В углу краснели огнетушители, а большое окно было распахнуто настежь (газовая служба не разрешает устанавливать оборудование там, где нет притока свежего воздуха). Окно должно быть открыто постоянно, зимой и летом, днем и ночью. Впрочем, вместо этого вы можете приобрести мощную и дорогую вентиляцию.

Минуточку! Я вздрогнула. Получается, что в дом очень просто попасть. Во-первых, ни Дана, ни Жозя

---

[1] О жизни Вилки в коттеджном поселке читайте в книге Дарьи Донцовой «Монстры из хорошей семьи», издательство «Эксмо».

никогда не запирают входную дверь, похоже, они даже на ночь не задвигают щеколду. Но предположим, что кто-то из безалаберной парочки все же сообразил повернуть ключ в замке. И что? Злоумышленник подойдет к бойлерной, легко перескочит через подоконник и окажется прямо у лестницы.

Может, подобным образом преступник, покушавшийся на жизнь Даны, и проник в ее мансарду? Жозя возилась с птичками, она бы не услышала чужих шагов. Старушка уверяла меня, что никто из посторонних не посещал дачу, и не лгала, она просто не знала, что негодяй проник в коттедж. Тихо влез — бесшумно вылез. Спасибо Вере Расторгуевой, решившей, что Гарибальди надумала шантажировать ее, и отправившейся побеседовать с Даной. Иначе моя подруга, лежа на сырой земле, могла умереть. Жозя-то полагала, что невестка спит в своей комнате. Да старушке и не влезть на третий этаж по винтовой лестнице!

Так, нужно проявить бдительность. Я вышла из бойлерной и тщательно заперла дверь. Мне стало чуть спокойнее.

Завязав потуже пояс халата, я начала подниматься по лестнице, добралась до мансарды, пошарила рукой по стене, нащупала выключатель и нажала на клавишу.

Ярко вспыхнула висящая по потолком люстра, на секунду я даже зажмурилась. Затем открыла глаза, сделала шаг по направлению к гардеробной и удивилась.

Наискосок от входа, рядом с вычурной кроватью, располагался секретер из ротанга. На мой взгляд, два этих предмета интерьера абсолютно не сочетались друг с другом, но сейчас меня поразил не подбор мебели.

Почти вплотную к пузатому шкафчику был придвинут манекен в виде фигуры женщины, выполненный с большим искусством. У него даже имелись волосы. Манекен, одетый в пуловер и джинсы, смотрелся до жути натурально. Я бы никогда не поместила подобное в своей спальне. Проснешься ночью и испугаешься, приняв его за живого человека. Оставалось удивляться, как я не заметила данную деталь интерьера, заглянув сюда в первый раз.

— Пожалуйста, не кричите! — вдруг прошептал манекен. — Я не сделала ничего плохого! Вы кто? Я думала, Антонина тут одна.

Пара секунд понадобились мне, чтобы сообразить: Антонина — это Жозя, а в спальне Даны находится не муляж, а живая женщина.

— Умоляю, не поднимайте шума! — продолжала незнакомка. — Поймите, мне, с одной стороны, нужны деньги. С другой — вещь же не ее! Право, нечестно отнимать у нас все!

— Вы кто? — сумела наконец выдавить я из себя.

— Лида, — потупилась незнакомка, — родственница Антонины, матери Альберта, бывшего мужа Даны. Собственно говоря, я его вторая жена. Но нас сюда не зовут! Антонина рассердилась на Алика. Знаете, почему? Все считают, что свекровь обожала Дану, а когда Алик ей изменил, не захотела видеть разлучницу, то есть меня. Но это неправда! Альберт случайно сказал про птичку... он не хотел, получилась ерунда... а мать рассвирепела и велела ему убираться вон. Ну где такое видано? Да еще попугайчика Таисии унесла! Это уж вообще ни в какие ворота! Ну почему он должен Дане достаться? Какое отношение она к нему имеет? Вот я и пришла забрать свое. Чужого мне не надо. Понимаете?

— Нет, — ответила я и села в кресло. — Если вы сейчас же не объясните, каким образом проникли в дом, что здесь делаете и вообще зачем сюда залезли, то я вызову милицию. И после ночи в КПЗ, именуемой в народе обезьянником, вас с пристрастием допросит не очень ласковый сотрудник уголовки. Кража со взломом тянет на хороший срок!

— Я ничего не ломала, — возразила женщина. — Влезаю через окно в бойлерной, оно постоянно открыто. Это очень беспечно, между прочим. Но у них все нараспашку! Ладно я, свой человек. А если настоящий бандит заявится? Так ведь и убить могут.

— Что значит «влезаю»? — изумилась я. — Вы в который раз здесь?

Лида зарделась:

— Сначала я первый этаж обыскивала, затем на второй поднялась. Сразу-то все помещения не охватить, особняк большой! Посудите сами, разве честно Антонина поступила? Лишила Алика всего! Я бы за ней ухаживала. Дана, кстати, старуху постоянно одну оставляла, когда на работу уезжала, а я...

— Стоп, начинай сначала! — прошипела я, решив не церемониться с незваной гостьей. — Рассказывай подробно! У меня много вопросов. Зачем ты сюда ходишь?

— Ищу птичку, — пролепетала Лида.

— Они в вольере живут, — отрубила я, — не в доме. Для пернатых оборудовано специальное помещение. Прекрати мне лгать! У тебя есть еще одна попытка все рассказать сначала. Если вновь услышу ерунду, вызову милицию.

— Погоди! — занервничала Лида. — Про птичку это святая правда, только она не настоящая. Знаешь, кто был отец Алика?

— При чем тут родословная Альберта? — возмутилась я. — Вот уж о ком сейчас меньше всего хочется говорить, так это о «великом» прозаике.

— Но мне придется рассказать его семейную историю, — настаивала Лида, — иначе ты ничего не поймешь!

— Ладно, — согласилась я. — Только имей в виду: мне врать бесполезно, я чую фальшь за километр.

Лида прижала руки к груди.

— Скажу только правду! Ей-богу!

Глава 15

Отец Альберта, Матвей Витальевич Колосков, происходил из хорошей семьи. Все его предки с незапамятных времен жили в Москве и занимались ювелирным делом. В детстве любимым развлечением Матвея было наблюдать за мамой Таисией, которая, не разгибая спины, ковала симпатичные украшения из серебра.

В советские годы практически не было мастеров, у которых можно было заказать украшения. Ювелиры работали на заводах, штамповали кольца, браслеты, цепочки по эскизам, утвержденным художественным советом предприятий, творческая индивидуальность не приветствовалась. При коммунистах существовал закон, запрещавший частникам использовать золото и некоторые камни. Хочет человек самовыражаться — пусть берет янтарь, медь, серебро и кует, пока не поседеет. Но если у него дома на рабочем верстаке найдут золотую пыль, поедет он как миленький в Мордовию, и там его будут перевоспитывать в одной из многочисленных колоний...

Естественно, Таисия была в курсе существующих порядков. Она не хотела оставлять сиротой Матвея, поэтому ничем запрещенным не занималась — делала серьги из кожи, меха, бусин и прочей лабуды. Еще у нее хорошо получались серебряные подвески и браслеты. Женщина неплохо зарабатывала, а где ее муж, Виталий Колосков, она никогда не говорила. Вернее, Матвей знал, что папа погиб на военной службе.

Матвею нравилось ремесло мамы, но сам он ювелиром становиться не собирался. Мальчик еще в школе увлекся птицами, его очень интересовали вопросы: каким образом они ориентируются в воздухе, почему никогда не сбиваются с пути, кто приказывает стае начать перелет?

Когда сын окончил восьмой класс, Таисия спросила:

— Продолжишь обучение в девятом или пойдешь в училище, поддержишь семейную традицию?

Матвей помотал головой:

— Не хочу сидеть над безделушками, я мечтаю стать биологом.

Юноша приготовился к длительной дискуссии с мамой. Он даже заранее сформулировал аргументы и намеревался отстаивать свою позицию до победы. Но Таисия неожиданно кивнула:

— Хорошо. Каждый — кузнец собственного... несчастья. Любой династии когда-нибудь приходит конец.

Матвей растерялся и переспросил:

— Ты не против, чтобы я занялся орнитологией?

— Я только за, — улыбнулась Таисия. — Самое большое наказание для человека — работа, к которой не лежит душа. Родители не должны диктовать детям их путь.

Матвей выбрал профессию по душе и быстро пошел в гору. Кандидатская диссертация, докторская, профессорство... Повезло ему и в семейной жизни — еще студентом он встретил Антонину, женился на ней и прожил счастливо много лет. Тоня, которая с легкой руки внука позднее превратилась в Жозю, обожала Матвея и помогала ему в работе.

Ученого Колоскова привечали власти. Выражалось это и в материальной форме: доктору наук подарили гектар земли с просторным домом, дали хорошую по тем временам квартиру и, что особенно ценно, разрешали ездить по заграницам для изучения птиц. И если основная масса советских людей, имевших возможность пролезть под «железный занавес», посещала Болгарию, Польшу и прочие страны так называемого соцлагеря, то Матвей катался в Бразилию, Эфиопию, Австралию. Ведь экзотические птицы не водятся в Европе, а профессора интересовали лишь крайне редкие виды. Кстати, благодаря Матвею Витальевичу в Московский зоопарк начали поступать уникальные экземпляры попугаев. И что особо удивительно, Антонина всегда сопровождала супруга. Это было совсем уж не по правилам. В коммунистические времена, боясь невозвращения гражданина из мира «загнивающего» капитализма в «рай» социализма, семейную пару никогда не отпускали за рубеж, оставшиеся на родине родственники служили гарантом для властей. А Колосковы колесили по миру рука об руку. Правда, они всегда в голос клялись в верности марксизму-ленинизму.

В традициях Колосковых было рано жениться, Альберт тоже повел Дану в загс, будучи студентом первого курса. Не успели молодые отбыть на море, где собирались провести медовый месяц, как умер Матвей Витальевич.

Прошло время. Вдова не выбросила ничего из вещей Матвея Витальевича. Более того — сохранила в нетронутом состоянии и кабинет мужа на даче.

Однажды, уже после рождения Андре, Алик сказал маме:

— Давай освободим помещение под детскую? Вывезем письменный стол, шкафы, весь старый хлам... Зачем нам мемориальная комната?

— На втором этаже полно свободных помещений, — отрезала Жозя.

— Ребенку лучше на первом, — не успокаивался сын.

Дана встала на сторону свекрови.

— Ничего, Андре заберется по лестнице, — сказала она, — а Жозе не хочется расставаться с памятью о любимом человеке.

— Вы дуры! — возмутился Алик. — В кабинет сто лет никто не заходил.

Жозя отвернулась к окну, а Дана возмутилась:

— Сам идиот! Потому никак достойную службу не найдешь.

И действительно, у Алика никак не складывалось с работой, он фактически сидел на шее у Жози и Даны. Первое-то время обе женщины верили: Альберт непременно поднимется. Но потом надежды мамы и жены начали таять. Сначала Дана, а за ней и Жозя стали упрекать Алика в лени. В принципе они были правы, но Альберт злился и отвечал:

— Я выбрал для себя стезю писателя. Мой долг донести до людей свое слово!

— Но ты же предпочитаешь выполнять избранную миссию не на голодный желудок, — один раз не выдержала Дана.

— Конечно, кто-то должен наполнить холодильник, дабы наш «Пушкин» плотно поел, — ехидно подхватила Жозя. — Мы с девочкой работаем, как пчелки, а ты трутень.

Немного резкое замечание, но справедливое. Жозя после смерти супруга-ученого продолжала преподавать биологию в институте, еще она набрала частных учеников из числа школьников, желавших поступить в вуз, и крутилась как белка в колесе. Дана тоже не сидела сложа руки — ей пришла в голову мысль заняться бусами, браслетами и прочей бижутерией. Кстати, к этому невестку подтолкнула свекровь. Жозя однажды сняла с антресолей кипу альбомов и сказала:

— Мать Матвея, Таисия, зарисовала все свои работы. Хочешь посмотреть? Есть очень красивые.

Перелистывая страницы с акварелями, Дана и сообразила: бусы можно сделать из любого материала, хоть из пробок от винных бутылок. Главное, потом продать аксессуары.

В очередной раз услыхав про трутня, Альберт надулся, а Жозя вновь наступила сыну на больную мозоль:

— Если у тебя не получается с писательством, помогай Дане. Она отличный бизнес задумала!

— Еще чего! — заорал Алик. — Нашли дурака! Может, вы надеетесь, что я стану цепочки клепать? Совсем с ума сошли? Я мужчина!

— Мужик, не умеющий зарабатывать деньги, обычный альфонс, — высказалась Дана, — почему я должна ломаться с утра до ночи, а Жозя бегать савраской, чтобы заработать тебе на борщ?

— Потому что вы не творческие люди, — с презрением заявил Алик, — вас ангел при рождении в лоб не поцеловал, как меня.

Жозя нахмурилась.

— Твой отец, Альберт, был гениален! И тем не менее думал о семье. Ему хотелось изучать лишь экзотов, и он имел такую возможность. Но чтобы его сын ходил в красивой одежде и хорошо питался, Матвей колесил по стране, читал лекции в разных вузах и...

— Хватит! — Альберт вдруг стукнул кулаком по столу. — Мама, я не идиот!

Жозя заморгала:

— Ты о чем?

— Сама знаешь, — загадочно ухмыльнулся Альберт. — Хватит мне папашку в пример ставить. Он далеко не святой!

— Алик! — с негодованием воскликнула Жозя. — Светлая память Матвея Витальевича...

— Скорей уж черная, — хмыкнул сын. — Ты хочешь, чтобы я был похож на папеньку?

— Конечно, — царственно кивнула Жозя.

— Во всех отношениях? — уточнил Альберт.

— Ты о чем, деточка? — стала ласковой мама.

— Хочешь поговорить при Дане? — издевательски осведомился Алик. — Ладно, сын обязан слушать мать. Значит, так. Жанна Бирк, сотрудница Института промышленного птицеводства и животноводства, той самой организации, где папахен начальствовал всю свою сознательную жизнь, имела мужа, Феликса Бирка, диссидента и...

— Дана, — повернулась к невестке свекровь, — пойдем, Алик не желает беседовать о собственных ошибках, вот и переводит стрелку неизвестно куда.

— Если продашь птичку, — вкрадчиво протянул

Альберт, — то можешь всю жизнь спокойно лежать на диване!

— Какую птичку? — пожала плечами Жозя.

— Попугая, — ответил Алик.

И тут Дана с возмущением налетела на мужа:

— Зачем ты предлагаешь маме подобное? Она Карлушу из яйца вырастила! Он память о Матвее Витальевиче! Это все равно что с ребенком расстаться! Совесть у тебя есть?

— Я всегда полагал, что основная память об отце — это я, — вздохнул Алик, — а теперь выясняется, что крикливая гадость в клетке важнее сына. Но не о пернатом речь.

— Так о чем? — поразилась Дана.

Но ответа на свой вопрос она не получила. Жозя, закатив глаза, начала медленно опускаться на пол.

— Врача! — заорала Дана, кидаясь к свекрови. — Скорей! Алик, ты убил мать! Ненавижу тебя...

Лида замолкла.

— Неприятно быть свидетелем подобной сцены, — мягко сказала я, — не знаю, куда деваться, если при мне люди принимаются скандалить. Но сейчас я испытываю некоторое недоумение.

Лида передернулась и обхватила себя руками.

— Холодно? — заботливо поинтересовалась я. — Возьми плед и накинь на плечи. Так вот о моем недоумении. Ты чуть раньше сказала, что познакомилась с Аликом уже после того, как супруги разошлись. Правильно?

— Ага, — подтвердила Лида. — Я не уводила Алика из семьи. Я не из тех сволочей, которые в чужом огороде клубнику воруют!

— Тогда откуда же столь доскональная информация о семейном скандале? — восхитилась я. — Создается впечатление, что ты лично присутствовала при том разговоре.

Мадам Колоскова номер два покраснела:

— Мне мама рассказала.

— Жозя? Вы же с ней не общаетесь!

— Не свекровь, — уточнила Лида, — моя собственная мать.

— А она от кого про скандал узнала?

Лида снова передернула плечами, затем сняла с постели шерстяной плед и завернулась в него, устроившись на кровати.

— Мама была у Колосковых домработницей — три раза в неделю приходила убирать, готовить, стирать. Жозя с Даной лишь прикидывались бедными, у них имелись рубли в чулках. Совсем нищая семья прислугу не наймет, сами будут с пылесосом бегать.

— Ясненько, — кивнула я. — Значит, поломойка подслушивала, а потом, вернувшись домой, обсасывала с дочкой чужую жизнь. Увлекательное занятие!

— А вот и нет! — возмутилась Лида. — Мамуля жалела Алика. Замечательный человек, интеллигентный, писатель! Не то что мой отец, пьяница-слесарь. Альберт, говорила мама, непременно пробьется, ему пока просто не везет. Современные читатели идиоты, им подавай Смолякову да Арину Виолову. Непотребные книжонки выпускают огромными тиражами, а ихние авторши деньги мешками гребут. Но время все расставит по своим местам, через триста лет будут изучать философско-романтическо-психологические труды Альберта Колоскова, а не мусор Виоловой.

— Думаю, последние пассажи являются цитатой из речей твоего супруга, — мирно констатировала я. — Приятно, что он знаком с моим творчеством, и резко отрицательная оценка его меня абсолютно не обижает. Каждый имеет право на собственное мнение. Кстати, я забыла представиться: давняя подруга Даны, автор детективных романов Арина Виолова, в миру Виола Тараканова.

Лида вздрогнула и прижала ладони к щекам.

— Извини... — прошептала она.

— Думаю, прощения за нарушение границ частной собственности тебе следует просить не у меня.

— Я о книгах. Не читала их... и Алик тоже. Он... у мужа нет времени на чтение чужих произведений... — начала оправдываться Лида.

— Ну да, чукча не читатель, чукча — писатель, — не выдержала я взятый было слащавый тон.

— Что?

— Ничего, вспомнила бородатый анекдот. Кстати, жене писателя не пристало употреблять замечательное словечко «ихние», — мстительно ответила я, — а то можно остаться в памяти потомков в качестве малообразованной супруги гения. Конечно, это лучше, чем Ксантиппа[1], но тоже не ахти!

— Ксантиппа? Это кто? — занервничала Лида.

— Неважно, одна дама весьма вздорного характера, к теме нашей беседы ни малейшего отношения не имеет, — отмахнулась я. — Насколько понимаю, ситуация в свое время сложилась так: Дана и Жозя уехали от Алика, а твоя мать... Кстати, как ее зовут?

— Клавдия Андреевна, — нехотя сообщила Лида.

— Ага, отлично. Значит, Клавдия Андреевна увидела, что Алик остался один, и быстренько подсунула ему свою дочь!

— Нет! Я пришла помочь маме мыть окна, и Альберт в меня сразу влюбился!

— Лида, мне все равно, как вы познакомились с Аликом и как развивались ваши отношения. Быстро отвечай, что ты ищешь в чужом доме?

Лида сбросила с плеч плед. Я бы на ее месте непременно посетила врача. Похоже, у дамы беда с терморегуляцией организма. Ей то холодно, то жарко. Может, у нее ранний климакс?

— Птичка... — наконец выдавила из себя Лида. — У Алика нет от меня тайн, вот он и рассказал. В семье Колосковых хранится ювелирное изделие: попугай-

---

[1] Ксантиппа — жена философа Сократа, прославилась редкостной вздорностью и грубостью. Ее имя стало нарицательным для плохо воспитанной женщины. (*Прим. автора.*)

чик, сделанный из платины, размером примерно с мой кулак.

— Ничего себе! — ахнула я. — Даже если учесть, что у вас очень небольшие руки, изделие должно стоить больших денег.

— Огромных, — прошептала Лида. А потом зачастила: — Птичка усыпана настоящими камнями — там рубины, изумруды, алмазы, сапфиры. Страшно представить, сколько за нее выручить можно. Жозя не имеет к ней никакого отношения. Вещица принадлежала Матвею Витальевичу, а тому ее передала мать-ювелир. Ну с какого бока Жозе драгоценность перепала? Она Аликова! Но Жозя ее захапала и увезла! Гадина! Они обе с Данкой стервы! Ограбили квартиру! Сейчас все подробно расскажу. Моя мама отлично имущество знала, ведь дом убирала. Уехали эти мерзавки, мамуся приходит — и в ауте. Сервизов нет! Серебра тоже! Часы старинные «Павел Буре» со стены сняты! Столик красного дерева с медальонами исчез! А статуэтки? Между прочим, это немецкий фарфор хрен знает какого века! Ценное уволокли, оставили одно дерьмо! Красиво? Ограбили Алика!

— Ему отдали квартиру, — напомнила я.

Лида вскочила на ноги.

— Сейчас заплачу от радости! А себе дом откусили! Участок в гектар!

— Дача принадлежит Жозе.

— Нет! Ее получил Матвей Витальевич, значит, наследник Алик! Мы! Он и я! А не эти!

Лида задохнулась от возмущения и плюхнулась на кровать.

— В общем, понятно. Ты не можешь упереть коттедж и землю, поэтому решила украсть птичку, — подвела я итог услышанному.

— Взять свое!

— К тебе изделие из платины с камнями никакого отношения не имеет, — напомнила я.

— Раритет принадлежит Алику! Птичку у него украли... — вновь принялась кипеть Лида.

— Но как ты не побоялась сюда залезть? — перебила я ее. — Подняться в комнату! Вдруг хозяйка пришла бы!!

Лида вытаращила глаза:

— Ты же звонила Алику, сказала, что Дана в больнице. А он мне рассказал. Потом по делам уехал, а мамуля мне подсказала: «Поторопись, доченька. Старая карга бывшую невестку любит. Вдруг ей деньги понадобятся либо на больницу, либо на гроб... Продаст птичку, за копейки спустит! Езжай туда и ищи!»

Глава 16

— Ты сперва одно говоришь, потом другое. — Я решила поймать Лиду на нестыковках. — Думаешь, у меня плохая память? Вовсе нет! В самом начале нашего разговора мне стало ясно: ты здесь не в первый раз. Думаю, сначала ты от неожиданности ляпнула чистую правду. Немедленно завязывай с брехней! Мне уже надоело твое вранье!

Лида умоляюще сложила руки:

— Ни слова лжи! Ты меня перебиваешь, вот я и не могу складно изложить события.

— Хорошо, продолжай.

— Альберт — великий писатель!

— О боже, только не это...

— Ну вот! Опять не даешь мне говорить!

— Ладно, извини.

— Альберт — великий писатель... — закатила глаза Лида.

Я сцепила зубы, приказав себе: молчи, Вилка!

— Но нам с мамой хочется кушать, — продолжала жена «гения».

Резонное замечание. Но по логике, если ты связала свою жизнь с великим человеком, приготовься к бытовым неурядицам и полному безденежью. О своих жене и детях, как правило, заботятся нормальные парни, скромные труженики, а те, кто витает в облаках, не опускаются до мыслей о том, что супруге нужны зимние сапоги. Мол, какая разница, в чем ходит по снегу баба. Она должна быть счастлива, понимая: ее выбрал в спутницы жизни яркий талант.

— И одеваться надо, — добавила Лида.

— Вот тут я с тобой совершенно согласна, — не выдержала я.

Лида с сомнением покосилась на меня, но не остановилась.

— Алик не может работать от девяти до семи.

— Он болен? — опять не утерпела я. — Бедняжка!

— Альберт думает, творит, а служба мешает мыслительному процессу.

— Ага.

— Мы с мамой не жаловались.

— Ну да.

— Вполне хватало на все нашей с ней зарплаты.

— Конечно.

— А потом мамуля сломала руку, и хозяйка выгнала ее вон. Никто не хочет держать домработницу-инвалида.

— Ясно.

— В нашей конторе провели сокращение. Меня уволили.

— Печально.

— Конечно, я снова устроилась на оклад, — зачастила Лида, — но теперь маминой зарплаты нет, пенсия у нее крохотная, ну... и... в общем... мы решили... Птичка-то наша! Я сюда приезжала несколько раз. Сначала думала сюда прислугой наняться — Жозя меня лишь один раз видела, да и то полчаса всего, по паспорту я Ивановой осталась, так что никаких проблем. Но у них уже своя домработница имелась, из местных. Я тогда с ней поболтала, вроде хочу дачу на лето снять, посоветуй, мол, где лучше. В общем, разговорились, и Зина растрепала: двери тут никто на ночь не запирает, а если им в голову вступит щеколду задвинуть, то окно в бойлерной всегда нараспашку, влезай — не хочу. Сад здоровенный, хозяйка в дальний конец не сунется, чего там есть, давно забыли. Жозя спит как бревно, ее не добудиться, а у Даны мигрени случаются, тогда она снотворным накачивается и колодой лежит. Видишь, как просто!

Одним словом, Лида выждала нужный момент и проникла в дом. Сначала ей было жутко страшно, но вскоре стало понятно: Зина не наврала. Жозя и Дана мирно посапывали, одна в своей спальне, другая в мансарде.

За пару визитов Лида обыскала весь первый этаж, исключая опочивальню старушки. Потом обшарила второй и поняла: ни сейфа, ни тайников в этой части здания нет. Необысканными остались мансарда, вольер и комната Жози.

Лида боится птиц, поэтому в вольер не пошла, да и Клавдия Андреевна сказала дочке:

— Ювелирное изделие не станут держать во влажности. Наверное, захоронка либо у старухи, либо у молодой. Надо лезть туда! Выждем момент, когда Дана уедет отдыхать или по работе в другой город порулит, тогда и пороешься в мансарде.

Мой звонок перепугал «домушниц», и бывшая домработница Колосковых приказала дочери:

— Отправляйся прямо сегодня. Нельзя тянуть, Жозя может продать раритет...

— Я не знала, что в доме еще кто-то будет, — каялась сейчас Лида, — осторожно поднялась сюда и принялась за поиски.

— Нашла? — поинтересовалась я.

— Не-а! Значит, старуха у себя птичку прячет. Слушай, хочешь, мы тебя в долю возьмем? — ажитированно зашептала Лида. — Пошли вместе вниз, пороемся у бабки! Если она проснется, я спрячусь, а ты скажешь...

— С ума сошла! — возмутилась я. — Значит, так.

Немедленно убирайся вон! Имей в виду: еще раз сюда явишься — очутишься в милиции. С сегодняшнего дня дом будет взят под охрану, видеокамеры включены, они торчат на заборе. Безалаберности пришел конец! Я сама стану следить за порядком!

Лида тихонько засмеялась:

— Туфта.

— Ты о чем?

— Зина мне все объяснила! Камеры не работают, хоть и выглядят круто.

— Э, нет! Дана один раз поймала хулигана, который ей дверь испачкал.

— Верно, — еще больше развеселилась Лида. — Раньше они фурыкали, а год назад сломались.

Я подавила раздражение. Все-таки Жозя и Дана — безголовые курицы! Впрочем, и я хороша. Не подумала про видеонаблюдение. Следовало бы раньше вспомнить о камерах и просмотреть кассеты. Только глядеть-то, как выяснилось, нечего.

— Дана хотела отремонтировать систему, а старуха была против, — поясняла Лида. — Зина говорила, что бабка категорично заявила: не следует деньги тратить, все и так думают, что запись ведется.

— У Зины слишком длинный язык!

— Есть немного, — согласилась Лида. — Так как? Ты в доле?

— Убирайся.

— Сейчас ночь!

— И что?

— Куда я пойду?

— Мне все равно.

— Подумай, — уперлась Лида, — птичка очень дорогая. Мы тебе за помощь два процента дадим.

— Уматывай вон! Живо! А то с лестницы спущу!

— Пять!

Я сжала кулаки.

— Семь, — надбавила Лида. — Не упусти своего счастья! Такое предложение раз в жизни делают! А, поняла... Ну и дура же я! Ты себе все захапать хочешь. Сама пойдешь к старухе шарить. Птичка моя!

— Считаю до трех, — устало сказала я, — потом звоню участковому.

— Слушай, — выпучила глаза Лида, — я тебе не все сообщила.

— Есть новые захватывающие сведения?

— Да! Думаешь, Дана сама выпала? Тебе лучше отсюда побыстрей уехать!

Я вздрогнула:

— Ты на что намекаешь?

— Ха! Ее вытолкнули.

— Откуда ты знаешь?

— Дана звонила Алику, скандал устроила. Муж мне ничего не сказал, но мама...

— Сняла трубку и подслушала.

— Совершенно случайно! Мы же вместе живем. Мамуля просто решила пыль протереть, подняла...

— Это неинтересно! Ты лучше про их беседу расскажи.

Лида покусала нижнюю губу.

— Данка, стерва, Алика никогда не трогала. Развелись — и она исчезла. Бросила мужа без денег и ни разу не поинтересовалась: милый, ты как... Несколько лет ни слуху ни духу. Вот сучара! Подыхай, Алик, с голоду! — возмущалась Лида. — А тут — здрасти... позвонила и орет: «Знаю, ты матери жить не даешь! Видела тебя!»

— Где? — насторожилась я.

— Вот и Алик то же спросил. А она: «Сволочь! Ты зачем за Жозей следишь? И в магазин не лезь!»

— Вот странность, — покачала я головой.

— Сумасшедшая она, — пожала плечами Лида. — А дальше был такой разговор...

— Не знаю, кто тебе чего наболтал, только я здесь ни при чем. Имей в виду, за Жозей многие охотятся! Вспомни Жанну Бирк. Вот ей и звякни! — вопил Алик.

Дана прямо задохнулась.

— Какая Бирк? Прекрати чушь нести!

И тут бывший муж озверел:

— Надоели! Вечно я у тебя виноват! Прямо главная сволочь Земли! На себя посмотри! И у Жози спроси! Да мать в Евстигнеевке все ненавидят, и тебя до кучи. В лицо улыбаются, а за глаза убить готовы. Странно, что вы еще живы! С какого бодуна ты решила, что я за ней слежу?

— Продавщицы в моем магазине сказали, — внезапно вполне человеческим голосом ответила Дана. — Вроде мужик приходил, про мои дела расспрашивал, просил хозяйке о визите не говорить. На тебя по описанию похож!

— Дура! Ищи ближе, — посоветовал Алик. — Мне на тебя плевать! Вот еще, стану я свое время тратить... С Жозей поболтай. Есть вещи, о которых мать тебе никогда не рассказывала. Ты про Жанну Бирк слышала?

— Вроде мелькала пару раз фамилия в разговоре, — протянула Дана. — Какая-то сотрудница Матвея Витальевича?

Альберт рассмеялся.

— «Какая-то сотрудница»... — передразнил он бывшую жену. — Жанна с Феликсом родителям лучшие друзья были, а потом, после смерти Феликса, Жанна исчезла. Не поленись, расспроси Жозю. Что ты вообще про Евстигнеевку знаешь?

— Обычная деревня, — ответила Дана, — люди разные, богатые и бедные. Я здесь практически ни с кем не общаюсь, кроме одной женщины. И у Жози тут друзей нет.

— Идиотка! — перебил Алик. — У Жози там приятелей и не может быть. Сбегай к Людмиле Захаркиной, она в лесу живет, за речкой. Сумасшедшая баба! Вот и поговори с ней, и с Жозей заодно. Небось Захаркина за вами подсмотреть решила. Ведьма! Ее легко с мужиком в прежние годы путали.

— Кто она такая? — растерялась Дана. — И что я ей плохого сделала?

— Вот и задай бабке свои вопросы, — рявкнул Алик. — Авось получишь ответы. Вы с Жозей вроде как мать с дочерью стали, но, похоже, твоя новая мамочка дочурке ни слова правды о себе не сообщила.

— Какой правды? — прошептала Дана. — Алик, ты что-то плохое знаешь?

— А хорошее люди скрывать не станут, — заявил Алик. — Насчет же дурного могу лишь одно сказать: Жозя дура.

— Не смей так говорить о маме!

— Была бы умная, носа б в Евстигнеевку не показывала. Или она решила, что все перемерли и она одна осталась? Нет, Бирк-то живехонька. Она, кстати, хорошо выглядит — ее по телику не так давно показывали.

— По телику? — переспросила Дана.

— В программе «Живые истории», — пояснил Алик. — Она про Феликса рассказывала. Я тогда кой-чего совместил и в принципе понял... Ладно, покедова! Больше со скандалом не звони. И лучше вообще этот номер забудь навсегда. А напоследок скажу: в моем доме у тебя врагов нет. Так, лишь удивление от вашего поведения было, да и оно давно прошло. Нас ничто не связывает, Андре давно вырос, исчезни из моей биографии. А если за вами следят, то это закономерно. Странно, что вас еще не подожгли...

Лида примолкла, потом глянула на меня.

— Вот такой у них разговор состоялся. Понимаешь? В деревне куча народа их ненавидит! Вот кто-то Дану из окошка и выпихнул!

Утром, около девяти, я, с трудом продрав глаза, позвонила в больницу, узнала, что в состоянии Даны изменений нет, спустилась на кухню, обнаружила у плиты Жозю и с укоризной сказала:

— Вчера дверь в дом осталась открытой!

— Да? — изумилась она. — Ну и ну! Я ее закрывала.

— И окно в бойлерной нараспашку стоит, залезай, кто хочет! — не успокаивалась я.

Жозя растерянно заморгала:

— Да? Что такое бойлерная? Ты имеешь в виду гараж во дворе? В нем мой «Запорожец», но его без ключа не завести. Еще там стоят цветочные горшки и газонокосилка! Она, правда, старая, но отлично работает. Надо запереть помещение.

Я включила чайник. Увы, разум Жози день ото дня делается хуже. До возвращения Даны мне придется тщательно следить за порядком в доме, вечером лично закрывать все двери и окна, задвигать все запоры.

— Жозя, ты хорошо знаешь Евстигнеевку? — перешла я к иной теме.

— Конечно, — заулыбалась пожилая дама, — живу здесь... э... уж и не вспомнить, с какого года. Дом и участок Матвею Витальевичу выделили как профессору.

— У тебя тут много знакомых?

— Никого.

— Совсем?

— Абсолютно, — уверенно ответила старушка.

— Но как же так? — усомнилась я. — За столько лет вы ни с кем не подружились?

— Были когда-то приятели, — заулыбалась Жозя, — и чай вместе пили, и танцы устраивали... Но потом кто умер, кто переехал. А нынешних я не различаю, просто здороваюсь вежливо.

— Говорят, тут из старожилов осталась Людмила Захаркина.

— Кто? — переспросила Жозя.

— Людмила Захаркина, — повторила я.

У старушки на лице появилась озабоченность.

— Захаркина, Захаркина... И давно она в Евстигнеевке?

— Вроде очень много лет, живет в лесу, за речкой.

— Не припоминаю. Наверное, склероз начинается, — грустно заметила Колоскова. — А зачем тебе понадобилась эта Захарова?

— Захаркина, — поправила я. — Понимаешь, мне надо в город. Вот уеду, а ты одна останешься...

— Конечно, — засмеялась Жозя, — я никуда не убегу.

— Вдруг заскучаешь?

— Ну уж нет!

— Или захочешь чего... Просто я подумала, если Людмила твоя добрая знакомая, может, привезти ее сюда? Вместе вам веселее будет, и мне спокойней: у тебя компания, не затоскуешь.

Жозя поставила на стол чашку и сердито взглянула на меня:

— Это Данкина работа? Выставила меня маразматичкой? Не приспособленной к жизни идиоткой?

— Что ты! — замахала я руками. — Мне самой в голову мысль пришла. То есть не об идиотизме, конечно.

— Хватит! — буркнула Жозя. — Я не нуждаюсь в няньках! Как видишь, самым наилучшим образом сварила себе какао. Ничего не перепутала, не поставила кастрюльку в холодильник, водрузила на плиту. Спасибо за заботу! Меньше всего желаю видеть в собственном доме старух невесть откуда. Кстати, я расчудесно могу жить в одиночестве, без тебя. Придумала меня пасти! Еще плакат на заборе повесь: «Жозя — дура». Кстати, хочешь чашечку какао? Я обожаю этот напиток и замечательно его варю. И вовсе не являюсь кретинкой, да!

— Прости, пожалуйста, — пробормотала я, — я глупость сморозила.

— Ничего. И не вздумай сюда мне подружек таскать, — уже спокойнее продолжала Жозя. — Недосуг мне с бабками болтать, птицы заботы требуют. Уезжай на работу, не беспокойся.

— Ладно, ты только двери запри.

— Днем? Вот уж глупость! В Евстигнеевке спокойно, — заявила старушка.

— Жозя, ты ведь пойдешь в птичник?

— Ну конечно.

— Вольерная расположена далеко от входа, там шумно. Вдруг злой человек проникнет в дом?

— Зачем?

— Обокрасть, например, захочет.

— У нас камеры! Вся деревня в курсе. Побоятся даже к калитке приблизиться, — торжественно объявила бабушка.

— Аппаратура давно сломалась, сейчас камеры — просто муляж, — парировала я. — Кстати, ужасно глупо не позвать мастера, не отремонтировать систему.

— Откуда ты знаешь? — изумилась Жозя.

— Случайно выяснила.

Я решила не сообщать старой даме о визите Лиды. Не стоит нервировать ее рассказом о том, как по ее дому ночью бродила новая невестка. Как только Дана поправится и выйдет из больницы, я немедленно посоветую ей не только исправить видеотехнику, но и уволить болтливую Зину, но пока пусть все течет по-прежнему. Жозя и так взбудоражена, ни к чему ей новые стрессы.

— Местные не полезут, — уперлась старушка, — им же ничего не известно.

— Кроме евстигнеевцев, имеются гастарбайтеры, бомжи, прохожие, — перечислила я. — Приметят добротный дом, перемахнут через забор, войдут в коттедж и похитят ценности.

— На камерах не написано, что они не работают. И у нас ничего особо ценного нет!

— Совсем? В любой семье есть хорошие вещи: серебряные ложки, ювелирные изделия, картины, статуэтки.

Я ожидала, что Жозя занервничает, вспомнит про птичку из платины и скажет: «Вилка, давай отвезем одну ценную вещь на хранение в банк!» Думаю, Лида больше не вернется в дом, элементарно побоится. С другой стороны, кто ее знает! А я не могу безвылазно сидеть на даче и работать сторожевым псом. Но Жозя повела себя иначе.

— Пустяки, у нас дома дешевый ширпотреб.

— Когда-то у Даны имелись красивые украшения. Вроде ты ей их и дарила, — наобум сказала я.

Старушка чихнула, потом с явным удовольствием отхлебнула какао.

— Было, да сплыло, — заявила она. — На какие деньги, думаешь, Дана бизнес поднимала? Пришлось продать цацки.

Я оказалась в сложном положении. Как я уже упоминала, не хотела тревожить Жозю, поэтому рассказать ей о визитах Лиды посчитала невозможным. Но птичка из платины очень дорогая вещь, ее следует спрятать подальше.

— Могу что-нибудь для тебя сделать? — Я предприняла последнюю попытку разговорить Жозю.

— Купи белого хлеба, — велела она. — Хотела тостик съесть и ни кусочка хлебушка не нашла. Магазин недалеко, но я сама туда уже много лет не хожу. Да и раньше противно было совать нос в грязную лавку.

Глава 17

Если в деревне отсутствуют библиотека, клуб и танцплощадка, то где можно найти местных сплетниц? Абсолютно верно, в продуктовой лавке.

Я толкнула серую железную дверь, споткнулась о слишком высокий порог и очутилась в большой комнате. В голове моментально ожили воспоминания...

Вот мать Раисы вручает мне желтый эмалированный бидон со слегка стертым темно-коричневым орнаментом по краю и говорит:

— Виола! Пущай Катька три литра нальет. Но

гляди внимательно, ежели она черпаком по дну фляги заскребет, скажи: «Бабка велела из новой партии брать. Старое молочко скиснет». Поняла?

Я быстро киваю.

— Здесь рубль, — продолжает старуха, протягивая мне засаленный, некогда кожаный кошелечек, — молока купишь, хлеба белого по семь копеек, за тринадцать не бери, дорого. И еще сдача останется. Пересчитай аккуратно!

Я трясу головой. На лице старухи появляется странное выражение, в душе у бабки явно идет борьба. Наконец она, издав тяжелый вздох, говорит:

— Ну ладно! Лето на дворе. И праздник сегодня, Троица. Хорошо, возьми себе мороженое. За девять копеек, молочное, на вафлях. Оно самое хорошее. Помнится, мой дед... Ладно, беги. Стой!

Получив столь полярные приказания, я торможу у выхода.

— Молоко из новой партии, — грозит мне корявым пальцем бабка. — Не разлей! Булка за семь копеек. Не урони! Про мороженое, думаю, ты и так отлично помнишь. Не ешь его на улице, домой принеси!

Я выполняю приказ старухи, оборачиваюсь туда-сюда и через полчаса, затаив от восторга дыхание, разворачиваю липкую бумажку. Брикетик, покрытый вафлей, не так уж и велик, я легко могу слопать четыре порции. Но кто же мне их даст? Бабка гремит на плите кастрюлями. Я беру здоровенный тесак, режу лакомство пополам, потом говорю:

— Ба!

— Чего тебе, докука? — оборачивается она.

— Твоя часть, — отвечаю я. — Ешь, а то тает!

Старуха подсаживается к столу, с неприкрытым удовольствием отламывает ложкой кусок, отправляет его в рот, закрывает глаза, затем, пододвинув мне остатки, сурово говорит:

— Ешь! Ребенку куплено!

— Так нечестно, я не жадина.

— Дурында! — сердится бабка. — Запомни крепко: если тебе чего от жизни досталось, с чужими не делись. Этак раздашь все добро и нищей очутишься. Наоборот, спрячь получше и вида не показывай, че имеешь! Народ злой да завистливый. Вот сейчас выйдешь на улицу, угостишь девочек, они сожрут лакомство и тебя за идиотку посчитают. В глаза «спасибо» скажут, а за спиной заржут: «Ох и кретинка Виола, видно, у нее денег много, раз так вкусным швыряется!»

— Ты не чужая, ты моя бабушка, — отвечаю я, облизывая бумажку, — я когда вырасту, много-много денег заработаю и скуплю тебе все мороженое.

— Дай бог нашему теляти волка съесть... — усмехается бабка. — Не надобно мне сладкое, вредно, диабет случится! Ешь спокойно. А если хочешь благодарной казаться, не словами бросайся, а делом докажи. Долизывай мороженое, бери простыни да прополощи в речке. Языком мотать каждый умеет. Может, я не доживу до твоих больших денег, станешь тогда совестью мучиться, думать, что не успела мне помочь. А так простынки ты от мыла отшоркаешь. Получила хорошее — отплатила. Во как! Иначе в жизни нельзя, на взаимопомощи мир стоит. Но если ты человеку мороженое покупаешь, покупаешь, покупаешь, а он для тебя ни разу на речку не сбегал, значит, неблагодарный, держись от него подальше. И, главное, никогда не говори себе: «Люблю его, поэтому и стараюсь». Неправильно это, развратно! Ты человеку своим мороженым лишь хуже сделаешь. Привыкнет и требовать будет...

— Девушка, чего хотите? — ворвался в уши резкий вопрос.

— Булку за семь копеек и три литра молока, только из новой фляги, — машинально ответила я.

— Разливным давно не торгуем, — раздалось в ответ.

Я вздрогнула и очнулась. За прилавком стояла ярко накрашенная девица в черной обтягивающей майке с надписью «Йес» на груди. Слева маячили бутылки с колой и пачки импортных сигарет, слева кексы в вакуумной упаковке, батоны колбасы, сыр, масло.

— Молоко только в пакетах, — продолжала торговка, — а про хлеб я не поняла.

— Дайте батон посвежее, — попросила я. — Похоже, в деревне коров нет?

— Кому они нужны? — без приглашения вступила в беседу тетка, рассматривавшая коробки со стиральными порошками.

— Молоко, творог, масло, — перечислила я, — много чего от буренок получается.

Баба засмеялась:

— Легче все в магазине купить! Ты, похоже, никогда за скотиной не ходила. В четыре утра встань, вымя помой, подои, к пастуху выгони, днем на пастбище с ведром смотайся, вечером снова-здорово!

— Ясно, — кивнула я. — А вы не знаете случайно, где Захаркина живет?

— Ведьма? — спросила продавщица.

— Людмила, — уточнила я.

— У нее молоко не купишь, — деловито пояснила тетка. — Она корову, правда, держала, но теперь нет.

— И все же подскажите, как Захаркину найти.

— Не ходите к ней, — предостерегла меня девушка, — она порчу наводит.

— Молока там точно не найдете! — уверенно сказала тетка.

— Сделайте одолжение, мне очень надо к Захаркиной!

Баба ткнула пальцем в окно:

— Во! Вишь тропку? В лес ведет?

Я кивнула.

— Иди по ней прямиком, в захаркинскую избу и уткнешься.

— Ой, не надо! — испуганно предостерегла продавщица. — Бабка страшная, хотя к ней многие бегают. Мужиков привораживают! А вы хотите замуж выйти, да? Угадала?

— Нет, я недавно развелась и чувствую упоительную свободу, — неожиданно откровенно ответила я и вышла на крыльцо.

— Вот дура! — долетело из магазина. — Как думаешь, зачем ей Людка?

— Идиоты сбиваются в стаи, — ответил другой голос. — Может, она у ней дачку снять решила. Ха-ха! На зиму.

— Ха-ха!

Провожаемая глупым смехом, я ступила на тропинку и пошла в глубь леса. Через несколько минут я пришла в изумление. Неужели совсем близко от Москвы еще сохранились такие непроходимые чащи?

Темно-зеленые ели стояли по обе стороны тропинки частоколом, между стволами практически не было просвета. День сегодня выдался солнечный, следы от ночного проливного дождя во дворе дома Даны быстро испарились. А в лесу было очень сыро и пахло чем-то знакомым, но непонятным. Может, грибами? Под ногами зачавкала грязь, пару раз я с трудом удержалась на ногах, заскользив по мокрой глине. Дорожка резко свернула влево, показалась небольшая низина, а в ней, окруженная со всех сторон мохнато-зелеными растениями, стояла изба. Пейзаж напоминал кадры из фильмов великого Роу[1]. Я моргнула и улыбнулась. Неужели Баба-яга существует в действительности? Дом выглядит как иллюстрация к русским народным сказкам: большие серо-коричневые бревна, кое-где между ними висит пакля. Маленькие окошки чуть прикрыты резными, некогда синими ставнями, на крыше лежат какие-то стран-

---

[1] Роу А.А. (1906—1973) — советский кинорежиссер. Снимал фильмы-сказки «Василиса Прекрасная», «Конек-Горбунок», «Кащей Бессмертный», «Морозко» и т.д.

ные, лохматые, не похожие ни на оцинкованные листы, ни на черепицу куски.

Внезапно мне вновь вспомнилась мать Раисы.

— Ох и пьют же некоторые люди! — зазвучал в моих ушах ее недовольный голос. — Крыша толем покрыта, а он водку в магазине берет. Срам жить-то под таким.

Толь, вот как называется этот черный, вероятно, давным-давно забытый строителями материал. Если я верно помню, он продавался в рулонах, как обои, и его просто расстилали по стропилам.

А еще впечатлял забор Захаркиной: заостренные колья (похоже, полуободранные осины), на верхушки некоторых надеты глиняные горшки и миски.

Я невольно посмотрела в серое небо, ожидая увидеть Змея-Горыныча или саму хозяйку, восседающую в ступе. Потом спустилась с пригорочка, доковыляла до калитки, дернула ее и беспрепятственно вошла во двор.

На крыльце умывался здоровенный кот. Естественно, черного цвета.

— Привет, — сказала ему я. — Где твоя хозяйка?

— Мяу, — с достоинством ответил он и ушел в избу.

Я заглянула в сени. Ничего похожего на грязь и беспорядок, царившие у Зины, идеальная чистота и красота, пахнет березовой корой и грибами.

— Можно? — закричала я.

— Входи, — донеслось изнутри, — только ботинки сними, а то натопчешь.

Я послушно выполнила приказ и очутилась в длинном коридоре. Не самая обычная планировка избы меня удивила.

— Сюда, — донеслось слева, — не бойся, я не кусаюсь.

Я вошла в просторный кабинет. Да, да, именно кабинет, по-другому горницу и не назвать. Стен не было видно, повсюду, от потолка до пола, шли книжные полки. Я узнала знакомые, еще советские, издания Л. Толстого, Ф. Достоевского, А. Чехова, О. Бальзака, Э. Золя, Дж. Лондона, К. Федина, К. Паустовского. О! Да у Захаркиной полно детективов. Надо же, она, как и я, обожает Рекса Стаута! Приключения Ниро Вульфа и его верного помощника Арчи Гудвина представлены в разных переводах!

Хозяйка, сидевшая за большим письменным столом, заваленным бумагами, подняла голову и недовольно спросила:

— Чего тебе? Если беременна, езжай к врачу, абортами я не занимаюсь.

— Нет, нет, — ответила я, — ничего криминального! Я пришла из-за Жози.

Женщина сняла очки, делавшие ее похожей на сову, и удивленно переспросила:

— Жози? Первый раз о такой слышу! Что у тебя болит? Опиши симптомы.

— Ничего не болит, — засмеялась я. — Жозя — это женщина. Вы ее, очевидно, знали под именем Антонина Михайловна Колоскова.

— Ах, Антонина Колоскова... — протянула Захаркина. — И кем ты Акуле приходишься?

— Акуле? — переспросила теперь я.

— Царица Колоскова, подпольная кличка Акула, — без тени улыбки перечислила Людмила, — бессменный руководитель института, идейный вдохновитель и палач. Триедина в одном лице, почти бог, извини за кощунство.

— Насколько я знаю, в заведении начальствовал Матвей Витальевич, — продемонстрировала я свою осведомленность.

— М-да, — крякнула Захаркина, — оно верно. Да не так. Вот тебе пример. Идет у нас Ученый совет, то да се, обсуждается диссертация, ну, к примеру, Ивановой Тани. Все замечательно, Иванову почти допустили к защите, остается лишь проголосовать. Матвей не скрывает своего положительного отношения к работе Татьяны, произносит пламенную речь о необходимости вливания в науку новой крови и т.д. и т.п. И вдруг!

Людмила, словно опытная актриса, выдержала паузу и продолжила, разыгрывая сценку в разных ролях.

...Открывается дверь, просачивается Леся Фомина, помощница Матвея, не обращая внимания на цвет института, восседающий за столом, она подкрадывается к ректору, шепчет ему что-то на ушко. Он встает и объявляет:

— Перерыв, товарищи. Перед голосованием следует выпить чаю, вижу, все устали.

И ходу в свой кабинет, а там уже ждет мужа Акула. Она Матвея одного не оставляла, везде за супругом ниткой вилась.

Через сорок минут члены совета снова в зале заседаний. Но что произошло с Колосковым? Отчего Матвей зол? Более того, он берет слово и заявляет:

— Прежде чем голосовать, еще раз подумаем! Может, Татьяне Ивановой следует лучше поработать? Кандидатская сыровата, материал не впечатляет и т.д. и т.п.

— У нее срок аспирантуры заканчивается, — не к месту вставляет научный руководитель Ивановой.

— И что? — багровеет Матвей. — Это не повод для засорения рядов ученых случайными людьми. Можно остепениться и позднее. Я — против поспешных защит. Кто за?

После голосования выясняется: все против, даже научный руководитель бедной аспирантки. Опля! Судьба Ивановой решена, три года учебы коту под хвост, Таня из Ростова, ей туда и возвращаться. Выйдет на работу, диссер некогда переделывать, потом семью заведет, дети пойдут... Какая кандидатская?

Акула за полчаса Матвея перезагрузила. Ей Иванова не понравилась!

— Почему? — оторопела я.

Захаркина пожала плечами:

— Кто ж ответит? Может, Таня молода, красива, хорошо одевается. У нее серьги дороже. А то вдруг в шубке в институт пришла. Или в коридоре с Акулой столкнулась и не поздоровалась — без всякого злого умысла: задумалась и мимо пронеслась... Поводы и причины можно разные найти, вот только все они к науке отношения не имеют. Акуле власть над людьми нравилась. И все это понимали. Многие делали ошибку — принимались перед ней пресмыкаться, тапочки в зубах носили, думали, Императрица смилостивится. И вроде вначале отлично получалось. Кое-кого даже на дачу в Евстигнеевку звали. А вот затем наступало самое интересное. Только человек успокоится, расслабится, подумает: «Уф! Дела на мази», — как ему на голову льется душ освежающий. Либо его должностью обойдут, либо квартира новая мимо носа проплывет. Человечек изумляется и к ректору бежит, дескать, объясни, дорогой Матвей, вроде мы дружим, отчего же такая бяка приключилась... А начальство нахохлится и заявляет: «Вот оно что! Странное у тебя понятие дружбы! Значит, решил за счет друга профит поиметь? Я, наоборот, считаю, близким надо блага в последнюю очередь раздавать, нечестно проталкивать своих, это не по-коммунистически. Больше в мой дом не приходи, знаю теперь цену твоему приятельству».

— Здорово! — покачала я головой.

— Много интересного у нас случалось, — согласилась Людмила Захаркина. — Теперь представься. Ты кто? Зачем пришла?

— Меня зовут Виола Тараканова, — ответила я, — работаю в одном издательстве, которое получило грант на книги о великих ученых. Наш главный редактор составил список лиц, о которых надо написать биографические повести. Только не спрашивайте, где он взял листок с именами, этого не знаю. Мы готовим серию, альтернативную «ЖЗЛ»[1], поэтому тех, кто упоминался в ней, брать не хотим. Один из кандидатов в главные герои Матвей Колосков.

Глава 18

Людмила взяла со стола пачку сигарет, закурила, потом вдруг засмеялась:

— Да уж! Остается тебя пожалеть. А ко мне зачем притопала?

— Колоскова нет в живых, его уже не расспросишь.

— Верно, — согласилась Захаркина.

— Жозя, простите, Антонина Михайловна память почти потеряла.

— Притворяется, — решительно заявила Людмила, — она гениальная актриса. Колосковой следовало на сцену идти, она зарыла талант в землю.

— Нет, у нее точно проблемы, — принялась я защищать Жозю.

Людмила раздавила в пепельнице недокуренную сигарету.

— Сейчас все объясню про ее болезнь. Очередная хитрость, не более того. Она хотела в Евстигнеевке жить, но не вышло, пришлось с позором деревню покинуть. Вот теперь она решила не рисковать, убогой прикинулась. И преуспела! Ей тут улыбаются, а меня за Бабу-ягу держат. Хотя, коли припечет, сплетники сюда со слезами бегут. Вот она, подлая человеческая натура! За спиной говорят гадости, обзывают меня сумасшедшей, а как понос прошибет или радикулит

---

[1] «ЖЗЛ» — биографическая серия «Жизнь замечательных людей», один из наиболее успешных издательских проектов советских лет.

схватит, хнычут: «Людмилочка, солнышко, завари корешков, неохота химией травиться».

Что же касается Акулы... Все равно вы правду не напишете!

— Непременно ваши слова напечатаем! — соврала я.

— То, что я сказать могу, обычно точками заменяют! — произнесла Захаркина и засмеялась. — Ладно, не куксись. Только, поверь, хорошей информации я не наскребу.

— Мне интересна любая! — заверила я.

— Ну слушай, — милостиво кивнула пожилая дама.

В советские годы получить дачный надел в шесть соток считалось редкой удачей, о большем участке люди даже не мечтали, а строить основательные кирпичные дома боялись. И при коммунистах было много по-настоящему богатых людей. Таксисты, шоферы-дальнобойщики, шахтеры, врачи (гинекологи и стоматологи) — всех и не перечислить. Кое-кто официально имел большие зарплаты и северные надбавки, другие получали «благодарность» от пациентов в конверте, третьи занимались подпольным бизнесом, но выставлять напоказ достаток не хотел никто, даже любимые властями и народом артисты с писателями. Дачи в известных поселках Переделкино или Снегири рассмотреть с шоссе не представлялось возможным. Добротные постройки прятались в глубине просторных участков, от дороги их прикрывали деревья. Кстати, чем выше был социальный статус человека, тем больше землицы получал он для строительства.

Матвею Витальевичу выделили целый гектар, что вызвало в институте вихрь слухов. Прежний-то ректор жил на десяти сотках и считал себя счастливчиком.

— За что ему столько? — шептались в коридорах.

— Акула постаралась, — быстро находили ответ люди.

— Как вам не стыдно! — возмущались третьи. — Матвей великий ученый!

Вот с последним аргументом моментально находились желающие поспорить. Однажды Захаркина, в те годы молодая преподавательница, стала случайной свидетельницей разговора между двумя аспирантками: Асей Роговой и Розой Маловой.

— Матвей великий человек! — с жаром заявила Ася.

— Чего ж он такого сделал? — усомнилась Роза.

— Доктор наук! Профессор!

— Усидчивость и работоспособность к таланту отношения не имеют, — ответила Малова.

— Он описал неизвестный вид птиц, — горячилась Рогова, — нашел его в дельте Амазонки, никому из наших такое еще не удавалось.

Малова усмехнулась и заявила:

— Его просто выпустили за границу, а другие остались в Москве. Еще неизвестно, что бы я нашла, дай мне возможность путешествовать по миру. Ты никогда не задавала себе вопрос: отчего Колоскову такая лафа? Может, «папа» некие услуги властям оказывает? А?

— Лучше молчи, — испугалась Ася.

— Не тридцать седьмой год, — отмахнулась Роза.

— Все равно, не надо трепаться, — зашептала Рогова, — мало ли кто услышит. Ой, здравствуй, Людочка!

Захаркина, сделав вид, будто не слышала беседы аспиранток, быстро ответила:

— Привет! Вы на сессии заняты? Экзамены принимаете?

Разговор потек в ином направлении, но у Людмилы зародились те же вопросы, что и у Розы. По какой причине Матвей постоянно ездит за рубеж? Кто и почему выделяет деньги на его командировки? Да еще Акула мотается вместе с мужем! А через пару дней после того разговора Малова покончила с собой. Трагедию активно обсуждали в институте, шумели так долго, что Матвей собрал часть коллектива и заявил:

— К сожалению, многие преподаватели сплетничают о кончине аспирантки Розы Маловой.

— Вы нам ничего официально не сообщили, — крикнул кто-то из сотрудников. — Так что же люди думать должны?

— Думать вы должны о работе, — отбрил Колосков, — а об остальном расскажет Иван Николаевич, сотрудник органов.

Коренастый мужчина, сидевший около ректора, откашлялся и сказал:

— Тело Розы Маловой, двадцати четырех лет, было найдено на козырьке магазина «Продукты».

— Ах! — пролетело по залу.

— Специалисты, проводившие первый осмотр места происшествия, обнаружили открытое окно чердака, эксперт установил, что тело Маловой падало без ускорения, — не обращая внимания на реакцию присутствующих, продолжал Иван Николаевич, — погибшая пила водку, бутылка из-под которой находилась на чердаке. Мать Маловой рассказала, что дочь в последние дни ходила сама не своя...

— Ей защиту диссера отложили, — взметнулся к потолку женский дискант, — Акула решила Розку попридержать. Здесь все знают, что наша царица молодых и красивых девушек не любит!

— Кто себе позволяет подобное? — рассвирепел Матвей. — Немедленно встаньте, назовите имя, фамилию...

— Номер барака и койки, — нагло перебил тот же голос. — Нашел дуру.

Народ в зале начал шушукаться и осматриваться.

— Товарищи, — отбросил официальный тон Иван Николаевич, — давайте не будем усложнять! Малова выбросилась из окна. Официальная версия...

— Самоубийство, — вздохнула Захаркина. — Наверное, несчастная любовь!

Иван Николаевич сузил глаза:

— Нет. Болезнь. При вскрытии трупа обнаружена опухоль головного мозга.

— Ах! — отреагировал зал.

— Малова плохо себя контролировала, не отвечала за свое поведение, вот и вывалилась наружу, — продолжал следователь.

— Я вам не верю! — сказал кто-то слева.

— А ну встаньте! — закричал Матвей. — Что о нас сотрудник органов подумает? Не институт, а базар! Одна кричит, не назвавшись, вторая туда же!

У окна поднялась тонкая фигура.

— Ася Рогова, — представилась девушка. — У Розы не было несчастной любви. Мы дружили, я бы знала.

— Конечно, милая, — неожиданно ласково закивал Матвей. — Слушай внимательно Ивана Николаевича. Он сообщил: Малова болела, опухоль мозга привела к неадекватному поступку.

— Не может такого быть, — твердо заявила Ася. — Мы же биологи и понимаем: внезапно плохо не станет, всегда есть предварительные симптомы болезни. Я не узкий специалист, но думаю, Роза должна была жаловаться на боли, головокружение, усталость, потерю памяти... Но ничего подобного не происходило. Она никогда не пила, водку тем более, лишь шампанское на Новый год, да и то два глотка.

Матвей в растерянности посмотрел на Ивана Николаевича, тот снова встал.

— Товарищи! У нас партийное собрание, следовательно, здесь все свои. Ладно, скажу правду. Но сначала ответьте: вы знаете, что институту до конца года должны выделить аж тридцать новых квартир?

— Да, — хором закричали сотрудники.

— Положительного решения пока нет, — продолжал Иван Николаевич, — но, учитывая, какой у вас замечательный ректор, как он бьется за своих сотрудников, думаю, скоро многие справят новоселье. Есть еще один секрет! Матвей Витальевич, можно про дачи расскажу?

— Валяй! — махнул рукой ректор.

— Колосков выбил вам землю около деревни Евстигнеевка, — возвестил Иван Николаевич, — там уже существует дачный кооператив «Стриж», у самого Матвея Витальевича в нем дом имеется, но теперь объединению разрешат расшириться. В месткоме имеется двадцать пять заявлений на дачи, участки получат все!

— Ура! — завопил народ. — Качать Колоскова!

— Стойте, — погасил общую радость Иван Николаевич, — пока ликовать рано. Повторяю: окончательного положительного ответа нет. Вопрос изучается на самом верху. Естественно, у занимающего высокий пост человека, который будет принимать решение, возникнет вопрос: а хорошие ли люди получат квартиры и дачи? Достойны ли они заботы? Какова обстановка в коллективе?

Иван Николаевич обвел притихший зал взглядом и продолжил:

— А ну как ему доложат: так себе людишки, у них там одна бабенка с чердака прыгнула... Встаньте на его место! Захочет ли он поощрить подобный коллектив? Ну, все поняли? Поэтому, товарищи, ради общего блага прекращаем визг. У Маловой имелась опухоль. Советский человек от любви не страдает, с чердака не сигает, и наши женщины алкоголем не увлекаются. Розу Малову сгубила болезнь, приведшая к помутнению рассудка! Она не понимала, что делает! Это трагедия! Никто не виноват! Увы, пока медицина не научилась справляться с такими бедами, но советская наука на переднем крае. А партия и правительство о вас заботятся. Квартиры! Дачи! Ответим ударным трудом! Ура, товарищи!

Иван Николаевич забил в ладоши, к нему мгновенно присоединился Матвей Витальевич, а за ним и весь зал. Людмила машинально аплодировала и вдруг заметила, какой взгляд Акула метнула в сторону Аси. Странно, что девушка от него сразу не превратилась в пепел.

После собрания Людмила собралась было идти домой, но вспомнила, что оставила в холодильнике на кафедре купленные в буфете сосиски, и поднялась туда. Щелкнула выключателем и вздрогнула — на диване, сжавшись в комок, лежала Ася.

— Тебе плохо? — испугалась Захаркина.

— Да, очень, — прошептала аспирантка. — Но, думаю, маме Розы Маловой, она на второй кафедре преподает и сидела на собрании, еще хуже. Народ продал Розку за квартиры и дачи. Ну не было у нее болезней! Не было! Мы дружили! Я знаю точно!

— Говоришь, мать Маловой в зале сидела? — спросила Захаркина. — Я с ней не знакома.

— Я видела ее в шестом ряду, около Лары Выхиной.

— И она не возражала, когда об опухоли речь пошла?

— Ну да!

— Следовательно, и тебе рот на замке держать надо, — предостерегла Людмила. — Молчание — золото.

— Почему? — покачиваясь из стороны в сторону, спросила Ася. — Почему?

Людмила села около Аси и обняла девушку за плечи.

— Ты еще очень молодая... Двадцатипятилетие хоть отметила?

— Нет, — прошептала Рогова, — в будущем году первый юбилей.

— Послушай, — вздохнула Захаркина, — Малову уже не вернуть.

— Но о ней останется плохая память! — нервно воскликнула Ася. — Ее будут считать сумасшедшей!

— Думаю, Роза покончила жизнь самоубийством, а Матвей боится скандала, его за сотрудника, лишившего себя жизни, по голове не погладят.

— Нет!

— Безответное чувство...

— Она никого не любила! — с отчаянием воскликнула Ася. — Совсем недавно за Розой начал ухаживать Юра Кривчук с пятой кафедры. Подруга мне пожаловалась, что он очень настойчив. Прямо наглый! Я ей еще сказала: «Симпатичный парень, приглядись к нему». А она в ответ: «Мне не нравится, когда вот так лезут! И вообще, мне не до амуров всяких, я только о диссертации думаю».

— Значит, она решила свести счеты с жизнью из-за отсутствия личного счастья, — предположила Людмила. — Тоска девчонку заела. Внешне она хорохорилась, а в душе была выжженная пустыня.

— Нет! Ее Акула с диссером придержала. Розка только из-за этого переживала.

— Вот и причина ее плохого настроения!

— Нет, Розка не из таких.

— Послушай, — устало сказала Захаркина, — день был тяжелым, пора домой. С Розой стряслось несчастье, а то, что ее мать не выступила на собрании, свидетельствует лишь об одном: родные знали, что с девушкой неладно. Вполне вероятно, опухоль была, а тебе о ней не сказали.

— Она не жаловалась на здоровье!

— Может, ей только-только поставили диагноз, новообразование еще не успело разрастись. Некоторые люди от такого известия впадают в панику, а кое-кто решает уйти из жизни, чтобы не мучиться. Понимаю, тебе сейчас тяжело, но Роза Малова покончила с собой, тут никто не виноват!

— В Конституции сказано: у каждого человека есть право на жилье, — вдруг выпалила Ася.

— Ну да. — Людмила удивилась столь странной перемене темы.

— Но ведь там не написано, что квартиры должны иметь лишь люди с безупречной репутацией, — завелась Ася, — члены компартии, здоровые, как лошади, жизнерадостные идиоты, никогда не нюхавшие водки и не испытывающие моральных терзаний.

— Не понимаю, — изумилась Захаркина.

— Почему тогда нас буквально шантажировали? — спросила Ася. — Дядька из органов, Иван Николаевич, говорил, что людям из-за самоубийства Маловой ни квартир, ни дач не видать. Значит, тот, кто высокий пост занимает, нарушает Конституцию! Он не имеет права у институтских жилье отнимать! Покажите мне статью закона, где написано: «Человек лишается права на жилье, если его коллега прыгнул с чердака»...

Внезапно дверь на кафедру тихонько скрипнула, Захаркина испугалась.

— Ну все! Мне пора! Извини, ты несешь чушь! Ступай домой, выпей чаю, выспись и приходи на работу в нормальном расположении духа. Считай, нашего сегодняшнего разговора не было, я забуду о нем. Просто ты испытала от известия о смерти Розы сильный стресс.

— Вы хотите дачу? — подняла голову Ася.

— Да, — ответила Захаркина, — я заявление в местком давно отнесла.

— Значит, вы тоже решили правду на участок променять. А я знаю, кто виноват — Матвей и Акула! Розка не прыгала вниз, они ее убили! Влили водки в рот и сбросили! — лихорадочно блестя глазами, воскликнула Ася. — Мне Розка кой-чего рассказала... Эх, надо было на собрании бучу поднять, при всех все выложить... Но мне не поверили бы... Доказательств нет, а слова Маловой, да еще в моей передаче, в расчет не примут. Вон как ловко они придумали — опухоль! Теперь я могу что угодно вспоминать, в ответ услышу: она из-за болезни разум потеряла. Но я добьюсь своего, отыщу доказательства! Мать Розы молчит, потому что боится. А я Матвея и Акулу разоблачу!

Вот тут Людмила испугалась по-настоящему. Как

известно, и у стен имеются уши, а уж в их институте они понатыканы везде. Только о чем-то подумаешь, вмиг Царице донесут. А та за веревочку дернет, и где окажется Захаркина? Выгонят ее с позором, на преподавательскую работу более не устроится, придется в дворники идти.

— Ты сошла с ума! — нервно воскликнула Люда и кинулась за сумкой. — Надеюсь, помешательство у тебя временное, от переживаний. Давай считать, что ты сейчас никаких глупостей не говорила, а я их не слышала, хорошо? Матвей строг, но справедлив, а Антонина отличный преподаватель.

Ася опять легла на диван и свернулась в комок, а Захаркина, схватив свои вещи, выскочила в коридор.

Больше Людмила Рогову не видела. На следующий день Ася не вышла на работу, на кафедре объявили о ее болезни. Через некоторое время у девушки закончился срок аспирантуры, работу она не представила и была отчислена. Захаркина никаких подробностей об Асе не знала, да они ее и не очень интересовали — Людмиле наконец-то выделили участок в Евстигнеевке, и она занялась возведением дома.

Несмотря на полнейшее отсутствие в стране стройматериалов, люди каким-то образом ухитрялись достать необходимое, и очень скоро в Евстигнеевке поселилось много коллег Захаркиной. В те далекие годы все друг друга знали, а клубом служил местный магазин, где вечно толпилась очередь. Иногда в лавку за покупками заруливала на своем «Запорожце» Акула, и тогда люди расступались, чтобы Царица беспрепятственно продефилировала к прилавку. Даже смерть Матвея не пошатнула статус дамы. Более того, когда профессора не стало, сотрудники института начали жалеть Антонину. Все знали, как она любила мужа, и даже те, кто откровенно ненавидел Акулу, признавали: она идеальная жена. Впрочем, и Матвей Витальевич был редкостным мужем, слова «надо посоветоваться с Тоней» люди слышали от него практически по любому поводу. Другого бы мужчину сочли подкаблучником, но ректор никогда не был тряпкой, а жена не вила из него веревок. Фраза «Мой муж гений, ему нет равных» произносилась Антониной несколько раз в день. Похоже, супруги обожали друг друга. На одну из годовщин свадьбы ректор подарил жене «Запорожец». Антонина получила права и стала страстной автомобилисткой. Кстати говоря, у Матвея потом появилась возможность приобрести «Волгу», но супруга отказалась.

— «Запорожец» мне дорог, — сказала она, — это лучшая машина на свете. Если хочешь, сам езди на «Волге», а я останусь со старым другом.

Так что Антонину нельзя всю мазать черной краской, ей были свойственны романтические чувства, она умела любить. Вот только ее положительные эмоции не распространялись на подчиненных мужа.

Когда Матвей скончался, кое-кто в институте, потирая руки, начал ждать расправы над Акулой.

Но очень скоро злопыхатели испытали горькое разочарование. Новый ректор приседал и кланялся при виде вдовы предшественника. Акула по-прежнему работала на кафедре и без ее одобрения ничего важного в институте не происходило.

Глава 19

К середине девяностых годов институт почти развалился, основная часть сотрудников разбежалась кто куда. Люди пытались не умереть с голоду, дипломированные биологи были никому не нужны, поэтому профессора выживали, как могли. Один раз Захаркина заехала в Лужники, где располагался крупнейший по тем временам вещевой рынок, и увидела за прилавками сразу нескольких своих бывших коллег, ставших теперь «челноками» и торговцами.

Сама Людмила перебралась на постоянное жительство в Евстигнеевку, а городскую квартиру сдала.

Получаемых от съемщиков денег хватало на продукты, и преподавательница внезапно ощутила себя счастливой. Да, в стране голод и разруха, а по улицам Москвы периодически ходят демонстрации и лязгают гусеницы танков, но Захаркиной-то очень хорошо! Она всю жизнь мечтала поселиться в деревне и наконец получила то, что хотела. Людмила увлекалась траволечением и стала жить обособленно от людей. Но магазин ей посещать приходилось, и один раз новоявленная сельская жительница стала свидетельницей отвратительной сцены.

В тот день в сельпо завезли китайскую тушенку — неслыханный по голодным временам деликатес. Весть о консервах мгновенно разнеслась по деревне, и жители ринулись в торговую точку. Конечно же, у прилавка вытянулась очередь. Не успела продавщица проорать: «Банок мало, чтобы всем хватило, больше двух в одни руки не дам!» — как дверь распахнулась, и в зал вошла Акула.

Не обращая ни малейшего внимания на присутствующих, она приблизилась к прилавку и спокойно сказала:

— Валя, дайте мне пару ящиков тушенки.

Торговка опрометью кинулась в подсобку, в магазине повисла напряженная тишина. Воздух сгустился до такой степени, что его, казалось, можно было резать ножом.

— Встаньте за мной, — вдруг подала голос Ира Рюмкина, замыкавшая хвост очереди.

Акула не пошевелилась.

— Валентина, — не успокоилась Ирина, — напоминаем тебе, ты даешь по две банки в руки и своих приятельниц не пропускаешь!

Продавщица грохнула на пол ящик с банками.

— Это же жена Матвея Витальевича, — жалобно произнесла она.

— И что? — подняла одну бровь Рюмкина. — Пусть ждет. Как все.

Акула повернула голову:

— Не хамите, девочка, мне положено.

Ох, зря она так сказала...

— Кем? — взвилась Ира. — Кто тебе чего наложил, того уже нет! Власть переменилась! Думаешь, я не помню, как ты меня гнобила, а?

Акула попятилась к двери, что было ее второй ошибкой. Толпа, состоящая в основном из баб, почуяла страх вдовы и налетела на нее с воплями — каждая хотела отомстить за свои унижения.

— Сколько ты нам гадила! — кричала Рюмкина.

— Девок шпыняла, — вторила ей Катя Сахова, — если в красивом платье на работу приходили — кранты.

— Кислород людям перекрывала!

— Розу Малову вспомните! Ее вообще с чердака сбросили!

— А Рогова где? Ася куда подевалась?

— Василий Тюкин диссер не защитил, а потом его работу Матвей под своим именем опубликовал!

— Ректор со студентками спал.

— Акула себе лучшие шмотки из посылок с гуманитарной помощью забирала! Помните, из Германии в институт прислали... ну и где те вещи?

Испугавшись, что начнется драка, Захаркина убежала из лавки. А на следующий день в том же магазине она узнала новость: Акула съехала из Евстигнеевки. Заперла дом и была такова.

Шли годы, Колоскова не появлялась, особняк стоял закрытым. А в самой деревне произошли кардинальные перемены. Жители распродали свои участки, кооператив «Стриж» распался, вместо скромных деревянных избушек начали появляться каменные коттеджи, и вернулась Акула. Только теперь она была тихой, милой, пожилой дамой, бабушкой маленького мальчика со странным для россиянина именем Андре. Никакого хамства или величия в Акуле не осталось. Чаще всего ее видели с коляской на опушке леса — мальчик спал, пожилая женщина сидела на скамеечке с книгой в руке. Очевидно, она была замечательная мать, хорошая свекровь и любящая бабушка, потому что еще в мае привозила малыша на свежий воздух и жила с ним в Евстигнеевке до ноября. На зиму Колоскова возвращалась в Москву. Сын с невесткой непременно прикатывали на выходные, частенько молодые привозили гостей. Похоже, у вдовы была отличная семья. А вот Людмила обитала в одиночестве.

Затем внучок Акулы подрос, дача опять опустела. Но пару лет назад ее отремонтировали, и Колоскова поселилась там постоянно.

В деревне практически не осталось прежних жителей, поэтому Жозю и Дану начали воспринимать как мать с дочерью. Но Людмила знала правду: они свекровь и невестка.

— Наверное, сын у нее умер, — с оттенком злорадства говорила сейчас пожилая дама. — А уж куда подевался внук, не знаю, он здесь не бывает. Вот какой, употребляя модное словечко, ребрендинг случился. Из Цариц — в бабки! Имела все — теперь ничего, при невестке живет...

Я покосилась на рассказчицу, похоже, Захаркина завидует Жозе и поэтому необъективна. Та была женой всесильного начальника и пользовалась номенклатурными привилегиями. Ей приходилось держать дистанцию между собой и подчиненными мужа. Но в чем виновата жена ректора? Это Матвей Витальевич карал непослушных, поощрял доносчиков и продвигал по карьерной лестнице подхалимов. Не стоит забывать, какие были времена. Разве женщина могла спорить со своим супругом? Тем более Жозя, насколько я знаю, обожала Матвея Витальевича до беспамятства.

Каждый раз, когда я приходила в гости к Гарибальди, Жозя находила предлог, чтобы вспомнить о покойном муже. Могла, например, сказать мне:

— Вилка, ты бегаешь в легкой куртенке, а на дворе зима. Куда только смотрит твой муж! Вот Матвей Витальевич всегда следил, чтобы у меня была хорошая шуба. Впрочем, мой супруг был уникален! Подобных ему нет и не будет.

То, что профессор скончался много лет назад, не остудило чувства Жози. Она продолжала любить мужа, канонизировала его и, насколько я знаю, каждый день беседовала с его портретом, находящимся в бывшей супружеской спальне, где теперь Жозя жила одна.

Нет, в Людмиле говорит черная зависть. Бывшая преподавательница нашла для Матвея Витальевича и его жены очень мало белой краски. Но ведь это нечестно. Кто дал Захаркиной участок в Евстигнеевке? Небось Колосков похлопотал за сотрудницу. И говорить гадости про покойника нехитрое дело! Попробовала бы Захаркина сказать про него такое в начале восьмидесятых годов прошлого века! Но тогда Людмила сидела с прикушенным языком.

Я не один год знаю Жозю, она замечательная женщина. Ладно, сейчас задам основной вопрос дня:

— Скажите, Людмила, нынче в Евстигнеевке есть люди, злые на Колоскову?

— Я с местными не общаюсь! — Она гордо вскинула подбородок. — Если попросят траву от желудка, дам, а сплетни не слушаю. Здесь полно сумасшедших! Не так давно меня на лесной дороге чуть не задавил псих на «Запорожце». Представляете? В лесу есть колея, но я думала, что там давно не ездят. И вдруг — летит, мотор ревет! За рулем мужик в очках, с бородой. Вот недоумок! Чуть не сбил! Грязью обдал и не остановился, не извинился!

— А в прошлой жизни, ну еще во времена, когда Антонина имела власть, были люди, желавшие зла Колосковой?

— Конечно!

— Кто?

— Их очень много.

— Хоть парочку назовите!

— Допустим, мать Розы Маловой, — заявила Захаркина. — Ее после смерти дочери быстро уволили по статье, мол, опаздывала на работу. Но думаю, несчастная баба просто болтать ненужное начала, вот ее и убрали. Полагаю, любви к ректору она не испытывала. Ася Рогова тоже небось озлобилась, ей же диссертацию прикрыли. Это я припомнила лишь тех, о ком в нашей беседе речь шла. Если же всех перечислять, суток не хватит. Лену Каткову выгнали из института с волчьим билетом, Олег Рындин уволился со скандалом, Максим Финкин грязью облит, Иван Рыжков стажировку в Венгрии не получил, Вера Сергеевна Маслова от инфаркта прямо в кабинете Матвея скончалась — говорят, он ей выговор объявил, старушка и умерла. Куда ни ткни, везде обиженные. Матвей был суров, правил железной рукой, беспощадный человек. Вот птиц обожал — мог зарыдать над умершей канарейкой. Впрочем, ничего удивительного, садисты, как правило, сентиментальны!

— Кто-нибудь из названных вами людей живет в Евстигнеевке?

Захаркина призадумалась.

— Уж и не вспомню. Сейчас в поселке у Колосковой врагов нет. Ее считают милой, и вы разговор со слов «какая она замечательная» начали. А я говорю — это ложь! Акула прикидывается. После того как ее бабы в магазине чуть было не разорвали, она скумекала: надо имидж менять, царицы теперь не в почете. Наверное, думает, все умерли, никто ничего не помнит. Но я-то жива, в маразм не впала!

Я постаралась сохранить на лице улыбку. Да, многие люди считают, что совершенные в прошлом безобразия время хоронит быстро. Но вот парадокс — память о гадких поступках живет долго. То, что вы дали племяннику денег на квартиру, забудется мгновенно, а если устроили на дне рождения родственника скандал, обозвали его неблагодарной свиньей и разбили об пол сервиз, тут уж, будьте уверены, вы останетесь в семейной истории навечно. Фразы типа «В тот год, когда Анна Ивановна устроила безобразие на именинах, моя мама вышла замуж» или «Май месяц того года, когда покойная Аня обхамила нашего Петю, был очень жарким» станут повторять и после вашей смерти. Никто не воскликнет:

— Помилуйте, господа, да Петр сам виноват! Анна подарила ему немалую сумму на квартиру, а юноша не захотел отвезти благодетельницу в больницу, когда та сломала ногу!

Нет, никто не станет разбираться в ситуации, просто все запомнят скандал, который закатила Аня.

И мне не нужно выяснять, как вела себя Жозя в те годы, когда к ней приклеили клички Царица и Акула. Важно узнать иное: есть ли сейчас в окружении старушки некто, пожелавший ей отомстить за прошлые обиды?

Почему я подумала, что мишенью преступника была Жозя, несмотря на то что из окна выпала Дана? Элементарно, Ватсон! У Колосковой никого нет. С Альбертом она поссорилась, не поддерживает с сыном никаких отношений. Правда, Андре очень любит бабушку, но внук проживает в Италии, он не вернется в Россию, не сумеет скрасить одиночество старухи. И кто у нас остается? Правильно, Дана. Гарибальди стала для Жози роднее дочери, если она скончается, Колосковой придется жить без чьей-либо помощи. Альберт мать к себе не возьмет, да она и сама не захочет переезжать к нему. И какое будущее ждет постепенно выживающую из ума старушку? Она будет плакать в большом особняке, пытаясь справиться с домашним хозяйством. Я не знаю правды о материальном положении Жози, но предполагаю, что пенсия у нее, как, впрочем, и у всех россиян, является жалкой подачкой, на которую просуществовать практически невозможно. Значит, платить домработнице

Жозя уже не сможет. И что ее ждет впереди? Придет день, когда старушка откроет кран на газовой плите, собираясь сварить суп, и запамятует чиркнуть спичкой...

Так, кстати, погибла одна моя соседка, восьмидесятипятилетняя баба Леля. Хорошо хоть мой отец Ленинид, проходя мимо ее квартиры, унюхал запах газа и вызвал соответствующую службу, а то на воздух могла взлететь вся многоэтажка! Дом спасли, но бабка-то умерла, надышавшись газом.

Я вздрогнула и тут же сообразила, что в случае с Жозей возможны разные варианты. Например, Альберт, как сын, имеет право оформить опеку над потерявшей дееспособность матерью. И живо сдаст Жозю в психушку. Старуха очутится в грязной палате на шестерых, ей выделят железную койку и полку в колченогой тумбочке, лишат любимых птичек...

Вот что задумал преступник! Ох как он будет радоваться, зная о том, как заканчивает свой жизненный путь его врагиня. Ну убил бы мерзавец Жозю, и что? А так он обречет Колоскову на моральные и физические мучения. Потому-то из окна выкинули именно Дану! Но Гарибальди вопреки всем прогнозам осталась жива. Следовательно...

Огромным усилием воли я удержала себя на месте. Попытка убить Дану завершилась неудачей, значит, негодяй должен повторить попытку. Сомнительно, что он полезет в реанимацию, она очень хорошо охраняется, постороннему туда не проникнуть. А вот когда Дану переведут в обычную палату, там особого контроля не будет.

Мне необходимо найти гада как можно скорее! К сожалению, я потеряла драгоценное время зря, двигалась не в том направлении, искала злодея в окружении Даны, а он на самом деле связан с Жозей.

Попрощавшись с Людмилой Захаркиной, я отправилась в обратный путь. Чуть не упав пару раз на мокрой, скользкой дорожке, выбралась к центру цивилизации — деревенскому магазину, миновала вход и толкнула соседнюю дверь с табличкой «Участковый».

В крохотном предбанничке стояли простая деревянная вешалка и три обшарпанных стула. Кабинет Грибкова тоже не радовал глаз своим дизайном. Вероятно, его обставляли при царе Горохе, тут даже имелся такой раритет, как стеклянный графин с водой. Он стоял на круглом подносе, рядом маячил перевернутый вверх дном граненый стакан.

— Долго же ты идешь, — заявил Глеб Сергеевич, не опуская газеты, которая полностью загораживала его лицо, — и на этот раз не отвертишься. Свидетели безобразия имеются, я могу протокол оформить. Молчишь? С одной стороны, понятно, сказать тебе нечего. С другой...

— Ты с кем беседуешь? — прервала я монолог представителя закона.

Грибков отложил таблоид.

— О! Явление! — с легким удивлением воскликнул он.

— Не ждал? — поинтересовалась я, садясь на жесткий стул.

Из сиденья торчал гвоздь, спинка, по моим ощущениям, напоминала неоструганную деревяшку, и в комнате неприятно пахло сыростью.

— И че те надо? — нетерпеливо спросил участковый.

— Список жителей Евстигнеевки!

— Зачем?

— Для дела.

— Прав не имею показывать служебную информацию посторонним, — нахмурился Глеб Сергеевич.

— Ты это серьезно? — усмехнулась я.

— Если более заявлений нет, то покинь помещение, — каменным голосом произнес Казанова местного розлива, — сейчас сюда явится для допроса человек, подозреваемый в очень серьезном преступлении!

— Посижу тихо в углу, полистаю картотеку. Или

пошарю в компьютере, если сведения на электронном носителе. — Я сделала вид, что не расслышала последней фразы Глеба.

— Нахождение гражданского лица при проведении оперативно-допросных мероприятий является нарушением тайны следствия, — отчеканил Грибков.

— Оперативно-допросные мероприятия! Емкий оборот речи. Сам придумал или подсказал кто? — восхитилась я. — Хватит идиотничать! Мне необходимо взглянуть на учетные карточки, домовую книгу, картотеку прописки, извини, не знаю, как точно называется необходимый документ.

— Вот наглость! — обозлился Грибков.

— Мне следует понимать последнюю фразу как «нет»?

— Да!

— Ты согласен? — прикинулась я идиоткой. — Вынимай! Можно я сяду вон там, у окна? Подоконник широкий, вполне сойдет за стол.

— Офигела? — отбросил официальный тон участковый. — Катись отсюдова.

— Ладно, — мирно кивнула я. И многозначительно добавила: — А замечательно получается...

— Что? — насторожился участковый.

— Ты сейчас будешь занят?

— По плану у меня допрос лица, совершившего преступное намерение.

Я не стала объяснять Глебу, что совершить намерение нельзя, его коллеги, как правило, используют иной оборот: «осуществить запланированное действие». Но обучать глупого мужика азам ментовской фени мне было недосуг.

— Вот и отлично! А я пока, как ты выразился, покачусь отсюда прямо к мадам Грибковой.

— Куда? — подпрыгнул Глеб.

— К твоей жене, — улыбнулась я. — Милая дама во время телефонного разговора пригласила писательницу на чай. Побеседуем с ней о жизни вдали от шума городского. Мне, кстати, будет что рассказать, я имею дачку в Подмосковье. А там есть чердак без окон, и очень уж под крышей душно. Интересно, как отреагирует твоя вторая половина, когда я спрошу: «В деревне толкуют, что Глеб сумел выпилить часть мансарды Веры Расторгуевой, так не может ли он объяснить мне, как это сделать? Хочу тоже спать, наблюдая звездное небо!»

Грибков начал наливаться синевой, и тут в кабинет бочком втиснулась девчонка лет четырнадцати. Опустив вниз шкодливые глазки, она, не очень хорошо изображая почтение, пробубнила:

— Здрасти, Глеб Сергеевич! Звали? Извините, только из училища вернулась и сразу к вам!

— Проходь, Филимонова, — отмер Грибков.

— Проходю! — невинно моргая, ответила девчонка.

Я посмотрела на посетительницу. Вид у подростка самый наивный, глаза смирные, вот только словечко «проходю» меня насторожило. Маленькая нахалка явно издевается над Глебом, а простоватый участковый этого пока не понял. Ну что ж, используем создавшееся положение в личных интересах.

— До свидания, — вежливо сказала я и двинулась к выходу.

— Эй, ты куда? — испугался мент. — Филимонова, иди домой!

— Вот еще! — обозлилась девочка. — Здорово придумали, туда-сюда телепаться. Раз пришла — говорите. Не хотите — значит, сами виноваты.

— Ты мне тут не хами! — разъярился Грибков. — Жалоба на тебя поступила от гражданки Николаевой.

— Чего я ей сделала? — поразилась Филимонова.

— А то не знаешь?

— Честное слово, даже не предполагаю, — искренне заверила девчонка. — Я в Евстигнеевке только ночую, у нас практика в больнице, там целый день и пропадаю.

— Значит, не помнишь Николаеву?

— Нет.

— До свидания! Извините, если помешала вашей беседе, — встряла я в диалог парочки, — пойду, попью чаю, поболтаю с Наташей.

— Стой! — заорал Грибков. Потом встал, подошел к высокому железному шкафу, распахнул дверки и указал на деревянные ящики, стоящие на полках. — Изучай. Здесь по годам, начиная с сорок шестого. Евстигнеевка существует давно, но в войну, в сорок первом, бумаги сожгли, чтобы к немцам не попали, поэтому архив неполный.

— Спасибо, — ошарашенно пробормотала я, наивно ожидавшая, что Глеб даст мне небольшую коробочку с парой десятков карточек. Кто бы мог предположить, что в кабинете участкового содержится столь подробный материал!

Глава 20

Сначала я растерялась, потом обрела способность логично мыслить и попыталась наметить план действий. Захаркина говорила, что массовое заселение Евстигнеевки сотрудниками института случилось в начале шестидесятых годов. Вот отсюда и буду плясать.

Найду документы Колосковых, выясню, когда их тут оформили. Хотя прописана семья была в Москве, в Евстигнеевке имеются, скорее всего, так называемые дачные листы.

Не знаю, как сейчас, но в советские годы каждый шаг гражданина сопровождался справкой с печатью. Живешь в Москве, значит, имеешь штамп о прописке в паспорте, учетную карточку в домоуправлении и ее копию в отделении милиции. Приобрел дачу? Отлично. Местные органы заведут еще один листок учета, где будет указано: гражданин N владеет фазендой, с ним вместе проживают члены семьи: жена, дети, теща. Если дачник совершит преступление, ему не спрятаться от сельского участкового, тот запросит коллег из города, и уголовника задержат. Простая и очень эффективная система учета работала безотказно до начала 90-х годов прошлого века.

Значит, вычислю людей — сотрудников института, прослежу, куда они подевались... Мама родная, да мне всей жизни не хватит на осуществление этой задачи! Мало ли кто мог обидеться на Жозю? Может, сначала поискать тех, о ком упомянула Людмила Захаркина? Ну, допустим, мать Розы Маловой. Если в начале шестидесятых девушка училась в аспирантуре, следовательно, ей тогда было двадцать лет с небольшим. А матери ее, вероятно, слегка за сорок. Родительница могла появиться на свет примерно в тысяча девятьсот двадцать втором году. Господи, ей же сейчас, если дама жива, восемьдесят пять! Малова не могла влезть в окно первого этажа коттеджа Жози, потом подняться по винтовой лестнице и перебросить через подоконник тело Даны, одурманенной рецитолом. Такое под силу лишь физически крепкому человеку. Но возможно, у Розы есть сестра, которая решила отомстить за нее? Удачи тебе, Вилка!

Я начала перебирать пожелтевшие бумажки и невольно стала свидетелем беседы участкового и подростка.

— Сначала заполним бланк, — грозно пообещал Грибков.

— Хорошо, — покорно согласилась девчонка.

— Имя, фамилия, отчество.

— Филимонова Олеся Игоревна.

— Год рождения?

— Девяностый.

Однако девушка старше, чем выглядит!

— Теперь возьми анкету, — приказал участковый, — и внимательно заполни. Поставь крестиком галочки.

Я покосилась на Глеба. Поставить крестиком галочки? Лично меня этот приказ загнал бы в тупик. По меньшей мере я поинтересовалась бы: «Так что рисовать в графах? Галочки или крестики?»

— Все в твоих интересах, — продолжал участковый, — чем быстрее закончишь с бумагой, тем скорее начнем допрос.

Я опять глянула на Грибкова. Он издевается над Олесей? Хотя не похоже.

— Особое внимание обрати на вопрос, который отмечен флажком треугольного цвета, — бухтел милиционер.

Я подавила рвущийся наружу смех. Вот вам новый перл: флажок треугольного цвета.

— Че это ваще такое? — поинтересовалась Олеся.

— Из центра прислали, — вздохнул Глеб, — опросный лист для выяснения преступных наклонностей.

— Прикольно, — захихикала Филимонова. — Ну и вопросики! Дурдом!

— Чего непонятного? — начал терять терпение мент. — Уже сказал, против правильного ответа поставь крестиком галочки.

— А тут все неправильные! — возмутилась Олеся.

— Почему? — удивился Глеб.

— «Если вас на улице толкнул прохожий, то вы... — прочитала вслух задание Олеся, — а) извинитесь; б) пройдете мимо; в) скажете: «Ничего. Мне не больно».

— Ну и что? Пометь, как ты поступишь. Легче и не придумать!

— Я ему в ответ по носу вколочу, — заявила Олеся. — Но тут такой вариант не предусмотрен. Можно я оставлю пустую клеточку?

— Нельзя! — запретил Грибков. — Тогда анкету посчитают испорченной, и мне влетит. Ищи вариант, который подойдет.

— Извиняться я не стану, — забормотала Олеся. — На хрен перед козлом, который на тебя налетел, расшаркиваться! И болтать с ним ни к чему. Ладно, пройду мимо!

— Вот видишь, — менторски кивнул Глеб, — если подумать, все получится.

Олеся засопела, в кабинете повисла тишина, прерываемая лишь шуршанием. Пока девушка мучилась с опросником, Грибков вновь взялся за изучение прессы.

— Все! — объявила девица.

— Теперь о деле, — сурово заявил Глеб Сергеевич. — Поступило заявление из клиники, где ты проходишь практику, овладеваешь благородной профессией медсестры. Жалоба! Плохо, Филимонова, опять ты за старое взялась!

— Вы че, Глеб Сергеевич, — заныла девчонка, — я теперь даже не гляжу на травку! Бульбулятор давно выкинула, косяки не забиваю. Уже не малолетка! Я хорошо учусь, планирую потом в медицинский институт попасть, хочу кардиохирургом стать. С прошлой компашкой я порвала! Вы же в курсе, их всех пересажали, а я благодаря вам за ум взялась.

— Да уж, — крякнул Грибков, — выпила ты у меня немало крови!

— Простите, Глеб Сергеевич, дурой была. Но теперь завязала!

— А заявленьице о твоем плохом поведении поступило.

— И чего в нем?

Участковый вынул лист бумаги, откашлялся и голосом диктора программы «Время» начал озвучивать текст:

— «В клинике после тяжелой, продолжительной болезни скончался пациент Николаев А.Б. Старшая медсестра Ковалева Е.С. велела практикантке Филимоновой О.И. подготовить тело умершего к отправке в морг. Но через пять минут к Ковалевой Е.С. подошла вдова трупа Николаева А.Б. и попросила попрощаться с умершим в палате. Учитывая факт, что труп Николаев А.Б. занимал отдельную палату, без соседей, Ковалева Е.С. вошла в положение жены трупа и отвела родственницу в нужное помещение. Войдя в палату, вдова сначала закричала, а потом упала в обморок. Умерший труп Николаев А.Б. сидел на полностью оплаченной койке в пижаме, опираясь спиной на три подушки, на носу у него имелись очки, на одеяле лежала газета, у стены работал телевизор, у окна, хамски улыбаясь, стояла практикантка Филимонова О.И. Когда Ковалева Е.С. спросила, по какой причине тело находится в подобной позе, Филимонова О.И. ответила: «Я спросила у вас, что надо сделать перед отправкой тела в морг, а вы ответили: «Приведи его в максимально естественный вид». А поскольку труп Николаев А.Б. всегда смотрел телик и листал газету, я выполнила ваш приказ с аккуратностью». Просим вас принять меры в отношении...» Ну, дальше неинтересно. Филимонова!

— А? — очнулась девчонка. — Чего?

— И как тебе подобное в голову пришло? — с возмущением спросил Грибков.

— Мне велели мертвяка в естественный вид привести, я все и выполнила, — заморгала нахалка. — Надо же, сначала приказывают, а потом заявы строчат...

— Хулиганка, — возмутился Глеб Сергеевич.

— Че я вечно плохая? — Олеся попыталась пустить слезу. — Учусь замечательно. На оценки гляньте — одни пятерки. Говорила уже, я хочу в институт попасть. На кардиохирурга. Представляете, Глеб Сергеевич, приключится с вами инфаркт, привезут вас в операционную на шунтирование, наркоз подготовят, к столу привяжут, и тут я выхожу: «Здрассти, Глеб Сергеевич, ща вас здоровеньким сделаю».

Грибков перекрестился.

— Упаси господи, я сразу умру! Надеюсь никогда с тобой в больнице не встретиться!

Олеся оттопырила нижнюю губу.

— Да это все Жанка Бирк. Ее идея! Ну типа... мы шутканули. В свободное время.

— Слушай внимательно, — процедил Грибков, — еще одна подобная хохмочка, и не я тебя в операционной увижу, а ты меня из КПЗ, куда за глумление над телом угодишь. Значит, так! Беседу я с тобой провел?

— Ага, — закивала Филимонова.

— Впредь, если на работе нечем заниматься, пойди и помой полы.

— Угу.

— Имей в виду, завтра тебе старшая медсестра неожиданную проверку устроит.

— Ага.

— И будешь ходить сюда на профилактические беседы.

— Ну... не надо!

— Надо! — Грибков стукнул кулаком по столу. — Один раз в неделю, по четвергам и вторникам.

Я прикусила нижнюю губу. Грибков неподражаем! «Один раз в неделю, по четвергам и вторникам». Потрясающе!

— Йес! — подскочила Олеся и ринулась к двери. — Спасибо, я все поняла! Непременно! Вы мой учитель!

Дверь хлопнула о косяк, Грибков вытер пот со лба и пожаловался в пространство:

— Лучше ночное задержание провести, чем с современной молодежью беседовать. Че у них на уме? Разврат и глупость. Я в ее годы о работе думал!

Следовало бы напомнить возмущенному менту об его адюльтере с Расторгуевой, но я не стала тратить времени зря, вернула ящик на место и пошла к выходу.

— Уже все? — обрадовался Глеб.

— Голова заболела, — на ходу ответила я. — Приму таблетку, подышу свежим воздухом и непременно вернусь. Чуть позднее.

Филимонова бойко шагала по улице.

— Олеся! — закричала я.

Девушка обернулась и увидела меня.

— Чего надо? — мрачно осведомилась она.

— Давай познакомимся. Виола. Но лучше зови меня просто Вилка.

— Меня Грибков отпустил.

— Я не из милиции.

— Да? А в кабинете сидели, бумажки перебирали... — недоверчиво отметила Олеся.

— Пишу книгу об истории Евстигнеевки, поэтому пришлось изучать архив.

— Нашли на что время тратить, — захихикала Филимонова.

— У вас раньше в поселке жили замечательные люди, ученые.

— Может, и так, — без энтузиазма отметила девушка, — но сейчас здесь обитают одни гоблины тупорылые. Ничего тут хорошего нет, ни кино, ни кафе, ни магазинов. Маршрутка до станции вечно ломается.

— Зато воздух свежий!

— Лучше в Москве бензином дышать, — уперлась девица. — Там метро есть, хачмобили ездят. А у нас хрен! Утром придешь на остановку, скачешь дурой — нет автобуса. Вот и тащись, Олеся, пешочком до больницы. Ненавижу Евстигнеевку! А все мама... Знаете, как мы в этой дыре оказались?

— Нет, — поддержала я разговор.

— Папахен мой, долдон, узнал, что деревня под снос запланирована. Вроде тут олигархи поле для гольфа делать хотят. Значит, жителей выселят и хорошие квартиры дадут. Мы тогда в Истре жили, в однушке, втроем. Вот отец и подсуетился, поменялся на избу. Сарай, е-мое! Сортир во дворе, зимой с горшком живем, чтобы по снегу через огород не бегать. И ведь говорила ему мама: «Игорь, проверь, точно в Евстигнеевке поле будет? Не ошибись!» А папахен в ответ: «Молчи, баба! Ты дура! У меня повсюду начальники друганы, в каждом кабинете свои пацаны сидят». И получилась полная жопа! Поле построили, только в Нахабине. Евстигнеевка как жила, так и живет, а мы из однушки в Истре в сарай угодили. Папахен помер, а нам с мамой мучиться. Красиво?

— Кто такая Жанна Бирк? — перебила я медсестру.

— Подруга моя. А че?

— У нее редкая фамилия.

— Нельзя, что ли, такую иметь? — агрессивно спросила Олеся.

— Не кипятись. Просто я слышала про Жанну Бирк, но ей сейчас должно быть немало лет, по возрасту она совершенно не годится тебе в закадычные подружки.

— А, так вы, наверное, про ее бабку слышали, — неожиданно заулыбалась Олеся. — Жанку в ее честь назвали. Прикольная старушка, как начнет про свою жизнь рассказывать, заслушаешься! Не то что моя мать, у той ну ничего интересного: в школе отучилась, замуж выскочила, меня родила — и ку-ку, помирать скоро. А у Жанкиной бабки прямо кино! У ней муж был Феликс... Его убили и ограбили... Унесли огромную ценность — попугая. Дорогого! Бандиты знали, что у Феликса статуэтка будет. В поезде напали!

Я схватила Олесю за руку.

— Адрес Бирк знаешь?

— Конечно.

— Говори!

— Улица Ленина, дом пять.

— В Москве есть такая улица? Я думала, остался лишь Ленинский проспект, — изумилась я.

— Бирк живет в Палашовке, — уточнила Олеся. — Туда надо ехать на маршрутке. Это городок, где наша клиника находится. Но можно и пешком, напрямик через лес.

— У Жанны есть телефон?

— Конечно, — снисходительно кивнула Филимонова, — у каждой уважающей себя девушки есть мобильный в сумке.

— Сделай одолжение, позвони ей и предупреди о моем приезде.

— Нашлась хитрая! Стану я на вас деньги тратить!

— Да, конечно, ты права. Скажи номер, с моего аппарата звякнем.

— Ну ладно, — после некоторого колебания согласилась Олеся.

Я вытащила из кармана сотовый и удивилась:

— Отключился!

— Так нажмите на кнопочку сверху. У меня похожий был, — авторитетно заметила Филимонова, — неплохая моделька, но дешевая. Моя круче! Во, глядите, самый последний вариант. Офигенных бабок стоит! Мне все девки завидуют, круче ни у кого нет!

Я пропустила хвастливые речи девчонки мимо ушей.

— Почему аппарат не включается?

— Батарейка села, — подсказала Олеся.

— Точно! Давно не заряжала телефон. Послушай, позвони по своему мобильному, а я оплачу расход.

— Тысяча рублей, — не растерялась будущий кардиохирург.

— Что за тариф такой?

— Не хотите, не надо.

— Ну ладно, я согласна.

— Сначала бабки!

Кипя от негодования, я открыла кошелек, выхватила из него купюру и только тут увидела трубку, которой хвасталась Олеся. Аппарат выглядел вызывающе дорого: корпус не пластиковый, а обтянутый красной кожей, заднюю панель украшали стразы, кнопки походили на леденцы.

— Прикольная штучка, — пробормотала я. — Сколько стоит?

— А не знаю, — кокетливо дернула плечиком Олеся. — Это подарок.

— Кто же потратил такую уйму денег?

Филимонова загадочно усмехнулась.

— Познакомилась с парнем, он и отвалил.

— Повезло подцепить олигарха?

Олеся выпятила вперед хилую грудь.

— Я красавица!

— Верю.

— Умею себя подать в выгодном свете.

— Отлично!

— Кирилл сразу влюбился.

— Его зовут Кириллом?

— Ага.

— И как с ним связаться?

— Зачем?

— Дай мне номер телефона щедрого кавалера!

— Чего привязались? Отстаньте! Вот Жанке я звякну, раз договорились, не подведу.

— Олеся, — сказала я, — присвоение принадлежащей другому человеку вещи называется воровство!

— Вы о чем? — сделала шаг назад девчонка.

— Я близкая подруга Даны Гарибальди и вижу у тебя в руках ее мобильный.

— Ни фига подобного! — нервно воскликнула Филимонова.

— Дорогая, лучше не спорь. Смотри, вот тут крепилась цепочка, которую оторвали, когда брали телефон. Сильно сомневаюсь, что кто-то из твоих одногодков способен приобрести столь дорогую вещь, тем более подарить ее. А если все же ты не врешь... То в комплекте с аппаратом непременно идет особая зарядка, она тоже покрыта красной кожей и усеяна блестящими камушками. Можешь ее предъявить? Нет? А у Гарибальди она осталась и имеет тот же номер, что и телефон. Простое сравнение цифр сразу прояснит дело. И тогда ты беседой с Грибковым не отделаешься! Нехорошо сажать труп в кровати, надевать ему на нос очки и включать телик. Но мелкое хулиганство сошло тебе с рук, а вот с телефоном будет сложнее. Это уже воровство. И, учитывая стоимость мобильного, в особо крупном размере. Пара лет за решеткой навсегда похоронят твою мечту о кардио-хирургии!

Олеся заплакала.

— Тетенька, я нечаянно, — сквозь слезы заявила она, изображая первоклашку.

— Давай сядем в тихом месте, — предложила я, — и спокойно побеседуем, без чужих ушей и глаз.

Глава 21

Тихое место нашлось неподалеку. Олеся схватила меня под руку, протащила метров двести вперед и втолкнула в деревянную развалюху, стоявшую почти впритык к покосившейся избушке.

— Вы только не орите, — попросила она, — я ничего плохого не сделала. Зачем трупу телефон? Звонить он не станет. Я трубу подобрала и могу пользоваться. Что упало, то пропало!

— Оригинальное понятие о собственности, — мрачно улыбнулась я. — А где ты нашла мобильный?

— В электричке! — лихо соврала Олеся.

— Да ну? — изумилась я. — Однако тебе повезло, лично мне в электричке никогда ничего дороже мятой газеты не попадалось! Расскажи о своей удаче!

Олеся прищурилась.

— Ну, вечером поздно я вхожу в вагон. Гляжу — лежит! Вокруг никого. Че, следовало оставить?

Я молча встала с деревянного обрубка, на который села пару мгновений назад, и пошла к двери.

— Эй, вы куда? — забеспокоилась Олеся.

— В милицию, — спокойно ответила я. — Моя подруга выпала из окна, и в это время сотовый находился у нее в специальном креплении на поясе. И как он потом очутился у девушки Филимоновой?

— Отскочил в сторону, — заявила врунья.

— Потом встал, побежал на станцию, влез в вагон

и лег на пол. Там ты его и нашла. Олеся, Дана Гарибальди всегда держала аппарат на цепочке. Лучше скажи правду!

— Мне попадет... — захныкала медсестра, — мать выдерет...

— Хуже будет, если тебя обвинят в соучастии в убийстве! — рявкнула я.

— Ой! — испугалась Олеся. Нахалка уже не изображала страх, похоже, ей и впрямь стало не по себе.

— Где ты взяла телефон? — насела я на нее.

— Нашла!

— Не ври!

— Не, правда!

— Не смей рассказывать охотничьи истории про электричку.

— В саду увидела, — прошептала Олеся.

— В каком?

— Ну... там, — махнула она рукой.

— Мне что, из тебя клещами каждое слово вытаскивать? — обозлилась я. — Чей сад?

— Гарибальди, — прошептала Олеся.

— Что ты там делала?

— Ну... э... ваще... гуляла!

— На чужом участке?

— Ой! Пожалуйста, не кричите!

— А ты не ври!

— Говорю правду!

— Всегда? В особенности ты правдива сейчас, — засмеялась я. — Действительно, ничего удивительного, Дана обожает пускать на свою территорию посторонних! Ее сад — общественный парк! Значит, так! У тебя есть выбор: либо прекращаешь лгать, либо я вызываю ментов. Но только не надейся, что я обращусь к идиоту Грибкову. Позвоню своим приятелям в Москву, приедет бригада с Петровки. То-то твоей маме радостно станет, когда на дочь наручники наденут.

Девушка издала стон.

— Все из-за Феди!

— Какого Феди? — не поняла я.

— Федор Баландин, красивый, умный, — снова захныкала Олеся. — Он недавно из тюрьмы вышел. У Феди деньги есть! Его за ерунду посадили, он не виноват был, менты дело сфабриковали. Федя спокойно шел домой со смены, а тут они, волки позорные, на машине! Схватили его — и в отделение. В кармане у него пистолет нашли. Ну там экспертизу сделали, выяснили, что из ствола какую-то девку убили, вот и запихали Федю на семь лет. Но он ни при чем! Оружие ему менты подсунули...

Олеся продолжала с жаром рассказывать о несчастной судьбе Баландина, я молча слушала излияния дурочки. Я не один год была женой майора милиции и знаю, что порой сотрудники МВД способны подтасовать улики. Известно мне и то, что иногда с задержанным заключают договор: ты берешь на себя пару дел-глухарей, а мы беседуем с соответствующими структурами. И уголовник мотает срок на хорошей зоне в качестве библиотекаря. Или преступнику обещают посодействовать при оформлении условно-досрочного освобождения. Бывает и по-другому. Отчаявшись упрятать за решетку опасного бандита, который умело организовал себе алиби, оперативники ухитряются подсунуть ему пакетик с героином и отправить-таки в заключение. Но такие нарушения закона случаются не часто, зато подавляющее большинство уголовников обожает твердить о «ментовском беспределе». Если послушать тех, кто находится на зоне, то они все белые ангелы. Наверняка и Федор Баландин из их числа.

Выйдя на свободу, он нанялся строителем и сейчас отделывает коттеджи. С Олесей он познакомился полгода назад, вскружил глупышке голову. Причем до такой степени, что девушка решила выйти за Феденьку замуж, а для начала привести его домой, познакомить с мамой.

В отличие от дочери мать не обделена умом и со-
образительностью, поэтому она сказала Олесе:

— Чтоб его духу в моем доме не было! В загс от-
правишься через мой труп!

Олеся попыталась привычно закатить скандал, но
мамуля, всегда исполнявшая капризы доченьки, проявила твердость и заявила:

— Ты еще несовершеннолетняя. Вас без моего со-
гласия не распишут. Начнешь давить, отправлю к дя-
де в Воркуту. Уж он-то племяннице шахтерскими ме-
тодами ум куда надо вколотит! Только бандита мне в
зятьях не хватало! А если узнаю, что ты с ним спишь,
мигом в милицию мерзавца сдам, и его за растление
малолетних посадят.

Олеся притихла, но отношений с Федором не
прервала. Домой Филимонова кавалера привести не
могла, Федор же живет в вагончике вместе с девятью
парнями, поэтому парочка устроила себе убежище на
свежем воздухе. Баландин построил шалаш на задах
деревни, и любовники проводили там свободное время. Все было хорошо до начала августа, а потом Олеся поняла, что беременна. Глупышка пришла в восторг и не преминула сообщить новость жениху.

— Теперь сыграем свадьбу, — ликовала Филимонова. — Иначе я буду мать-одиночка, а это, по стари-
ковским понятиям, ужасный позор. Мамаше теперь
некуда деваться! Собирайся!

— Куда? — уточнил Федя.

— Пойдем ко мне, хватит в шалаше прятаться, —
радовалась Олеся, — устроимся с комфортом.

— Нет, — отказался любовник.

— Почему? — насторожилась девушка.

— Вид у меня не самый лучший, — опустил глаза
Баландин. — Я прямо с работы, в джинсах, ботинки
нечищеные, небритый. Произведу плохое впечатление, лучше нанесу визит в среду.

— Но сегодня воскресенье! — воскликнула Олеся.

— В понедельник на стройке аврал, — пояснил

Федор, — нас уже предупредили, что придется работать до полуночи. Во вторник дадут получку, я съезжу в Москву, сбегаю в парикмахерскую, куплю себе костюм, тебе колечко, будущей теще коробку конфет и заявлюсь красиво. Пойми, первая встреча с родственниками очень ответственное мероприятие.

— Да, милый, ты прав! — взвизгнула дурочка и обняла его. — Значит, в среду, в восемь вечера.

— Жди меня! — велел Баландин и ушел.

Больше Олеся его не видела. Утром в четверг Филимонова не поехала на занятия, а помчалась на стройку. Там отыскала прораба и узнала, что Федор еще в понедельник взял расчет, собрал нехитрые пожитки и был таков. Сказал начальству, что жена заболела.

— Федор имеет законную жену? — чуть не упала Олеся.

— Ну да, — кивнул прораб, — она к нему пару раз приезжала.

Стараясь не разрыдаться, Олеся поторопилась в Москву. Купила газету, отыскала объявление «Аборты в день обращения. Анонимно. Недорого. Наркоз» и рванула по указанному адресу.

Реклама не подвела, операцию сделали быстро, никаких бумаг не оформляли. Около четырех вечера Филимонова очнулась, села на кровати и увидела на соседней койке бледную девушку, которую рвало в таз.

— Вау, тебе плохо! — испугалась Олеся.

Соседка только застонала, и тут в комнату вошла женщина, которая с порога зашумела:

— Лена, что за дурь была обращаться сюда? Есть же приличные места!

Олеся замерла. Она сразу узнала даму — это Гарибальди, ее соседка по Евстигнеевке. Разумеется, никакой дружбы Филимонова с Даной не водила, но в лицо ее прекрасно знала.

Пока некстати появившаяся односельчанка отчитывала девицу, Олеся, сделав вид, что хочет умыться, прикрыла лицо полотенцем и выскользнула в коридор. Филимонова очень надеялась, что Дана ее не узнала, но в душе все равно шевелилось беспокойство. А ну как Гарибальди все же сообразит, кто только что сидел на койке, прямиком отправится к матери Олеси и расскажет, в клинике какого профиля встретила дочь соседки?

Неделю Филимонова тряслась от каждого шороха, а потом успокоилась. Похоже, ей удалось вовремя вытащить хвост из мышеловки. А потом пришло письмо.

— Какое? — насторожилась я.

— В конверте, — шмыгнула носом Олеся, — без адреса. Его под дверь подсунули, у нас там щель большая. Хорошо еще, что я первая домой вернулась, маму на работе задержали, а то бы скандал случился. Вот гадина!

— Кто? — не поняла я.

— Гарибальди! Здорово, что она из окна выпала! — зло воскликнула Олеся. — Открыла я конверт, а там записка: «Знаю все. Молчание стоит пять тысяч долларов. Если через неделю не получим денег, о вашей тайне узнают все». Ваще с ума съехала! Откуда у меня такие деньги?

— Почему ты решила, что послание от Даны? — поинтересовалась я.

— От кого же еще? — возмутилась девчонка. — С кем я в больнице столкнулась? Ну хитра! Со мной тогда даже не поздоровалась, бросилась к своей знакомой, а сама гадость придумала. Ну, я и решила с ней разобраться... Понимаете?

— Пока не очень, — ответила я. — Вообще-то письмо могло предназначаться твоей маме, и автором его мог быть кто угодно.

Филимонова закатила глаза.

— Маманька старуха, ей сороковник стукнул! Какие, блин, тайны? Я про нее все знаю: мужиков у нее нет, денег ни копейки, на уме одна картошка да банки, консервирование. Нет, точно меня пугали.

Я опустила глаза. Если человек совершает не очень хороший поступок, он боится, что об этом узнают люди, и порой теряет способность мыслить здраво. Ну зачем Дане шантажировать девчонку? Думаю, вся Евстигнеевка в курсе материального положения Филимоновых. Скорей всего, Гарибальди не узнала тогда в больнице Олесю — не ожидала ее увидеть в клинике, была озабочена состоянием своей знакомой. Но девушку мучает чувство вины, из-за него она и заподозрила Гарибальди в шантаже.

— И как ты решила с ней разобраться? — ожила я.

Олесин голос задрожал от негодования.

— Она мне гадость сделала, письмо с угрозами подсунула, и я тоже решила ей пакость навалять. Насобирала в пакет собачьего дерьма и хотела в комнату зашвырнуть.

— Креативно!

— Вовсе я не кретинка! — воскликнула Олеся. — Че обзываешься? Еще в Библии написано: окно за окно, зуб за зуб!

— Я не хочу тебя обидеть, слово «креативно» означает «оригинально», и в цитате, которую ты сейчас вспомнила, речь идет не об окнах, а о глазах: око за око, — вздохнула я. — Лучше вернемся к мобильному. Откуда он у тебя?

Олеся сдвинула брови к переносице.

— Ну прошла я к ней в сад, осторожно, спряталась за кусты. Там такие здоровенные торчат, всегда зеленые, пушистые, не знаю, как называются... Стою и думаю, куда лучше пакет запульнуть: через форточку в столовую или дом обойти? И тут, гляжу, Расторгуева...

— Вера?

— Ага. Слоном прет, глаза вытаращила, морда красная, летит к забору. Во облом! Тока ее мне и не хватало, классная ситуация!

— Неприятно, — согласилась я. — И что дальше?

— Я дышать перестала, — тихо сказала Олеся, —

Верка умчалась, а я решила, что лучше всего дерьмо Дане в кухню шваркануть, к еде поближе. Вылезла из кустов, пару шагов сделала и... У них там дорожка есть, к гаражу ведет, неширокая, плиткой выложена... Короче, выперлась я на нее и вижу... Ваще охренеть! Гарибальди лежит! На спине! Мертвая! Ну я просто остолбенела! Потом уж сообразила: Верка тоже, значит, ее увидела, потому и унеслась. И тут звук такой, типа скрип противный, сверху! Я башку задрала, а тама в мансарде окно распахнуто, рамы качаются... Тут меня и стукнуло: Гарибальди самоубилась, удирать надо. Расторгуева-то не дура, живо смылась, никому неохота с ментами общаться. И намылилась я бежать, развернулась, гляжу — мобила лежит. Дорогущая! Эксклюзив! Не сломалась от удара. Ну я ее и подобрала. Не сразу домой ломанулась, а сюда, в сарайчик. Тут и телефон разглядела. Вот здесь обрывок цепки болтался — небось оборвалась, когда Дана на землю шлепнулась. Тут я и сообразила, как мне свезло. Гарибальди из окошка навернулась, значит, никому про аборт не растреплет. А еще крутую мобилу получила! Мне все девки в больнице обзавидовались, ни у кого такого телефона нет. Ну и приврала я немного, рассказала, что парень подарил. И чего плохого сделала?

Я потрясла головой. Что за дурацкая история с письмами? Кто в Евстигнеевке шантажирует людей? Кому известны их тайны? Настю, учительницу, изнасиловали в лесу, и она, получив послание, покончила с собой. Может, кто-то наблюдал из укрытия за надругательством, побоялся вступиться за Настю, а потом решил подзаработать на ее несчастье? Ладно, пусть так. Но Вера Расторгуева и Грибков устроили себе любовное гнездышко на чердаке, где их никто не мог подстеречь. Олеся поехала в первую попавшуюся клинику. Хотя...

— Кому из подруг ты рассказывала об аборте? — спросила я у Филимоновой.

— Ваще молчала! Уж не дура! — фыркнула Олеся.

— Может, советовалась по поводу выбора мед-центра?

— Не, просто поехала в Москву и по газете иска-ла, где подешевле, — объяснила девушка.

Я встала.

— Хорошо, я поняла. Отдавай сим-карту!

— Еще чего! Она денег стоит! — возмутилась Олеся.

— Мобильный ты украла, — напомнила я, — но я его назад не требую. Мне нужна лишь сим-карта Да-ны. Там лист контактов.

Филимонова насупилась.

— Не, ту я выкинула.

— Симку Гарибальди выбросила?

— Да.

— Зачем?! Она мне так нужна! — растерянно по-вторила я.

Олеся удивилась:

— Только тупорылый оставит чужую карту! Ко-нечно, я новую купила!

— И куда дела ту, что принадлежала Гарибальди?

— В сортир швырнула. В яму на огороде. Можете слазить, поискать, — схамила Олеся.

Я только вздохнула. Пропала надежда порыться в телефонной книжке Даны. С одной стороны, это плохо, но с другой... Я все больше убеждаюсь, что объектом преступления была Жозя. Именно ей хоте-ли за что-то отомстить. Вполне вероятно, что некто ждал подходящего момента не один год. Бывший со-трудник института, подчиненный Матвея Витальеви-ча, наконец понял, что без Даны жизнь старухи Ко-лосковой превратится в ад, и сумел подстроить не-счастный случай.

А еще мне в голову пришла новая мысль. И Рас-торгуева, и Олеся считали Дану шантажисткой. Вера пошла к Гарибальди, чтобы попросить ее о молча-нии, Олеся хотела отомстить Дане, зашвырнув ей в дом пакет с фекалиями (отвратительная затея, хули-ганство!). А что, если есть человек, тоже получивший письмо с угрозами и требованием денег, и вот он решил убить Дану, которую тоже счел шантажисткой? Кто еще мог получить подобное послание?

И что мне теперь делать? Как поступить? Как определить, кто объект преступника — Жозя или Дана?

Глава 22

— Так я пойду? — спросила Олеся.

— Поехали, — приказала я.

— Куда? — испугалась Филимонова.

— К твоей знакомой Жанне Бирк.

— Зачем вам Жанка? — изумилась Олеся. — Она дура!

— Вроде вы с ней дружите, — напомнила я. — На мой взгляд, не очень красиво так отзываться о своих знакомых!

Олеся накуксилась:

— А че? Это ж правда! Всем известно. Вот я, например, за фигом в медучилище пошла? Думаете, приятно там учиться? Ничего хорошего! После первого курса нас на практику отправили, в больницу.

— Медсестра должна уметь обращаться с больными.

— Ха! Из нас техничек сделали. Самую грязную работу на практиканток взвалили, к людям только с клизмой подпускают, а к приличным, в отдельные палаты, даже с тряпкой не войти, там медсестры за чаевые убирают. Вон сейчас в люксе жена одного начальника лежит, так девкам не западло из-под нее горшок таскать. Каждую секунду носятся и спрашивают: «Нина Константиновна, ничего не хотите? Чаю, фруктов, газет-журналов? От окошка не дует? Одеяло, подушек принести? В задницу вас поцеловать?» Тьфу! А в палату, где восемь убогих валяется, меня отправляют. Там вонища!

— Если перестанешь лениться и вымоешь пол там, где находятся несчастные, вынужденные пользоваться услугами бесплатной медицины, то в палате исчезнут запах и грязь, — не выдержала я. — Больные люди не способны поддерживать порядок, это дело служащих клиники. И при чем здесь ум Жанны Бирк?

Олеся вытащила пачку дорогих сигарет.

— Кто же пойдет в медучилище? Только идиотка, которой больше никуда не поступить.

— Как ты, например?

— Я с расчетом, — неожиданно с достоинством произнесла Олеся. — В мединститут без блата не пролезть, а на взятки у меня денег нет. Отсижу в училище, отработаю год и двину в вуз вне конкурса. Классно?

— Да, неплохо придумано, — похвалила я Олесю. — Если только не станешь сажать умерших в кровати с газетой в руке, все у тебя получится. Наверное, и Жанна Бирк имеет тот же расчет, что и ты.

— Ха! У ней папа доктор наук, мать хирург, бабка типа профессор была. Жанке даже фамилию дали по маме, чтобы династию сохранить, — зачастила Олеся. — Деньжищ в семье — лом! В буфете на кухне такая посуда! Жанка говорила, сервизу триста лет, а они им каждый день пользуются, не жалеют! Вилки серебряные, каждая по полкило весом! Картины повсюду! Одну со стены снять, толкануть — и Жанка в институте. Почему ж ее мамашка так не поступит? За фигом она любимую доченьку в такой ад пристроила?

— Вероятно, не хочет разрушать коллекцию, — предположила я.

Олеся захихикала.

— Не! Алевтина Феликсовна ради доченьки в печку прыгнет. Просто Жанна дура, ей никогда на врача не выучиться! Позавчера она не сумела зачет сдать, очень легкий, по перевязкам! Там соображения много не надо, лишь руками шевели, и то у нее не вышло. Жанка домой одна идти не хотела, меня позвала. Алевтина Феликсовна сначала расстроилась, а потом и говорит: «Ладно, деточка, освоишь науку. Олеся, ты же ей поможешь?» Жанка зарыдала и убежала, а ее мама мне сказала: «Олесенька, я очень тебе благодарна за то, что ты подставляешь нашей девочке плечо. Она хорошая и не виновата в проблемах, случившихся в ее развитии. Понимаешь, мой отец... Впрочем, это неинтересно, история давняя. Я в свое время пила много лекарств. Прием серьезных препаратов сильно повлиял на мой организм, и Жанна теперь... Ну, в общем, не бросай ее, а мы с Антоном Павловичем непременно поможем тебе, солнышко! У Антона Павловича много молодых ассистентов, симпатичные юноши с большим будущим. Вы с Жанночкой непременно устроите свое личное счастье».

Филимонова примолкла, я кивнула:

— Хороший расчет! За толерантное отношение к дочери ее мать пообещала тебе поддержку. Отличный бонус, думаю, проблем с поступлением в вуз у тебя не будет. И жених почти найден. А что, у Жанны действительно с головой не все в порядке? С ней никто, кроме тебя, дружить не хочет?

— Да она прямо ау, войдите! — Олеся покрутила пальцем у виска. — За ней постоянно следить надо. Такие глупости ей в башку лезут... К Жанке хуже, чем к Машке конопатой, относятся!

— Это кто?

Олеся испустила стон:

— Наше все! Мария Грибкова. Лучшая девушка Москвы и области! Окончила школу с золотой медалью!

— Дочь Глеба Сергеевича?

— Она самая. Папашка — идиот, мамашка — сука, а доченька — дрянь!

— Похоже, ты ее очень любишь.

— Обожаю! — зашипела Олеся.

— Ладно, поехали к Бирк, — велела я.

Видно, личность Маши Грибковой давно не давала покоя Олесе, потому что, пока мы шли к машине, усаживались в нее и ехали к Жанне, Филимонова без устали рассказывала о дочери участкового.

Маша была на несколько лет старше Олеси и считалась в Евстигнеевке маяком, на который следовало ориентироваться молодому поколению деревни. В школе девочка получала одни пятерки, и, заслужив аттестат с отличием, Маша легко поступила в вуз. Да не в какой-нибудь там пятисортный институтишко, а в МГУ, где незамедлительно стала лучшей на курсе. О мальчиках Грибкова не думала, все ее мысли были направлены на учебу. Маша была еще и идеальной дочерью. Летом она беспрекословно помогала матери на огороде, не бегала по танцулькам, не требовала модной одежды, вела себя скромно, не пила, не курила, практически не пользовалась косметикой. Не так давно Глеб Сергеевич расхвастался в магазине, сказал, что дочь пойдет в аспирантуру, напишет кандидатскую, а потом докторскую диссертацию. В общем, родил он и воспитал великую ученую.

В день, когда милиционера пробило на хвастовство, в очереди к прилавку стояли одни бабы, дети которых отнюдь не являлись образцами. Представляете, каково им было слушать панегирик в адрес Марии Грибковой? В конце концов Вера Расторгуева не выдержала и заявила:

— Хорошо, конечно, быть умной, но женщине положено замуж выйти и детей рожать. В этом ее предназначение, а не в диссертациях!

Остальные бабы радостно засмеялись, а Грибков воскликнул:

— Так у нас скоро свадьба!

— Машка в загс пойдет? — ахнула Вера. И, забыв об осторожности, добавила: — А че я не знаю?

Грибков с укоризной зыркнул на любовницу и пояснил:

— Ну нам с матерью пока официально не объявляли, да только точно к гулянке дело катит. Есть у Маши жених, сын профессора.

— Врешь! — не выдержала Расторгуева. — Почему же парень в Евстигнеевке не появляется?

— Не знаю, — пожал плечами участковый, — наверное, стесняется. Но я о нем справки навел: кандидат наук, психолог, отлично зарабатывает.

— Да? — с сомнением протянула Вера. — Ну-ну... Через неделю после беседы в магазине Евстигнеевка была сражена наповал. К дому Грибковых подъехала новая иномарка, из нее вылез водитель, мужчина лет тридцати, распахнул пассажирскую дверь и помог выйти Маше. Дочь участкового держала в руках роскошный букет, а на плечах у нее красовалась новая, абсолютно не нужная в мае шубка из норки. Глеб Сергеевич не соврал, его дочь оказалась не таким уж и синим чулком, отхватила замечательного парня.

— Моя маманя прямо с ума сошла, — злилась сейчас Олеся. — Все детство мне Машку в пример ставила, а теперь ваще офигела. Каждый день твердит: Маша умная, училась отлично, поэтому богатого нашла, родителям помогает, три раза в неделю сюда наезжает, купила им телик, стиралку, холодильник, обувь зимнюю... А я, никудышница, хорошего мужика не найду, в башке одни глупости. Стой! Приехали.

Я автоматически нажала на тормоз.

— Вот их дом. — Филимонова ткнула пальцем в двухэтажное деревянное, очень похожее на терем здание. — Жанка болтала, ее семья тут очень давно живет.

— Олеся, — строго приказала я, — ты сейчас позвонишь в дверь и представишь меня бабушке Жанны Бирк. Если не ошибаюсь, она тоже Жанна?

— Да, — кивнула девчонка, — только их дома по-разному зовут, старуха на Муру отзывается. Уж не знаю почему, но к ней все так обращаются. Глупо, правда?

Я улыбнулась. На мой взгляд, вовсе не глупо. Чем теплее отношения в семье, тем больше милых прозвищ существует у близких людей. Те, кто не испытывает добрых чувств к старшему поколению, будут говорить «бабка», «старуха» или найдут другие грубые слова. «Мура» свидетельствует о том, что пожилую даму нежно любят. Вот Дана тоже зовет свекровь Жозей, ни разу я не слышала, чтобы Гарибальди обращалась к ней официально: Антонина Михайловна...

— Мура так Мура, — пожала я плечами. — Главное, скажи: я привела женщину, которая пишет книгу о прошлом института, где работал Матвей Колосков. Заказ сделан серией «ЖЗЛ».

— Как? — разинула рот Олеся.

— Неважно, — отмахнулась я, — ты только познакомь меня с Мурой, и забудем о мобильном.

— Ладно, — обрадовалась Олеся и ткнула пальцем в звонок.

Дверь распахнулась сразу.

— Лесенька! — с улыбкой посмотрела на девушку пожилая дама, одетая в темно-синее платье с белыми пуговицами. — А Жаннуся только что уехала. Они с мамой в город подались. Позвони ей скорей, наверное, они еще до шоссе не добрались, могут за тобой вернуться.

— Ага, щас наберу, — откликнулась Филимонова. — Мура, это Виолетта, она книжку пишет, хочет с тобой поговорить! Ну, я побегу, вы тут без меня ляля...

Не успела я моргнуть, как девчонка ужом соскользнула с крыльца и юркнула за угол теремка.

— Здравствуйте, — приветливо улыбнулась Мура, — уж извините, Олеся такая торопыга, не представила вас должным образом. Речь идет о диссертации? Вы новая аспирантка Антона Павловича? Извините, зять на службе.

Я улыбнулась в ответ:

— Меня зовут не Виолетта, а Виола. Фамилия моя

Тараканова. Надеюсь, она не покажется вам смешной.

— Что вы, душенька, — склонила Мура голову набок, — как можно смеяться над тем, что досталось от предков. Насколько я знаю, Таракановы старинный род, уходящий корнями в глубину веков. Вот первый Бирк поселился на Руси во времена Петра Первого. Царь-реформатор вывез его из Германии. Говорят, тот немец был врачом, но, как вы понимаете, это семейная легенда. И, если разобраться, по сути, он мне не кровный родственник. Я урожденная Астахова, Бирк стала, выйдя замуж. Проходите в дом, нелепо стоять на пороге.

Проведя нежданную гостью в просторную, немного темную комнату, Мура радушно предложила:

— Садитесь и изложите свое дело.

Я опустилась на черный кожаный диван. Вот уж не предполагала, что у кого-то еще сохранилась подобная мебель: огромная спинка, над ней полка со статуэтками, подлокотники шириной с табуретку и высокие, пухлые подушки в качестве сиденья. Впрочем, кресло, в котором устроилась Мура, смотрелось еще более древним. Откровенно старым выглядел и оранжевый абажур с бахромой, висевший над круглым обеденным столом, застеленным темно-бордовой плюшевой скатертью.

— В прошлом я преподаватель немецкого языка, а сейчас пишу книги, — завела я разговор. — Некоторое время назад серия «Жизнь замечательных людей» сделала мне заказ на повесть об институте, которым в свое время руководил Матвей Витальевич Колосков. Увы, в архивах сохранилось мало материала, поэтому я пытаюсь найти бывших сотрудников и поговорить с ними. Ваш муж, Феликс Бирк, вроде работал с Колосковым?

Лицо Муры вытянулось.

— Как лучше к вам обращаться? — тихо осведомилась она. — Просто Виола, без отчества?

— Хорошие знакомые зовут Вилкой. — Я попыталась установить контакт.

Мура кивнула:

— Ваша книга будет посвящена институту или сугубо Матвею?

— Намереваюсь написать историю коллектива, а Колосков долгое время стоял во главе его.

— Понятно, — протянула Мура, сложила руки на коленях и уставилась в окно, полузакрытое темно-синей гардиной.

В гостиной повисла напряженная тишина, мне стало не по себе. Но тут хозяйка не совсем уверенно продолжила беседу:

— История не всегда похожа на свежий пряник.

— Понимаю.

— Правда порой столь неприятна, что лучше соврать.

— Может, и так, — согласилась я.

— Придется сказать о Матвее не самые лучшие слова.

— У меня в планах нет намерения создать панегирик Колоскову, — быстро сказала я, — издатели «ЖЗЛ» будут рады острому материалу.

Мура вновь уставилась в окно.

— Матвей давно умер.

— Я знаю.

— Очень многие из нашего поколения ушли на тот свет.

— Ну... да, — пробормотала я, не понимая, куда клонит Бирк.

— Мало осталось непосредственных свидетелей тех событий, — протянула Мура, — а воспоминания, как правило, грешат субъективностью. Порой доходит до смешного. Был такой Моисей Абрамович Кац. Слышали о нем?

— В принципе... где-то читала, — обтекаемо ответила я.

Мура засмеялась:

— Душенька, простите старуху. Ну откуда вам знать! Моисей Кац был очень талантливый математик, почти гений. Он близко дружил с моим мужем Феликсом, часто бывал в нашем доме. Интеллигентный, энциклопедически образованный ученый. Но сейчас не о его уме речь. Моисей имел стандартный рост, что-то около метра семидесяти пяти, во всяком случае, был не выше Феликса. Так вот, через много лет после трагической кончины Моисея его бывший аспирант Радий Крымов написал книгу воспоминаний об учителе и подарил ее мне с трогательной надписью. В мемуарах Моисей назван лысым мужчиной огромного, почти двухметрового роста. Так вот, оба эти утверждения ошибочны. Кац не был лысым — он брил голову. Уж не знаю, по какой причине у него появилась эта привычка. Как-то мы семьями отправились на два месяца в Крым, и я очень удивилась: у Моисея на голове за время отдыха выросли буйные кудряшки. А теперь насчет роста... Радий очень мелкий, пониже меня, а во мне всего-то метр шестьдесят. Кстати, такой рост не помешал Крымову стать замечательным ученым. Радий всегда смотрел на Моисея снизу вверх, в прямом и переносном смысле, вот Кац и казался ему великаном. Людей, которые лично помнят Моисея, уже мало на свете. Спустя лет десять уйдут и они, а книга останется. И, прочитав ее, потомки будут уверены: ученый Кац был лысым гигантом.

— Поэтому столь ценен ваш рассказ, — подхватила я, — хочу записать его дословно. Вас не испугает диктофон?

Мура поежилась:

— Получится, что я свожу счеты с покойным. Матвея нет в живых, а мне придется вспомнить не очень приятные для него вещи. Вполне вероятно, что оценка событий Матвеем сильно бы отличалась от моей, но оправдаться он не сумеет. Право, это некрасиво. Хотя, признаюсь, я испытываю огромное желание выплеснуть негатив.

— О ректоре нельзя сказать ничего хорошего? — Я решила подтолкнуть Муру к повествованию.

— Я постараюсь сохранять объективность, — вздохнула Мура. — Из Матвея получился отличный советский руководитель, и он сознательно принял решение стать «голубчиком». Очень хорошо помню тот день — Матвей тогда с Феликсом крепко поругались. Муж всегда отличался детским максимализмом, вот он и налетел на приятеля, обозвал его предателем, а Колосков не обиделся, спокойно ответил: «У каждой медали две стороны. Ты однобоко смотришь на проблему. Если ректором станет Потапов, всем придется плохо. Да, я «голубчик», но, исполняя данную роль, я сумею многим помочь, тебе в том числе! Ты сколько раз говорил, что мучаешься в городе? Так вот, получишь дачу!»

— Кто такой «голубчик»? — удивилась я.

— Ученый еврей при губернаторе, — вздохнула Мура, — хотя вы, наверное, не знакомы с творчеством Салтыкова-Щедрина.

— Читала книги упомянутого вами автора, — обиделась я. — И великолепно помню историю про губернатора, который ненавидел образованных, умных людей, а заодно являлся антисемитом. Чтобы иметь возможность травить иудеев, наместник приблизил к себе ученого еврея и всякий раз, когда на чиновника налетали с упреком демократически настроенные интеллигенты, он восклицал: «Помилуйте, господа! Обвинения в ненависти к иудеям ложны! Со мной работает ученый еврей!»

Мура грустно улыбнулась:

— Хорошо, попробую рассказать правду. Очень надеюсь, что сумею удержаться от желания посплетничать. Хотя я зла на Матвея и считаю его виновным в смерти Феликса. Да, а недавно еще и новая гадость выяснилась. Ну ладно, по порядку... Начну все же с хорошего. Начальник из Матвея получился неплохой...

Глава 23

Мура очень хотела быть объективной, поэтому перечислила все благодеяния ректора: заботился о коллективе, выбивал всем квартиры, сумел организовать дачный поселок, выстроил новое здание института, создал издательство, радел об аспирантах, поддерживал молодых ученых, не забывал о стариках, сам активно выпускал книги, изучал птиц и даже описал новый, никому не известный вид. А еще был идеальным семьянином, обожал жену, и та платила мужу горячей любовью.

— Просто ангел, — пробормотала я. — И за что вы на Матвея сердились?

Мура взяла лежавший на ручке кресла плед и завернулась в него.

— Не успел Матвей получить докторскую степень, — продолжила она, — как умер старый ректор, Виктор Гаврилович. Колоскова вызвали в министерство и предложили стать руководителем заведения. Матвей подходил на эту должность со всех сторон. Во-первых, он не был членом КПСС.

— Постойте, — удивилась я, — я не настолько молода, чтобы не знать: в годы социализма членство в компартии было обязательно для любого, кто желал сделать мало-мальски успешную карьеру!

— Деточка, — мягко перебила меня Мура, — помните, мы толковали об ученом еврее при губернаторе? При Советах имелись подобные личности. Западная пресса постоянно упрекала руководителей СССР в однопартийности, кричала о нарушении прав человека и ограничении свободы. А в ответ слышала: все ложь, у нас есть балерина N, писатель M, композитор K, ученый L, они никогда не были членами КПСС, более того, позволяют себе очень смелые высказывания и тем не менее выезжают за рубеж и активно работают в России. Феликс звал эту категорию людей «голубчиками» и считал, что они намного более опасны для общества, чем сотрудники КГБ. «Голубчики» давали людям ложную надежду, а кое-кто, думая, что творческому человеку все у нас сходит с рук, пытался им подражать. И где оказывался такой дурачок? «Голубчики» были кастой неприкасаемых. Кстати, если пойдете в Ленинскую библиотеку и почитаете газеты семидесятых годов, то легко поймете, о ком я веду речь. Ну, допустим, поэт S. Уж такой смельчак! Стихи резкие, пел их под гитару во всех компаниях и со сцены! Почему же его, как многих других, не посадили? Бродский попал в лагерь по обвинению в тунеядстве, а S преспокойно резал правду-матку чуть ли не в глаза членам правительства. Надеюсь, вы не столь наивны, чтобы не понимать: ему было разрешено делать подобное, более того — это вменялось S в обязанность. Он ездил по миру, но всегда возвращался в СССР. Что мешало человеку попросить политического убежища, а? Те, кто хотел избавиться от оков социализма и мечтал творить свободно, удрали при первой возможности. Артистов балета Нуриева и Годунова удержать не сумели. S же летал в Америку, рыдал там о своей несвободе и... возвращался в Москву. Почему? Да потому, что его и дома отлично кормили. Кое-кто из «голубчиков» дожил до сегодняшних дней, и нынче они процветают, рассказывают глупым журналистам, как были диссидентами, народной совестью, ставили обличительные спектакли, писали антисоветские книги, пели антикоммунистические песни. Молодое поколение наивно восхищается стариками. Право, смешно... если бы не было так грустно. СССР являлся полицейским государством, и, чтобы выпустить, скажем, спектакль, требовалось пройти много инстанций, антисоветчину бы запретили еще на уровне читки пьесы. Если же «острое» произведение появилось, следовательно, оно было нужно руководителям государства. Настоящие борцы за свободу, такие, как Марченко, погибли в психлечебницах, о них не вспоминают, власти постарались вытравить даже память о настоящих людях. Обратите внимание, деточка, даже сегодня журналисты не написали ни одного материала о тех, кого убила советская психиатрия. Почему? Слишком болезненная, страшная тема, кое-кто из «великих» профессоров, подписывавших лживые диагнозы, еще жив. Так что вся свобода слова уперлась лишь в возможность рассказов о проститутках на Тверской и о цвете трусов какой-нибудь певички. Впрочем, справедливости ради отмечу: некоторые «голубчики» не понимали своей роли, не догадывались, в качестве кого их использовали. Другие успешно делали вид, что не в курсе событий. Вот почему Феликс назвал Матвея «голубчиком»...

Муж Муры всегда резко высказывался о существующих порядках, в доме у Бирк часто собирался народ, люди сидели на кухне и вели весьма откровенные разговоры. Правда, дальше болтовни не шли, русской интеллигенции свойственно принимать словесные излияния за дело — потрепали языком, значит, можно расходиться по домам, считая себя спасителями России. Матвей, как лучший приятель Феликса, был вхож в этот круг, правда, он в основном помалкивал, больше слушал, чем говорил. А потом вдруг получил предложение о повышении.

Первым, кто узнал эту новость, оказался Феликс.

— Ты с ума сошел! — возмутился он.

— Я смогу сделать на посту начальника много хорошего, — протянул Матвей.

— Превратишься в одного из «голубчиков»! — попер на друга Феликс. — Я тебе руки не подам!

— Ну и будешь дурак, — не обиделся Матвей. —

На себя посмотри! Спрятался дома, революционер кухонного формата! Борец под одеялом! Смешно! Иди с плакатом «Долой КПСС» на Красную площадь! Выстрели в Брежнева! Взорви Кремль!

Присутствовавшая при разговоре Мура перепугалась, выдернула из стены телефонный шнур и зашипела:

— Мотя! С ума сошел!!! Подобные заявления — это уж слишком!

— Ха! Сами вы трусы! — понесло Матвея. — Он меня обвиняет в ренегатстве, обзывает конформистом, и что? В отличие от дорогого Феликса я не гонюсь за дешевой популярностью у коллег. Мы живем при социализме, нам систему не сломать, следовательно, надо приспособиться. Мне представилась возможность помочь людям, и я ее использую. А Феликс пусть либо заткнется, либо идет драться с диктатором, третьего не дано. Да, я конформист, соглашатель, а Бирк болтун и надутый идиот!

Поругались приятели в тот день насмерть, Феликс не выдержал и заорал:

— Знаю, почему тебе ректорское место предложили, хотя в коллективе более достойные кандидатуры имелись! Ты стукач! Сидел у нас на кухне молча, а потом в первый отдел бежал!

— Под более достойной кандидатурой, наверное, ты имеешь в виду себя, — ринулся в бой Матвей, — завидовать нехорошо. Кстати, в отличие от тебя, болтуна, я уже защитил докторскую, а ты все о великих исследованиях разглагольствуешь!

Феликс кинулся на Матвея, Колосков не был слабаком, завязалась нешуточная драка, которая прекратилась лишь после того, как Мура вылила на мужа и приятеля ведро воды.

Матвей ушел, отказавшись вытираться поданным полотенцем, Феликс не спал всю ночь, кричал о предателях, а потом вдруг затих и сел к столу.

Мура легла спать, решив, что утро вечера мудренее. В шесть часов зазвенел будильник, Бирк вскочила и поняла, что Феликс не приходил в спальню. Супруг был в кабинете, он маялся над рукописью.

— Так нельзя, — укорила мужа Мура, — организм должен отдыхать!

— Я вчера слишком бурно отреагировал на Матвея, — сказал Феликс и вдруг добавил: — А знаешь, он прав!

Мура удивилась.

— Да, да, — продолжил Бирк, — абсолютно верно он отметил: я глупый, наивный болтун. Каждый в жизни выбирает свой путь и отвечает за совершенные поступки. Я налетел на Матвея, а ведь он не побоялся принять решение, на мой взгляд, отвратительное, неправильное, но решение. Мотя действует, а я жонглирую словами! Даже диссер никак не допишу! Но теперь все будет иначе!

Мура тогда лишь вздохнула. Она великолепно знала: Феликс талантлив, намного умнее, чем Матвей, но тот трудолюбив, а Бирк не способен заставить себя сесть за докторскую. Мура испробовала разные способы, пытаясь приковать Феликса к столу, но ему больше нравилось читать лекции, чем кропать труды. Навряд ли все станет иначе после драки с другом.

Но, очевидно, тягостная беседа с Колосковым возымела свое действие. В рекордно короткий срок Феликс защитил докторскую, принялся писать монографию, и Мура была очень благодарна Матвею за это.

Дружба между учеными охладела — Колосков более не приходил к Бирк, участия в диссидентских разговорах не принимал. Но Мура понимала: именно Матвей сумел сподвигнуть ее мужа на работу. Впрочем, формально хорошие отношения у них сохранились. Если Мура сталкивалась с Матвеем в коридорах института, ректор всегда нежно обнимал ее и с неподдельным интересом спрашивал:

— Как дела?

Один раз Мура честно ответила:

— Не очень.

— Что случилось? — насторожился Матвей.

— Алевтине поставили диагноз: астма, — рассказала Бирк о проблеме с дочерью.

— Она же совсем маленькая, еще в школу не ходит! — изумился Матвей.

Мура кивнула.

— Верно. Только болезнь возраста не различает. Наверное, будем менять городское жилье на Подмосковье — Але нужен свежий воздух. Конечно, зимой можно было бы оставаться в Москве, а на летние месяцы вывозить девочку за город. Денег-то у нас на дачу нет!

— Почему сразу ко мне не пришла? — возмутился ректор. — Столько лет дружим! Алевтина и нам с Антониной как дочь!

— Ты же ей новые легкие не подаришь, — справедливо заметила Мура.

— Ничего не предпринимай с квартирой, — приказал Матвей.

Через десять дней Муру вызвали в местком и вручили ключи от дома в Подмосковье. Матвей, наверное, приложил огромные усилия, чтобы добыть в рекордно короткий срок дачу для семейства Бирк. Более того, вечером того же дня он позвонил Муре и сказал:

— Хотел устроить вас вместе со всеми в Евстигнеевке, но там готового дома не нашлось, одни земельные участки. Подумал, что вы не захотите тратить годы на стройку, поэтому и подсуетился с Палашовкой. Она рядом, в паре километров, думаю, скоро деревни сольются в одну.

— Спасибо! — горячо поблагодарила его Мура. — И от Феликса тоже!

— Ерунда, — засмеялся Матвей. — Я уже объяснял: специально согласился на ректорский пост, чтобы помогать людям...

Рассказчица замолчала.

— Пока все, что вы поведали, характеризует Матвея только с лучшей стороны, — отметила я.

— Это присказка, — мрачно протянула Мура, — сказка впереди.

...Первые годы ректорства Матвей сыпал добрыми делами, а потом начал постепенно требовать от людей благодарности. Мура очень хорошо помнила день, когда Феликс, придя домой, схватился за валокордин.

— Милый, что случилось? — напряглась жена.

— Ученый совет проголосовал за присуждение докторской степени Полине Гореловой, — возмущенно ответил муж.

— Постой-ка... — забормотала Мура. — Она любовница Маркова, чиновника из Министерства просвещения. Как же так? Ты говорил — девица полный ноль.

— Да, — кивнул муж. — И тем не менее она будет доктором наук. В коридоре все над Полиной посмеивались, мол, оказывается, что путь в науку лежит не только через мозг, но через иные, чисто женские органы. Но все проголосовали «за». В урне нашелся лишь один черный шар, мой.

— Невероятно! — подскочила Мура. — Это же девальвирует научное звание, низводит его до уровня плинтуса! Ты не ошибся? Только один голос «против»?

— Да, — буркнул Феликс.

— А Вадим Семенович? — не успокаивалась Мура. — Неужели Прошкин тоже присоединился к большинству?

— Именно так! — подтвердил Бирк.

— Он заболел, — отрезала Мура. — Наверное, у него грипп, он не соображал, что делает.

— Выглядел здоровее прочих, — рассердился Феликс, — даже улыбался.

— И ты к нему не подошел после совета? Не спросил, в чем дело?

Супруг снова взялся за пузырек с лекарством и неохотно признался:

— Я поймал Вадима на лестнице, говорю: «Ты понимаешь, что происходит? Этак скоро пропадет необходимость заниматься наукой и писать труды! Приноси в канцелярию справку со словами: «Сплю с начальником отдела» и получай регалии в зависимости от служебного положения любовника».

— А он что?

— Сначала молчал.

— А ты?

— Я продолжил его стыдить, воскликнул: «Из-за таких, как ты, советская наука превращается в помойку!»

— Ну и?

Феликс выпил вторую порцию капель.

— Прошкин схватил меня за пиджак и зашептал: «Прекрати. Биологии хуже от присутствия Гореловой не станет! Она вполне вменяемая тетка, в исследования не лезет, докторская нужна ей лишь для карьеры». Ну я и не выдержал...

— Ты тоже с Полиной спишь? — взвился Бирк. — Дама у нас общего пользования?

— Идиот! — крякнул Вадим. — Ладно, если хочешь знать, меня Матвей просил. Ему звонили из министерства, а у института крыша течет.

— Не понимаю связи!

— Проще некуда: Горелова становится доктором наук — Колосков получает финансирование на кровлю, — пояснил Вадим. — Я его понял и проголосовал «за». И потом... не мог же я отказать ректору.

— Ага, значит, ты с ним спишь, — глупо пошутил Бирк.

— Кретин, — зашептал коллега, — поосторожней с подобными оскорблениями! Матвей для моей больной мамы лекарство из-за границы привез, бесплатно. Спас старуху! И что теперь? На его маленькую просьбу ответить «нет»? Я в отличие от тебя не принадлежу к семье Джорджано Бруно, особо за чистоту науки не страдаю!

Вот такой у них состоялся «научный спор». А потом Феликс хватался за сердце и пил лекарство.

— Ну и дела... — покачала головой Мура.

И это было лишь началом. Спустя пару лет Матвей подмял под себя всех преподавателей. Тех, кто не желал «сотрудничать», ректор попросту сживал со света. Ему помогала жена, но в отличие от него Антонина действовала куда более прямолинейно, ее прозвали в коллективе Акулой и боялись больше, чем ректора.

Муре оставалось лишь удивляться, как власть меняет человека. В знак протеста Бирк покинули институт. Колосков без кривляний подмахнул их заявления об уходе. Правда, он попытался воззвать к совести Муры. Пригласил ее к себе в кабинет и сказал:

— Вот уж не предполагал, что вы бросите меня в трудной ситуации одного! В институте у меня полно врагов, хочется видеть рядом и друзей.

Мура решила не углубляться в тему и обтекаемо ответила:

— Здоровье подводит, вот и решили поселиться в деревне постоянно.

— Об Але подумай! — задел больное место ректор. — Неужели девочке придется в селе школу заканчивать? И вы с голоду умрете!

— Мы будем преподавать в местном училище, — разоткровенничалась Мура, — я возьму курс по биологии, а Феликс...

— Ужасно! — перебил ее Матвей. — Катастрофа! Вот что, хватит глупить! Оставайтесь в институте. Через год Натан Данилович, мой зам по научной работе, уйдет на пенсию, я поставлю на его место Феликса. Поговори с мужем, пусть один раз в жизни подумает о семье, о дочери и примет мудрое решение.

Глава 24

Мура обрадовалась и кинулась к Феликсу. Она в глубине души надеялась, что супруг согласится с Матвеем, Муре очень не хотелось перебираться в деревню навсегда. В прежние времена Палашовка была глухим местом. Хоть и недалеко от Москвы, да провинция. Личной машины они не имели, ездить в столицу им предстояло на электричке, которая не всегда ходила по расписанию.

И Мура в отличие от Феликса, никогда не занимавшегося домашним хозяйством, реально оценивала бытовые трудности. В области тяжело с продуктами, хозяйке придется весь провиант, включая хлеб, таскать на горбу из Москвы. Пугала и сельская школа, в которую пойдет Алевтина. Какое образование получит девочка? В дачном доме не было водопровода. Биотуалетов тогда еще не придумали, бегать на огород, к дощатой будке, сомнительное удовольствие даже летом, а каково использовать такой сортир в декабре, в метель и мороз? Да очень многое, о чем даже не думает горожанин, предстоит делать сельскому жителю: заготовка дров на зиму, ежедневная доставка воды, чистка двора, ремонт крыши, заделывание дыр в заборе...

Еще зависимость от расписания местного автобуса и электрички, надо постоянно думать об Алечке, которой, чтобы попасть к восьми утра в школу, предстоит бежать в темноте два километра через лес. А книги? В Москве под рукой была районная библиотека, в области, чтобы попасть в читальный зал, нужно ехать в райцентр.

Смущало и медицинское обслуживание. Мура хорошо помнила, как однажды, живя летом на даче, вызвала для соседки «Скорую». Машина с красным крестом прибыла лишь к вечеру. Врач, услышав упреки Муры, мрачно ответил: «Приехали, когда смогли. У нас всего два «рафика», у одного мотор барахлит, а

я разорваться не могу. Да еще мост возле Евстигнеевки сломан, мы в объезд ехали». Хорошо, что соседка в
тот день просто руку сломала и маялась только от фи-
зической боли. В конце концов, сложно умереть от
перелома руки, но случись у женщины сердечный
приступ, доктор прибыл бы уже для констатации
смерти.

Собрав воедино все аргументы и присоединив к
ним предложение Матвея стать его замом по науке,
Мура поговорила с Феликсом.

— Нет, — категорично ответил он.

— Почему? — расстроилась Мура.

— Не хочу ничем быть обязанным «голубчику», —
отрезал Бирк.

— Но ведь глупо же, — принялась уговаривать его
Мура. — Возьмешь в свои руки бразды правления,
наведешь порядок в Ученом совете... Не упускай
шанс послужить науке!

— Это не наука, — процедил Феликс, — а мыши-
ная возня с диссертациями. Кому нужна работа, опи-
сывающая изменение оперения попугаев в зависимости от влажности воздуха? Вот уж самое необходимое
для России исследование! Ты когда в последний раз
видела над Москвой стаю ара? А?

Мура не нашлась что ответить, а Бирк горячо
продолжал:

— Ну уж нет! Я больше в эти игры не впутываюсь.
Хочу реально помочь своей многострадальной Родине, очистить ее от грязи и копоти. Понимаешь?

— Нет, — произнесла Мура.

И тут Феликс вывалил жене такую информацию,
что она потеряла дар речи. Оказывается, исследования перестали интересовать Бирка, преподавание
биологии доктор наук считает пустым занятием.

— Зарабатывать на пропитание вбиванием в ту-
пые головы того, что они не хотят знать, пустое занятие! — кричал Феликс. — Я не могу служить червем,
который в течение всей своей жизни ползает по про-

рытому ходу из ниоткуда в никуда. Что ты мне предлагаешь? Раздувать щеки на Ученом совете? Ощущать себя князьком местного розлива? Быть значимым для десятка карьеристов? Всерьез обсуждать диссертации о натоптышах у кур? Приходить в восторг от улучшенного продуктового заказа, который я буду получать в качестве руководителя? Добиваться расширения нашей жилплощади? Вымаливать прибавку к зарплате? Расталкивая локтями желающих заработать, выгрызать в профкоме путевку в Болгарию? Не хочу!

— Но мы... Аля... школа... электричка, — забубнила Мура.

— Давай разведемся, — сухо предложил Феликс. — В конце концов, лишь несколько декабристов сумели сохранить свои семьи, к остальным осужденным жены не приехали. Вы с Алевтиной останетесь в Москве, и Матвей, думаю, повысит тебя в должности, даст хороший оклад, я стану платить алименты, в деньгах ты даже выиграешь!

— Значит, ты декабрист? — не выдержала Мура. — Интересное сравнение! Только те дворяне вышли на площадь и попытались протестовать против строя, а Феликс Бирк просто укатывает в колхоз. Это больше похоже на желание избежать неких моральных трудностей, чем на подвиг во славу Родины.

Феликс надулся.

— Ладно, — спустя пару секунд сказал он, — не хотел тебя впутывать, но раз уж разговор завернул в эту степь... Слушай внимательно!

И на бедную Муру обрушился новый ушат сведений.

Феликс вместе с несколькими приятелями организовал общество, которое абсолютно неоригинально назвал «Путь к свободе». Основная цель организации — свержение коммунистического строя, реставрация монархии и, как следствие, необычайный расцвет России.

— Надо вернуться к начальной точке трагедии Руси, к тысяча девятьсот семнадцатому году, — шептал муж, — толкнуть колесо истории вспять. Бедный русский народ не имеет собственной воли, он всегда, со времен Емельяна Пугачева, шел скопом за сильным лидером. Лишь пнем колосса, и он повалится, у социализма глиняные ноги.

— Феликс, ты сошел с ума! — перепугалась Мура. — Оглянись вокруг! Мы живем при полном тоталитаризме: армия, КГБ, повсюду стукачи... Твоя затея полнейшая глупость! Всех участников объединения посадят!

— А вот и нет, — зашептал Бирк, — у нас полнейшая конспирация. Может, тебе это покажется смешным, но принцип построения организации подсказал мне Ленин. Мы разбиты на тройки, в случае провала арестуют лишь ничтожно малую часть подпольщиков. Вот почему надо уходить из института! Я все продумал! Один из наших верных помощников работает в обществе «Знание», он будет мне выписывать путевки на лекции по стране. Ни у кого не возникнет вопроса, почему Бирк мотается от Риги до Владивостока. Это понятно: он ушел из института, зарабатывает деньги по командировкам. А я стану ездить туда, где мы организовали районные ячейки. И жить в столице опасно! Еще в деревне легче устраивать конспиративные собрания. Наш дом находится у леса, кто к нам, когда и в каком количестве прошмыгнул, не видно. Ясно?

Мура, потрясенная узнанным, молчала.

— Значит, развод, — подытожил Феликс. — Очень жаль, я люблю тебя и Алевтину.

— Если любишь нас, значит, должен подумать о семье, — выдавила из себя Мура. — А ну как тебя арестуют? Может, все-таки забудешь о революционной деятельности? Давай пойдем на компромисс: я не возражаю против переезда в колхоз и не стану спорить по поводу нашего ухода из института, но мы начнем спокойно преподавать в местном училище, сосредоточимся друг на друге и на воспитании дочери.

— Не могу, — отрезал Феликс. — Я обязан возродить Россию! Таково мое предназначение, цель и смысл жизни...

Пожилая дама вновь прервала рассказ. Мура помолчала, потом исподлобья посмотрела на меня:

— И как я должна была отреагировать?

Я вздохнула:

— Да уж! Думаю, мужу не стоило ставить вас в такое положение, он поступил крайне эгоистично.

Бирк медленно моргнула.

— А вы бы что выбрали на моем месте?

— Слава богу, я никогда не стояла перед такой дилеммой.

— И все же? — настаивала Мура.

— У меня нет детей, я не несу ответственности ни за кого... И все равно бы испугалась!

Хозяйка улыбнулась:

— А я впала в панику! Мы так поругались! Правда, шепотом. Кричать не могли — вдруг соседи услышат. В результате Феликс рано утром укатил в деревню, а мы с Алей остались. Девочка, конечно, ни о чем не подозревала, я ей сказала: «Папа решил новую книгу писать, ему нужен свежий воздух». Но через неделю я не выдержала, мы с дочкой собрались и тоже отправились в Палашовку. И пошла иная жизнь.

— Вы очень рисковали судьбой дочери, — покачала я головой. — Ведь если родителей арестовывали, ребенок оказывался в приюте.

Мура вздохнула:

— Ну да! Наверное, я плохая мать. Нам действительно пришлось очень нелегко.

— Думаю, в первую очередь материально, — сочувственно заметила я.

Бирк подоткнула под спину подушку.

— Вот как раз и нет. Родители Феликса увлекались собирательством. Системы в их покупках не было, коллекционировали все, что нравилось, — приобретали картины, статуэтки, столовое серебро, по принципу «хотим это иметь». Посудой пользовались, тарелки бились, свекровь это не огорчало. Сметет осколки и воскликнет: «А, новое купим!» В пятидесятых-шестидесятых годах прошлого века в комиссионках было полно вещей, за которые сейчас дают бешеные деньги. Только тогда приобретение серебряных вилок считалось мещанством, фарфор именовался «отрыжкой капитализма». Вот пластик или стекло — это было модно. Люди выбрасывали на помойку замечательную мебель и покупали шаткие столики на тонких ножках. Никогда не забуду, как шла однажды мимо свалки возле снесенного здания на Мясницкой и вдруг увидела стол. Роскошный, из ореха, с медальонами, чуть-чуть отреставрировать — и ставь в гостиную! И ведь кто-то его вышвырнул! Вон у нас в буфете набор тарелок... Он произведен в начале девятнадцатого века. Половины, правда, уже нет, но оставшимся мы пользуемся. Вчера Жаннуся, внучка моя, очередную розетку грохнула.

— Жалко! — воскликнула я.

Бирк махнула рукой:

— Абсолютно нет. Вещи созданы для людей, а не наоборот! Какой смысл ставить за стекло красивые чашки и каждый день пить какао из эмалированных кружек?

— Какао... — повторила я, — какао...

— Что? — не поняла Мура. — Хотите какао? Я сварю.

— Нет, спасибо, это я о своем, — быстро отказалась я.

Сама не понимаю, что зацепило меня. Отчего при упоминании обычного напитка в душе зашевелилась тревога?

— На мой взгляд, надо пользоваться тем, что имеешь, — вернулась к прежней теме Бирк. — Хотя Феликс в конце концов погиб из-за птички. Впрочем, не будь этой фигурки, было бы нечто другое.

— Из-за птички? — эхом отозвалась я.

Мура протянула руку, взяла с низенького столика толстый альбом с фотографиями и начала перелистывать страницы.

— Мы продавали вещи, собранные свекровью, и жили спокойно, — пояснила пожилая дама. — Естественно, не шиковали, привлекать к себе внимание не хотелось. Я не имела шубы, но носила качественное зимнее пальто из хорошего драпа, и питаться мы старались разнообразно, несмотря на сложности с продуктами. Я ухитрялась даже зимой доставать свежие огурцы. Но львиная доля вырученных средств от продажи старинных вещей уходила в организацию. Феликс постоянно мотался по командировкам. Билеты, питание, проживание в гостинице — все, конечно, было за свой счет. Еще он оказывал материальную помощь коллегам: организация росла, в основном она состояла из интеллигенции, творческих, непризнанных людей, а те жили впроголодь. Но однажды все закончилось. Внезапно.

— Феликса арестовали?

— Нет, убили.

— Боже мой! Кто? За что? — поразилась я.

Мура положила мне на колени альбом со снимками, указала на одну из фотографий.

— Женщина справа — мать Феликса, рядом с ней его отец, а на столике, видите, фигурка.

— Да, — кивнула я, — птичка.

— Верно. Она из платины с драгоценными камнями, очень дорогая вещь, — объяснила Мура. — У фигурки есть секрет — вообще-то это шкатулка. Если одновременно нажать на глаза птички, голова ее откинется и обнажится пустота. Свекровь верила, что безделица принадлежала императрице Александре. Вроде отец Феликса когда-то приобрел вещицу за бесценок у некой дамы, служившей в юности при царском дворе. Якобы в день штурма Зимнего дворца большевиками фрейлина спрятала птичку в карман — взяла на память о царице и хранила пуще глаза. Расстаться с реликвией старушка решила под конец жизни, когда уж совсем нечего стало есть.

— Интересная история, — согласилась я.

Мура улыбнулась:

— Правды не узнать. Ни родителей мужа, ни той дамы давно нет в живых, вещам свойственно переживать хозяев. Но у птички была нехорошая аура: она стояла во дворце, и вспомним, какова судьба царской семьи. Кстати, свекор через год после ее покупки тяжело заболел и до конца жизни жил на лекарствах. И, похоже, Феликса убили из-за этой платиновой фигурки, хотя врач на вокзале заявил: «Инфаркт». И патологоанатом подтвердил его диагноз.

— При чем тут вокзал? — удивилась я.

Мура вернула альбом на место и продолжила рассказ.

...Феликс Бирк в очередной раз собрался в вояж по провинции, денег в семье оставалось мало, и он решил продать птичку. Навел справки и нашел в Ленинграде коллекционера, который предложил за изделие огромную сумму. Мужчина должен был встретить продавца реликвии на вокзале. Сделку предполагали провести в укромном месте.

Мура отправилась с мужем в Москву. Тот, понимая, какую дорогостоящую вещь везет в багаже, ради безопасности пошел на лишний расход — взял купе СВ. Вагон быстро заполнился пассажирами, Мура стояла на перроне.

— Один поеду! — обрадованно воскликнул Феликс, выглядывая в окно.

— Запри дверь, — предусмотрительно велела жена.

— Не волнуйся, — улыбнулся Феликс. — Мне повезло! Без соседа еду!

Вообще-то Мура никогда не провожала мужа, но в тот раз поехала. И бежала за поездом, когда он тронулся, и даже прокричала вслед:

— Я люблю тебя!

Перрон закончился, Мура остановилась. Мелькнули красные фонари последнего вагона, и почему-то у нее защемило сердце.

Глава 25

На следующий день, около девяти утра, зазвонил телефон, и незнакомый мужской голос спросил:

— Феликс дома?

— Он уехал в Ленинград, читать лекции по линии общества «Знание», — ответила Мура.

В трубке раздался осторожный кашель, затем последовал вопрос:

— Простите, вы Жанна, его жена?

— Да, — ответил Мура.

— Разрешите представиться, Павел Лям. Это ко мне ехал Феликс, — сообщил мужчина.

— И что? — растерялась Мура.

— Его не было в поезде!

— Вы что-то путаете. Я провожала мужа, он сел в СВ.

— Но Бирка не оказалось в вагоне.

— Вы, наверное, ошиблись! — воскликнула Мура. — Встретили не тот поезд, ведь из столицы в Ленинград почти одновременно, с разницей в пять минут, уходят несколько составов.

— Нет, — возразил собеседник. — Никакой ошибки не было. Понимаете, проводница сказала мне, что пассажиру из пятого купе в Бологом стало плохо, его сняли с маршрута.

— Как? — закричала Мура.

— Подробностей не знаю, но попытаюсь выяснить, — пообещал Лям.

Спустя полдня он позвонил снова и сказал:

— Вам надо ехать в Бологое. Сегодня же! Прямо сейчас!

Мура постаралась не заорать от ужаса. Она знала, что Павел Лям не имеет ни малейшего отношения к подпольной организации. Коллекционер — удачливый «цеховик». Так в советские годы называли тех, кто сумел организовать незаконное производство ширпотреба (например, шил большими партиями женские блузки, плащи или варил тушь для ресниц). Обнародовать свои доходы Лям по понятным причинам не мог, в сберкассу отнести накопленные рубли боялся, развивать производство было невозможно, поэтому он и занимался коллекционированием. Феликса на него вывел один из его приятелей.

Узнав странную новость, Мура оторопела. Она не знала, как поступить.

— Приезжайте в Бологое, — предложил Лям. — Я встречу вас у поезда, дайте срочную телеграмму с номером состава.

Павел не подвел. Он на самом деле помог Муре выйти из поезда, подвел к заказанному такси. Перед тем как усадить ее в автомобиль, он сказал:

— Очень вас прошу, не рассказывайте никому о предполагавшейся сделке, иначе у меня будут неприятности. Увы, с вашим мужем случился инфаркт.

— Он жив? — в безумной надежде спросила Мура.

Павел машинально посмотрел на часы.

— Час тому назад он находился в реанимации, думаю, надо поторопиться.

Феликс умер через сутки, так и не придя в сознание. Милиция дело не завела, ситуация казалась прозрачной — отказало сердце. Вскрытие подтвердило диагноз врачей, тело отдали Муре без проволочек. Лям оказался сердобольным человеком, он помог Муре транспортировать гроб в Москву и организовал похороны. Более того, Павел начал часто наезжать в столицу, его жена крепко подружилась с Мурой. Бирк помогла их сыну Антону поступить в институт, а в конце концов дочь Бирк и сын Павла поженились. Вот такая история.

Платиновая птичка исчезла без следа. В чьи руки она попала, осталось неизвестно. Лям был вне подозрений, он встречал Феликса на вокзале в Ленинграде, не зная, что ученый уже снят с поезда. В больнице, куда привезли Бирка, в описи его вещей никаких фигурок не значилось. Либо птичку взяла проводница, которая обнаружила пассажира в бессознательном состоянии, либо Феликса ограбили сотрудники «Скорой помощи».

Шли годы, Мура боялась сама себе сказать правду. Она любила Феликса, была готова ради него идти на любые жертвы, но после того, как супруг упокоился с миром, жизнь Бирк стала намного проще. Мура вернулась в город, в свою благоустроенную квартиру, и забыла о бытовых неудобствах. Матвей сразу же взял бывшую преподавательницу назад на работу и выбил ей неплохой оклад. Даже Акула относилась к Муре терпимо, не придиралась к старой знакомой. Алевтина хорошо училась, Павел Лям регулярно их навещал.

Но, самое главное, теперь Мура не мучилась бессонницей, не вздрагивала, если слышала шум на лестнице, и не сошла с ума от ужаса, когда однажды, после полуночи, в ее дверь позвонила соседка снизу и затараторила: «Жанна, открой немедленно! Нам вода на голову течет!»

И правда, виной переполоха был всего лишь неисправный кран в ванной, а не хитрый трюк КГБ, чьи сотрудники явились арестовывать чету Бирк.

Что стало с любимым детищем Феликса, выпестованной им организацией, Мура не знала и знать не хотела. Очевидно, лишившись своего лидера, подпольщики утратили интерес к антисоветской игре, и «Путь к свободе» тихо умер.

Одним словом, после кончины любимого мужа Мура испытала чувство облегчения. Нет, ей не хватало Феликса, но без него жилось увереннее, стабильнее. Иногда в голову Муре залетала подлая мысль: «Хорошо, что Феликса свалил инфаркт, иначе бы...» На этом месте Мура пыталась переключиться на бытовые проблемы: у Али нет зимних ботинок, надо успеть до похолодания помыть окна, гобеленовую накидку на диване следует отнести в чистку, стирать ее никак нельзя, обязательно сядет, где потом искать новую...

Даже самой себе Мура боялась сказать правду: останься Феликс жив, через некоторое время семью Бирк гарантированно ожидал бы арест. Организация ширилась, рано или поздно в ней бы завелся предатель. Мура очутилась бы в женской тюрьме, Феликс в мужской, Аля в детдоме. Ясное дело, никакого свержения социализма нельзя добиться, Феликс задумал глупость, а у Муры не хватило твердости и силы воли, чтобы высказать мужу, заигравшемуся в подпольщиков, все, что думает о его идее, в лицо.

Прошло немало лет. Участники той давней истории состарились, и в конце концов умерла жена Павла. На дворе уже вовсю разбойничал дикий российский капитализм, Лям вышел из тени и стал бизнесменом. Потерю супруги, с которой прошел рука об руку по жизни, Лям перенес тяжело. Он приехал в Москву и поселился временно у Бирк. Алевтина уже была замужем за Антоном, Мура считала Павла роднее брата. Бирк жила постоянно за городом. Павел давно привел в порядок ее дачу — оснастил дом всеми благами цивилизации, расширил его, пристроил флигель, сделал из хижины удобный особняк. Внешне коттедж теперь походил на избу-теремок, а внутри был уютным, напичканным современной техникой.

Прожив пару месяцев у Муры, Павел почувствовал себя плохо и попал в больницу. Состояние бизнесмена не было тяжелым, но Мура и Алевтина не оставляли его одного ни на секунду.

Где-то через неделю Павел вдруг сказал:

— Я скоро умру!

— Прекрати, — рассердилась дежурившая в тот момент около него Мура.

— Нет, правда! Мне Феликс приснился, — прошептал Лям. — Такое странное видение... Я ведь его только на фото у тебя видел, в больнице и морге не считается, а тут он стоит — в костюме вроде римской тоги, словно из бани вышел и в большое полотенце замотался. Погрозил мне пальцем и говорит: «Спасибо, что Муру и Алю не бросил. Но почему тогда расследование прекратили? Неужели ты не понял: убили меня!»

— Ты принимаешь снотворное, — Мура попыталась внести в беседу ноту реальности, — от медикаментов и не такое привидится.

Лям схватил приятельницу за руку.

— Нет, послушай, Мура, перед смертью я хочу покаяться.

— Глупости! — начала сердиться Бирк. — Ты идешь на поправку.

— Я умру к утру.

— Перестань!

— Тебе трудно дать человеку высказаться? — с отчаянием спросил Лям.

— Говори сколько хочешь, — согласилась Мура, — мне торопиться некуда, я готова слушать тебя всю ночь.

Павел завел рассказ, и чем дольше Бирк слушала друга, тем хуже ей делалось.

— Когда я увидел тебя в тот день на вокзале, — шептал больной, — сразу понял: вот она, любимая и единственная.

...Лям сам не понимал, зачем он отправился в Бологое встречать незнакомую женщину. С Феликсом Павла ничего, кроме устной договоренности, не связывало: Лям должен был подойти к нужному вагону «Стрелы» и ждать, пока из него выйдет лысый мужчина в очках, с клетчатым саквояжем в руке. После сообщения проводницы, что такой пассажир был снят сотрудниками «Скорой помощи» в Бологом, Ляму следовало немедленно уходить. Деньги были при нем, никакого финансового ущерба не случилось. Конечно, жаль, что он не приобрел старинную фигурку из платины, но попадется другая. Любой здравомыслящий человек, поговорив с проводницей, тут же поехал бы домой и забыл думать о несостоявшейся сделке. А «цеховик» Лям был не только здравомыслящим, но и очень осторожным человеком. И тем не менее он, не понимая почему, позвонил в Москву, чтобы предупредить Жанну Бирк о несчастье.

Едва женщина произнесла в трубку слово: «Слушаю», — сердце Павла сжала крепкая рука. Было в голосе жены Феликса нечто завораживающее, притягательное, манящее. И Лям неожиданно пообещал встретить женщину в Бологом.

Трясясь в поезде, Павел злился на себя. Потеряна куча времени, а дела не ждут, скорей всего, придется расстаться с некой денежной суммой... Ради чего? Разве они с Феликсом приятельствовали? Не иначе как на него нашло затмение! В конце концов Павел приказал себе успокоиться. Никогда не надо жалеть о совершенных поступках, никто не знает, чем может обернуться глупость, сделанная тобой. Любая неприятность идет нам во благо — эту парадоксальную истину Павел усвоил давно. «Сейчас из поезда вылезет толстая тетка, — сказал он себе, — настоящая «профессорша» в темно-синем костюме из джерси и с «халой» на голове. Так и быть, я отвезу ее в больницу и с ощущением выполненного долга вернусь в Ленинград».

Лям встал на перроне, состав прибыл минута в минуту, проводница, зевая во весь рот, открыла дверь, по железным ступенькам спустилась маленькая, хрупкая дама, одетая, несмотря на холодную осеннюю ночь, в просторную клетчатую мужскую рубашку и черные брюки.

— Вы Павел? — по-детски тоненьким голоском спросила она. — Я Мура, жена Феликса.

Лям изумился — «профессорша» выглядела студенткой. А Мура посмотрела Павлу прямо в глаза.

Порыв холодного воздуха взметнул длинные волосы Жанны, набросил их ей на лицо. Она подняла руку, отвела пряди в сторону, и в ту секунду Лям понял, что если сейчас Мура скажет: «Поехали со мной на край света», — он не задумываясь отправится туда, куда она позовет его. Павел влюбился в Жанну с первого взгляда и, как глупый мальчишка, потерял разум.

Всю свою последующую жизнь он любил Муру, видя, что та относится к нему лишь как к хорошему, верному другу. У Ляма были жена и сын. Порядочность мешала Павлу начать ухаживать за Мурой, и он знал: в случае решительного ее отказа он навсегда потеряет свое счастье. Лучше уж иметь возможность заезжать в гости и хоть изредка сидеть с любимой...

— Неужели ты ни о чем не догадывалась? — шептал, лежа в больничной палате, Лям.

— Нет, — ошарашенно ответила Мура. — Мне и в голову не приходило! Мы ведь и с твоей Надей дружили, и дети наши вместе играли. Прости, Паша, я ничего не знала, иначе бы резко оборвала отношения.

— Значит, я поступил правильно, — попытался улыбнуться Павел. — И я рад, что хоть перед смертью тебе признался. Вот только убийцу Феликса не нашел! А ведь очень старался.

— Убийцу? — подскочила Мура. — Феликс умер от инфаркта.

Больной чуть качнул головой.

— Я аптекарь, — сказал он, — в смысле фармацевт.

Мура решила, что у старинного друга от болезни сердца начались необратимые явления в мозгу, и быстро кивнула:

— Конечно, милый, ты прав.

— Я еще не сошел с ума! — неожиданно обозлился Лям. — Мы с тобой никогда на эту тему не беседовали, но у меня за плечами мединститут, диплом врача.

Вот только работать по специальности я не смог, пошел в аптеку провизором, а там быстро стал заведующим, потом меня забрали в управление. И пошагал я по карьерной лестнице, превратился в чиновника. Положение начальника помогло при создании нелегального бизнеса, но это уже неважные сейчас детали. Память у меня цепкая, я отлично помню курс по токсикологии, в частности, то, какими путями яд проникает в организм человека. Отраву можно вдохнуть, ввести с уколом, влить через рот, поставить клизму, ну и так далее. Однако, даже если отравитель действовал очень аккуратно, на теле жертвы останутся следы. Ну, допустим, след от укола. Или ноздри изменят цвет. Понимаешь?

— Да, — кивнула Мура.

— Когда Феликс умирал, — продолжил Лям, — я несколько раз заходил в палату и заметил странную вещь — сыпь на шее и плечах, нечто вроде потницы. Я сказал о ней врачу, но тот отмахнулся. Впрочем, состояние Феликса было настолько тяжелым, что реаниматолог понимал: конец близок, потому обращать внимание на пораженную кожу не стал. А я тогда впервые подумал об отравлении. Вспомнил картинку из учебника по токсикологии... У меня была очень старая книга, сейчас уже подобные не выпускают, студентов стали обучать хуже, слишком большой объем информации требуется доводить до их ума, поэтому будущих медиков ориентируют на узкую специализацию в самом начале, вот и получается, что отоларинголог не способен померить давление, а терапевт ничего не знает про геморрой. Но нас муштровали, и я моментально вспомнил даже номер страницы, восемьдесят девять. Там были даны фотографии одного исследователя, доктора Терентия Малова. Он вместе с женой Розой изучал в тысяча девятьсот шестнадцатом году странную эпидемию на Курилах. Там деревня вымерла от сердечного приступа, скончались все: от младенцев до стариков. Малова с супругой отправили разбираться. Шла Первая мировая война, а эта «эпидемия» по соседству с Японией приключилась. Малов ничего не успел выяснить, кроме одного — жители отравлены неизвестным ядом. Перед кончиной у всех появилась сыпь, похожая на потницу, кое у кого она успела трансформироваться в крохотные язвочки. Что бы было дальше, непонятно, трупы сожгли. Но вот интересный факт: признаки заболевания случились у людей в один день, а умирали они по-разному, в зависимости от возраста и состояния иммунной системы. Но все, кто появился в деревне уже после странного случая, не заболели. На подмогу вызвали крестьян из других сел, в основном женщин, они поднимали больных, переворачивали, то есть находились в тесном контакте с ними, но никто более не заразился. Значит, воздушно-капельный путь передачи инфекции (если то была именно инфекция) исключается. Какой остается?

— Например, сексуальный контакт, — предположила Мура.

— А младенцы? А глубокие старики? — возразил Лям. — Тогда врачи подумали, что японцы распылили некий хитрый газ. Но до конца разобраться не сумели, в России случилась революция, о происшествии на островах забыли, появились более важные дела. Спустя некоторое время составитель учебника, сын Терентия, Афанасий, тоже врач, использовал архив родителя в разделе «Токсикология».

— Афанасий Малов? — удивилась Мура.

— Тебе знакомо это имя?

— Вроде да, — кивнула она. — У нас на кафедре училась девушка, Роза Малова, вроде Афанасий был ее дедом. Или отцом, не вспомню сейчас. Когда Розу принимали в аспирантуру, Матвей, наш ректор, вызвал меня к себе и попросил: «Пригляди, чтобы девочка прошла, она из хорошей семьи, все родственники врачи, в частности, Афанасий Малов — автор горы учебников. Очень положительная особа, нам такие в институте нужны».

— Странно, что ты помнишь о столь незначительном событии, — прошептал Лям.

— Такое не забудешь, эта история принесла всем кучу неприятностей, — вздохнула Мура. — Девушка покончила с собой из-за несчастной любви — прыгнула с крыши, разбилась насмерть. Меня, как и всех преподавателей, затаскали по кабинетам, допрашивали. Я устала повторять, что ничего не знала, мы общались только по учебным делам — публикации, исследования, Роза у меня дома не бывала, я к ней не заходила. Целый год нашу кровь пили. Это давняя история. Но какая связь между Курилами, Афанасием Маловым и Феликсом?

Глава 26

Павел тяжело вздохнул:

— Еще раз повторю. У Феликса имелись очень похожие пятна. Более того, за несколько часов до кончины некоторые из них начали трансформироваться в язвочки.

Мура прижала ладони к щекам.

— Думаешь, его отравили? Кто и зачем?

Лям с трудом повернул голову.

— Вот и я задал себе те же вопросы. Ответ очевиден — птичка. Дорогая, слишком дорогая вещь. Кто-то задумал ограбить Феликса и проделал все филигранно. Думаю, мерзавца следует искать в среде ваших знакомых.

— Нет, — отшатнулась Мура, — я общаюсь только с порядочными людьми!

— Ни один человек не станет разгуливать по свету, надев на себя табличку «Я подонок», — справедливо заметил Лям.

— В моем окружении всегда были достойные люди, — упиралась Мура.

— Я скоро умру, — прошептал Павел, — ты останешься без защиты. Тебе следует быть более избирательной в выборе знакомых. Если сейчас подумаешь, поймешь, что я прав. Кто знал, что у вас есть птичка?

Мура призадумалась.

— Свекровь не скрывала своей коллекции, не держала ее в шкафах, под замком. Наоборот, купив новинку, тут же рассказывала о ней друзьям, приглашала полюбоваться приобретением.

— А кто у вас бывал в квартире после того, как мать Феликса скончалась?

— Ну... — Мура растерялась. — До того, как муж принял решение уйти из института, мы были очень гостеприимны.

— И где в то время находилась птичка?

— В кабинете, на книжной полке, — пояснила Мура, — там, где ее поселила свекровь. Мы практически не меняли заведенный родителями порядок. Но никому о стоимости фигурки не рассказывали!

— Знающий человек и так поймет цену. А кто был в курсе, что Феликс едет в Питер? — задал следующий вопрос Павел.

Мура сдвинула брови.

— Столько лет прошло, разве я вспомню?

— Попытайся, — не сдался Лям.

Бирк уставилась в окно.

— Муж поставил в известность директора училища. Тот милейший человек, всегда шел ему навстречу, тем более что я подменяла супруга.

— Еще?

— Ну, наверное, преподаватели, — предположила Мура. — Могли спросить, куда собрался Феликс. И муж, и я, вероятно, ответили: «В Питер, по линии общества «Знание».

— Значит, ваш приятель ему выписал командировку?

— Да.

— А билет?

— Что?

— В те годы проездные документы были в дефиците, их заказывали задолго до поездки, а я очень хорошо помню, как мы договаривались о встрече. Я спросил у Феликса: «Когда пересечемся?» А твой муж ответил: «В любое удобное для вас время». Ну мы и выбрали четверг, через день после нашей беседы. Где Феликс раздобыл билеты? Да еще СВ!

Мура засмеялась:

— Ну это было не трудно. Через дом от нас жила Серафима Ивановна, она работала кассиром на вокзале. На билеты была бронь, которая за сутки до отправки поезда поступала в общую продажу, резервируют только билеты высшей категории, СВ или так называемые мягкие. Серафима всем знакомым помогала.

— А птичку вы из Москвы привезли?

— Конечно.

— Куда дели?

— В сервант поставили.

— Серафима к вам наведывалась?

— Забегала по-соседски.

— Могла видеть фигурку?

— Ну да... — растерялась Мура.

Павел попытался поднять руку.

— Вот! Она билет организовала, о фигурке знала. Сообщила номер места убийце и получила свою долю.

— Глупости! — поморщилась Мура. — Сима была простая тетка, одинокая, жила очень скромно. Ее позже всем поселком хоронили, ничего в избе ценного не нашлось.

— Я и не думаю, что всему виной она, — прошептал Павел. — Где бы кассирше такой яд взять? Просто я дал тебе понять: убийца Феликса в твоем окружении. Он в курсе стоимости птички и знал о поездке в Питер. С моей стороны утечки не было. Я никому ни словом не обмолвился о предполагаемой сделке, даже жене. Короче говоря, я давно ищу убийцу.

— Зачем? — пролепетала Мура.

Павел неожиданно звонко ответил:

— Хотел тебе угодить! Знал, как ты любила Феликса, как страдала после его смерти, вот и старался. Намеревался открыть правду, нанять исполнителя, казнить убийцу и сказать тебе: «Мурочка, теперь Феликс может спать спокойно. Мы отомстили!»

Очень надеялся, что после такого поступка ты поймешь, как сильно я люблю тебя, и оценишь меня.

Мура обняла Павла, но на душе у нее скребли кошки.

Что мы знаем о своих близких? Даже о тех, с кем встречаемся почти каждый день. Мурочке казалось, что Лям для нее — открытая книга: верный, умный, надежный друг, а оказывается, Павел любил ее и даже был готов пойти на преступление. Поиск убийцы Феликса! Прямо роман Агаты Кристи. Подобное обычно случается лишь в книгах, а не в действительности. И Павел, похоже, не понимал, что творится в душе у Муры.

Вдова испытывала смешанные чувства: она любила Феликса, горевала о нем, но, ей-богу, после смерти мужа семье стало намного спокойнее жить. Даже после многолетней дружбы с Павлом Мура не раскрыла ему тайну про «Путь к свободе». Лям и помыслить не мог, по какой причине Феликс решил расстаться с птичкой, наивно полагая, что ученый хотел потратить вырученные средства на семью. Жанна и после перестройки крепко держала рот на замке. Бывшая советская женщина, как многие в те годы, рассуждала крайне просто: сегодня перестройка, завтра перестрелка, после могут вернуться коммунисты. И что они сделают с такими, как Бирк? Нет уж, лучше завернем членский билет КПСС в непромокаемую пленку, положим его в хорошо закрывающуюся железную коробку и зароем на огороде. Поменяется власть — отроем. Забудут в России о коммунистах? Пусть документ лежит в грядке, вдруг пригодится.

Тем временем Павел, ничего не знавший о мыслях любимой, рассказывал о своих поисках.

Для начала он нашел проводницу из поезда и дотошно расспросил ее. Женщина хлопала глазами и твердила:

— Он один ехал, никто не подсаживался!

Но потом вспомнила: вроде к тому мужчине заглядывал кто-то в купе.

— Поезд только поехал, — повествовала тетка, — я через четверть часа титан вздула. Оно конечно, ночь на дворе, но пассажиры — народ капризный. Есть такие, что и в три часа кипяток просят. Хотя СВ-вагон аккуратный, в нем в основном начальство катается.

Постепенно Павел выяснил следующее.

Проводница возилась у титана, когда услышала тихий скрип. Она обернулась и увидела, как из пятого купе вышла фигура в черном плаще. Мужчина был невысокого роста, он торопился по коридору к тамбуру. Лица его служащая толком не увидела, запомнила только бороду, усы и большие очки.

Потом она легла и попыталась задремать. За полчаса до Бологого в служебное помещение, шатаясь, вошел пассажир из пятого купе.

— Мне дурно, нужен врач, — прошептал он. — Сердце болит! Наверное, инфаркт...

Лицо Павла вдруг стало сереть, его рассказ прервался.

— Тебе плохо! — вскочила Мура.

— Под матрасом... — простонал Лям, — возьми, там мои заметки.

— Сейчас, только доктора приведу! — засуетилась Жанна.

— Нет, хочу видеть, как ты тетрадь забираешь, — настаивал больной.

Мура засунула руку под матрас, выудила общую

тетрадь в коричневой обложке, сунула ее в сумку и побежала за помощью.

Павел потерял сознание. Он умер к утру, так и не очнувшись...

Рассказчица замолчала.

— Печальная история, — нарушила я тягостную паузу.

Бирк сцепила пальцы в замок.

— На самом деле она намного хуже, чем кажется.

— Почему? — удивилась я.

Мура поежилась.

— Знаете, у кого обнаружилась птичка?

Я, уже предполагая, каким будет ответ, во все глаза смотрела на пожилую даму.

— У Колосковой! — воскликнула Мура. — Вот тогда вся головоломка и сложилась. Матвей лишил жизни Феликса из-за птички. Он великолепно о ней знал! Сто раз в доме бывал до того, как с мужем поругался. Вот только я никак не пойму, от кого он про поездку в Питер разнюхал. Но фигурка попала к нему!

— Вы уверены?

— Да, — кивнула Мура, — стопроцентно!

— Я была у Жози и не заметила изделия из платины.

Мура засмеялась:

— Деточка! Колоскова не столь наивна, как моя умершая свекровь. Драгоценность хранится в тайнике, он находится под лестницей. Оригинальное устройство! Поднимаетесь наверх, отсчитываете пятую балясину, поворачиваете ее вокруг оси, одна из ступенек приподнимается.

— Откуда вы это знаете? — изумилась я.

Мура загадочно улыбнулась.

— Поверьте мне, птичка там.

— Вы бываете у Жози?

— Нет, мы давно не общаемся, — сухо ответила старуха. — Жизнь нас развела, я занимаюсь домом, бытом, пытаюсь внучку воспитывать. Ее, кстати, назвали в мою честь, но, увы, пока ничего своего в девочке не вижу. Современная молодежь абсолютно неуправляема! Но встречаются и среди юных увлеченные люди. Например, Настенька. Хотя ее трудно назвать молодой, думаю, она старше вас, среднее поколение. Целеустремленная, в меру честолюбивая, мать ею может гордиться. А какая талантливая! Творческий человек, я в восторге от нашего знакомства. Впрочем, Алевтина у меня отличный ребенок. А вот Жанна... Никого не слушает!

Мура явно пыталась перевести разговор на другую тему, но я вернула его в прежнее русло.

— Скажите, вы лично видели пропавшую птицу после смерти Феликса?

— Да, — уверенно кивнула Мура. — Мне показали ее на фото. Недавно.

— А вы говорите, что не заглядываете к Жозе, — поймала я собеседницу на нестыковке.

— Никогда! — решительно отрезала та. — После смерти Матвея, который, как я вам уже рассказывала, был неоднозначным человеком, в нем смешалось хорошее и плохое, Акула сохранила свои позиции в институте. Уж не знаю почему, но перед Колосковой заискивал новый ректор, и вдова Матвея вновь оказалась на коне, она практически вершила судьбами людей...

Когда Мура получила приказ о своем переводе в отдел корреспонденции, она сразу поняла, чьих это рук дело. Идти к свежеиспеченному ректору Бирк показалось бессмысленно. Пылая негодованием, она влетела в кабинет к Акуле и, забыв о воспитании, заорала:

— Хочешь меня выжить? Между прочим, я служу в институте много лет!

Акула нацепила лежавшие на письменном столе очки и с великолепно разыгранным изумлением поинтересовалась:

— Мурочка, ты о чем?

— О моем переводе из научного отдела в подразделение, которое занимается рассылкой почты! Чтобы я стала отправлять авторефераты...

— Какое безобразие! — подскочила Акула. — Это несправедливо! Но при чем тут я?

— Не прикидывайся, — поморщилась Мура, — без тебя у нас даже кошка в столовой не чихнет.

— Право, Муронька, — закатила наглые глаза вдова Матвея, — раньше, когда был жив мой муж, не скрою, я давала ему советы, но ведь и ты, наверное, влияла на Феликса. Думаю, он не принимал никаких решений, не поговорив с женой. Кстати, как Алечка? У нее все хорошо?

Мура вздрогнула. Похоже, Акула дает ей понять, что все тайны Бирк ей известны. Конечно, времена изменились, но Муре-то до сих пор было страшно. И по какой причине Антонина вспомнила об Алевтине? Что еще за намеки?

— Ну а что касается твоей службы... — как ни в чем не бывало продолжала Акула. — Как член Ученого совета я попыталась тебе помочь. Видишь ведь, что происходит в стране? Наука никому не нужна, институт тихо идет ко дну. Спасибо, первая лаборатория предложила заниматься кормами для животных. Ну да это неинтересно. Чтобы выжить, мы будем сдавать часть здания арендаторам, закроется три четверти научных проектов, грядут огромные увольнения. Я решила вывести тебя из-под удара и пристроила в отдел корреспонденции, там как раз освободилось место упаковщицы. Служба нехитрая — заворачивать посылки, любой справится. Зарплата, конечно, маленькая, но зато стабильная, и ты будешь сидеть в тепле.

Мура потеряла дар речи, Антонина же как ни в чем не бывало продолжала:

— Понимаю, не очень приятно после долгих лет исследовательской работы стать техсотрудником. Но когда пойдешь домой, посмотри на торговцев у метро. Кто там стоит с газетами-сигаретами-конфетами?

Мура, очнись! На холоде трясутся представители интеллигенции, кандидаты и доктора наук! Ты еще поблагодаришь меня, когда узнаешь, сколько народа собрался уволить новый ректор.

Мура, не сказав Акуле ни слова, вышла в коридор. Более они не общались. Бирк подала заявление об уходе, пристроилась в школу учительницей биологии, но чувство обиды не проходило. Иногда до Муры долетали обрывочные сведения об институтских делах. Вроде коллектив сначала отпустили в бессрочный отпуск, потом вновь позвали на работу, заведение стало частным...

— Может, вы ошиблись? — спросила я. — Вдруг Колоскова, узнав раньше других о сокращении кадров, действительно задумала помочь вам?

— Мы никогда не были близки! — возмутилась Мура. — Общались, пока наши мужья поддерживали отношения! И я абсолютно уверена: Акула хотела от меня избавиться. Я ей по какой-то причине мешала, раздражала ее.

— Но если вы много лет не посещали дачу Колосковой...

— Я вообще в ее доме ни разу не была, — перебила Мура. — Приходила, правда, очень давно, на городскую квартиру.

— Тогда откуда вы знаете про тайник на лестнице? — закончила я фразу.

Мура приоткрыла рот. Было видно, что вопрос застал ее врасплох.

— Понимаете, — протянула дама, — случилась очень интересная история. Сюда, в этот дом, не так давно пришла милейшая Настенька...

Договорить Мура не успела. Дверь в комнату с грохотом открылась, на пороге возникла тоненькая фигурка в короткой клетчатой юбчонке, в майке с надписью «Че Гевара» и в ярко-красных лаковых сапогах-ботфортах.

— Ба... — с трудом произнесла вошедшая, потом

вытянула вперед руки, растопырила пальцы с ногтями черного цвета и рухнула, обвалив маленький столик, на котором стоял очень старый радиоприемник, похожий на ящик для инструментов.

Глава 27

Мы с Мурой кинулись к потерпевшей бедствие красавице.

— Что с ней? — заломила руки Бирк. — Жаннуся, очнись!

Девушка пошевелила руками.

— Ммм... — донеслось с пола, — с-с-суки...

По комнате поплыл крепкий запах алкоголя.

— Боже! — отшатнулась Мура.

— Д-д-дура! — заорала внучка и икнула.

По лицу Муры покатились слезы, но пожилая дама сумела справиться с собой. Она мгновенно вытерла глаза и сказала:

— Уважаемая Виола, вам лучше уйти.

— Вы уверены? — осведомилась я. — Может, мне помочь вам чем?

— Спасибо, не надо.

— Вы не сумеете поднять девушку!

Мура посмотрела на внучку, которая, тщетно пытаясь встать, по-мужицки материлась, и неожиданно заявила:

— У Жанны эпилепсия.

— Болезнь? — удивленно спросила я. — Судороги?

— Да, да, — закивала хозяйка, — у нее бывают припадки. Я хорошо знаю, как поступить. Уходите спокойно!

Мне стало жаль Муру, которой отчаянно хотелось обелить в моих глазах непутевую внучку.

— Давайте вместе унесем ее в спальню? — предложила я.

— Нет, спасибо, — отказалась Мура.

— Ну хоть остатки радио я соберу!

На лице Бирк появилось выражение такого отчаяния, что я, перепрыгнув через юную пьяницу, ринулась к выходу.

— До свидания, душенька, — вспомнила о вежливости старушка.

— Если не возражаете, я навещу вас еще раз завтра, — не оборачиваясь, ответила я. — Право, мне жаль, что у столь юной девушки такая серьезная болезнь. Эпилепсия — очень неприятная штука.

Очутившись на улице, я оперлась на машину Даны и некоторое время стояла, тупо глядя на облетевший под осенним ветром клен. Затем села за руль и машинально бросила взгляд на часы.

День прошел, а я этого и не заметила.

Отчего-то большинство людей уверено, что старики — это мудрые, приятные бабушки и дедушки, достойно прожившие свою жизнь и теперь помогающие детям поднимать внуков. Конечно, я знаю подобных. Вам очень крупно повезло, если вы имеете в семье пенсионера, который самоотверженно ведет домашнее хозяйство, сопровождает младшее поколение в школу, готовит, убирает, стирает... Вернетесь с работы усталая, а в семье полный порядок. Но встречала я и других людей. Примеры? Пожалуйста. Злобная бабка, сталкивающая лбами дочь и зятя. Или вечно зудящая о своих мыслимых и немыслимых болезнях пенсионерка, буквально заедающая жизнь сына, постоянно повторяющая пятидесятилетнему отпрыску: «Вот умру, тогда и приведешь в дом проститутку». Не лучше вышеперечисленных и молодящаяся дамочка, которая до девяноста лет велит звать себя «Танечкой» и твердит: «Какие внуки? Я с трудом подняла детей, теперь хочу отдохнуть».

И у каждого старика непременно есть маленькие или большие секреты, никто не прожил жизнь, ни разу не нарушив божьих заповедей. У наших предков, какими бы идеальными они ни казались, случались в прошлом некие казусы. Думаете, бабка, норовящая ударить вас в метро палкой, она была кротким существом в молодости? А пьяный дед, почем зря матерящийся во весь голос в трамвае? Он определенно не провел молодость в молитвах. К старости обостряется то, что в юном возрасте заложилось в вашей душе. Вы были жадноваты? Станете скрягой. Не любили собственного ребенка? Возненавидите внуков. Обвешивали, стоя за прилавком, покупателей? Приметесь обирать родственников. Увы, к концу жизни человек делается только хуже.

Я потрясла головой. Что-то меня унесло в философские раздумья. А все Мура! После разговора с ней я стала отчетливо понимать: у Жози были враги, многим она насолила в бытность женой ректора.

Если Мура уверена, что в доме есть тайник и в нем лежит драгоценная фигурка, то почему она не пошла к Колосковой и не потребовала украденное назад? У вдовы Феликса имеются фотографии, которые доказывают: раритет ранее находился в ее семье!

Я вздохнула и включила мотор. Пока есть одни вопросы, ответов нет. Кстати, если Бирк не бывала на даче Колосковой, то кто рассказал ей о тайнике? Я ведь так и не получила ответа на этот вопрос! Но сейчас в дом Бирк возвращаться не следует, Мура пытается привести в чувство пьяную внучку. Ладно, приду к ней завтра, под предлогом беспокойства о Жанне, спрошу: «Как там девушка? Нормально себя чувствует после припадка?»

И заведу беседу.

Жанна очень некстати ввалилась в дом, Мура многого не успела рассказать. Интересно, она сохранила тетрадь Павла Ляма? Может, там есть ответ на вопрос: кто заходил в купе и убил Феликса? Вдруг несчастье с Даной имеет глубокие, уходящие в ту историю корни? И, между прочим, надо проверить лестницу — повернуть балясину и посмотреть, сдвинется ли ступенька. Кто такая Настенька, о которой вспоминала Бирк? А почему в Подмосковье не зажигают фонари? Совсем стемнело, начал накрапывать дождик и... Муся!

От неожиданного воспоминания о собаке я нажала на тормоз. Вот ерунда какая! Я совершенно забыла про несчастного пса. Надеюсь, Жозя выпустила щенка пописать, иначе он напрудил луж по всему дому. И наверняка он очень хочет есть. Вилка, ты плохая хозяйка!

Ругая себя на все лады, я, радуясь отсутствию пробок на шоссе, въехала в Евстигнеевку и спустя считаные минуты парковалась во дворе дома Колосковых. Так, похоже, Жозя легла спать, что не удивительно — старушка встает вместе со своими любимыми птичками и уже в районе восьми вечера начинает отчаянно зевать.

Фонари в саду не горели, лампа над входной дверью тоже не светилась, темно было и в холле.

Я повесила в шкаф куртку и тут же услышала тихое поскуливание. Из неосвещенного коридора вырулил Муся, на его морде застыло разнесчастное выражение.

— Дорогой, — вздохнула я, — чует мое сердце, ты написал в ванной.

— У-у-у! — тихонько завыл щенок.

Я зашла в санузел и убедилась в правильности своей догадки. Правда, действительность оказалась хуже, чем я предполагала. На полу обнаружились не только лужи, но и более крупные неприятности.

— Нужно, наверное, пса отругать, — вздохнула я, хватая тряпку и приводя кафель в порядок.

— У-у-у, — донеслось из-за двери. Хитрый Муся предпочел не маячить у меня перед глазами.

— Но нельзя не признать, что в некотором роде щенок молодец, — попыталась я быть справедливой, одновременно споласкивая мешковину в ведре, — использовал в качестве сортира санузел. С паркета убирать какашки труднее, чем с плитки. Муся хороший, он решил: раз люди сюда порой заходят, то и ему можно.

Пес заглянул в ванную и тихо гавкнул.

— И в принципе наказать лучше не собаку, а хозяйку, — в порыве раскаяния продолжила я. — Четвероногий друг не способен самостоятельно открыть дверь, сбегать в сад и вернуться домой. Во всяком случае, от Муси подобного действия требовать нельзя. Кстати, Жозя опять не заперла дверь. Разве хорошо?

Вымыв руки, я вышла к лестнице. Муся, нежно повизгивая, брел за мной.

— Сейчас получишь полную миску «хрустиков», — пообещала я. — Только сначала проверю бойлерную, хочу убедиться, что все входы в особняк закрыты. Ага, смотри! Жозя не удосужилась повернуть ключ и в этом замке, дверь в техническое помещение приоткрыта! Ну Жозя! Ведь обещала мне проявить бдительность, и что? На радость грабителям она спит крепко, пушкой не разбудишь, а дом весь нараспашку.

Продолжая возмущаться, я тщательно заперла дверь под лестницей, прошла на кухню и обнаружила на холодильнике, на доске для записей, короткое сообщение, нацарапанное неровным почерком: «Вилка! Я легла, ужин на плите. Жозя».

На горелке обнаружилась небольшая кастрюлька, а в ней холодная геркулесовая каша, сваренная на воде. Старушка явно проявила заботу о гостье, подумала, что подруга ее любимой Даны приедет из города голодной, и приготовила то, что посчитала здоровой пищей. Мне стало стыдно, уж не знаю, какие там ошибки Акула совершала в молодости и как она относилась к сослуживцам, но в семье Жозя ведет себя безупречно. Она очень внимательна и совершенно не эгоистична. Любому начальнику часто приходится демонстрировать жесткость, ему по службе необходимо принимать кардинальные решения, а на всех не угодишь, кого-то непременно обидишь или разочаруешь. Матвею приходилось увольнять людей, жертвовать одним человеком ради интересов общего дела. Вспомним хотя бы ситуацию с той девушкой, как ее там, Розой Маловой, которая покончила с собой. Колосков поостерегся признавать факт самоубийства сотрудницы, за подобное в советские годы по головке не гладили. Вот почему Матвей объявил Розу больной, а что взять с человека, у которого мозги набекрень? Тут уж никто не виноват! Гадкий, на ваш взгляд, поступок? Да, но он заботился и о других сотрудниках института, знал, что учреждению с дурной репутацией не выделят квартир и дачных участков. Если изучить ситуацию беспристрастно, то вывод однозначен: это Роза Малова поступила необдуманно, девушку волновали только собственные переживания, ей и в голову не пришло вспомнить об очереди на жилье. А Матвей мигом сообразил, что к чему. Но только общественное мнение осудило директора. Подчиненные получили ордера на новую жилплощадь и продолжали считать ректора и его жену бездушными мерзавцами. И никто не спросил:

— А почему промолчала мать Розы Маловой?

Она присутствовала на том самом собрании, но не вскочила с места, не закричала:

— Вы клевещете на мою дочь! У Розочки никогда не было онкологического заболевания! Не смейте говорить неправду.

Старшая Малова словно воды в рот набрала, лишь подруга Розы, Ася Рогова, попыталась пристыдить окружающих! Малова, Малова... Кто еще говорил об этой девушке, в связи с чем недавно упоминалась ее фамилия? Сейчас вспомню...

Муся внезапно завыл в голос.

— Тише, — шикнула я, — разбудишь Жозю!

Щенок со всей силы ударил лапой по пустой миске.

— Прости, милый, уже насыпаю еду, — вздохнула я и схватилась за пакет.

Обрадованный пес начал бодро хрустеть «сухариками», я села у стола и уставилась на Мусю. Наверное, из него вырастет настоящий слонопотам, мамонт с пальчик. «Гном» поднимается словно на дрожжах, еще утром он был вроде ниже. И какая у него густая шерсть, черная, блестящая, надо сейчас взять щетку и расчесать пса.

Словно подслушав мои мысли, пес вздрогнул, сел и начал яростно скрести лапой спину, пытаясь дотянуться до лопатки.

— Давай помогу, — улыбнулась я, — иди сюда.

Муся, пофыркивая, подобрался ко мне, я запустила руки в буйную растительность на его крупе.

— Здесь зудит?

— У-у-у, — подтвердила собака.

— У тебя такая шерсть, — запричитала я, — до кожи не добраться и...

Остаток фразы застрял в горле. Чуть пониже моей руки, там, где у Муси должна находиться поясница, я нащупала небольшую выпуклость.

— Это что? — удивилась я.

Холмик быстро передвинулся правее, шерсть раздвинулась, и оттуда высунулась... маленькая рука.

— Мама! — взвизгнула я. — Там кто-то живет!

Глава 28

Муся азартно чихнул и вновь начал самозабвенно скрестись. Потом упал на спину и стал изгибаться в разные стороны. Я схватила телефон, дрожащими пальцами потыкала в кнопки и закричала:

— Справочная? Девушка, скорее! Мне нужен телефон круглосуточной ветпомощи. Поблизости от станции Манихино.

В лечебнице трубку сняли сразу.

— Клиника, — бойко сказал девичий голос.

— У меня собака, большая, черная, цвергшнауцер. Ей плохо! Корчится на полу!

— Спокойно, — приказала врач. — Животному ставили эпилепсию?

— Нет! Не знаю! Его недавно привезли из Германии.

— Возраст?

— Два с половиной месяца.

— Прививки сделаны?

— Да.

— Опишите симптомы!

— Корчится, чешется, стонет, чихает. Ему плохо! Помогите!

— Девушка, не нервничайте. Тревога хозяина передается животному, и его состояние ухудшается, — сказала ветеринар.

— Что мне делать?

— Заверните цверга в одеяло и везите к нам, разберемся на месте.

— Ага, уже несусь, — засуетилась я.

— Главное, спокойствие, — повторила доктор, — без нервов. Валерьянка в подобных случаях хорошо помогает.

— Какую дозу надо налить? — пришла я в себя.

— Ну... капель двадцать, — посоветовала врач.

Я швырнула трубку на стол и кинулась выполнять указание ветеринара. Для начала вынула из аптечки маленький флакон из темного стекла, натрясла в ложку успокаивающую микстуру и, преодолев сопротивление Муси, влила снадобье в пасть щенка.

Надо признать, врач дала отличный совет. Муся сначала задергался, потом замер и вроде как заснул. Намного сложнее оказалось отыскать плед нужного размера, в доме не обнаружилось ни одного одеяла, которое бы целиком закутало щенка, подходящей оказалась лишь огромная, четырехметровая скатерть. Пришлось вновь набирать номер клиники.

— Я только что звонила вам. Виола Тараканова.

— Простите, насекомыми мы не занимаемся. Если у вас мадагаскарские тараканы, то лучше обратиться в центр «Айко», могу дать его координаты, — любезно предложила врач.

— Моя фамилия Тараканова!

— Ой, извините, — смутились на том конце провода.

— Ерунда! Я беседовала с вами по поводу собаки, которая корчится на полу. Вы рекомендовали валерьянку и, завернув цверга в одеяло, привезти его в поликлинику.

— Верно, — согласилась врач.

— Возникли сложности.

— Какие?

— Лекарство он принял.

— Кто? — с недоумением поинтересовалась ветеринар.

— Муся.

— В смысле, пес?

— Ну да! Вы же сами посоветовали успокаивающие капли. Муся, правда, слегка сопротивлялся, но теперь, похоже, дремлет!

— Вообще-то успокаивающее следовало принять вам, — промямлила врач. — Ну ладно, а в чем загвоздка?

— У нас нет одеяла для собаки!

Из трубки послышался протяжный вздох, потом женщина сказала:

— Не пожалейте тогда своего.

— Вы не поняли, у нас вообще нет пледов.

— Совсем? — поразилась собеседница. — Ни одного? Простите, но как вы тогда спите? Вам не холодно?

— Одеяла у нас есть!

— Господи, — не выдержала врач, — никак не пойму! То есть, то нет... Закутайте заболевшего, чтобы не простудить, во что угодно. На улице сильно похолодало!

— Имеется только скатерть! Льняная! Четыре квадратных метра!

— Девушка, — устало произнесла врач, — думаю, это слишком! Щенка надо просто укрыть от ветра, заматывать его, как личинку шелкопряда в многослойный кокон, не обязательно. Еще задушите...

— Муся очень большой, он весит почти как я, а может, больше.

— Цверг?

— Да. Огромный, как слонопотам, а в шерсти у него кто-то живет, оттуда руки высовываются.

— Чьи?

— Не знаю! Поэтому я и хочу к вам приехать!

— Думаю, я не сумею оказать в данном случае квалифицированную помощь, — быстро отреагировала доктор. — Если видите, как из шерсти многотонного щенка карликового шнауцера торчат руки, вам лучше обратиться в Кащенко. Нужные специалисты находятся там. Сейчас дам номерок телефона, непременно им звякните. И, главное, сохраняйте спокойствие!

Я сунула трубку в карман. Понятненько... Ветеринар сочла звонившую сумасшедшей. Но тетке придется изменить свое мнение, когда она увидит Мусю! Вот только как транспортировать пса в машину? Если я заверну его в скатерть, то он сам не сумеет идти, а отнести здоровенную тушу в машину мне слабó.

Но любую проблему, если хорошенько подумать, можно решить. Я схватила плед с дивана, обмотала Мусе спину и скрепила шерстяное полотно степлером, весьма удачно лежавшим в столовой на буфете. Сначала-то я подумала, что собаке с корчами нельзя двигаться, поэтому ветеринар и велела спеленать Мусю, но раз речь идет о простуде, то лапы можно оставить на свободе, что значительно упрощает мою задачу. Да и скатерть не понадобилась, я обошлась одеяльцем.

В клинике, которая оказалась в пятнадцати минутах езды от дома Гарибальди, не было ни одного посетителя. В сверкающем чистотой кабинете дежурного врача обнаружилась милая дама лет сорока, одетая в голубой халат.

— Здравствуйте, — улыбнулась она. — Чем могу помочь?

Я сразу узнала голос и воскликнула:

— Я недавно беседовала с вами по телефону! Добрый вечер, меня зовут Виола Тараканова.

— Галина Николаевна Разбегаева, — представилась врач. — Что случилось?

— Цверг в корчах, — напомнила я, — ну тот, с руками в шерсти.

Галина Николаевна вздрогнула. Зачастила, чуть ли не задыхаясь:

— А-а! Минуточку! Сейчас! Только сбегаю за... э... лампой! Да-да! Нам потребуется особый источник освещения!

— Успокойтесь, я вполне нормальна. Лучше поглядите на собаку.

— И где она? — спросила Разбегаева. — Несите щенка, кладите на стол.

— Муся, — позвала я, — мальчик, входи, не бойся!

Темное тело, замотанное в клетчатое одеяло, медленно втянулось в кабинет.

— Это кто? — подпрыгнула Галина Николаевна.

Я вынула из сумки лист бумаги, откашлялась и прочитала:

— Беатриса Каролина Третья Гросс Шлосс из Эттинга. В просторечье Муся.

— Цвергшнауцер? — продолжала изумляться ветеринар. — Но они же крохотные, а у вас просто мамонт!

Я кивнула.

— Угу, мамонт с пальчик. Вообще с Мусей много

странностей. По документам он вроде бы девочка, а на самом деле мальчик. Но вам же без разницы пол и размер собаки? Или это принципиально, кто пришел лечиться, такса или дог?

Разбегаева надела очки.

— У каждой породы свои болячки. Ну, допустим, у мопсов часто бывает суженная трахея, кокер-спаниели и пудели мучаются отитами, стаффордширские терьеры имеют дерматологические проблемы. Ладно, разматывайте пса.

Я сняла плед.

— И где руки? — поинтересовалась Галина Николаевна, осмотрев Мусю. — С виду собака вполне здорова.

— Были тут. — Я ткнула пальцем в спину щенка. — Муся отчаянно чесался!

— Наверное, блохи, — усмехнулась Разбегаева. — Слышали о таких паразитах? Купите специальный ошейник, еще капли на холку и шампунь. Сейчас напишу название.

Галина Николаевна села к столу, взяла листок бумаги и принялась царапать по нему авторучкой.

— Блохи маленькие? — уточнила я.

— Крохотные, — не поднимая головы, согласилась ветеринар, — черные, размером с небольшую перчинку.

— Тогда это не они, — прошептала я, наблюдая, как на спине у Муси опять зашевелился комок шерсти. — Смотрите!

Галина Николаевна оторвалась от рецепта.

— Куда? — спросила она.

— Сюда, — жалобно сказала я, — руки!

Разбегаева уронила очки.

— Мама! — взвизгнула она. — Лапы!

Муся шлепнулся на спину и начал кататься по полу.

— Это кто? — в ужасе спросила ветеринар.

— Я думала, вы определите паразита, — затряслась я. — А еще вы приняли меня за сумасшедшую и решили отправить в Кащенко. И что теперь? Вместе в психушку поедем или попробуем выяснить, кто завелся в шерсти у Муси?

Разбегаева сжалась в комок.

— Мне тоже страшно, — призналась я, — но ведь пес мучается, вон как его колбасит. Давайте поступим так. Я попробую удержать цверга, а вы пороетесь у него в шубе.

— Имею альтернативное предложение, — дрожащим голосом ответила Разбегаева. — Действуем наоборот: я стреноживаю пса, а вы изучаете содержимое шкуры.

— Минуточку, кто из нас врач? — возмутилась я.

— Я готова определить вид паразита, — пообещала Галина Николаевна. И неуверенно добавила: — Правда, пока даже на ум не идет, что предполагать.

— В прошлые века врачи сражались с эпидемией чумы и прививали себе холеру, чтобы понять, как лучше справиться со страшными эпидемиями, а вы блохи испугались, — укорила я Разбегаеву.

— Таких здоровенных кровососов не бывает.

— Но они есть! И живут на Мусе!

— Впервые сталкиваюсь с подобным.

— Хватит болтать! — окончательно обозлилась я. — Начали. Раз, два... Ну, держу Мусю, а ты, Айболитка трусливая, засовывай руки ему в шкуру. Не крокодил же там!

— Думаешь, это не опасно? — прошептала докторша.

— Не знаю, но оно же не слопало Мусю. Значит, и тебя не тронет, — резонно предположила я.

Разбегаева перекрестилась, потом вцепилась в шерсть, встряхнула ее и заорала. Я, увидев, кто выскочил наружу, завопила еще сильнее. Пару секунд мы визжали дуэтом, потом ветеринар опомнилась:

— Это же мышь!

— Ага, — согласилась я. — Фу! Откуда она у Муси?

Галина Николаевна вздрогнула.

— Наверное, у собак такой шерстистости вместо блох живут грызуны.

— Ой! — поежилась я. — Похоже, там целое гнездо. Вон, еще шевелится!

— Где? — шарахнулась в сторону Разбегаева.

— Над хвостом, — уточнила я, отскакивая к стене.

Муся снова шлепнулся на пол и начал кататься на спине.

— Интересный казус, — пробормотала ветеринар, — коллеги не поверят. Хотя если подумать, то все логично. На улице резко похолодало, за пару часов лето в зиму превратилось, вот полевки и кинулись в теплое место. Мыши — распространенная беда загородных домов, они стремятся к уюту, еде.

— С ними все понятно, но Мусю надо обезмышить, — изобрела я новый глагол.

— Очень боюсь этих тварей, — призналась Разбегаева.

— Ты же ветеринар! — напомнила я.

— И что?

— Неужели никто не приносил вам на прием грызунов?

— Естественно, притаскивают, — кивнула Галина Николаевна, — люди кого только не держат.

— А ты убегаешь с воплем при виде хомячка?

— Конечно, нет.

— Тогда почему сейчас трясешься?

— У Муси в шубе дикие мыши, — жалобно протянула Разбегаева, — они не живут с хозяевами. Небось кусаются.

— Но нам необходимо их убрать! Как борются с грызунами?

— Ядом, — пожала плечами Галина.

— Не подходит.

— Ультразвуком. Есть такие приборы, человек их не слышит, а всякие там крысы с ума сходят.

— Неси скорей, — обрадовалась я.

— У нас такого нет.

— Тогда зачем рассказываешь?

— Не знаю, — прошептала Разбегаева. — Ты спрашиваешь — я отвечаю.

— Думай! — приказала я.

— Может, побрить его, — предложила Галина, — вместе с шерстью исчезнет и неприятность.

— Этот вариант оставим на крайний случай, — отмела я ее предложение.

Тут дверь в кабинет приоткрылась, и из коридора вошел здоровенный, похожий на рыжее облако котяра.

— Мяу, — с достоинством сказал он.

— Уйди, Тиша, — приказала Разбегаева, — не до тебя.

— Мр-р-р? — удивился кот.

— Какой красавец! — восхитилась я.

— Пригрели его ободранным котенком, — пояснила, улыбнувшись, Галина. — Откормили, теперь он при клинике живет. Очень умный, ладит со всеми, прямо психолог. Ой, смотри! Тиша, ты куда?

Не обращая внимания на Разбегаеву, кот вспрыгнул на Мусю и с нервным урчанием начал теребить лапами его шерсть. Хвать! В зубах Тихона очутилась мышь!

— Мама, — пискнула Галина и нагнулась под стол. Я зажмурилась.

— У-у-у, — взвыл Муся.

— Мяууу, — раздалось в ответ.

В ту же секунду послышался грохот, затем писк, вой, звон разбившегося стекла, и по полу мгновенно потянуло сквозняком.

Я осторожно раскрыла глаза. Кот и пес испарились из кабинета, причем выбежала парочка не через дверь — животные разбили окно. Очевидно, Тиша в охотничьем азарте слишком сильно вонзил в несчастного щенка когти, а Муся решил избавиться от кота и сделал первое, что пришло в голову, — ломанулся на улицу.

— Господи, — запричитала Галина, вылезая из-под стола. — Ну и холод же! Антарктида!

Я, не слушая ее стонов, бросилась во двор. Надо поймать Мусю, бедный глупыш перепугался, еще убежит невесть куда!

На улице бушевала буря. Очевидно, погода решила взять реванш за последние солнечные, слишком теплые для Москвы деньки. С неба стеной лил дождь вперемешку со снегом, на земле образовалась каша из грязи, и вокруг стояла жуткая темень.

— Муся! — заорала я, пытаясь разглядеть пса.

Темная ночь — самое подходящее время для поисков черной собаки в незнакомом месте. На расстоянии вытянутой руки ничего не различить! Ветер усилился, он сдул с моей головы капюшон, пролез под куртку, следом туда же пробрался и дождь. Волосы и джинсы вмиг промокли, стало зябко, ноги при попытке сделать шаг разъезжались в разные стороны.

— Муся! — орала я, охваченная страхом.

Бедный щенок... Он заработает не только воспаление легких, но и настоящий нервный срыв, навряд ли пес ранее видел столь масштабную бурю. Лично я не припоминаю, когда у нас случался ураган. Просто торнадо вкупе с цунами! На мою голову вылился океан воды, а грязь с земли поднялась почти к коленям.

Вытянув вперед руку и с трудом выдирая из месива кроссовки, я поплелась вперед, стараясь не упасть, и в конце концов уперлась в нечто большое и железное. Машина! Самое правильное сейчас залезть внутрь и через пару минут очутиться дома, принять горячую ванну, выпить обжигающего чаю с вареньем. Но нельзя же бросить животное...

— Муся! — завизжала я.

— Здесь, — послышалось в ответ.

— Иди вперед, к машине! — завопила я и осеклась.

Минуточку, кто мне отвечает? Сомневаюсь, что собака за короткий срок освоила человеческую речь. Хотя, говорят, стресс способен сотворить чудеса. Слышала я о людях, которые в минуту смертельной опасности умудрялись с места перепрыгнуть трехметровый забор или пролезть через крохотную форточку.

— Муся, не бойся, я с тобой, — вырвалось из груди.

Из темноты вынырнула мокрая грязная Галина.

— Тут мы, — пропыхтела она, — веду его за собой. Упирается, зараза, еле волоку. Во!

Я прищурилась и сквозь серую пелену разглядела крупное черное тело, которое Разбегаева тащила за собой.

— Ты нашла Мусю! — обрадовалась я и живо открыла багажник. — Надо его засунуть сюда, иначе салон перепачкает так, что никакая чистка не возьмет. Фу, чем он пахнет?

— Не знаю, — пропыхтела Галина, — ничего не вижу, сплошная темень! Хорошо, что у тебя хетчбэк. Ну, начали!

Я вцепилась руками в Мусю. Его шерсть от дождя стала жесткой и сбилась в комки.

— Да уж, воняет от него не розами! — выдохнула Разбегаева. — Похоже, он в дерьме вывалялся. Ну и темнотища!

— Почему у вас во дворе нет фонарей? — спросила я.

— Хозяину денег жаль, — простонала Галина. — Раз, два, хватай его за рога! Упирается, дрянь!

— Еще чуть-чуть, — выдохнула я и уцепила Мусю за торчащее ухо.

На секунду я удивилась. Кажется, пес замерз, как эскимо. Ухо похоже на рог, вместо того чтобы свисать тряпочкой, оно задрано вверх и на ощупь напоминает сосульку. Но тут Галина, издав победный клич, сумела приподнять пса, я поднажала, и Муся плюхнулся внутрь багажника.

Я живо скинула с себя куртку, бросила ее на пол автомобиля и шлепнулась на водительское место. Во всем плохом непременно найдется много хорошего. Грызунов, которых не успел поймать кот Тиша, стопроцентно смыло дождем. Зато теперь возникает новая проблема — куда деть Мусю? Он такой грязный! И воняет, как старый козел. Правда, я никогда не имела дело со старыми козлами, но в художественной литературе существует такое сравнение: если прозаики хотят описать смрад, издаваемый неким животным, они, как правило, упоминают про козла. Так что делать с Мусей? Купать его в ванне сил нет, я мечтаю добраться до дома, принять душ и устроиться в кровати. Но нельзя же впустить в особняк ком грязи?

Внезапно меня осенило. Баня! На участке у Даны есть небольшой домик, там расположена парная и комната отдыха. Никаких изысков в помещении нет, в нем стоят пластиковые стулья, небольшой буфет и стол. Зато на полу лежат длинные домотканые дорожки. Муся до утра может провести время в предбаннике. Он, конечно, испачкает коврики, но они легко влезают в стиральную машину. Кстати, в домике тепло, и там есть душевая кабинка. Решено, Муся отправится в баню, а утром я искупаю его.

В Евстигнеевке не горели фонари, на участке у Гарибальди тоже стояла темнота, а от гаража доносился стук работающего генератора. Все понятно, буря оборвала провода, и деревня лишилась электричества. Наверное, Колосковы, устанавливая автономный блок питания, решили сэкономить, не стали брать самый мощный, способный освещать двор и баню, остановились на более дешевом варианте: лампочки, чайник, телевизор, котел отопления и холодильник работают, а остальное не так уж и важно.

Слава богу, к бане оказалось легко подъехать на машине. В кромешной темноте я открыла багажник и приказала:

— Муся, выходи!

Послышалось шуршание, нечто черное вывалилось из багажника. Я не являюсь экономной особой, увы, могу зря потратить большую часть заработанных денег, но, с другой стороны, никогда не гонялась за фирменными вещами, слишком они пафосные. Я не стану влезать в долги, чтобы купить «Бентли», последнее время езжу на малолитражке и вполне ею довольна. Но не так давно каталась на джипе, навязанном мне из рекламных соображений издательством[1], и должна сказать, что во внедорожнике есть масса полезных приспособлений. Ну, допустим, лампочка в багажнике — едва откроешь его, как она ярко вспыхивает. А вот в Даниной иномарке подобной штуки нет, поэтому разглядеть, где у Муси голова, а где хвост, было практически невозможно. Я почти не видела пса, только тень, зато запах ощущала очень явственно. И, поверьте, он был ужасен!

Дверь в баню, конечно же, оказалась не заперта. Я не сомневалась, что безответственные хозяйки не подумали обезопасить помещение от постороннего вторжения.

Вцепившись в жесткую шерсть, я впихнула несопротивляющегося щенка в темную комнату для отдыха и живо сказала:

— Все! Спать! Завтра рано утром приду за тобой.

Муся издал странный звук, не похожий ни на лай, ни на стон.

— Отбой, — повторила я и ушла, не забыв тщательно запереть дверь снаружи. То ли Дана, то ли Жозя оставили ключ в замке.

---

[1] Подробно об этой истории читайте в книге Дарьи Донцовой «Монстры из хорошей семьи», издательство «Эксмо».

Глава 29

Утром меня разбудил шум и громкий крик Жози.

Забыв надеть халат, я вылетела из спальни, бросилась вниз по лестнице и нашла у ее подножия сидевшую на полу старушку. Колоскова держала в руке нечто странное, похожее на большую доску для резки овощей. Деревяшка была оклеена бумагой, и из нее торчала круглая ручка.

— Что случилось? — занервничала я.

— Я упала, — закряхтела Жозя.

Я испугалась:

— Ничего не сломала?

— Вроде нет, — после некоторого колебания ответила Жозя. — Ну прямо глупость получилась.

— Какая странная доска, — вырвалось у меня.

— Это филенка, — поморщилась Жозя, — оторвалась, зараза.

— Откуда? — недоумевала я.

Старушка с неожиданной ловкостью вскочила.

— Там, под лестницей, есть техническая комната, — сказала она, — котлы, фильтры и газовый анализатор. Утром я пошла умываться, а горячей воды нет, ну я и сообразила: ночью небось электричество отключали, заработал дизель. Но автоматика подачу газа отключила, и теперь ее лишь хозяин наладить может, нужно в кнопку ткнуть. Это специально придумано, для безопасности. Понимаешь?

— Ничего сложного, — согласилась я. — Но при чем тут филенка?

Жозя поманила меня пальцем:

— Пошли.

Мы завернули под лестницу, и я увидела сломанную створку. Вернее, от нее отвалился большой квадрат, как раз тот, где крепилась ручка.

— Я подошла сюда, — продолжала Жозя, — нажала, а дверь не открывается. Мы никогда не запираем чулан. Я решила, что язычок заклинило, уперлась покрепче, изо всех сил дернула и... деревяшка вывалилась, а я упала. Почему дверь оказалась на запоре? Ума не приложу!

— Однако ты сильная, — пробубнила я, — не всякий мужчина дуб в куски превратит.

Жозя засмеялась:

— Дануся умница, она все деньги в бизнес вкладывает, когда ремонт делала, где нужно сэкономила. Двери в жилые комнаты дорогие, деревянный массив, входная тоже запредельных денег стоила, что понятно, она — лицо особняка. А для чулана зачем тысячи тратить? Вот Дана и купила дешевую створку, склеенную из квадратов, сделанных из отходов производства. Наверное, клей рассохся, уж очень легко часть с ручкой отвалилась, даже моих старушечьих сил хватило.

У меня отлегло от души.

— Если ты себе ничего не повредила, то врач не нужен. Или все же свозить тебя в больницу?

— Ненужная потеря времени, — фыркнула Жозя, — ну скажет хирург, мол, надо приложить к ушибу лед. Так я это и без него знаю. Вилка, сделай милость, дождись Зину и вели ей позвать Николая, столяра, — пусть дверь склеит.

— Конечно, — пообещала я. — Ты нормально себя чувствуешь?

— Лучше не бывает, — заверила Жозя. — Пойду во двор, подышу свежим воздухом, он для меня лучшее лекарство.

Я еще раз осмотрела место происшествия, дыру в двери, потом сделала несколько шагов, свернула налево и очутилась у подножия лестницы. Следует признать, Жозе крупно повезло: в непосредственной близости от входа в бойлерную висит батарея, причем не современная «гармошка», а чугунный вариант советских времен. Старушка могла удариться об него головой, сломать основание черепа. Но, к счастью, непоправимой беды не случилось. Вот так всегда: я хотела, как лучше, думала о безопасности, тщательно запирала дом, а в результате чуть не убила хозяйку... Иногда из самых лучших побуждений вырастают большие неприятности!

В кухне я первым делом увидела мешок с собачьим кормом. Бедный Муся, он же сидит в бане, и мне теперь придется не только мыть щенка, но и стирать домотканые дорожки. Не могу сказать, что такая перспектива очень меня обрадовала, но альтернативы не было...

Я взяла шампунь, большую махровую простыню, надела куртку, резиновые сапоги Даны, открыла входную дверь... и была сбита с ног большим черным телом. Очумевший от радости Муся заскакал по холлу, разбрасывая во все стороны комья грязи.

Вцепившись в шерсть собаки, я допинала ее до ванной и начала помывочную процедуру, сердито приговаривая:

— Как ты ухитрился вылезти из бани? Я самолично заперла дверь. Хотя, может, там тоже створка из плохо склеенных кусков? Безобразник, развел мышей в шкуре! Разве порядочная собака разрешит на себе гнездо свить? Ты почему не прогнал грызунов, дурень?

Муся казался очень довольным и безобразничал вовсю. Сначала он большими глотками пил воду из ванны, затем попытался сожрать мыло, а получив от «банщицы» шлепок, вцепился зубами в губку и, улучив момент, когда я отвернулась, превратил розовый поролон в конфетти.

В конце концов собака приобрела приличный вид, хотя высушить феном Мусю до конца сил у меня не хватило.

— Ладно, — отпустила я пса, — побегай так, а мне надо сходить в баню и проверить там обстановку.

Не успела я выйти во двор, как раздался крик Жози:

— На помощь!

Похолодев от страха, я ринулась к гаражу, со стороны которого летел вопль, и увидела старушку, слава богу, внешне совсем целую и невредимую.

— Что случилось?

Жозя ткнула пальцем в сторону открытого гаража.

— «Запорожец» украли! Мою любимую машину! Подарок Матвея Витальевича!

Я обозрела пустое пространство гаража и от растерянности поинтересовалась:

— Зачем ты сюда пошла?

— Раз в два дня я непременно завожу мотор, автомобиль портится, если стоит и не используется, — чуть не плача, ответила Жозя и запричитала: — Мой старичок! Самый любимый! Мой самый лучший! Подарок Матвея!

— Но как же мы не услышали шум! Угонщик должен был проехать прямо под окнами спален? — изумилась я.

— Нет, — прошептала Жозя, — из гаража есть второй выезд, прямо в лес.

— Я не знала!

— Мы им никогда не пользуемся, — пробормотала старушка. — Что мне теперь делать?

— Надо сообщить Грибкову, — подала я идею. — Ты можешь позвонить участковому?

— Конечно, — кивнула Жозя.

Мы вернулись в дом, старушка соединилась с Глебом, но тот был на выезде в одной из близлежащих деревень и пообещал явиться лишь после обеда.

Жозя стала заливать горе горячим какао, а я, не испытывая никаких эмоций, кроме удивления — ну кому нужна развалюха на колесах? — пошла в баню. Представляете, какое изумление я испытала, обнаружив, что дверь крепко заперта, а все стекла в окнах целехоньки? Не мог же Муся просочиться сквозь скважину замка... Я вошла в комнату отдыха, нос ощутил смрад, глаза увидели на половике темную тушу.

— Господи! — отшатнулась я. — Ты кто?

Туша зашевелилась, подняла морду и жалобно ответила:

— Ме-е-е...

— Козел! — заорала я.

Животное сделало пару шагов в мою сторону.

— Коза! — взвизгнула я.

Мне стало понятно, что случилось. Во время бури Галина схватила во дворе клиники козочку, в кромешной тьме перепутав ее со сбежавшим Мусей. Будь на улице тихий сентябрьский вечер, этой глупости бы не случилось, но вчера бушевал ураган. Вот почему шерсть беглеца показалась мне очень жесткой, ясно, по какой причине он так невероятно вонял... И вовсе его уши не замерзли. Это были рога! В багажнике, куда мы с Галиной запихнули козу, не было света, а в Евстигнеевке выключили электричество. Такое ощущение, что некто свыше хотел, чтобы я утащила несчастное животное, все сложилось один к одному. Что теперь делать? И каким образом Муся добрался до дома? Хотя ветклиника находится недалеко, а из-за ужасной погоды я ехала очень медленно, небось щенок бежал за машиной. Или... Ну не знаю я, как он нашел дорогу домой! Главное, Муся на месте, а вот коза! Придется везти ее назад, в ветлечебницу.

— Ме-е-е, — жалобно повторила несчастная.

— Выходи на улицу, — вздохнула я, — можешь пока погулять, а потом отправимся в обратный путь. Ой, да на тебе ошейник! Ну-ка, дай посмотреть, может, там координаты владельца есть...

Кожаную полоску украшала надпись: «Елена Константиновна».

Нет, ну какие странные бывают люди! Елена Константиновна — это кто? Сама коза или ее хозяйка? Неужели трудно написать еще и номер телефона?

Бросив козочку во дворе, я вернулась в дом и набрала номер ветлечебницы.

— Клиника, — прозвучал женский голос.

Просто день сурка какой-то! Надеюсь, сегодня не начнется буря.

— Можно Галину Николаевну? — попросила я.

— Разбегаеву?

— Да.

— Она уже ушла, звоните послезавтра.

— Простите, пожалуйста, у вас не пропадала коза?

— Лично у меня нет.

— А у кого исчезла? — обрадовалась я.

— У Самохваловой, — без всякого удивления ответила ветеринар. — Елена Константиновна к нам с утра приходила, очень расстроилась. Она Машку очень любит, а та вчера со двора удрала.

Я обрадовалась. Значит, Еленой Константиновной все-таки зовут жительницу деревни.

— А где живет Самохвалова?

— В соседнем с клиникой доме.

— Огромное спасибо!

— Пожалуйста, — вежливо ответила ветеринар и повесила трубку. Похоже, у женщины начисто отсутствует любопытство. Другая бы на ее месте задала сто вопросов: какая коза, при чем тут коза, чья коза, где коза...

До ветлечебницы мы с Машкой пошли пешком. Коза проявила исключительную послушность и не стала сопротивляться, когда я, привязав к ошейнику веревку, потянула животное за собой.

Дойдя до нужной избы, я постучала в деревянную дверь.

— Открыто, — раздалось изнутри, — заходите.

— Стой тут, — приказала я козе и вошла в дом.

Хозяйка была на кухне, резала на большой доске морковку.

— Не боитесь вот так просто впускать незнакомых людей? — забыв поздороваться, спросила я.

— Красть нечего, — беспечно отмахнулась женщина, — а для сексуального маньяка я уже старовата.

Я подавила вздох: на то он и маньяк, чтобы совершать неадекватные поступки. Некоторым асоциальным личностям без разницы возраст жертвы, привлекает сам факт насилия.

— Вы Елена Константиновна? — спросила я.

— Да, — слегка насторожилась хозяйка.

— Меня зовут Виола.

Женщина перестала кромсать морковку.

— Что случилось? Андрюша набезобразничал?

— Нет, нет, — поспешила я ее успокоить. — Вы козу не теряли? Черного цвета, на шее кожаный ремешок с вашим именем.

— Вы нашли Машу! — всплеснула руками Елена Константиновна.

— У крыльца стоит, — заулыбалась я. — Только она очень грязная.

— Солнышко мое... — заквохтала Елена Константиновна и кинулась во двор.

Я пошла следом и стала свидетельницей радостной встречи.

— Где же вы обнаружили Машеньку? — спросила женщина, нежно обнимая козу.

Радуясь тому, что животное не способно уличить человека во лжи, я начала самозабвенно врать:

— Гощу у приятельницы в Евстигнеевке. Утром вышла к гаражу — коза стоит!

— Мы вчера с Андреем в Москву ездили, — пустилась в объяснения Елена Константиновна, — он на подготовительные курсы записаться хотел. Ну и задержались в городе. А здесь ураган начался, Маша испугалась и удрала. Знаете, к нам вчера медведь вломился!

— Да ну? — изумилась я. — В Подмосковье водятся топтыгины?

— Я сама удивилась! — воскликнула Елена. — Но вы поглядите: забор проломлен, дырища здоровенная, кусты помяты. Я утром, когда увидела эту картину, прямо заплакала, представила, как косолапый со стороны клиники вваливается, хватает Машу, потом через изгородь уносит козочку в лес. Мало ли кто там у ветеринаров лечится, туда со всей округи животных тянут. Не очень приятное соседство! Один раз у них змея уползла, так ее в моем сарае поймали. Видите, на заборе шерсть повисла? Точно медвежья! Да вы посмотрите, не бойтесь.

Я медленно подошла к разломанной изгороди. Вот теперь картина стала мне ясна. Перепуганный Муся кинулся во двор к Самохваловой и, проломив ограду, погалопировал в Евстигнеевку. Ай да щеночек! В момент стресса у него пробудился редкостный ум и включился автопилот или компас, уж не знаю, как называется внутренний прибор, показывавший псу дорогу домой.

— Вы должны выпить чаю, — в ультимативной форме заявила Елена Константиновна.

— Огромное спасибо, но меня дела ждут. — Я постаралась отвертеться от приглашения.

— Я обязана вас отблагодарить! — вцепилась в меня Самохвалова. — Есть замечательный чай, цейлонский. Не могу же я просто так отпустить человека, который вернул мне Машу! Сюда, сюда!

Сопротивляться было бесполезно. Продолжая меня благодарить, Елена втолкнула меня в избу и приказала:

— Ступайте по коридору, там ванная, а потом возвращайтесь в гостиную, вторая дверь слева. Хочу устроить торжественное чаепитие!

Я двинулась в указанном направлении. Дом Самохваловой оказался странным: с виду затрапезная изба, но внутри необычное архитектурное решение. Прямо от входа вы попадаете в кухню, из нее в длинный коридор.

В ванной было очень уютно, кругом нежно-голубой кафель и белоснежная сантехника. Я начала мыть руки.

Странная штука человеческая благодарность. У Семена, мужа моей в прошлом ближайшей подруги Томы[1], имелся хороший приятель, Сергей Иванович, профессор МГУ, тихий, слегка аутичный, не любящий застолья человек. Каждый год в конце весны на Сергея Ивановича наезжали родственники и знакомые с одной просьбой:

— Помоги моему Ване (Саше, Тане, Кате, Оле, Сереже, Вите...) поступить в МГУ на бесплатное место.

Бедный Сергей Иванович, не умевший никому отказывать, начинал суетиться, и в конце концов недоросли оказывались на студенческой скамье. Конечно, в России давно царит демократия, но такую вещь, как ректорский список абитуриентов, истребить невозможно, а профессор умел лоббировать интересы своих людей.

Как только Сергей Иванович с облегчением узнавал, что очередной протеже зачислен в университет, на него обрушивалась новая беда: приятели горели желанием отблагодарить благодетеля и приглашали его в ресторан. Напомню, больше всего на свете профессор ценил уединение, и поход в кабак, где придется пить, есть и активно общаться с окружающими, воспринимался им как настоящее наказание. Но ведь нельзя же обидеть друга, который решил поделиться с тобой своей радостью?

Не могу сказать, что больше напрягало бедного профессора: поход к ректору с просьбой о включении очередного абитуриента в особый список или посещение «благодарственного мероприятия». А ведь преподавателя легко было отблагодарить: купить ему книгу или подарить билет в консерваторию. Но люди упорно тянули бедолагу в трактир. Ну почему мы та-

---

[1] История отношений Вилки и Томы изложена в книге Дарьи Донцовой «Черт из табакерки», издательство «Эксмо».

кие странные? Врачу или медсестре непременно приносим коробку конфет (у бедных медиков этак диабет разовьется!), учительнице — торт, мастеру, починившему кран, суем бутылку. Вот и мне сейчас предстоит глотать чай в компании с совершенно чужим человеком...

Глава 30

Я вышла в коридор и вошла во вторую дверь слева. Перед глазами открылась небольшая узкая комната, для гостиной обставленная странно. У одной стены стоял небольшой диван, обитый черной материей, над ним тянулась длинная полка с книгами. Сбоку от окна громоздился стол, который занимали компьютер, принтер, пачка белой бумаги, стопка чистых конвертов, стакан, откуда торчали ручки и фломастеры.

Я подошла к полке и посмотрела на тома. Да уж, интересный набор. Ни одного детектива или любовного романа. Зато присутствовал роман «Мельница», насколько помню, очень мрачное произведение. «Мюнхенская свобода» — сборник немецких пьес, объединенных темой противостояния человека тоталитарному обществу. Кто там дальше? Эжен Ионеско, Ремарк, Сартр, Камю. А это что? Забыв о хорошем воспитании, я вытащила одну из книг. «Фарландия»! Избранные произведения Константы Илдефонса Галчинского, польского поэта XX века. Фарландия — это страна, где сбываются мечты, туда попадает пара молодых влюбленных, умерших на взорванном террористами мосту.

Я перелистнула страницы, выхватила взглядом строчки: «И не грусти, не лей напрасных слез. И не тревожься, что взорвали мост. В Фарландии произойдет свидание».

Однако Елена Константиновна непростой человек, раз читает подобную литературу. Я собралась захлопнуть книжку, как вдруг увидела заложенный в нее листок. Самый обычный, половина от А 4. Текст, отпечатанный на принтере, сразу бросился в глаза. Я быстро сунула «Фарландию» на место и кинулась к столу. Конечно, я, как говорила дочь Семена Кристина, «фиговый юзер», но включить комп умею и знаю, где найти необходимую мне сейчас информацию. Только бы агрегат не оказался запаролен... Но нет, на экране таки возникло окно, требовавшее ввести кодовое слово. От злости я стукнула кулаком по спинке стула и пнула ногой проволочную корзинку, набитую смятыми бумажками. Она моментально перевернулась, содержимое рассыпалось по полу. Я выключила компьютер и, присев на корточки, начала наводить порядок. Но что это?! Я расправила один комок, другой, третий. Похоже, у дамы закончился картридж в принтере, и она выбросила бумагу, на которой плохо пропечатался текст...

— Милая, — раздался над головой полный недоумения голос, — что вы делаете в комнате Андрюши?

Я встала.

— Простите. Я пошла, как вы велели, во вторую дверь налево, попала сюда, случайно задела корзинку, она перевернулась.

Елена Константиновна недоуменно заморгала, потом воскликнула:

— Боже! Я полная идиотка. Если идти из ванной, то гостиная справа. Чай готов! Ах, оставьте, не трудитесь! У Андрюшеньки в спальне вечно безобразие, я устала ему повторять, чтобы убрал в комнате. Ох уж эти мальчики...

— Андрюша ваш сын? — спросила я, получив из рук хозяйки чашку с напитком.

От нее исходил сильный аромат персика, а я терпеть не могу пить чай, смахивающий на растворенное мыло, но деваться некуда. Может, Елена Константиновна на секунду отвернется, и я успею выплеснуть «амброзию» в кадку с фикусом! Надеюсь, растению это не повредит. Ну не верю я, что в заварку добавили кусочки натуральных фруктов. В мире не растет столько персиков! Или на чайную фабрику отправляют все подгнившие плоды и объедки, причем не только из кафе и ресторанов, но и из зоопарков тоже?

— Мне грех жаловаться на сына, — зачастила Елена Константиновна. — Он не курит, не пьет, по танцулькам не шляется. Учится отлично, много читает, собрался в МГУ поступать. Меня сначала смущала его дружба с Машей Грибковой, она намного старше...

— С кем? — удивилась я. — Вы говорите о дочери Глеба Сергеевича, участкового?

— Ну да, — кивнула Елена Константиновна. — Андрюша давно психологией увлекается. В прошлом году поехал в МГУ, записался там на какие-то курсы, а Маша тогда в аспирантуру поступила и школьникам лекции читала. Ну и они с Андрюшей сдружились, ведь вроде как земляки. Грибкова из Евстигнеевки, это в двух шагах от нас, да еще отец у нее участковый, один на несколько деревень, сюда частенько наезжает. Конечно, я удивлялась: зачем взрослой девушке школьник? У Маши ведь жених есть. Я заволновалась было, но вскоре поняла, что отношения у них исключительно дружеские. Маша у нас часто бывает, попьют с Андрюшей чаю и в его комнату идут, печатают что-то, обсуждают. Дверь никогда не запирают, просто закрывают, принтер у них стрекочет. Я один раз полюбопытствовала, чем они там занимаются, и сын спокойно ответил: «Маша материал для кандидатской собирает, мы ставим психологические опыты». Ну я и успокоилась. Небось всякие тесты печатают. Видели, в журналах бывают? Надо отвечать на вопросы, набирать баллы.

— А где сейчас ваш сын? — перебила я простодушную мать.

— В Евстигнеевку за хлебом на велике поехал, — пояснила она. — Слышите? Вернулся. Андрюшик! Хочешь чайку?

— Нет, ма, — донеслось из коридора, — я хлеб на кухне положу.

— Зайди в гостиную, — велела Елена Константиновна.

В дверь просунулась голова со встрепанными волосами.

— Чего?

— Сначала надо поздороваться. — Мать не упустила момента повоспитывать чадо.

— Здрасти, — покорно кивнул школьник.

— Это Виола, она нашла нашу Машу и привезла ее.

— Супер, — без особого энтузиазма откликнулся подросток.

— Может, все же попьешь чаю?

— Не, я пойду. Мне по немешу жуткий текст переводить надо, — вздохнул мальчик.

— У вас в школе немецкий преподают? — вступила я в беседу.

— Ага, — поморщился Андрюша. — Жесть! Училка раньше в Москве в гимназии работала, потом ее на пенсию выперли, так наш директор ее подобрал. А она столько задает! Опять со словарем до утра сидеть придется.

— Хочешь, помогу? Одно время я преподавала немецкий, — улыбнулась я.

— Правда? — обрадовался мальчик. — Вот повезло мне сегодня!

— Андрюша, очень некрасиво эксплуатировать другого человека! — возмутилась Елена Константиновна. — Нужно самому овладевать знаниями.

— Ерунда, — быстро сказала я, — не о чем говорить. Пошли, Андрей.

Вновь очутившись в небольшой комнатке и взглянув на книгу для внеклассного чтения, которую Андрюша вытащил из рюкзака, я сочувственно покачала головой.

— Да уж! Бруно Апиц, «Голый среди волков», во всех отношениях нелегкое чтение.

— Хорошая литература не бывает развлекательной, — менторски заметил подросток.

— Тебе нравится Апиц? — удивилась я.

— Нет, — честно ответил мальчик.

— Мне тоже. А вот Анну Зегерс я в свое время читала с удовольствием. Но настоящее потрясение испытала от книги Генриха Белля «Глазами клоуна».

— Я о такой не слышал, — признался Андрей и покосился на полку над диваном.

— Еще мне пришлись по душе Генрих и Томас Манны, — продолжала я, — а вот Брехта не сумела дочитать. Ба, да у тебя тут «Фарландия». Ну-ка!

Прежде чем Андрей успел вымолвить слово, я взяла том, открыла его и принялась усердно перелистывать страницы, повторяя:

— Замечательные стихи! Великолепные! О, Андрей, а это что?

— Где? — вздрогнул школьник.

Я потрясла перед ним листом бумаги.

— Вот здесь лежал! Ну и текст. «Знаю все. Молчание стоит пять тысяч долларов. Если через неделю не получим деньги, о вашей тайне узнают все». Тебя шантажируют? Ты маме сказал?

— Н-нет, — выдавил из себя подросток.

— Надо немедленно поставить ее в известность, — покачала я головой. — Однако мерзавец требует огромную сумму за молчание! Ты и впрямь совершил нечто ужасное?

— Вы не то подумали, — пришел в себя мальчишка, — мы так с приятелем шутим. Типа играем. Он пишет мне, я ему.

— Весело, — засмеялась я. — Здорово придумали! Посылаете друг другу анонимки? Похоже, у тебя обширный круг знакомств. Вон, в корзинке лежат листы с плохо пропечатанным текстом. Картридж закончился?

— Да, — машинально ответил парнишка. И тут же возмущенно добавил: — Вы рылись в моих вещах!

— Я случайно опрокинула мусорницу, решила все убрать и обнаружила черновики.

— За фигом попёрли в чужую комнату? Ко мне никто без спроса не лезет! Даже мама! — возмутился Андрей.

— Я перепутала твою комнату с гостиной.

— Врёшь! — выпалил Андрей, начисто забыв о вежливости.

— Тебя тоже нельзя назвать образцом честности, — парировала я. — Кстати, я не лгу, попала сюда по чистой случайности. Знаешь про отпечатки пальцев?

— Ну? — буркнул, кивнув, Андрей.

— И каждый принтер оставляет на бумаге следы вроде тех же отпечатков пальцев, — продолжала я. — И они уникальны. Эксперт изучит твой принтер, одно из писем, которое ты отправил... ну, допустим, учительнице Насте... и уверенно заявит: «Текст напечатан именно на этом устройстве». Если же учесть, что к тебе в комнату никто без разрешения не входит, и принять во внимание запароленность компьютера, то какие выводы сделает милиция, а? Кстати, учительница покончила с собой из-за подметного послания. Ты убийца! Живо рассказывай, откуда узнал про изнасилование? Стоял в лесу? Смотрел за происходящим и не помог женщине?

Андрей сел на диван и закрыл лицо руками.

— Что у вас происходит? — спросила из коридора Елена Константиновна.

Я перевела дух, мне не следовало кричать.

— Нормально, ма, — стараясь быть спокойным, откликнулся школьник, — текст по ролям читаем.

— Молодцы, — одобрила Елена Константиновна. Послышался звук удаляющихся шагов.

— Пожалуйста, не орите, — взмолился Андрей. — Какое изнасилование? Первый раз слышу!

— Ты послал письмо Анастасии?

— Ну... да... — признался подросток, — было дело.

— Ты требовал денег!

— Так ведь... понимаете... ну... это для науки...

Я опустилась на стул.

— Что? С каких пор шантажисты считают себя учеными?

Подросток вскочил, быстро запер дверь, снова плюхнулся на диван и еле слышно сказал:

— Не я это придумал... я помогал... экзамены... мама... деньги... книга... диссертация.

— Вере Расторгуевой ты писал? — перебила я негодяя.

— Да.

— Олесе Филимоновой тоже?

— Ага.

— Кому еще? — возмутилась я.

Андрей шмыгнул носом:

— Всем!

— То есть?

— Жителям Евстигнеевки, Палашовки, кому успел.

— С ума сойти! Ты и правда думал, что тебе заплатят?

— Дело не в деньгах!

— А в чем?

— Только никому не говорите, мне тогда в универ не поступить, — захныкал Андрюша. — Маша меня попросила... Я для нее старался... Грибкова со связями! Аспирантка! Жених у нее преподаватель!

— Дочь Глеба Сергеевича?

— Да.

— Она решила заняться шантажом? — с недоверием уточнила я. — В это верится с трудом. Машу характеризуют как крайне положительную, умную девушку.

Андрюша вытер нос рукавом свитера.

— Сейчас расскажу.

— Начинай, — велела я. — Да постарайся, чтобы история выглядела хоть мало-мальски правдивой. Кстати, Глеб Сергеевич несказанно обрадуется, когда узнает, что ты решил опорочить его дочь!

— А вот и нет, — прищурился Андрюша, — это все она придумала.

Глава 31

Давняя мечта Андрея — поступить в МГУ. Но только парень великолепно понимает, что, несмотря на хорошие оценки в школе, шансов стать студентом у него мало. Для того чтобы оказаться в заветных стенах цитадели знаний, одних пятерок не хватит, надо заниматься с репетиторами, которые находятся в тесном контакте с экзаменаторами. А где Андрею взять на это денег? Елена Константиновна совсем не богата, к тому же она не считает, что сыну обязательно надо идти в высшее учебное заведение.

— Есть много хороших профессий, — наивно советовала родительница. — Например, водители хорошо получают, мне помогать будешь. А что студент? Еще пять лет на маминой шее?

Но Андрей не хотел расставаться с мечтой, поэтому поехал в университет и записался в «Школу юного психолога», куда, слава богу, брали бесплатно. Преподавали в кружке аспиранты, и Андрюша узнал в одной из лекторш Машу Грибкову.

После занятий подросток подошел к односельчанке, они разговорились. Так и началась их дружба.

Через некоторое время Маша попросила его помочь с диссертацией, а взамен пообещала почти стопроцентное поступление в МГУ.

— Я отлично знаю педагогов, — улыбалась Грибкова, — могу переговорить с каждым. Да и жениха об услуге попрошу, а он бессменный член экзаменационной комиссии.

— А что мне надо делать? — спросил Андрей.

— Сущую ерунду! Напечатать письма и подсунуть их в каждый дом, — пояснила Грибкова.

— Зачем? — поразился Андрюша.

Маша объяснила школьнику задачу. Ее научная руководительница очень придирчива, для диссертации требует провести научный эксперимент, но все, что до сих пор делала Маша, не нравилось ученой даме.

— Никакой правды нет, — журила руководительница аспирантку. — Твоя работа посвящена реакции людей на стресс. Нас интересует, как личность поведет себя в момент напряжения и спустя длительное время. И что же ты предлагаешь? Опросы? Мне нужен реальный конфликт! Пока же я не вижу качественного материала для диссертации. Думай, Мария, побольше креативности! Науку двигают вперед люди, способные на нестандартные, рисковые шаги!

И Маша придумала разослать анонимные письма.

— Это будет уникально чистый эксперимент, — запальчиво говорила она. — У каждого человека имеются тайны, о которых он не желает никому рассказывать. Вот если ты получишь бумагу со словами «Знаю все», то о чем подумаешь?

— Ну, — протянул Андрюша, — кое-что вспомню.

— Испугаешься?

— Немного, — честно признался мальчик.

— Это самое оно! — ликовала Маша. — А я издали за ситуацией понаблюдаю и сделаю выводы: пять человек пошли в милицию, семь помчались за деньгами, четверо не обратили внимания на анонимку.

Выслушав рассказ подростка, я возмутилась:

— Вы сошли с ума! Скверное задумали! Настя из-за вашего идиотского эксперимента покончила с собой!

Андрюша сжался в комок.

— Я испугался, а Маша нет. Она сказала, что это еще доказать надо! Письма так хитро составлены, что умному человеку мигом станет понятно: ему ничего не грозит! Куда деньги-то нести, не указано!

— Идиоты! — не выдержала я. — Боже, какие дураки! Ладно, ты кретин, но Маша... Взрослый человек, без пяти минут кандидат наук! И что? Значит, вы следили за деревенскими жителями?

Андрюша кивнул.

— Да. Мы попытались, но народу много, а нас всего двое. Глупость получилась. Но... ой, Маша меня убьет! Она велела никому не рассказывать.

— Договаривай, — приказала я.

— Есть такой метод... экс... пекс... экстраполяции, — наконец-то справился с трудным словом Андрюша. — Слышали о нем?

— Нет, — честно призналась я.

— Сейчас объясню, — оживился он. — Вот смотрите. Допустим, надо узнать, как люди отнесутся к тому, что их обольют на улице грязью: станут ругаться, если машина колесами по луже проедет, или нет?

— Очень нужное исследование, — абсолютно серьезно заметила я, — полагаю, что девяносто девять и девять десятых процента населения, став жертвой водителя-хама, начнут употреблять ненормативную лексику!

— В науке предполагать нельзя, надо быть точным, для проверки теории ученые обязаны поставить эксперимент, — стал поучать меня Андрей. — Пронаблюдают за десятью людьми и напишут в статье: «Тысяча испытуемых проявила агрессию». Это и есть метод экстраполяции.

— Погоди-ка, — удивилась я. — Вы следили за десятком человек, а сообщали потом про тысячу? Тут что-то не сходится!

— Это и есть метод экстраполяции, — с важностью повторил школьник. — Считается, что если число Х испытуемых выругается, то и Х, умноженное на десять, сделает то же самое.

— Не поняла, — растерялась я, — извини.

Андрей снисходительно посмотрел на меня.

— Берем десять мэнов, изучаем их поведение, а затем полагаем, что и тысяча челов поведет себя так же.

— Но ведь неправильно же! Ученые лукавят! Разве можно, изучив роту, сделать выводы о всей армии?

— Можно, — уперся Андрей. — Это наука! Метод! Вы просто ничего не понимаете!

— Ладно, — сдалась я, — хорошо. Давай вернемся к вашей милой забаве с письмами. При чем тут экстраполяция?

Андрюша вскинул голову.

— Текст я легко отпечатал, да и разнести конверты ночью ничего не стоило. Влегкую управился. Только как нам с Машей за всеми проследить? Вот мы и решили изучить троих, а потом экстраполировать. Старались ради науки! Если узнать, как человек поведет себя в момент стресса, можно создать методику...

— Ясно, — перебила я его, — Настя покончила с собой, Вера Расторгуева чуть не получила инфаркт, Олеся Филимонова тоже издергалась. Рассылка подметных писем — отвратительное хобби, и никакими научными экспериментами его не оправдать. Бедная Настя, вы фактически убили учительницу!

— Нет, — испугался Андрюша, — она сама. У Маши отец мент, он точно знает. Мы тут ни при чем.

— Именно вы приложили руку к произошедшему! — возмутилась я.

— За училкой мы не следили, — сопротивлялся подросток. — И чего она затряслась? Письмо было составлено, как шутка. Вот напиши мы, куда положить бабки, тогда это было бы вымогательство! Ну получила, прочитала... Не из-за нас она повесилась, небось из-за другого. Вот тетя Зина...

Негодяй замолчал.

— Зина? — вздрогнула я. — Кого ты имеешь в виду?

— А ту тетку, что на Садовой живет, в доме двенадцать, — уточнил Андрей.

— Домработница Колосковой?

— Ага, — закивал мальчишка, — у богатой служит. У Колосковых, говорят, сервизы серебряные. Дочка ее Дана миллиардами ворочает, бизнес имеет, она типа ювелир, золотом торгует, брильянтами. По всему участку камеры стоят, а дом шесть охранников стерегут.

Я уставилась на Андрея. Если бы я не видела крохотную лавчонку Даны, расположенную, правда, в удачном месте, возле городского аэровокзала, могла бы и поверить юному сплетнику. Ладно, откуда растут ноги у слуха про продажу побрякушек, понятно. Но кто придумал несуществующих бодигардов?

— Зина точно плохое делает, — заявил Андрей. — У нее в избе человек живет, тайно. И они в дом к Колосковой шастают потихоньку. Я видел!

— Домработница тайком посещает хозяев? Зачем ей прятаться? Ведь она может открыто зайти внутрь.

Андрюша прищурился.

— Сказал уже! Пакости, наверное, делает. Ночью прибегала. С бабой. Та у нее остановилась.

— С какой женщиной? — переспросила я.

— С обычной, — пожал плечами подросток, — старой, лет... ну, может, пятьдесят. В общем, древняя совсем и одета по-идиотски.

— Ты ничего не путаешь?

— Не-а, — помотал головой Андрей. — Я ж за ней следил, в кустах лежал, с биноклем. Тетка к Зине с последней электрички приперла, а уж потом они к Колосковой прокрались. У меня и фото есть. Хотите посмотреть?

— Ты имеешь снимки? — поразилась я. — Не просто сидел в укромном месте, но еще и щелкал камерой? А ну, покажи! И зачем тебе это?

— Для эксперимента, — сообщил Андрей, — чтобы его проиллюстрировать. Круто получилось! Мне Маша цифровик дала, ей жених подарил. Техника навороченная, в темноте классно снимает.

Мальчик включил компьютер, схватил мышку, сделал несколько быстрых движений, и я увидела на экране штук десять мелких, но вполне четких картинок: Зина вместе с незнакомой мне женщиной, одетой в брюки и серую водолазку. Сначала парочка была запечатлена на пороге покосившейся избенки, потом на тропинке, затем у ворот дома Жози и, наконец, в тот момент, когда домработница открывала дверь в особняк Колосковой.

— Пока ничего особенного, — пробормотала я. — Может, Зинаида прихватила приятельницу себе в помощь, генеральную уборку затеяла. Наверное, у домработницы есть ключи и...

— После полуночи? — перебил меня Андрей. — Ну круто! Подождала, пока все заснут, и убирать притащилась!

— Из чего можно понять, что теток запечатлели не утром? Ну да, вокруг вроде темно, но ты мог просто сделать некачественное фото.

Андрей опустил угол рта.

— Ха! Один момент!

Снова быстрое движение мышкой, одна картинка резко увеличилась в размерах, остальные исчезли.

— В правом углу видите цифры? — с превосходством спросил «исследователь».

— Да, — кивнула я, — написано — двадцать один, ноль девять, ноль один.

— Двадцать первое сентября, час ночи, — сказал школьник. — Дата и время. Ясно?

— Можно вынуть фото из компа? — засуетилась я.

— В смысле распечатать? — с издевательской ноткой уточнил юный негодяй.

— Да, — сквозь зубы процедила я.

— А что мне за это будет? — не упустил шанса поторговаться «ученый».

— Если продолжишь беседу в подобном тоне, то очень скоро сюда с ордером на обыск явится бригада оперативников из Москвы, — пригрозила я, — и вот тогда снимки изымет милиция. Ну что, я пошла звонить на Петровку?

Андрей ткнул пальцем в клавиатуру, послышался тихий стрекот, из принтера вылез лист бумаги.

— Тетенька, — вдруг по-детски захныкал «исследователь». — Не рассказывайте никому. Я ничего плохого не делал! В институт поступить хочу. Знаете, как тут жить надоело? Мать задергала. «Сходи за хлебом, убери комнату, не кури, не болтай по телефону...» А студент из Подмосковья общежитие получает, я уточнял. Письма Маша придумала! Я просто ей помогал!

— Значит, так, — решительно сказала я, — с этой минуты ты сидишь дома.

— И в школу не ходить?

— Бегаешь на занятия и возвращаешься прямиком сюда. Маше ни слова о нашей беседе. Начнет интересоваться, по какой причине слежку прекратил, — скажись больным. Мол, насморк у тебя и кашель.

— И тогда вы промолчите? — оживился юный мерзавец.

— Из-за идиотской затеи с письмами погибла Настя! И я вовсе не уверена, что попытка убийства Даны никак не связана с теми же анонимками, — отрезала я.

— Но мы же напечатали всего лишь пару простых фраз! — вновь прикинулся дураком старшеклассник.

— Как продвигается перевод с немецкого? — заорала из коридора Елена Константиновна.

Я вздрогнула. Любящая мамочка не соврала. Она не вваливалась без разрешения в комнату сына, но коридор использовался дамой на все сто процентов.

— Говорил же, — прошептал школьник, — через каждые десять минут визжит!

В избе у Зины был все тот же жуткий кавардак. Грязь и разбросанные повсюду вещи не смущали хозяйку, которая с упоением смотрела ток-шоу по телевизору.

— Зинаида, мы с вами в прошлый раз не договорили, — сурово сказала я, без приглашения входя в комнату.

— Если вы насчет уборки, — не отрывая глаз от экрана, ответила домработница, — то я как ходила к Гарибальди, так и буду бегать. Мне деньги нужны. Могу и каждый день за Жозей следить, а то она совсем из ума выжила. Но тогда придется оклад надбавить!

— Правильный ответ! — заорали из допотопного здоровенного ящика, стоявшего на тумбочке. — Ваш выигрыш составил сто тысяч рублей.

— Во свезло, — с нескрываемой завистью протянула Зинаида. — Интересно, как люди в телик попадают? Небось простой народ туда не берут!

— Выключите, пожалуйста, телевизор, — попросила я.

Тяжело вздохнув, Зина встала и ткнула пальцем в кнопку на панели агрегата.

— Чего надо? — буркнула она. — Цельный день колгочусь, туда-сюда мотаюсь, на пропитание копейки зарабатываю. Имею право на отдых? Зачем вы приперлися?

— В прошлый раз нашей беседе помешал алкоголик, ваш родственник, — улыбнулась я, не обращая внимания на откровенное хамство хозяйки.

— Ну и че? — нахмурилась Зинаида.

— Я хотела побеседовать о вашей службе у Гарибальди.

— Сказано, я не отказываюсь.

— Даже на полную рабочую неделю пойдете?

— За хорошие бабки соглашусь.

— Дом большой, как вы одна справитесь?

— Ничего хитрого, — буркнула Зина. — Я ж его до сих пор чистила и не померла.

— Но с вами приходит помощница, — вкрадчиво сказала я.

— Че? — вытаращила глаза поломойка. — Ну и придумала! Одна я пашу.

— Никогда не приводили к Гарибальди подруг?

— За фигом? Мне самой денег мало.

— Ну, предположим, окна помыть. Стеклопакетов в коттедже много.

— Ага, — уперла руки в боки Зинаида, — верно! Только потом бабками делиться придется! Не, я одинешенька пыль и грязищу вожу, руки до костей истерла, спину ломит, давление виски бьет, грудь давит...

Я положила на стол фото.

— Посмотрите, Зина.

— Ну? — без особого любопытства прищурилась она. — Этта ваще че?

— Снимки, где вы запечатлены с незнакомкой на крыльце дома Даны, — кротко объяснила я. — Очень хорошо видно, как вы вошли в коттедж, а ваша знакомая занесла ногу над порогом. Цифры в левом нижнем углу сообщают о дате и времени визита.

Зина засопела.

— Не понимаю, — выдавила она из себя.

— Вот и Дана, когда увидит фото, тоже не поймет, зачем ее домработница в час ночи заявилась к ней в дом, да еще прихватив с собой постороннего человека, — отчеканила я. — Налицо нарушение закона, вторжение в частную собственность.

— Это не я, — живо сказала Зинаида, — там, на фотках. Просто похожая баба.

— Зина, — усмехнулась я, — ничего глупее и придумать нельзя. Уж лучше соврать про забытый утюг. Дескать, не отключила электроприбор и побежала исправлять ошибку.

— Вот сука! — с чувством выдохнула поломойка. — Значитца, камеры у нее работают? А че тогда

Дана говорила, что они торчат над столбом простым пугалом, и Жозя ей вторила, мол, денег жаль чинить?

— Кто с вами приходил?

Зинаида уставилась в пол.

— Как зовут эту женщину? — настаивала я.

Зина жалобно заныла:

— Пенсия у меня грошовая, я пахала на государство, а оно мне к старости подачку швыряет...

— Назовите ее фамилию!

— Малова, — вдруг сказала Зина.

На секунду я растерялась, потом переспросила:

— Фамилия дамы, которую вы тайком привели к Гарибальди, Малова?

— Нет, — замотала грязной головой Зина, — моя она. Я Малова.

— А кто вместе с вами решил нанести визит Гарибальди?

— Э... ну... э...

— Отвечайте!

— Знакомая, старая, мы с детства водимся.

— Имя?

— Зинаида.

— Издеваетесь? — прошипела я. — Ладно. До свидания.

— Эй, ты куда? — окликнула меня тетка.

— Выйду на улицу, — ответила я, — позвоню в милицию, у меня на руках доказательства вашего проникновения в чужой дом, пусть специалисты разбираются. Не хотите по-хорошему, будет по закону.

— Ну че я те сделала? — с отчаянием спросила домработница. — На все вопросы ответила. Фамилия Малова, звать Зинаидой.

— Меня интересует не ваша личность. Постой! Ты Малова? — вдруг осознала я. — Кем ты приходишься Розе Маловой?

— Сестрой, двоюродной, — пояснила Зина. — А ты про нее откуда знаешь? Она умная была, школу с медалью закончила, в институт поступила, а потом от несчастной любви с крыши прыгнула.

Я уставилась на Зину. Роза Малова — самоубийство — Матвей Витальевич — Феликс Бирк — дачный поселок в Евстигнеевке...

— Птичка! — вырвалось у меня. — Ты приходила за ней!

— Терпеть их не могу, — искренне ответила Зина. — Да и Жозя в вольере сама справляется. Кстати, спасибо ей! Уж как мне деньги нужны, а возиться с клетками я не соглашусь. И в спальню она меня не пускает. Там тоже птицы есть. Но я их не видела, тока слышала, как щебечут, из коридора.

— Я говорю не о живой птице!

— О дохлой? — брезгливо поморщилась Зинаида. — Она их сжигает, а один раз я видела, прикинь, рыдала бабка в три ручья, убивалась над тухлым попугаем...

— Я имею в виду изделие из платины, которое лежит в тайнике на лестнице!

— Где? — разинула рот Зина.

— Ну хватит! — вышла я из себя. — Надоели твои кривляния. Я знаю, что ты знаешь, что я все знаю. Понятно? Живо отвечай, как зовут женщину на снимке?

Зина заплакала.

— Не скажу, — вдруг заявила она, — мне деньги обещаны.

Я набрала полную грудь воздуха и тут услышала тихий скрип. Потом край большого ковра, висевшего на стене, отогнулся, стало понятно, что за ним прячется дверь в какое-то помещение. И появилась женщина. Та самая, с фотографии.

— Здравствуйте, Арина, — тихо сказала она. — Может, наша встреча произошла и не при лучших обстоятельствах, но я ей рада. Наверное, судьба сделала мне подарок, столкнув на последнем этапе расследования с вами. Мое имя — Анастасия, но близкие люди зовут меня Асей. И вы, пожалуйста, обращайтесь ко мне так же. Я Ася Рогова, лучшая подруга несчастной Розы Маловой, двоюродной сестры Зинаиды. Не трогайте Зину, она ничего не знает, я ей подробностей не сообщала, просто попросила провести меня в дом Гарибальди. Кстати, вы меня не узнаете?

— Нет, — ошарашенно ответила я. — Мы встречались?

— И не раз, — улыбнулась Ася.

— Где? — изумилась я.

— В издательстве «Марко».

— Я больше не ношу туда рукописи!

— Знаю, — кивнула Анастасия. — Но когда Олеся Константиновна еще служила в «Марко», вы частенько заглядывали к ней в кабинет. Так?

— Ну да, — согласилась я, — Олеся же мой бессменный редактор.

— Чтобы попасть в ее кабинет, надо пройти через просторный зал, в котором сидят другие сотрудники, — продолжала Ася, — слева у окна мой стол. Неужели забыли? Вы в отличие от большинства авторов всегда стучали в дверь, потом заглядывали, спрашивали: «Можно?» — и лишь затем входили, не забыв сказать: «Здравствуйте, девочки!»

Я заморгала, Ася села на диван.

— Я хорошо знаю, что вы в своих детективах любите описывать реальные ситуации. И, похоже, в вашем случае это не пиар-ход, придуманный издателем. На обложке книг часто сообщают: «Автор рассказывает одну лишь правду», но это, простите за каламбур, ложь. О вас же по «Марко» ходили легенды. Женщина-катастрофа! Сотрудники издательства рассказывали о вас невероятные истории. Кое-кто откровенно посмеивался, но большая часть людей испытывала к вам расположение. Не за детективы. Они, если честно, самые обычные, добротно написанные, ничего выдающегося. Вас уважали за характер. Мало кто в наше время кинется помогать другому человеку, а вы всегда бежали по первому зову. И, собственно говоря, именно вы подтолкнули меня к активным действиям. Из-за вас и закрутилась вся эта история.

— Из-за меня?

— Ну да, — подтвердила Ася. — Один раз вы пришли сдавать рукопись, я посмотрела на вас и подумала: «Если Арина Виолова ничего не боится, то чего же Настя Рогова до сих пор мучается бессонницей из-за Розы? Надо вытащить правду на свет божий. Хоть и много лет прошло со дня убийства Розки, но преступник избежал наказания, душа моей подруги не может успокоиться». Я потратила много времени и сил, откапывая скелеты, а теперь, узнав истину, нахожусь в растерянности: что с ней делать? И тут вы!

Ася перевела дух, потом продолжила:

— Сейчас я расскажу вам удивительную историю... Пообещайте, что опишете ее в книге с подлинными фамилиями. Убийцу наказать не получится, он уже умер, но хоть правду о нем надо сказать. Не зря нас господь столкнул! В этом мире ничего не происходит случайно!

Глава 32

Ася Рогова и Роза Малова познакомились на первом курсе, сразу после поступления в институт, и, как часто случается в молодости, моментально подружились. У девушек было много общего, они обе воспитывались одинокими мамами, жили не слишком обеспеченно и были зубрилами. Ни Ася, ни Роза не пропускали лекций и не участвовали в студенческих вечеринках, девочки не любили выпивку, а местные мальчики казались им идиотами. Сами понимаете, учись Роза или Ася одна на факультете, им светила бы судьба изгоев. Ну как относятся студенты к человеку, который в аудитории садится на первый ряд, старательно конспектирует речь лектора, смотрит ему в рот, на каждый его вопрос тянет вверх руку, а после занятий несется в библиотеку? Да еще не пьет, не курит, не любит танцульки. Но Роза с Асей постоянно ходили парой, и к ним не привязывались, однокурсники лишь посмеивались:

— Наши синие колготки сделаны на одной фабрике.

Но, несмотря на удивительную похожесть, у девушек имелось одно кардинальное различие. Ася, получив в школе золотую медаль, абсолютно не знала, кем хочет быть, и ее мама, Ирина Олеговна, решила: пусть девочка получит высшее образование, станет, например, биологом. Интересная же наука. А не понравится Асеньке изучать живую природу, выберет себе другое занятие, ведь самое главное — иметь диплом о высшем образовании. В конце концов, дипломированного сотрудника везде примут с распростертыми объятиями.

Ася согласилась с аргументами матери и легко преодолела вступительные испытания. Роговой было все равно: биология, так биология, если мамуля хочет, дочка постарается. И Ася начала учиться в институте, как в школе, имея в зачетке только «отлично».

А вот Роза сознательно выбрала профессию. Ее прадед Терентий, дед Афанасий и мать Лидия занимались птицами. Династия Маловых была хорошо известна в научном мире. Роза росла в доме, где на книжных полках стояли шеренги томов, написанных ее родственниками-профессорами. Ясное дело, девочка не мыслила для себя никакого иного занятия, кроме орнитологии.

Отучившись пять лет, и Роза, и Ася поступили в аспирантуру. Несмотря на то что Малова была, так сказать, из своих (ее мать преподавала на кафедре орнитологии), ни у кого в вузе не повернулся язык назвать девушку «блатной». У нее тоже за годы обучения не было в зачетке ни одной «четверки», только «отлично», а дипломная работа Розы оценивалась как почти готовая кандидатская диссертация.

Научным руководителем Розы стал сам ректор, Матвей Витальевич Колосков. Когда-то Матвея учил Афанасий, дед Розы, а теперь ситуация поменялась: нынче Колосков взялся довести внучку Малова до кандидатской степени. Матвей Витальевич, очевидно, был благодарным человеком, а может, его об услуге попросила Лидия Афанасьевна, Роза подробностей не знала, важным ей казалось другое. Колосков являлся членом почти всех ученых советов с уклоном в биологию, имел обширные связи, и его аспиранты никогда не получали на защитах черные шары. Стать ученицей Колоскова значило получить пропуск в мир науки. Матвей Витальевич всегда патронировал лишь одного человека, его избранник мог считать себя редкостным счастливчиком. Понимаете теперь, как повезло Розе?

Ей было неудобно перед Асей, и она замолвила за подругу словечко. Конечно, вторую аспирантку ректор в нарушение собственных принципов брать не собирался, но Асю укрыла под своим крылом его жена, Антонина Михайловна, профессор, имевшая кличку Акула. А все вокруг понимали: Матвей Витальевич, естественно, не оставит аспирантов любимой супруги без поддержки.

Очень скоро Ася сообразила, что «ласковую» кличку Антонине Михайловне дали не зря. Колоскова была придирчива, авторитарна, крайне строга, если не сказать деспотична. Впрочем, жена ректора обладала энциклопедическими знаниями, и Ася даже была благодарна ей за муштру, но вот желание Акулы полностью контролировать ее жизнь аспирантку напрягало. Научная руководительница требовала носить определенную одежду, вставать в семь утра, обливаться холодной водой, не есть мяса, не заводить романов с молодыми людьми.

Еще Роговой не нравилось, что Колосковы считали аспиранток кем-то вроде домработниц и давали задания, никак не связанные с научной работой: сбегать за продуктами, вскопать на даче огород, начистить картошки, помыть посуду за гостями. Иногда Ася ощущала себя крепостной крестьянкой, но она очень хотела порадовать маму, получив кандидатскую степень, поэтому стоически терпела такую дискриминацию.

С Розой Маловой, несмотря на ее принадлежность к научной династии, Колосковы обращались так же.

— Слава богу, рабство продлится всего лишь три года, — сказала однажды Ася ближайшей подружке.

— Матвей и Антонина, конечно, ведут себя так, словно мы их рабыни, — вздохнула Малова, — но есть в нашей жизни и хорошие стороны.

— Назови хоть одну, — скривилась Ася. — Впрочем, сама знаю: скоро лето, и нам предстоит работать на свежем воздухе. Ты умеешь валить лес? Или Акула заставит нас красить дом?

Роза засмеялась:

— Будем переносить уличный сортир.

— Жуть! — испугалась Ася. — Я не выдержу.

— Извини, я глупо пошутила, — улыбнулась подруга. — Теперь о хорошем. Первое. Аспирантура — это не на всю жизнь. Второе. Мы обязательно получим кандидатский диплом. Третье. Матвей и Антонина порядочные люди, помучают нас три года, а затем помогут с работой и в дальнейшем поддержат. Считай, что мы сейчас закладываем фундамент успешной карьеры.

— Угу, — мрачно сказала Ася, — мне бы твой оптимизм.

Но через некоторое время Рогова притерпелась и поняла: Роза права. Будучи диктатором, Антонина Михайловна тем не менее являлась великолепным научным руководителем, все ее замечания были в точку. У аспирантки за первый год обучения вышло аж восемь публикаций в журналах. Невероятный результат, ученикам других профессоров за весь срок аспирантуры и половины не опубликовать. А дело в том, что Акула старательно продвигала труды подопечной.

Осознав это, Ася перестала ныть. Начала с энтузиазмом бегать на рынок за овощами и даже обзавелась кулинарной книгой, по которой вдохновенно готовила обед для Колосковых.

Зато теперь депрессивные мысли стали обуревать Розу. Она сделалась мрачной, на все вопросы подруги, случилось ли чего, лишь бормотала:

— С диссертацией напряг.

Затем Роза сообщила:

— Я меняю тему работы.

— С ума сошла! — подскочила Ася.

— Мне так хочется, — уперлась Малова.

— Станешь кандидатом наук — и делай что пожелаешь, — резонно заметила Ася. — После защиты можешь писать любые труды, а пока работай над тем, что тебе дал Матвей, не зли Колоскова.

Роза нахмурилась и ничего не ответила. После этого разговора девушки не встречались больше месяца. Ася иногда звонила Маловой по телефону, но та быстро говорила: «Извини, я очень занята, потом поболтаем», — и отключалась.

Через некоторое время у Аси сложилось впечатление, что Роза не хочет с ней общаться, поэтому, столкнувшись с ней на кафедре, Рогова поинтересовалась:

— Ты обиделась?

— На что? — удивилась Роза.

— Не знаю.

— Все нормально, — заверила Малова.

— Но мы больше никуда не ходим вместе! — упрекнула ее Ася.

— Работы по горло, — не очень убедительно заявила Роза, — я зашилась с материалом.

— Меняешь тему?

— Нет, — после легкого колебания ответила подруга. — Извини, мне пора!

На глаза Аси против ее воли навернулись слезы.

— Ну и пожалуйста! — воскликнула она. — Счастливой дороги.

Внезапно Роза обняла подругу.

— Послушай, нам лучше сделать вид, что мы поругались, — сказала она.

— Почему? — изумилась Рогова.

— Для твоей безопасности, — понизив голос, заявила Малова. — Я тут такое раскопала! Зачем только полезла... Лучше было не знать.

Подруга замолчала.

— Что такое? — засуетилась Ася. — Пошли, поговорим.

— Нет, — отрезала Роза, — ты ничего не должна слышать. Поверь, я очень люблю тебя. Все объясню позднее или... вообще никогда. Вот только мой совет: держись от Матвея подальше. Он страшное, жуткое чудовище.

— Матвей великий человек! — с жаром возразила Ася. — Он описал неизвестный вид птиц, нашел их в дельте Амазонки...

— Ты никогда не задавала себе вопрос, — перебила ее Роза, — отчего Колоскову такая лафа? Может, он какие-то особые услуги властям оказывает, а? Бегает и стучит на всех?

— Ой, молчи, — испугалась Ася.

— Не тридцать седьмой год, — отмахнулась Роза.

За спиной девушек послышался скрип двери, в комнату вошла преподавательница Людмила Захаркина.

— Привет, — весело сказала она, — тоже на сессии заняты? Зачет пришли принимать?

Поболтав с ними пару минут, Захаркина убежала, а Роза вдруг села, нацарапала на листке бумаги пару фраз, молча протянула его Роговой и выскользнула за дверь. Малова уставилась на текст: «Опасность. Ни слова в институте. Кругом уши и стукачи. Матвей негодяй. Убийца. Я это докажу. Не звони мне. Временно прекращаем отношения. Матвей предал науку. Если меня убьют, возьми в нашей домашней библиотеке книгу «Атлас птиц России». Там все. Записку сожги».

Ошеломленная странным сообщением, Ася поехала домой. Листочек она уничтожила, пепел смыла в унитаз. А через пару дней по институту пронеслась страшная весть: Роза Малова покончила с собой из-за несчастной любви!

Настя остановилась и посмотрела на меня.

— Понимаете мое состояние?

Я кивнула, а Рогова продолжала:

— На нервной почве я наделала глупостей во время партийного собрания, попыталась намекнуть на правду: что Роза не сама спрыгнула вниз. В особенности меня возмутило желание ректора представить Малову пьяницей и сумасшедшей. Роза не употребляла алкоголь! Ни о какой опухоли мозга у Розы и речи не могло быть. Знаете, что мне пришло в голову?

— Догадываюсь. Вы решили, что Роза раскопала нечто на Матвея и он убил аспирантку, — ответила я.

— Точно! — подскочила Ася. — Так и было. Теперь-то я знаю детали, но тогда... Тогда испугалась по полной программе. Особенно после того, как в нашей квартире произвели обыск.

— Да ну? — изумилась я. — Пришла милиция?

— Если бы! Перевернули все тайно, действовали крайне аккуратно. Но я все равно заметила и сообразила: Розка раскопала что-то страшное, а теперь еще и я, как ее лучшая подруга, под колпаком. Кто бы ни были люди, которым досадила Малова, они обладают неограниченными возможностями, могут и меня с чердака скинуть, а потом Матвей народу расскажет: «Рогова заболела. Слишком перенервничала из-за смерти приятельницы и тоже ума лишилась». И никто пальцем в мою защиту не шевельнет. Ну я и убежала из института, подав заявление об академическом отпуске в связи с замужеством. И на самом деле сбегала в загс с первым встречным, взяла его фамилию, переехала в квартиру к супругу, и мы вскоре развелись. Потом мама умерла, я сменила район проживания, затем перестройка...

Я внимательно ее слушала. В принципе ничего особенного она не рассказала. Из биологов трансформировалась в редакторы, попала на службу в «Марко», очутилась в отделе, выпускающем детективы...

— И тут вдруг я поняла: пока не узнаю правду о смерти Розы, не успокоюсь! — монотонно говорила Ася. — Есть же смелые женщины вроде Арины Виоловой! Ну чем я хуже?

...И Ася начала действовать. Лидия Афанасьевна, мать Розы, скончалась давно, квартира Маловых и их дача достались дочери ее брата Зинаиде. Брат Лидии был пресловутым уродом в семье — учиться не хотел, рано начал наливаться водкой, превратился в алкоголика и был забыт родней. Ася очень удивилась, узнав, что у Розы была двоюродная сестра, подруга никогда не упоминала о Зине. Впрочем, учитывая семейную историю, Лидия Афанасьевна могла не сообщить дочери о наличии у нее дяди — запойного пьяницы.

Ася приехала в квартиру Маловых, нашла там милую супружескую пару, те ей сказали:

— Мы уже много лет снимаем жилплощадь у Зины Маловой. Да, на полках стояли книги, но нам понадобилось место, и хозяйка любезно разрешила отнести тома в подвал, там у каждого хозяина имеется чулан.

Получив от приветливых съемщиков адрес Зинаиды, Рогова рванула в Евстигнеевку и поболтала с теткой.

— «Атлас птиц России»? — равнодушно переспросила Малова. — Небось в подвале валяется, забирай. Только за деньги! Тыщу плати!

Ася отдала деньги, вернулась в Москву и начала копаться в кладовой. Жильцы не солгали, они очень аккуратно упаковали научную библиотеку Маловых в коробки и снесли все вниз. Среди книг были настоящие раритеты. К счастью, малообразованная Зина не понимала, что книги можно выгодно продать, иначе б давно отнесла их к букинистам. Но Роговой повезло, и в конце концов в ее руках оказался толстенный «Атлас птиц России».

В середине издания она обнаружила вырезанное в страницах углубление, а в нем дневник покойной Розы. Ася прочитала записи подруги и ужаснулась.

Перед ней во всей неприглядности встала правда. Вот что она узнала.

Когда Роза отучилась в аспирантуре, Лидия Афанасьевна затеяла ремонт, и мать с дочерью начали складывать семейный архив. Задача оказалась непростой, книг, бумаг, блокнотов были горы. Лидия Афанасьевна трепетно хранила не только рукописи своего отца, но и деда, Терентия Малова. Роза же, вместо того чтобы механически сваливать папки в коробки, начала читать их содержимое. Потом утянула часть в свою комнату, а вскоре заявила маме:

— Знаю теперь, чем хочу заниматься!

— Правда? — обрадовалась Лидия Афанасьевна. — Это же замечательно, найти свой путь!

— Терентий изучал эпидемию на Курилах, — сказала Роза. — Странное дело, погибли почти все жители деревни, у них были одинаковые симптомы — сыпь, которая кое у кого успела превратиться в язвочки. Но самое интересное состоит в том, что никто из врачей и медсестер-добровольцев не пострадал!

— Загадка, — кивнула Малова-старшая.

— Терентий не успел ничего понять, ему помешала революция. Он передал бумаги Афанасию, тот заинтересовался, — ажитированно продолжала Роза, — и выяснил интересное обстоятельство. В день, когда жителей села поразила неведомая болячка, над местностью разразилась буря, ветер принес со стороны океана птичью стаю — ее просто сдуло с траектории привычного полета. Испуганные пернатые метались по деревне, а потом умерли. На улицах валялись многочисленные тушки, но падежу тогда не придали значения. Афанасий Терентьевич же предположил, что именно птицы и занесли инфекцию. Они могли заразить человека, ну, допустим, орнитозом.

— Интересная теория, — согласилась мама.

— Дедушка Афанасий отправил на Курилы своего любимого аспиранта, Матвея Колоскова, — хотел, чтобы он собрал факты, подтверждающие его предположение. Но довести исследование до завершающей точки не успел, умер.

— Да, деточка, — вздохнула мать, — я осталась сиротой.

— Я продолжу работу Афанасия Терентьевича, — торжественно объявила Роза, — завтра же сбегаю к Матвею Витальевичу! Думаю, он разрешит сменить тему диссертации. Вдруг поделится собственными наблюдениями? А, мамочка?

Лидия Афанасьевна обняла дочь.

— Предки могут гордиться тобой, — сказала она...

На том подробные записи в дневнике обрывались, далее шла таблица. Ася не сразу поняла, что за сведения в нее занесены. «Число — 10 октября, отъезд — поезд «Красная стрела» Москва — Ленинград. Приезд 12 октября назад, сел в 9 утра 11 октября.

Число — 20 декабря, отъезд — поезд «Тамбов», приезд — 22 октября, сел назад в 10.30 21 октября».

Затем шли отрывочные заметки Розы. «Где Матвей берет билеты?» «Проводница поезда «Красная стрела» Нечипоренко Олимпиада Георгиевна, домашний телефон — 152-75-40, адрес — улица Маленькая, дом 1, кв. 12». «Матвей — Человек-Смерть». «Ася, если ты читаешь эти строки, я умерла! Отомсти за меня! Дальше найдешь всю необходимую информацию».

Глава 33

Когда я увидела обращение, в ужасе захлопнула тетрадь. Потом пришло чувство стыда. Значит, Роза ни на секунду не сомневалась в подруге, оставила мне дневник, а я лишь сейчас, спустя много лет после ее гибели, решила искать правду.

Дойдя в рассказе до этого места, моя собеседница замолчала, как бы заново переживая те чувства, которые неожиданно свалились на нее.

— Думаю, вам не стоит себя корить, — тихо сказала я. — В конце концов, вы же выполнили просьбу Маловой.

— Поздно, — прошептала Ася, — слишком поздно. Мстить-то уже некому! Матвей Колосков покойник. Думаю, его тоже убили. Исполнителей, даже таких ловких, как он, всегда убирают. Но я сумела раскопать истину.

И рассказ полился дальше...

По дорогам России колесит много пассажирских поездов, и порой в их купе происходят странные вещи. В 60-х годах прошлого века некоторые проводники тихонько рассказывали друг другу о мужчине в темном плаще. Человек-Смерть. Он появлялся, как правило, за пару секунд до отправления состава и садился в вагон. Одет странный пассажир был всегда в длинный черный плащ, на голове имел шляпу, при-

крывавшую полями глаза, лицо его скрывали небольшая аккуратная бородка и усы, на носу сидели очки.
Описать внешность пассажира не мог никто, очевиден был лишь рост, где-то метр семьдесят. А еще незнакомец обычно имел в руках большой пузатый ста-
ромодный «докторский» саквояж. Ночью таинственный мужчина сходил на крохотном, богом забытом
полустанке и терялся во тьме. А утром в одном из купе, совсем не в том, где в одиночестве ехал мужчина в
плаще, находили умершего пассажира. Сердечный
приступ, инфаркт. У медиков не было вопросов. Зато
они возникали у проводников. Почему в купе странного мужчины в черном, несмотря на то что все билеты проданы, никто не садился? Отчего «черный
плащ» сидел, затаившись? Он не пил чай, не выходил
в туалет, а сразу запирал дверь в свое купе. Знал, что
никто более не придет?

Олимпиада Георгиевна Нечипоренко, чей телефон и адрес Роза указала в своем дневнике, рассказала
Асе, как три раза сталкивалась с Человеком-Смерть
на маршруте Москва — Ленинград. И подметила
странную особенность: у всех погибших, двух мужчин и одной женщины, на шее имелась мелкая сыпь.
Проводница была абсолютно уверена — убийца тра-
вил свои жертвы, осыпал их неким порошком или
обливал жидкостью.

Каким образом Роза вышла на Нечипоренко, Ася
не знала. Зато ей раскрылась страшная тайна: работая
по поручению Афанасия Терентьевича, Матвей Колосков подтвердил его удивительное открытие — жители села действительно погибли из-за птиц. На
земле существует очень редкий вид пернатых, симпатичные, похожие на попугайчиков-неразлучников, ми-
лые создания с разноцветными перышками, абсолютно безвредные, радующие глаз и слух. Но... Известно, что в минуты опасности некоторые живые су-
щества способны выделять едкие запахи, обжигающие
жидкости или даже яд. Скунс источает отвратитель-

ный «аромат», каракатица выпускает «чернильное» облако, оса больно жалит... И все лишь для того, чтобы остановить нападающего на них врага.

Некоторые животные, скажем, все тот же скунс, потом успокаиваются и продолжают жить, другие, например пчела, погибают, поразив обидчика. Птички с Курил принадлежат к последней категории. Крохотные, почти как колибри, они обороняются оригинальным образом: в момент смертельного страха у них активизируется некая железа, выделяющая очень сильный яд. Токсин смазывает перья, птицы начинают хлопать крыльями, мельчайшие капельки отравы попадают на кожу недруга, проникают сквозь поры в кровь и... убивают нападавшего.

У людей их токсин вызывает инфаркт. Яд летуч, он не задерживается в организме покойного, лабораторным путем даже через два часа после кончины обнаружить его невозможно. Более того, после выброса порции отравы птица погибает, а тушка ее абсолютно безопасна. Ее можно даже съесть, ничего не случится, яд испаряется быстро. Вот почему когда-то умерло население села на Курилах, куда ветер забросил с океана стаю птиц. А об экзотических пернатых в России в начале двадцатого века слышала лишь пара орнитологов.

Впрочем, и через сто лет положение не изменилось. Из-за опасности птиц, которых очень легко напугать, их не держат в европейских зоопарках. Но Терентий Малов знал об особенности этого вида. Более того, Афанасий, разбирая бумаги отца, наткнулся на исследование японского историка, который писал, что иногда в Древней Японии, желая «вознаградить» чиновника, вышестоящее начальство одаривало его маленькой птичкой с очень красивым, ярким оперением. Вот только через некоторое время счастливый обладатель ее умирал от разрыва сердца.

Терентий Малов не успел закончить свою работу, Афанасий изучил записи отца и продолжил исследования. Матвею он поручил съездить на Курилы, посидеть в архивах, поговорить с местным населением. Очевидно, Афанасий Терентьевич рассказал Матвею о том, что знал. Аспирант отправился в путь, пробыл на Курилах несколько месяцев и вернулся в Москву с отчетом. Но Малов так и не довел работу до конца — спустя день после приезда аспиранта научный руководитель внезапно скончался от инфаркта.

Найдя бумаги, Роза загорелась желанием изучить экзотов и побежала к Матвею. Но Колосков отреагировал на ее заявление неожиданно. Всегда спокойный, воспитанный профессор наорал на девушку и выгнал ее вон со словами:

— Не суй свой нос куда не следует, дура!

Пораженная неадекватной реакцией ректора, который мог интеллигентно заявить: «Данное исследование не тянет на кандидатскую», — Роза почуяла неладное и стала следить за Матвеем Витальевичем.

Через некоторое время она поняла: ее научный руководитель — тот самый убийца, Человек-Смерть. Это он садится в вагон со странным саквояжем в руках (скорей всего, в нем находится клетка с опасной птичкой). Где профессор берет пернатых, почему он убивает людей, осталось для Розы загадкой. Но она, ходившая за научным руководителем незримой тенью, точно установила, кто прячется под плащом. Знание стоило Розе жизни. Очевидно, она допустила оплошность, была замечена Колосковым и сброшена с чердака. Как подруга попала на чердак, Ася узнать не сумела, зато она выяснила другое: Антонина Михайловна, вдова ректора, жива и здравствует в Евстигнеевке на старой даче Колосковых.

— Весь институт знал, что Акула обожает мужа, — медленно рассказывала Ася, — она за него могла любому глотку перегрызть. Лучший способ подольститься к Акуле был похвалить Матвея. Причем сына она в грош не ставила, ей на него было глубоко наплевать, а вот муж — драгоценный яхонт. Я была стопроцентно уверена, что Антонина не выбросила ни одной бумажки, связанной с супругом. Где-то у нее лежат письма, дневники, рукописи! Зная, как Акула преклонялась перед супругом и что семья у Колосковых была просто идеальной, я предположила: маловероятно, что Матвей Витальевич скрывал от женушки свое хобби. Небось она была в курсе убийств, которые он совершал. Надо поискать записи!

— И вы велели Зине наняться к Жозе домработницей! — осенило меня. — Платили ей за внедрение в дом Колосковых.

— Ну да, — кивнула Ася. — Зинаида, хоть и носит фамилию Малова и является прямым потомком Терентия, практически безграмотна. Если вспомнить, что ее отец чуть ли не со школьной скамьи стал алкоголиком, данный факт не поражает...

Зина предложила Дане Гарибальди свои услуги, и бизнесвумен согласилась. Ася лишь потирала руки: похоже, ее план удался. Акула к старости потеряла хватку, теперь Антонина Михайловна была тихой бабусей с начинающейся болезнью Альцгеймера. Единственно, что осталось у некогда всесильной жены ректора, — любовь к птичкам. И сначала Рогова ликовала. Гарибальди укатывала на целый день в Москву, бабка сидела у клеток — никто не мешал Зине шарить в доме. Одна беда, безграмотная поломойка никак не могла разобраться во множестве бумаг, которые хранились в бывшем кабинете Матвея.

— Гарибальди сделала ремонт, — усмехалась Ася, — новой мебели накупила, а вот рабочая комната ректора осталась в первозданном состоянии, туда строители не заглянули, не тронули даже старомодное окно, не заменили на стеклопакет. Акула помешалась на муже, до сих пор пытается изобразить его живее всех живых.

— Любовь! — развела я руками.

— Он чудовище! — взвилась Рогова. — Убийца!

— На то она и страсть, что не позволяет объективно оценить избранника, — вздохнула я. — Давайте не станем обсуждать Жозю, меня интересуют иные проблемы. Вы решили сами обследовать коттедж Колосковой?

— Да! — с вызовом вскинула голову Ася. — Проникнуть в особняк оказалось очень легко. У Зины имелся ключ, но хозяйки и так дверь никогда не запирают.

— И что же вы нашли?

— Зинаида обнаружила тайник в лестнице, — сообщила Рогова. — Абсолютно случайно — споткнулась и шлепнулась, а чтобы встать, ухватилась за балясину, та повернулась, верхняя часть одной из ступенек приоткрылась, а там коробка, в ней фигурка птички. Доказательство того, что Матвей убил Феликса.

— Минутку, откуда вы знаете про Бирка? — изумилась я.

Ася сдвинула брови.

— Вы невнимательны! Как потом книгу писать будете? Я уже говорила про Нечипоренко Олимпиаду Георгиевну, проводницу поезда Москва — Ленинград. Мы с ней долго беседовали.

— Она жива? — запоздало поразилась я.

— Почему нет? — удивилась, в свою очередь, Ася. — Ей еще семидесяти не исполнилось. В шестидесятых, совсем молодой, она на железную дорогу устроилась, потом, когда Феликс Бирк в Бологом начал умирать, испугалась и уволилась. Она Человека-Смерть тогда в третий раз увидела и перетрусила. Вдруг таинственный убийца скумекает, что проводница в вагоне ему одна и та же попадается? Ну и поменяла работу, а вот имя последнего пострадавшего в памяти сохранила навсегда — Феликс Бирк — и во время моей беседы с ней сообщила его мне. А я помнила, что некогда в институте была супружеская чета преподавателей с той же редкой фамилией. Прошло уже немало лет, и я не побоялась прийти в учебное заведение под предлогом того, что мне необходима справка об обучении в аспирантуре, подольстилась к начальнице архива и узнала: Жанна Бирк давно уволилась и уехала на постоянное жительство в Палашовку. Побывала в деревне и нашла Муру, а разговорить пожилую даму оказалось не трудно.

— Так вот о какой Настеньке упоминала вдова Феликса, — сообразила я. — Ой, я поняла! Тетрадь Павла Ляма! Безнадежно влюбленный в Жанну мужчина пытался найти убийцу Феликса и, похоже, преуспел.

Ася, забыв о накрашенных ресницах, потерла глаза кулаками и продолжила:

— Колосков, конечно, сволочь, мерзавец, убийца, да только жене он казался лучшим из людей, этого у нее не отнять. Я даже ощутила к Антонине уважение. Быть в курсе подлых поступков избранника и не выбросить его из своего сердца... Лично мне не удалось испытать столь сильное, всепоглощающее чувство.

— Мне тоже, — призналась я. — Моя любовь к спутнику жизни тихо угасла. Сначала меня начало раздражать его поведение, потом пожар в крови превратился в тление, но, наверное, мы бы прожили еще долго вместе, да только муж совершил поступок, после которого я потеряла к нему уважение. Все. Теперь осталось пепелище без малейших намеков на тепло.

— А вот Акула оправдывала Матвея во всем, — вздохнула Ася. — Прямо вижу, как он возвращается домой, снимает плащ, шляпу, отклеивает усы, бороду, садится обедать и говорит жене: «Сегодня я убил Феликса Бирка». А супруга подает ему сметанку к борщику и восклицает: «Правильно, дорогой, значит, он заслужил смерть».

— Сомневаюсь, что такой диалог возможен, — покачала я головой.

Рогова тряхнула волосами.

— Кто знает? А вот вдова Бирк из другой стаи. В процессе наших с ней разговоров у меня сложилось странное мнение о женщине. С одной стороны, Муре жаль мужа, с другой — она очень боялась очутиться за решеткой как жена основателя подпольной антисоветской организации «Путь к свободе». Ее устраивала забота со стороны Павла. Не верю, что Мура не понимала, как Лям к ней относится. Просто очень удобно, совершенно не тратясь душевно и физически, получать дивиденды. Мура свистнет — Павел бежит исполнять ее прихоти, но она ему ничем не обязана — не жена, не любовница. Гениальная позиция! Очень хитрая баба — с виду сладкий пряник, внутри железный каркас, укусишь такой — челюсть сломаешь.

— Но Мура могла развестись с мужем! — я решила защитить Бирк, — а она уехала с ним в Палашовку. Да, боялась, но ведь не бросила супруга!

Ася покосилась на меня.

— Не знаю. Может, вы и правы. Но только, когда она ляпнула про тетрадь, я мигом попросила: «Дайте почитать». А мадам в ответ: «Ой, ой, ее взяла корреспондентка с телевидения! Обо мне недавно делали передачу». Глаза у бабки забегали, руки задергались. Кстати, на мое заявление о виновности Колоскова в смерти Феликса она отреагировала не так остро, как я ожидала. Нет, она заахала, заохала, схватила валокордин, но... «не верю!» — так, кажется, говорил фальшивящему актеру великий Станиславский. Бабуська, чтобы продемонстрировать свои светлые чувства к мужу, начала показывать фотографии, потом попыталась увести разговор в сторону, стала болтать о коллекции родителей Феликса и тут ткнула мне под нос снимок, на котором изображена птичка.

— А мне Мура сказала, что ей показали фото птички! — воскликнула я. — Подробностей вдова сообщить не успела, в дом ввалилась ее пьяная внучка, стало не до разговоров. Я планировала поехать к Бирк сегодня утром, но случилась целая цепь событий, вследствие которых я очутилась тут. Хорошо помню, как Мура воскликнула: «Мне показали фото птички».

— А вот и нет, — возразила Ася. — Наоборот совсем. Бирк продемонстрировала снимки, а я узнала на них фигурку, лежавшую в тайнике. Мура врала тебе. Она вообще ловко жонглирует фактами, что лишний раз подтверждает мое мнение о ней.

— Так вот откуда Бирк узнала про тайник!

— Я ей рассказала, естественно, — усмехнулась Рогова, — увидела снимок и не удержалась. И снова странная реакция: Мура попыталась изобразить изумление. Получилось плохо. Знаете, к какому выводу я пришла?

— Слушаю.

— Она прочитала тетрадь Ляма, а в ней, наверное, содержалась такая страшная информация, что Мура перепугалась, сожгла записки и затаилась. Сейчас, когда прошло много лет, бабуле захотелось немного славы. Ведь уже можно рассказать об организации «Путь к свободе»! Коммунистический режим пал окончательно, прошлого не вернуть. Вот Мура слегка и раскрыла рот, согласилась на съемки. Потом со мной потолковала, я же представилась ей журналисткой, с вами пооткровенничала. Вы же наверняка сказали, что собираетесь написать книгу, и идея ей понравилась. Но как только речь заходит о смерти Феликса, вдова начинает округлять глаза и странно себя ведет, делает намеки и тут же восклицает: «Я ничего не знаю!»

— Мне она сообщила, что птичка у Жози.

— Ну да, узнала от «журналистки» и не утерпела, — кивнула Ася, — только мне кажется: вдова давно в курсе, кто убил Феликса, но до последнего времени испытывала страх. Вот почему ее не потрясло известие о том, что Колосков — убийца.

— Выходит, дело обстояло так: Матвей убил Феликса из жадности, узнав о желании Бирка продать фигурку птички. Убил бывшего друга, взял драгоценность и испарился, — прошептала я.

— Ну да, — кивнула Ася, — он же убийца.

— Но зачем Матвею уничтожать людей?

— Не знаю, — призналась Рогова. — Может, он маньяк? Правда, в случае с Бирком у него был мотив: он желал завладеть дорогой статуэткой.

— Зачем? — упорно повторила я.

— Наверное, имел финансовые проблемы, — предположила Рогова. — Долги, или растратил служебные средства.

— Но фигурка не продана. Она лежит в тайнике, — напомнила я.

— Да не знаю я, — рассердилась Ася, — может, ее на черный день сохранили.

— Следовательно, Матвей киллер?

— Верно.

— Не так уж много лет прошло, — медленно сказала я, — не два столетия. Проводница Нечипоренко жива, Бирк вполне еще бойкая, Жозя на своих ногах. Правда, у старушки с головой напряг, и физически она ослабла, но ведь пока еще на этом свете!

— Вы к чему сейчас клоните? — удивилась Ася.

— Следовательно, в твердом уме и здравой памяти вполне могут быть и ближайшие родственники тех, кого убил Матвей Колосков!

— Верно, — согласилась Рогова.

— Если я найду список жертв и изучу его, то пойму, кто скинул Дану из окна, — закончила я. — Теперь я абсолютно уверена: моя бедная подруга ни при чем! Она лишь средство, при помощи которого хотели заставить мучиться Жозю. Убить старуху легко, намного изощреннее оставить ее одну, без помощницы, любимой Даны. Алик с матерью даже не разговаривает, а его вторая жена на редкость жадная дрянь. Нет, объект преступника Жозя! Все сомнения отпали.

— Дело за малым, — хмыкнула Ася, — добыть список убитых людей. Если он, конечно, есть.

— Жозя ничего не тронула в кабинете мужа, и если такая бумага была, то она там. — Я вскочила на ноги. — Сегодня же ночью и поищу. Колоскова спит очень крепко. Вполне вероятно, что имеются некие записи Матвея Витальевича.

— Попробуйте, — кивнула Ася, — я буду помогать. Мне нужны те же бумаги!

— Лучше я пороюсь самостоятельно, но, если не получится разобраться, завтра позову вас, — пообещала я.

Глава 34

Дождавшись полуночи, я прокралась в кабинет Матвея Витальевича. Не успела переступить порог, как меня охватил ужас. Вы когда-нибудь заходили ночью в безлюдный музей? Нет? И не пробуйте, испытаете не лучшие ощущения.

До сегодняшнего дня я ни разу не заглядывала в мемориальное помещение и сейчас была откровенно напугана. Темные шкафы нависали со всех сторон, тяжелые драпировки были тщательно задернуты — очевидно, Жозя опасается, что лучи света испортят мебель. Я щелкнула выключателем — старомодная люстра из хрусталя вспыхнула слишком ярко, и мои глаза невольно зажмурились. Потом чуть-чуть приоткрыла веки и увидела огромный письменный стол на львиных лапах, здоровенное рабочее кресло, лампу под зеленым абажуром, стопки каких-то бумаг, гору книг и авторучку, сиротливо лежавшую возле круглой железной коробочки с надписью «Монпансье» на крышке. Большая деревянная лестница была прислонена к одному из застекленных стеллажей, пол закрывал темно-бордовый ковер, у стены громоздился глубокий диван, около него темнела корзинка. Я ощутила легкий запах мужского одеколона. Время здесь словно остановилось.

На секунду мне показалось, что Матвей не умер. Он просто спрятался тут, не выходит из кабинета, сидит, пишет, не желает общаться с посторонними.

И тут драпировка на окне зашевелилась... Взвизгнув, я выскочила в коридор и, чувствуя, как бешено колотится от ужаса сердце, влетела в свою спальню и рухнула на кровать. Нет, спасибо, я не способна одна делать обыск в кабинете! Завтра прихвачу с собой Асю, а сейчас попытаюсь уснуть.

За дверью послышалось тихое царапанье. Очевидно, Муся пытался пролезть ко мне.

— Не шуми, — дрожащим голосом сказала я, — все равно не пущу. Твое место в холле, там и спи. Створка закрыта, а ручку, слава богу, тебе не повернуть!

И тут латунный кругляш начал медленно шевелиться. У меня парализовало ноги.

Некстати вспомнилась мать Раисы. Старуха запрещала маленькой Вилке заглядывать в полуразрушенный сарай, стоявший в дальнем углу ее участка.

— Не смей в него заходить, — зудела она, — там когда-то Митька Косой повесился, и теперь в развалюхе привидение живет. Оно мирное, никого не трогает, своим делом занято. Но если дверь приотворить, призрак свободу почует, и тогда беды не миновать. Начнет на тебя охотиться, пока не убьет...

Бабка запугала меня по полной программе! Я зареклась приближаться к сараюшке ближе чем на десять метров.

Став взрослой, я сообразила, что старуха, вероятно, хранила в дощатом сооружении нечто опасное для ребенка, ну, допустим, бензопилу, и поэтому рассказывала сказки, не хотела, чтобы шебутная девочка поранилась. Но сейчас я снова превратилась в дрожащую малышку и в ужасе подумала: «Вдруг бабка была права? Ну зачем я заходила в кабинет к Матвею? Может, его привидение жаждет мести?»

Дверь приоткрылась, в проеме замаячила мужская фигура. Я сжалась в комок.

— Пожалуйста, не кричи, — прошептал незваный гость.

— Здрассти, Матвей Витальевич, — еле слышно произнесла я, — простите, если побеспокоила. Не хотела вас тревожить, но мне необходимо выяснить... э... в общем... ну... про птичек с Курил!

В ту же секунду я прикусила язык. И обругала себя: Вилка, ты удивительная идиотка! После этих слов призрак Матвея окончательно рассвирепеет и точно убьет тебя! Надо обороняться!

Ноги отмерли, я вскочила, схватила с тумбочки полуторалитровую бутыль с минеральной водой и приготовилась к бою.

— Сядь, — прошипело привидение и включило свет. Не верхний, а торшер, уютно устроившийся у комода.

Двадцатипятиваттная лампочка горела тускло, но я мигом узнала вошедшего и вскрикнула:

— Альберт!

Одним прыжком бывший муж Даны преодолел расстояние между нами и прошипел:

— Тише!

— Вор! — не успокаивалась я. — Сначала жена приезжала, теперь муженек приперся! Затеяли охоту на птичку? Не надейтесь! Вам ее не найти!

— Какая жена? — удивился Альберт.

— Твоя, — заявила я. — Или ты не знаешь о визитах сюда своей Лидочки?

— Нет! — вытаращил глаза Алик.

Я заморгала, потом уже с меньшей уверенностью пробормотала:

— Думаю, ты врешь. Зачем сюда влез?

Из коридора послышался шорох. Алик живо погасил свет, открыл трехстворчатый гардероб и ткнул пальцем в его нутро.

— Лезь! — одними губами сказал он.

По непонятной причине я повиновалась и юркнула в шкаф. Альберт схватил одеяла на моей кровати, ловко сформировал некое подобие лежащей человеческой фигуры, нырнул в шифоньер, схватил меня за руку, прижал к себе и шепнул на ухо:

— Стой тихо! Что бы ни случилось, молчи! Иначе не поймать!

Я хотела возмутиться, спросить, что, в конце концов, происходит, но тут раздался скрип, и тихий голос Жози спросил:

— Милая, ты спишь? Мне нужно лекарство, сердце щемит!

Альберт еще сильней сжал мою руку и яростно замотал головой.

— Дорогая, очнись... — повторила Жозя. — Ах, как же крепко ты спишь! Вот она, молодость! Пушкой не разбудить!

Послышался шорох, легкий треск, мягкое покашливание, потом повисла тишина. Ладонь Альберта сильно вспотела.

— А-а-а! — заорала Жозя.

— Стоять! — завопил мужской голос.

— Не поднимайте одеяло! — завизжал Алик, вываливаясь из шкафа. — Она умрет через сорок секунд. Всем стоять!

Абсолютно ничего не понимая, я высунула голову из гардероба. Перед глазами предстала удивительная картина. На потолке ярко сияет люстра, у кровати трясется, согнувшись почти пополам, Жозя, рядом стоят два крепких парня в спортивных костюмах, блондин и рыжий.

— Попалась! — заорал Альберт. — Ага! Наконец-то! Столько лет я ждал! Теперь тебе конец!

Жозя начала оседать на пол.

— Ей плохо, — испугалась я и хотела броситься на помощь старушке.

— Стоять! — рявкнул один из парней. — Контейнер!

Алик выскочил в коридор и через секунду вернулся назад с небольшим пластиковым ящиком. Рыжий парень надел длинные перчатки и поднял край одеяла, прикрывавший импровизированную куклу.

— Мама! — заорала я. — Там птичка! Она дохлая! Ой, не трогайте ее! Господи! Перья лежат отдельно! Что случилось? Почему она облысела?

— Да, ману умирают сразу, — пояснил Алик. — В момент смерти она разом сбрасывает оперенье. Стриптиз Жар-птицы. Ведь эта пташечка тоже исполняла желания! Осуществляла, так сказать, заказы. Не прикасайтесь к останкам! Соберите белье и тоже упакуйте. Хотя, думаю, толку не будет, яд испаряется очень быстро. Пошли, Вилка.

— Куда? — потрясла я головой.

— Думаю, лучше всего в гостиную, — мягко сказал Алик.

— А Жозя? Ей нехорошо!

— Нормально, — махнул рукой Альберт, — тоже с нами порысит. Не волнуйся, она живее всех живых.

— Что ты тут делал? — налетела я на Альберта, после того как вся компания вместе с молчаливой Жозей устроилась в просторной комнате.

— В принципе, то же, что и ты, — усмехнулся Алик. — Хотел наказать убийцу Даны. Но в отличие от тебя я великолепно знал, кто она такая. Давно подозревал... и убийца знала... поэтому и развела меня с женой...

— Ничего не понимаю, — жалобно сказала я.

— Выкладывай, что выяснила! — резко приказал Алик.

Я очень не люблю, когда со мной разговаривают в

подобном тоне, но сейчас отчего-то покорно рассказала о том, чем занималась в последние дни.

— Хорошая работа, — кивнул Алик, внимательно выслушав меня. — Теперь мой черед. Для начала скажу: Антонина Михайловна до одури обожала мужа, а сына не замечала. До сих пор не пойму, за каким чертом она меня родила? Я был не нужен родителям, мешал им наслаждаться друг другом, требовал внимания, отчаянно хотел быть любимым...

В семилетнем возрасте у Алика пропали иллюзии. Один раз он полез к маме в сумку, нашел там блокнот, куда профессорша записывала предстоящие дела и увидел восхитительную памятку: «Понедельник — 20.00 — 20.08 — общение с Альбертом». Хоть Алик и был маленьким, но живо понял: для мамы беседа с ним — работа, а не приятное времяпрепровождение. Ну не было у Антонины Михайловны ни малейшего желания ни обнимать, ни целовать мальчика! Но, будучи педагогом, она понимала, что без встреч не обойтись, отсюда и записи. Однако нигде в блокноте не было памятки: «беседа с мужем». Папу мать любила, а сына нет.

С тех пор у Альберта исчезло душевное расположение к родительнице, зато стало проклевываться желание навредить ей, сделать гадость. Алик начал подслушивать и подсматривать за членами семьи.

Как правило, взрослые считают детей милыми забавными существами типа щенков и котят. Бегает юное создание по дому, безобразничает, шумит или тихо сидит, складывая головоломку... Ничего оно в родительских делах не смыслит, и если уложить отпрыска в восемь вечера спать, то уже в девять можно заниматься любыми делами и обсуждать все проблемы — детка не услышит. Впрочем, даже если и услышит разговор взрослых, крошка не сообразит, что к чему.

Если бы только люди знали, как они ошибаются! Антонина и Матвей допустили общую оплошность.

Алик великолепно знал, что из небольшого чулана, где хранятся запасы продуктов, чудесно слышно, о чем говорят на кухне, а забравшись в буфет в гостиной, можно легко стать незримым свидетелем интимной беседы в спальне, из туалета отлично прослушивается ванная. Ко всему прочему в распоряжении Алика имелся балкон в комнате: распахнешь его, и голос мамы, сидящей в гостиной, долетает до детской. У маленького шпиона была масса возможностей осуществлять наблюдение в родной квартире, и Альбертик изучил их досконально.

Сначала мальчик тихо хихикал, подслушивая разговоры родителей, но постепенно начал понимать их суть. И с каждой неделей Алику делалось все страшней.

Отец и мать довольно часто ездили в командировки — всегда вдвоем, никогда порознь. Во время их отсутствия мальчика пасла приходящая няня. Примерно за неделю до отъезда у отца начиналась истерика, он орал на жену и заявлял:

— Никуда не хочу.

Антонина проводила с супругом сеанс психотерапии, и в конце концов Матвей покорялся.

Знаете, почему он пытался остаться дома? Командировки профессора оформлялись как научные, чаще всего он ехал на какой-нибудь конгресс, но на самом деле Антонина и Матвей работали убийцами, наемными киллерами...

Альберт замолчал, потом ткнул пальцем в Жозю, безучастно сидевшую на диване, и сурово продолжил:

— Думала, все будет шито-крыто? Ан нет! В твоем расписании было всего лишь восемь минут в день на сына, но он в отместку выяснил все. Хочешь, расскажу, почему отец превратился в того, кем стал, а? Он сто раз пересказывал тебе свою историю, а ты утешала мужа. Ну? Начинать?

Жозя отвернулась к окну, чем окончательно взбесила сына.

— Не хочешь отвечать? — процедил Алик. — Ладно, я поговорю, а ты послушай!

...Аспирант Матвей, вернувшись с Курил, привез с собой птичку. Где он достал пернатое, Алик не понял, ну да это и неинтересно, важно иное. Колосков рассказал научному руководителю о своих наблюдениях, оставил письменный отчет, тщательно закрытый контейнер с птичкой и ушел.

На следующее утро Афанасий Терентьевич Малов был найден мертвым в кабинете — инфаркт. Еще через день поздно вечером к Матвею приехал мужчина самого неприметного вида. Показав служебное удостоверение, он объяснил ему: органы знают все. Бумаги Афанасия тщательно просмотрены, отчет Матвея прочитан, труп птички изучен. У Матвея есть два пути. Первый: он за короткое время ухитряется наладить разведение дальневосточных птичек, все необходимое для научной работы ему предоставят. И тогда Колосков быстро шагает вверх по служебной лестнице, ездит за границу, становится крупным ученым, получает звания, ордена, медали, деньги, машину... в общем, живет в полнейшем ажуре. Второй вариант менее оптимистичен: Матвей отказывается заниматься птичками. Тогда он попадает под сокращение и вылетает из института. Маловероятно, что ему удастся защитить кандидатскую диссертацию, а о докторской даже мечтать не приходится... Понятно, что выбрал Колосков?

Вместе с Антониной он добился впечатляющего успеха, у Колосковых в специальном вольере появилась целая стайка необычных пернатых, и капкан защелкнулся окончательно. Все тот же неприметный мужчина в костюме велел взять одну птичку и сесть в купе поезда. Билеты Матвею приготовили заранее...

Поняв, чем он теперь будет заниматься, Колосков впал в истерику. Ему снова объяснили, что есть два пути. Первый: иногда ученый выполняет поручения особой государственной важности, служит народу, избавляет советских людей от преступников и пользуется заслуженным уважением и любовью власть имущих. Естественно, о данной стороне биографии Колоскова будут знать считаные люди. Кстати, ректор института совсем плох, он скоро умрет, и Матвей займет его место. Конечно, Колосков слишком молод для столь ответственного поста, но благодаря своим заслугам он его получит. Второй путь... Собственно, его просто нет. Как не будет и Матвея, который легко может погибнуть. Ну, допустим, на даче в Евстигнеевке замкнет проводку. Ясно, какой выбор сделал Матвей?

— Вот почему убили Розу Малову! — прошептала я. — Она, наивная девочка, захотела изучать тех птиц, нарвалась на грубость профессора, что-то заподозрила. И неприметные люди в костюмах, которым Колосков сообщил о слишком ретивой аспирантке, живо решили проблему. Наверное, они торопились, поэтому и действовали грубо: бутылка водки, чердак. Ну а потом выставили Малову больной, начали говорить об опухоли мозга.

— Верно, — кивнул Альберт.

— Вот почему Матвея с женой пускали за границу! — продолжала я. — Он там выполнял задания!

— Точно, — согласился Алик. — Потом возвращался домой и впадал в истерику, плакал, кидался к иконам, все кричал Антонине: «Надо грех замаливать». А я подслушивал!

— И так ты узнал про птичку из платины? — спросила я.

— Ага, — по-детски подтвердил Алик. — Кстати, ее взяла Жозя. Отец потом жену упрекал, орал на нее: «Дура! Это улика!» А она спокойно отвечала: «Кто узнает? Извини, не удержалась. Вещь невероятной красоты. Птичка! Мое любимое создание!»

— Значит, Жозя присутствовала при убийствах? — растерялась я. — Но проводники говорили только о мужчине с бородой, ни о какой женщине речи не было.

Внезапно старуха рассмеялась.

— Дураки! — выплюнула она. — Вы идиоты! В особенности ты, Виола! Зачем ты тут поселилась?

— Хотела тебе помочь, — промямлила я.

— А ведь я пыталась избавиться от твоей опеки. — Лицо старухи исказилось. — Но не получилось! Шныряла тут... Носилась... Собаку мерзкую приволокла...

— Мусю купила Дана, — попыталась оправдаться я.

— Следовало и лохматую дрянь укрнтрапупить! — рявкнула Жозя.

Смысл сказанного не сразу дошел до меня. Понадобилась пара минут, в течение которых присутствующие сидели тихо-тихо.

— Это ты толкнула Дану!

— Конечно, она, — подтвердил Альберт. — Кто ж еще?

— Нет! — закричала я.

— Почему же? — засмеялся Алик. — Очень даже да!

— Жозе не влезть на третий этаж по винтовой лестнице! — в запале ответила я. — Хотя...

— И что ты вспомнила?

— Какао, — прошептала я. — Мне захотелось его выпить, банка на кухне оказалась пустой, но у Даны имелась полная упаковка. Правда, столкнувшись с твоей Лидией, которая по наущению жадной маменьки решила отыскать птичку из платины, я забыла о напитке. А потом Жозя предложила мне какао! И где она его взяла? Антонина Михайловна никогда не ходит в местный магазин, а в город она не выезжает. Так откуда какао? Кстати, у меня мелькала мысль об этом, но я на ней не сконцентрировалась. Где Жозя нашла полную какао жестянку? А?

— К сожалению, ты сделала много ошибок, — вздохнул Алик. — Иногда ситуация в действительности является не такой, как кажется.

Я вздрогнула и мигом вспомнила посещение рынка и покупку мосла для Муси, ящик, набитый разделанной тушей, с надписью «Это Игорь», и мысль, которая пришла мне в тот момент в голову: «Иногда ситуация выглядит не так, как на самом деле».

— Антонина Михайловна ловко прикидывалась немощным созданием с потекшей «крышей». Это ее любимая фенька еще со старых времен, — заявил Алик, — в действительности же мамахен легко бегает по ступенькам и соображает получше тебя, а еще лихо водит машину, тот самый нежно любимый ею «Запорожец». Древнее авто хоть и жутко смотрится, но отлично ездит. Можно задать тебе вопрос?

— Да, — растерянно кивнула я.

— Дана лежала на спине, но ведь падала она с не очень большой высоты, перевернуться не могла...

— Я тоже так считаю, — ответила я, — это было одной из причин, по которой я заподозрила неладное.

— Так почему Дана упала на спину? Ее вытолкнули спиной вперед?

— Ну, наверное...

— Милая, — улыбнулся Алик, — если тело лежит на дорожке, а в мансарде распахнуто окно, то какая первая мысль приходит в голову? Выпрыгнула или выбросили оттуда? Так?

— Верно.

— И ты ошибаешься! Дана не падала из окна! — торжественно заявил Алик.

Глава 35

— Но как же... — растерялась я.

— Ты почти докопалась до истины, — вздохнул Алик. — Тебя смутили многие вещи: почему на Дане уличная одежда, а не пижама; отчего на ногах были туфли, а не тапки; с какой стати она не помыла чашку от кофе; по какой причине в напитке лежал сахар; кто растворил в кофе рецитол... Ну почему ты, такая умная, не сложила все вместе и не поняла: Гарибальди сбили машиной?

— Что? — подскочила я. — Кто? Как? И, в конце концов, почему?

— Сбила Жозя, — спокойно сказал Альберт, — личность преступницы нам уже известна. А вот все остальное... Думаю, ситуация складывалась так. Ты уже сообразила, что милейшая Антонина Михайловна до сих пор разводит тех самых птиц?

Я вспомнила разноцветные перья на моей простыне и вздрогнула.

— Да!

— И зачем же моя милая мамуля занимается столь опасным делом, а? — иезуитски прищурился Алик.

— Она любит птичек, — промямлила я. — Любых. Даже, как теперь я понимаю, очень опасных.

— Господи! Наивняк! — заржал Альберт. — Впрочем, я в отличие от тебя хорошо знаю, каково финансовое положение Гарибальди. Магазин Даны загибается, она еле-еле сводит концы с концами, и вот что интересно: каждый месяц мою бывшую женушку спасает от краха тетенька по фамилии Яндарова, она делает суперзаказ, и Дана спасена. Понимаешь?

— Нет, — призналась я.

Алик постучал себя кулаком по лбу.

— Ау, войдите! На какие бабки моя бывшая жена отгрохала ремонт? На что они сейчас с Жозей живут, не отказывая себе в мелких удовольствиях?

— Магазин, бусы, серьги, — перечислила я.

— Уже говорено — бизнес не приносит ни шиша, — начал злиться Альберт.

— Но клиентка Яндарова... — заспорила я, — она много покупает...

— Яндарова — это Жозя. Правда, мамуля? — просюсюкал Алик, поворачиваясь к старухе. — А ты здорово придумала прикрыться бусами Данки. Ни у кого не возникает вопроса про лавэ — ясное дело, они от бизнеса. Один я знаю правду: Антонина Михайловна выполняет заказы от частных лиц. Привозит кому надо контейнер с птичкой, получает нехилые денежки, и ку-ку. Читайте потом в газетах про банкира и олигарха, которые от инфаркта ласты склеили. Сыпь на шее никого не напугает, это, типа, аллергия.

— Жозя! — изумленно пробормотала я. — Скажи, что Алик врет!

Старуха не издала ни звука.

— А ей говорить нечего, — заметил сын, — зато я могу сообщить, как обстояло дело. Дана слегла с мигренью, свекровь, которая тщательно скрывала от невестки свои выезды в город, сочла день вполне благоприятным для поездки в Москву. У гаража есть два выезда, один прямо в лес, вот маменька им и пользовалась.

— Захаркина говорила о каком-то мужике с бородой, в кепке и очках, который носится по проселку и один раз чуть не сбил ее! — воскликнула я.

— Вот, вот, — закивал Алик, — правильно! Продав очередную птичку, мамахен вернулась домой, поставила авто в гараж, и — вот пассаж! Ворота, не те, что в лес, а те, которыми пользуются постоянно, вдруг открылись, и показалась одетая для выхода Дана. Она избавилась от мигрени и куда-то собралась. И Жозя нажала на газ! Старуха сбила невестку и решила представить дело как несчастный случай. Сначала стянула с Даны одну туфлю и побежала в мансарду. Там бросила ее у подоконника и распахнула окно.

— Звуки, которые слышали Вера Расторгуева и Олеся Филимонова! — закричала я. — Они не видели друг друга, но уши их отлично работали. Вера рассказывала про «ба-бах», ей показалось, что упал матрас. Расторгуева присмотрелась, заметила кучу тряпья, которая оказалась Даной, и кинулась к Грибкову. А Олеся Филимонова, появившаяся на месте преступления буквально через несколько секунд, уловила странный скрип, подняла голову, и ее взору предстали покачивающиеся створки мансардного окна.

— Его только что распахнула Жозя, — кивнул Алик, — поэтому рамы и качались. Но никто не заметил несостыковок, и пошла гулять версия о падении из окна. Мамахен схватила чашку, развела в ней арабику, положила в кофе рецитол и вылила напиток в туалет, позаботившись, чтобы на дне осталась малая толика — для анализа. Все складывается, как детский пазл: у Даны мигрень, она выпила лекарство, ощутила приступ удушья, открыла окно... Да кто угодно подтвердит, все знакомые в курсе: Гарибальди мается головой, и ей в момент обострения недуга постоянно требуется свежий воздух.

— Врач в клинике! — ахнула я. — Она сказала: «Насколько я могу понять, падение было горизонтальным, оно менее тяжелое и напоминает транспортную травму». Значит, у опытного доктора зародились некие сомнения, но ведь ее дело лечить, а не думать, где пострадавшая изуродовалась. А еще реаниматолог рассказывала о «вколоченных переломах». Мне стало плохо, и я перестала ее слушать.

— Антонина старательно заметала следы, но совершила много ошибок. Забыла, что Дана не пьет кофе с сахаром, — сказал Алик, — к тому же вытерла чашку, но ведь на ней, по идее, должны были остаться отпечатки пальцев невестки. Еще, бросив в чашку рецитол, она унесла и положила в аптечку упаковку с лекарством. Ты, Виола, не заметила этой оплошности. Странно: если Дана приняла лекарство в момент мигрени, то даже она, патологическая аккуратистка, не пошлепала бы на первый этаж.

— Я же думала, что Гарибальди убили!

— Ага, — кивнул Алик, — принято. Но Антонина-то тут как раз и прощелкала! Ей, если она хотела убедить всех, что произошел несчастный случай, следовало оставить рецитол на самом виду. Вот, мол, глядите, Дана таблеток наелась и выпала из окна. Ошибка, мамахен! Кстати, Вилка, ты тоже хороша — разбрасывалась по всем направлениям, хваталась за одну версию, не отрабатывала ее до конца, цеплялась за другую!

— Ты рассуждаешь прямо как мой бывший муж-мент, — огрызнулась я, понимая справедливость упреков Альберта.

— В принципе мне все ясно, кроме одного, — продолжил он. — Почему мамуля решила убить свою обожаемую Даночку? У них же любовь возникла с первого взгляда. Мамаша вечно Данку на меня натравливала. Я, конечно, дурак. Пару раз позволил себе намеки про птичку. Вот Жозя и сообразила: я кое-что знаю. И развела нас. Хитрая змея! Понимала: одной ей, без помощницы, не выжить, вот и вцепилась в Дану.

— Погоди, Альберт. Твоя жена Лида знала про птичку из платины, ты рассказал ей историю про ювелира Таисию, мать Матвея Витальевича, которая...

Бывший муж Даны усмехнулся:

— Мне с бабами всегда везло! Цену Лидке я знаю, вот только не предполагал, что она птичку спереть решит. Они с Клавкой, с тещей моей замечательной, жадны до опупения.

— Зачем же ты на ней женился? — не к месту спросила я.

— Денег нет домработнице платить, — хохотнул Алик. — Зачем самому стирать, готовить?

— Понятно, — кивнула я.

— Ничего тебе не понятно, — окрысился наш «великий писатель». — Лидка откуда-то про птичку разузнала и ну меня компостировать: где богатство? Вот я и придумал для нее сказку. А хорошо получилось! Бабка Таисия и правда из дерьма ювелирку ваяла, в строку моя выдумка легла. А чего еще было Лидке наплести? Правду про папеньку сообщить? Сказать: он убийца, фигурку украл у Бирка? Ну вы, бабы, все дуры! Слушай, Вилка...

— А? — вздрогнула я. — Что?

— Помнишь историю с дверью?

— Какую?

— Ты заперла вход в бойлерную, а Жозю туда утром невесть зачем понесло, и она якобы случайно сломала дверь.

— Да, верно!

— Брехня! — отрезал Алик. — Предполагаю, ситуация была иной. Мамахен ночью пошла в гараж — ей надо было утопить «запор», на машине ведь имелись следы наезда на Дану. Конец любимому авто! Небось загнала его в болото, в лесу. Ты ведь не заходила к ней в спальню накануне вечером?

— Нет, — прошептала я, — заперла все двери и легла.

— Ну супер! — захохотал Алик. — Вляпалась маманька! Вернулась она через окошко в бойлерную, утопив несчастный «Запорожец», а дверку-то не открыть! И как поступить? Пришлось вышибать кусок деревяшки, она и правда на соплях держалась. Но Вилка утром заметит дыру! Вот она и придумала: села у лестницы, в руках ошметки фанеры с ручкой. Ай-ай-ай, дернула сильно и отлетела к ступенькам... Так?

— Угу, — кивнула я.

— Идиотка! — завопил Алик. — Лестница-то сбоку! Что же ее на пять метров отбросило и в сторону развернуло? Вилка, очнись! Сломай старая хрычовка створку по-настоящему и упади при этом, осталась бы лежать у косяка.

Я заморгала. Действительно!

— А потом она погулять пошла, да? И обнаружила пропажу автомобиля?

— Точно, — шепнула я.

— Горшок получил крышку! — взвизгнул Альберт. — Но вот ведь хрень... Зачем она хотела убить Дану? Та ж ей верно служила.

— Неблагодарная скотина! — вдруг громко произнесла Жозя. — Решила меня шантажировать, меня, которая дала ей счастливую жизнь! Небось следила за свекровью, гараж открыла, когда я приехала. Такую морду скорчила... Жадная дура! Из-за пяти тысяч долларов все потеряла. Надеюсь, она таки сдохнет.

— Письмо! Вы нашли конверт! — закричала я, вскакивая на ноги. — Анонимное послание, да? Но почему вы решили, что его автор Дана?

Жозя откинулась на спинку дивана.

— Боже, как вы все глупы и жадны! А кто еще знал о смертоносных птицах? Только Дана. Я преду-предила ее, что к их клетке даже приближаться нельзя. Сказала: есть коллекционеры, которые покупают ядовитых птиц, мне в кайф их разводить, но это неза-конное занятие, молчи, девочка. А она решила за-няться шантажом. Когда я увидела, что железные во-рота гаража поднимаются, а снаружи стоит Дана с брелоком-пультом... Я сразу все сообразила! Она ре-шила подзаработать и специально свекровь подка-раулила! А раз так, то и получи по заслугам.

— Вы фатально ошиблись, — выдавила я из се-бя. — Очевидно, Дану отпустила мигрень, и она захо-тела развеяться. А письма рассылали Андрей и Маша Грибкова. Горе-исследователи, психологи-дилетан-ты! Вот откуда взялся на дорожке брелок — его выро-нила сбитая вами Дана. В больнице она, мне медсест-ра рассказала, произнесла перед операцией слова: «забор» и «птичка». Я подумала, что Дана волнова-лась о вас, а на самом деле она пыталась сообщить имя своей убийцы. Под «птичкой» она точно имела в виду вас, Жозя. И не «забор» пролепетала она, а «За-порожец». Но медсестра неправильно ее поняла.

— Лучше молчи! — огрызнулась Жозя. — Тебе воо-бще не следовало тут оставаться. Чего домой не ука-тила? Сука! Решила архив Матвея Витальевича про-дать? Я-то наивно полагала, что ты потолчешься тут и надоест тебе из себя мать Терезу корчить. А ты на на-следие Колоскова губы раскатала! Спасибо доброму человеку, твоему бывшему мужу, позвонил, рассказал о твоих планах.

— Олег? — чуть не упала я. — Вы беседовали с Куприным?

— Именно так он и представился, майор Олег Куприн, — кивнула Жозя. — Я сначала засомневалась, но потом спряталась в кабинете мужа за занавеской, гляжу — ты входишь. Постояла немного и убежала. Следовало тебя наказать, сучонка! Жаль, конечно, было птичку на тебя тратить, да другого выхода не было. С лестницы пихнуть или лекарством угостить опасно, еще менты насторожатся, а сердечный приступ в самый раз.

— Я не собиралась брать архив!

— А в кабинет зачем поползла?

— Думала там найти бумаги... список жертв Колоскова... Я ведь уже знала, что он был убийцей, киллером... — заблеяла я.

— Мой муж работал там, куда его послали! — гордо выпрямилась Жозя. — Трудился на советское государство! Не всегда можно было арестовать и прилюдно судить таких сволочей и предателей, как Феликс Бирк. Народ его выучил, вырастил, дал квартиру, работу, и какова его благодарность? Организация «Путь к свободе»? Подобных ему следовало давить! Идиот полагал, что сумел соблюсти тайну. Ха! Его просто не трогали, хотели выявить всех антисоветчиков, а когда их вычислили, Бирку и пришел каюк. Я всегда исполняла приказ! Вот только один раз дрогнула, взяла платиновую птичку, которую мерзавец вез с собой. Очень уж она мне понравилась! Но я была честна, призналась вышестоящим в проступке. А мне сказали: «Товарищ Колоскова, вы имеете право на небольшое вознаграждение, оставьте фигурку себе. Но более не совершайте подобных ошибок!»

Вот какие там раньше служили люди. Благородные, сердечные. Кретинку Жанну, жену Феликса, не тронули, посчитали неопасной. Мы убирали только врагов! Разве можно было открыто судить Бирка? Западная пресса в голос завыла бы, как уже бывало не раз. А тут инфаркт...

Алик вытер лоб рукой.

— Что значит «я всегда исполняла приказ»? Киллером был отец.

На лице Жози засияла широкая улыбка.

— Ты всегда был дураком, сыночек, — заявила она. — Матвей Витальевич великий ученый, лучший человек на свете, алмаз среди кирпичей. Но он очень раним. И когда ему надо было принять решение... он не мог... нет, не мог... мучился, плакал... и тогда я встала на место супруга. Я так любила его и не бросила бы ни в какой ситуации. Матвей очутился в сложнейшем положении, он находился на грани самоубийства, и тогда я подставила мужу плечо. Это было страшно лишь первый раз, но потом стало отработанным действием: плащ, борода, усы, очки... В мужчину превратиться легко. Я была счастлива, заслоняя великого Колоскова, гордилась собой! Тебе, Альберт, маленькому, злобному таракану, не понять нас, любивших страстно, занимавшихся наукой с полной самоотдачей. Нынче таких людей, как Матвей Витальевич, нет. Одна шушера кругом — Альбертики, Виолы... Жадные твари! Это я садилась в поезд, а потом исчезала на маленьких полустанках... Да ладно, подробности сейчас никому не нужны. Мы и за границу ездили вместе, помогали товарищам из других стран. Но Матвей Витальевич имел право проводить за рубежом научные исследования. Он никого не тронул! Миссию санитара вместо него выполняла я! Но все было давно. Очень давно. И ведь, когда я поняла, что ты, мой сын, кое-что разнюхал, я тебя пощадила, оставила тебе квартиру и уехала с Даной. Нет бы притихнуть! Но тебя разъедает злоба. А еще ты в глубине души знаешь: отец был велик, а яблочко у яблони оказалось гнилое. Ты всегда это понимал, оттого и ненавидел нас, вынюхивал, подсматривал, делал выводы... Следовало сказать себе: «Я гадок! Господь наградил меня гениальным отцом, мне же хотелось иметь папу-дурака». Ты жалок! А Дана? Захотела пять тысяч долларов... тьфу!

— Твою мать! — неожиданно высказался один из молчавших до сих пор парней. — Ну и бабка!

Жозя поднялась с дивана.

— Пошли, — скомандовала она парням в спортивных костюмах, — мне необходимо переодеться.

Когда Колоскову увели, меня затрясло, как былинку на ветру.

— При чем здесь Куприн? — лязгая зубами, спросила я. — Он ничего не знал, мы уже давно не общаемся. И потом, он не мог представиться майором, потому что получил три месяца назад очередное звание. Тут какая-то лажа.

— Это я звонил, — прохрипел Алик. — Назвался Олегом, хотел подначить мамахен, знал, что ее приведет в бешенство сообщение о желании украсть бумаги Матвея, и она пустит в ход одну из своих птичек.

— Значит, на живца ее ловил? — тихо спросила я. — А я, глупая, так удачно заглянула в кабинет профессора. Ну тебе повезло! Я могла направиться в свою спальню, тихо лечь под одеяло и...

— Ага, — кивнул Алик, — здорово получилось!

— Подонок! — не выдержала я.

— Эй, потише! Я сразу понял, кто виноват в смерти Даны.

— Она жива!

— Временно, — отмахнулся Альберт.

— Мерзавец! — не успокаивалась я.

— У меня был шанс поймать жестокую убийцу, и я им воспользовался, — парировал Альберт. — Ты же не пострадала. Мамулей займутся специалисты. Сначала будет следствие, потом суд... Она это заслужила.

Из коридора внезапно послышался шум, потом крик.

— Серега, не подходи, перчатки надень!

Я, забыв про Альберта, выскочила из комнаты и побежала на голос, доносившийся из спальни Жози.

Старуха лежала на спине, широко раскинув руки и ноги.

— Что с ней? — заволновалась я.

— Не приближайтесь! — приказал блондин. — Вон там, на груди...

Я присмотрелась повнимательней — блузку Жози украшали яркие перья.

— Она подошла к стене... — выдавил из себя рыжий парень, — мы ахнуть не успели... Там клетка стояла, за ширмой на столике ее не видно. Хвать птичку, поднесла к лицу и сказала: «Ну вот, Матвей, я снова с тобой!» Затем в голову ей вцепилась, та заверещала, крыльями забила...

— Умерла! — с отчаяньем воскликнул Алик, вваливаясь в спальню, — Обманула меня! Ушла! Убежала!

Я еще раз посмотрела на Жозю. На лице умершей сияла улыбка. Наверное, можно было посчитать ее предсмертной гримасой, но мне отчего-то показалось, что старуха сейчас очень рада. Конечно, она очутится в аду и ответит за все совершенные преступления, но там, в когтях дьявола, давно находится и Матвей Витальевич. Надеюсь, черти догадаются рассадить их по разным котлам, а то Жозе даже горячая смола в компании с любимым покажется благоухающей ванной.

— Вы разрешили ей покончить с собой! — бесновался Алик. — Ну держитесь! Полетят погоны с ваших плеч! Начальство вас по головке не погладит! Знаете, кто мне помогает, а? Кто операцию по поимке Антонины Колосковой курирует?

Я не стала слушать крики спятившего Альберта и побрела в кухню. Вот и конец истории. Жестокий убийца найден. Но почему мне на какую-то секунду до слез стало жаль Жозю?

ЭПИЛОГ

Через год после вышеописанных событий мы с Даной приехали в Евстигнеевку. Когда я припарковала машину у ворот, моя подруга, молчавшая всю дорогу от Москвы, нервно вздрогнула и спросила:

— Где же покупатели?

— Сейчас прикатят, — попыталась я ее успокоить, — до назначенного времени еще пятнадцать минут.

— А тут ничего не изменилось, — прошептала Дана. — Дежавю! Снова осень, как тогда. Тебе могло прийти в голову, чем занималась Жозя?

— Нет, — призналась я. — Когда я захотела найти человека, который покушался на тебя, сразу вычеркнула из списка подозреваемых Антонину Михайловну. Она выглядела старой, немощной... Можно задать тебе один вопрос? Он давно не дает мне покоя.

— Давай, — после некоторого колебания кивнула Гарибальди.

— Зачем ты в тот ужасный день пошла к гаражу и открывала ворота? Ведь когда я уехала за Мусей, ты лежала в кровати, больная.

Дана обхватила себя руками за плечи.

— Мигрень отвратительная штука, у меня она протекает очень остро. Сижу себе спокойно, пью чай... ба-бах! В висок будто сверло втыкается! Тушите свечи! Я валюсь в койку и не могу встать. Но и исчезает боль столь же неожиданно. Только что канкан в башке плясала — и за секунду испарилась. Если помнишь, у меня была клиентка Яндарова, она в двадцатых числах каждого месяца забирала заказ, на ее деньгах мой бизнес фактически и держался.

— Яндарова — это Колоскова, — напомнила я, — она ею прикидывалась, чтобы у посторонних не возникало вопроса, откуда у тебя деньги на безбедную жизнь.

Дана поежилась.

— Мы не так уж много тратили! Основной статьей расходов были птицы Жози — их покупка, корм, содержание. Икру мы не ели, шикарные машины не покупали. И я же не знала, кто такая Яндарова. Только тогда я четко поняла: завтра ей необходимо отправить заказ почтой. Сейчас-то мне ясно, какой дурой я была, Жозя небось бусы и прочую бижутерию выбрасывала. Но я очень радовалась, что имею столь выгодную клиентку, и боялась ее потерять. Поэтому, когда мигрень, как всегда, внезапно отпустила меня, я понеслась опрометью к гаражу, хотела поехать к мастерице, у которой следовало забрать украшения для Яндаровой.

— Но ведь на твоей машине я уехала за Мусей! Ты мне сама ее дала!

Дана мрачно усмехнулась:

— После приступа голова не особо хорошо работает. Меня только Яндарова тогда беспокоила, о тебе и о собаке я напрочь забыла. Щелкнула брелоком, ворота поднялись, гляжу: в «Запорожце» бородатый мужчина сидит, мотор заведен, свет мне в лицо. Потом удар, и через мгновение он уже стоит надо мной, бороденку с усами снимает. Жозя! А затем мне стало очень холодно... и сразу жарко... и опять холодно, и ничегошеньки я больше не помню. Очнулась в реанимации, врач сказал — двадцать дней прошло.

— Ты пыталась рассказать о случившемся, говорила медсестре в больнице: «птичка», «Запорожец», но девушка расслышала последнее слово как «забор».

— Не помню! — тихо сказала Дана. — Вымело все из головы. Лишь удивление осталось: Жозя стаскивает бороду! Бред, да и только. А что оказалось!

С шоссе послышался гудок.

— Покупатели приехали, — обрадовалась Гарибальди, — пошли!

— Можно, я тут посижу? — попросила я.

— Ладно, — кивнула Дана, вылезая наружу. — Отлично тебя понимаю, саму ломает в дом заходить! Оставайся с Мусей.

Я молча смотрела, как Гарибальди, весело улыбаясь, здоровается с приятной парой, а потом ведет ее в особняк. Искренне надеюсь, что этим людям понравится дом и они согласятся его купить. Получив солидную сумму, Дана уедет к сыну в Италию и постарается забыть все, что случилось в Евстигнеевке год назад.

Также надеюсь, что подросток Андрей и Маша Грибкова сделают правильные выводы и более никогда не захотят проводить «научные эксперименты», подобные тому, с рассылкой анонимок. Сладкая парочка получила условный срок, суд учел молодость преступников, отсутствие злого умысла и искреннее раскаянье. И Андрей, и Маша так рыдали в зале, набитом народом, что у меня сжалось сердце. Но, с другой стороны, Настю не вернуть. Как ни крути, но именно двое юных идиотов подтолкнули учительницу к самоубийству.

Кстати, о Жозе, Матвее Витальевиче и опасных птичках на процессе не было произнесено ни слова. По официальной версии, Колоскова умерла от инфаркта, следствия никто не затевал. Птичка из платины досталась Дане, как Альберт ни старался, он не сумел ее заполучить. Фигурка хранилась в Евстигнеевке, а дом со всем содержимым и участком официально был подарен Жозей Гарибальди.

Дана вернула дорогое изделие Жанне Бирк, а та не стала от него отказываться. Приехав ко мне домой после встречи с Мурой, Дана растерянно сказала:

— Странная женщина! Выслушала меня и заявила: «Очень хорошо, наконец-то справедливость восторжествовала. А вы, деточка, кем приходитесь воровке и убийце Колосковой? Вы внучка преступницы Антонины? Ой, какая плохая генетика». Откуда Бирк узнала историю Жози? О ней не сообщали посторонним, и в газеты она не попала.

— Ася Рогова была права, — мрачно ответила я, — Мура прочитала тетрадь Павла Ляма, докопавшегося до правды, и, испугавшись, уничтожила дневник.

Решив поскорее избавиться от неприятных воспоминаний, я взяла с заднего сиденья завернутую в плед крохотную Мусю и вышла во двор. Нет, вы не ошибаетесь, я взяла именно КРОХОТНУЮ Мусю — милейший цверг весит меньше килограмма!

Каким образом гном кинг сайз, мамонт с ноготок, чудище с мышами в шерсти трансформировалось в микроскопическое создание? О, это отдельная история! Но, похоже, чтобы окончательно завершить повествование, мне придется ее рассказать.

В тот день, когда в Евстигнеевке покончила с собой Жозя, лечь спать мне не удалось. Да и какой уж тут сон, если вспомнить, сколько разной информации свалилось на мою бедную голову. Когда из особняка наконец уехали все посторонние, я с облегчением вздохнула, но потом испытала настоящий ужас. Что мне теперь делать? Осталась одна в большом, враждебно-чужом доме. Первый порыв был моментально уехать, но я растерялась. Коттедж нельзя просто запереть! Его нужно обесточить, чтобы не случился пожар, значит, необходимо вынуть продукты из холодильника, законсервировать котел, слить батареи, проверить краны в ванных. Жозя умерла, а Дана в больнице, у дачи временно нет хозяйки, мне придется на какой-то срок заменить Гарибальди. А птицы? Их куда деть? И Муся! Собаку никак нельзя тут бросить. Хорошо хоть, что парни в спортивных костюмах увезли *тех самых*, смертоносных птичек.

Через несколько минут я обрела способность рассуждать и поняла, что с любой ситуацией, если не впадать в панику, можно справиться. Для начала следует позвать Асю, вдвоем мы быстрее приведем дом в нормальное состояние. Фигурку из платины надо вынуть из тайника и поместить в хранилище банка, а когда Дана поправится, отдать ей. Птиц с удовольствием возьмет зоопарк. Вот только Муся, мамонт с ноготок...

Мысль о гноме кинг сайз целиком заняла мою голову, и тут из прихожей послышался громкий звонок. Меня вновь охватил ужас. Кто пришел? Зачем? Неужели еще не все неприятности случились? Нет, не открою, сейчас незваные гости уйдут прочь. Но кто-то упорно нажимал на кнопку, абсолютно не собираясь уходить. Ругая себя, с одной стороны, за трусость, а с другой — за ответственность, не позволившую проигнорировать нахала, я поплелась в холл и распахнула дверь.

— Где Мик? — забыв поздороваться, закричал толстый мужчина. — Он у вас?

— Кто? — попятилась я.

— Микки, — повторила маленькая женщина, выглядывая из-за спины дядьки.

— Просите, не понимаю.

— Только не это! — заломил руки толстяк.

— Костя, не нервничай, — попросила тетка.

— Сама ты, Катька, дура, — «вежливо» отреагировал на замечание жены он.

— Мы ищем Микки, — пропищала маленькая, ранее не замеченная мною девочка. — Знаете Микки? Видели его? Ну Микки! Микки!

— Маус? — в полном изнеможении спросила я и прислонилась к косяку.

Ужасный день и страшная ночь наконец ушли прочь, но утро начинается «восхитительно»: сюда заявилась семейка сумасшедших — папа, мама и дочурка, ищущие Микки-Мауса. Вон какие у них безумные лица, в особенности у папеньки!

— Возьмите это и отдайте нашего Микки, — вдруг сказала девочка, потом она сунула мне в руки крохотное создание, чуть больше хомячка.

— Это кто? — изумилась я.

— Не знаем, но оно ваше! — заорал Константин. — А нам верните Микки!

Я откашлялась и уже собралась сказать, что Микки-Маус живет в Диснейленде, а непонятное существо, то ли мышь, то ли черт-те что, мне незнакомо, посему забрать его себе я не имею никакого права. Но тут девочка завизжала так, словно ей на ногу упал метеорит:

— Микки-и-и!

За моей спиной раздались топот, сопение, счастливый лай, и на порог во всей своей цверговой красе вывалился Муся.

— Не бойтесь! — закричала я и осеклась.

Сумасшедшее семейство кинулось обнимать Мусю. И пес, и люди выглядели до неприличия счастливыми: щенок рыдал, девочка визжала, родители прыгали, словно парочка обезумевших мячей.

— Это ваша собака! — осенило меня.

— Да, да, — закивала Катя. — Мы чуть не умерли, когда узнали, что на таможне клетки перепутали.

— Клетки перепутали? — растерянно повторила я.

— Сейчас объясню, — затараторила Катя.

Через пять минут все прояснилось. Семья Фоминых возила на выставку в Германию свою собаку. Псов нельзя брать с собой в салон, и Муся — простите, Микки — был сдан «в багаж». Увы, сотрудники аэропорта в Москве проявили халатность и выдали мне чужое животное. А Фомины получили заказанного Даной цвергшнауцера. Как перепуганные хозяева искали своего Микки — отдельная сага, но в конце концов они нашли адрес Даны Гарибальди и всей семьей примчались в Евстигнеевку.

— Ваш пес хорошо понимает немецкий язык, — только и сумела пробормотать я, выслушав занимательную историю.

— Да ну? — поразился Костя. — Раньше мы за ним подобного не замечали, безобразник не особо образован.

Вот так Муся-Микки снова обрел свою семью, а я наконец-то получила Беатрису Каролину Третью Гросс Шлосс из Эттинга.

Дверь особняка хлопнула, наружу вышли семейная пара и Дана. Быстро простившись с покупателями, Гарибальди села в мою машину.

— Они берут дом, — радостно сообщила подруга, — даже не торговались. Но знаешь, что самое смешное? Это не мои покупатели!

— Как так? — улыбнулась я.

— На соседней улице тоже продается здание, — засмеялась Дана, — они перепутали адрес и заехали сюда. А те, кто хотел посмотреть мою дачу, похоже, обманули и не явились. Но видишь, как здорово получилось! А все потому, что я замечательный переговорщик, умею убеждать людей, у меня явный талант. В Италии займусь риелторским бизнесом! Эй, почему ты смеешься?

— Да так, — отмахнулась я и включила мотор.

— Все, теперь уеду к Андре, — ликовала Дана, — буду жить со своим любимым сыном. Жаль, Вилка, что у тебя нет детей.

— Может, оно и так, — согласилась я, — а может, нет.

— Трудно на свете без любви. — Дана впала в сентиментальность. — Правда, говорят, надо любить всех ближних, как себя!

Я молча нажала на педаль газа. Да уж, похвальное стремление, но я слышала другое высказывание. Возлюби ближнего, как самого себя, но не будь близок с кем попало.

Диета для трех поросят

главы из нового романа

Глава 1

Аппетит приходит во время еды, особенно если едите не вы.

Зевая во весь рот, я вышла на кухню, увидела кастрюльку с остатками картофельного пюре и моментально получила пинок от совести... Вчера я пришла домой, приняла душ, встала на весы и крайне расстроилась — стрелку шатнуло к отметке восемьдесят пять. Ну почему, почему я опять поправилась? Я сижу на диете, сутки ничего не ела, лишь смотрела на продукты. Вот только часов в шесть вечера не выдержала и слопала в кофейне крохотное пирожное. Лакомство по размеру было чуть больше пятирублевой монетки и представляло собой корзиночку с фруктами. Спрашивается, какой вред фигуре от клубники? Да, на дне тарталетки имелся крем, но официантка сказала, что он очень легкий, сделан исключительно из диетических ингредиентов и содержит ноль калорий. И вот вам — лишних три кило! За одну ночь!

Я тупо смотрела на прозрачное окошко, в котором маячила неприятная цифра. Интересно, Гри заметит увеличение объема бедер жены?

Только не подумайте, что мой супруг принадлежит к той породе мужчин, которые постоянно ищут повод, чтобы отвесить моральную пощечину спутнице жизни. Наверное, вы не раз встречали подобные личности, это на них держится пластическая хирургия. Далеко за примером ходить не надо.

В соседней квартире, через стенку, живет семья Норман: Эдик, Катя и восьмилетняя Анечка. Катерина постоянно улучшает свою внешность. Сначала она сделала себе бюст четвертого размера, потому что Эдуарду нравятся женщины с большой грудью, затем слегка изменила форму носа, потому что Эдуарду нравятся женщины с легкой курносостью, а после следующего похода в клинику Катя приобрела новые губы, потому что Эдуарду нравятся женщины, смахивающие на утенка Дональда Дака. Лично для меня остается удивительным, ну почему при любви к девушкам с объемными формами Эдик женился на тощей Кате с минус первым размером груди? В России легко найти особу, обладающую персями, превосходящими арбузы, а уж курносых да губастых и вовсе пруд пруди. Не во Вьетнаме живем, где подобный экземпляр днем с огнем не сыскать. А у нас — раз плюнуть! Выйди на улицу и посмотри внимательно по сторонам, моментально увидишь штук десять подходящих девиц. Но Эдик, видно, обожает трудности. Он выбрал крайне далекую от его идеала Катю и начал улучшать ее, заявляя периодически:

— Если хочешь, чтобы я с тобой жил, изволь работать над собой.

И бедная Катюша покорно ложится под нож.

Мой Гри не таков. Он очень любит свою жену и многократно повторял:

— Дорогая, наплюй на модные журналы! Поверь, Танюша, ходячие кости для меня абсолютно непривлекательны, мне нравятся пампушечки.

Но трудно ощущать душевный комфорт, когда общество открыто травит полных женщин. Дамы, чей размер чуть больше сорок шестого, знают, как трудно купить приличную одежду и обувь, — магазины забиты вещами, сшитыми для мышей в крайней стадии дистрофии. К коротеньким обтягивающим платьицам предлагаются сапожки, в голенища которых можно впихнуть лишь сухие ветки. А бесконечные разговоры о диетах, здоровом питании, занятиях спортом... Даже если вы совершенно нормально выглядите, все равно захотите сбросить вес, потому что зомбируетесь, слушая радио и смотря телик. В атмосфере общей истерии лишь немногие способны сохранить разум, и Гри один из них.

Одним словом, я бы ни за какие пряники не села на диету, простите за дурацкий каламбур. Вот только пару месяцев тому назад мне стало плохо — начались головокружение, сердцебиение, одышка, и испуганный Гри отвел меня к кардиологу. Причем не в районную поликлинику, а в крупный медицинский центр, оснащенный суперсовременной аппаратурой. Я пообщалась с профессором и вышла от него в полном ужасе.

— Немедленно худеть! — приказал мне эскулап. Затем пояснил: — Ваш нормальный вес шестьдесят килограммов. Если в течение года не приведете себя в порядок, то последствия не заставят ждать: инфаркт, инсульт, диабет, атеросклероз.

Когда Гри узнал о пророчестве доктора, он объявил:

— Теперь начинается война!

И с тех пор я борюсь с весом. Последний, правда, неизменно побеждает.

И вот сейчас я уставилась на кастрюльку из-под пюре. Как уже говорила, я не ела сутки, лишь в кофейне, куда по непонятной причине ноги сами занесли меня, польстилась на малюсенькое пирожное. Знаете, как я потом переживала! Пока ехала домой, просто сгрызла себя, чрезвычайно расстроилась и даже заплакала. В слезах вошла в квартиру, умылась, побежала на кухню, чтобы хлебнуть водички, увидела на плите кастрюльку с картофельным пюре, и рука сама схватила ложку...

Мой муж часто ездит в командировки. Гри — актер, к сожалению, пока недооцененный режиссерами. Больших ролей ему не предлагают, супруг в основном снимается в рекламе, которая потом не идет по центральным каналам телевидения. Надо отметить, что Гри не отказывается ни от каких предложений, моментально собирается и летит на зов. Бывают порой совершенно форс-мажорные обстоятельства. Скажем, актер за день до начала съемок звонит помрежу и сообщает:

— Чао, ребята, у меня изменились планы — мне предложили роль Гамлета. Ищите кого-нибудь другого для изображения восторга от пакета с соком.

И помреж, впав в панику, начинает обзвон всех тех, кто может заменить «звезду».

Так вот, вчера вечером мужу поступило предложение от фирмы, производящей стиральные средства, и супруг спешно вылетел во Владивосток. А я, заботливая жена, уже успела приготовить ему на ужин пюре — Гри обожает картошку во всех видах.

Кстати, хотите узнать, как сделать лучшую в мире «толкушку»? Тут есть некоторые секреты. Во-первых, размятый сваренный картофель надо заливать горячими сливками не менее двадцати процентов жирности. Никогда не берите холодное молоко (если набухаете в кастрюльку ледяную жидкость, еда станет противного сизого цвета). Разведя пюре до нужной консистенции, бросьте в него кусочек сливочного масла, возьмите миксер и взбейте смесь. Поверьте, получится блюдо неземного вкуса.

Именно такое и вышло у меня вчера. Гри умчался, не притронувшись к ужину, а вернется супруг в Москву дней через десять. Но ведь ни одна хозяйка в здравом уме не отправит в мусорное ведро свежие продукты и не станет наблюдать, как они в муках умирают в холодильнике...

Я побежала в ванную, живо вскочила на весы и попыталась проглотить горький ком, вставший поперек горла. Никогда больше не прикоснусь к пирожным! Ну почему крохотная тарталетка с ягодами весом граммов в двадцать прибавила мне три кило? Скорей всего, диета, которой я придерживаюсь последнее время, крайне неэффективна. Мне ее посоветовала одна клиентка.

— Помогает великолепно, — уверяла она. — Я за месяц потеряла тридцать килограммов. Все очень просто. Ешь один раз за сорок восемь часов. Зато можно любые продукты, от пуза.

Я поверила замечательно стройной даме, но так и не сумела избавиться от жировых складок!

В полной тоске я включила телевизор — пусть бормочет, взяла губку, капнула на нее жидкое мыло и принялась мыть кастрюльку. Ровно через секунду затрезвонил мобильный.

Я вытерла руки полотенцем, взяла трубку и со вздохом сказала:

— Алло.

— Знаю, что у тебя выходной, — промурлыкала моя начальница Рената Логинова, — но у нас форс-мажор. Клиентке нужна именно ты! Она посмотрела наш альбом с фотографиями и выбрала госпожу Сергееву.

— Ага, — безнадежно буркнула я, — понимаю.

— Сделай одолжение, приезжай!

— Я в разобранном состоянии, смогу появиться лишь через два часа.

— Собралась делать круговую подтяжку морды лица? — раздраженно спросила Рената.

— Пока приму душ, высушу волосы, нанесу макияж, пройдет не менее шестидесяти минут. И примерно столько же понадобится на дорогу до офиса, — спокойно парировала я.

— Тебя тут никто не собирается отправлять на конкурс красоты, — зашипела Логинова. — Выскочишь как есть — сэкономишь тучу времени. Кстати, бег полезен для здоровья. Кое-кто отстегивает бешеные бабки за фитнес, а тебе сейчас представилась бесплатная возможность нестись по проспекту. Айн, цвай, драй, клиентка ждет!

И я послушно побежала в прихожую. С Логиновой шутки плохи. С виду наша начальница похожа на маленького, белого, пушистого, беспомощного зайчика. Сходство с ушастым зверьком сильно увеличивается, когда Рената нервничает и ее глаза начинают слегка косить. В этот момент сотрудники понимают: пора лезть под стол, сейчас их накроет ураганом. Да-да, Логинова — машина, железный механизм, не знающий ни усталости, ни страха, ни жалости. Ренату не тронуть рассказами о заболевших детях, она не принимает никаких оправданий от служащих, решивших откосить от работы.

— Не хочешь трудиться — катись вон, — заявляет Логинова, — никого насильно не держим.

Не всякий человек выдержит подобный прессинг, на моей памяти из агентства «Прикол» ушло немало людей. Но я пока держусь. Если честно, мне здесь очень нравится. До прихода в «Прикол» я перепробовала несколько профессий: работала в школе преподавателем русского языка и литературы (у меня высшее филологическое образование), служила секретарем, потом некоторое время была безработной. Ну а затем судьба послала мне Гри. Ей-богу, он мне достался за все перенесенные муки (на момент нашего знакомства я была вдовой)[1].

Именно Гри и привел меня в агентство, лозунг которого звучит слегка нахально: «Для нас нет проблем». В «Приколе» занимаются организацией нестандартных праздников и в том числе помогают разыгрывать близких, коллег по работе. Например, весной один олигарх пожелал, чтобы его малолетняя дочь побывала в Кении. «Нет ничего проще!» — воскликнете вы и будете правы — любой туроператор с легкостью подберет гостиницу в Найроби и купит авиабилеты. Но в нашем случае имелась маленькая деталь: забот-

---

[1] История жизни Тани Сергеевой подробно рассказана в книге Дарьи Донцовой «Старуха Кристи — отдыхает!», издательство «Эксмо».

ливый папаша не желал отпускать дочурку на Черный континент. Африку следовало доставить на дом, во двор коттеджа, расположенного в поселке с милым названием Сопелкино.

Конечно же, «Прикол» справился с заданием, Логинову не смутило даже то, что на дворе был март и погода стояла слякотная. Детка уехала в школу, а когда около шести вечера вернулась, то завизжала от восторга. Грязь и лужи исчезли с участка, словно по мановению волшебной палочки. Двор был засыпан чистым песком, тут и там торчали пальмы, между ними стаями бегали обезьяны, в подогреваемом бассейне купался бегемот, у парадного входа громоздился слон, а в доме роились чернокожие слуги в набедренных повязках.

Сколько денег любящий папа заплатил агентству, осталось тайной для простых сотрудников. Лично я полагаю, счет шел на миллионы.

Не надо думать, что «Прикол» берется лишь за масштабные операции, мы с радостью помогаем всем. Вот еще один пример: к нам пришел милый, застенчивый юноша, страстно влюбленный в свою однокурсницу. Красавица не обращала ни малейшего внимания на тихого парня, и тот, отчаявшись, обратился к профессионалам:

— Помогите, придумайте что-нибудь! — И тут же Ромео робко добавил: — Но у меня всего лишь триста долларов, наверное, этого не хватит.

Надо отдать должное Ренате — с владельцем нефтяной скважины, способным отвалить огромные деньги, и с нищим студентом она всегда разговаривает с одинаковым уважением. «Большой доход складывается из малых денег», — любит повторять хозяйка агентства. Пятикурснику она ласково заявила:

— Вы озвучили бюджет, завтра получите наше предложение.

Спустя десять дней на красотку, беспечно шагавшую вечером по пустынной улице, напал маньяк.

Здоровенный бугай с объемом шеи больше метра скрутил несчастную, и, когда она уже собралась расстаться с жизнью, откуда ни возьмись появился наш юноша. В два счета отважный Ромео отбил девчонку у монстра и сдал того ментам, которые очень удачно вырулили на патрульной машине из-за угла. Парень отвел насмерть перепуганную девушку домой, а по дороге признался ей в любви, между делом заметив:

— Я давно тайно сопровождаю тебя, оберегаю от неприятностей.

Ясное дело, история закончилась свадьбой. Рената ловко справилась с задачей, исходя из сметы. Роль маньяка сыграл за пятьдесят баксов студент института физкультуры, мастер спорта по вольной борьбе. Милиционеров за несложную услугу обрадовал гонорар в сто долларов, оставшаяся сумма пошла в доход «Прикола».

В агентстве не так уж много штатных сотрудников, в основном мы привлекаем людей со стороны. Я одна из немногих, кому положен хороший оклад и комиссионные (Гри давно знаком с Ренатой и порадел за свою женушку). Мне нравится служить в агентстве, да и Логинова довольна мною как сотрудницей. Хозяйка поручает мне сложные дела. Конечно, у меня нет актерского образования, но некий талант к лицедейству я все же имею, хотя чаще выезжаю на интуиции. Правда, в отличие от гениального Гри я играю порой откровенно фальшиво. Однако люди, как правило, не замечают «косяков» госпожи Сергеевой. Вот вам еще один аргумент в пользу толстушек — от полного человека не ждут подвоха...

Я вышла на лестницу, заперла дверь, повернулась к лифту и увидела свою соседку, восьмилетнюю Анечку Норман. Глаза девочки были припухшими, а нос красным.

— Что случилось? — вместо «здравствуй» воскликнула я.

— У меня завтра день рождения, — пробубнила Аня.

— Заранее поздравлять человека — плохая примета, — улыбнулась я, — но утром непременно принесу тебе маленький презент. Какие конфеты больше любишь? С шоколадной начинкой или с марципановой?

— А вот моя бабушка не верит в приметы и уже поздравила меня! — прошептала Аня.

— На самом деле всякие там черные кошки, тринадцатое число и несчастливый понедельник абсолютная ерунда, — живо подхватила я. — Не расстраивайся! Бабуся хотела первой сделать тебе приятно!

Аня прижала кулачки к груди и несколько не по теме сообщила:

— Баба Оля врач.

— Тебе повезло, — бодро кивнула я, поддерживая разговор.

— Патологоанатом, — легко справившись с трудным словом, продолжала Аня. — Она трупы режет.

— Нужная профессия, — уже менее уверенно кивнула я, — бабушка помогает докторам уточнить диагноз.

— Она рассказывает о своей работе. Очень часто!

— Мгм, — промычала я, испытывая крайнее удивление. Конечно, хорошо, когда взрослые общаются с детьми, держат их в курсе своих проблем, это сплачивает семью. Но, согласитесь, беседовать со второклассницей о том, что происходит на столе прозектора, как-то слишком.

— Баба Оля говорит, — перешла на шепот Аня, — что все мертвецы имеют плохие зубы. Прямо жуть! А ведь у человека все должно быть красиво, так?

— Ага, — согласилась я, — в принципе, верно.

— Вот бабушка и подарила мне на день рождения деньги, — грустно произнесла Анечка. — Но они целевые.

— Какие?

— Целевые, — повторила Аня. — На зубы. Завтра меня повезут к стоматологу, прикус исправлять, кариес лечить. Супер, да? Шикарный подарок.

Я заморгала, а девочка продолжила:

— Баба Оля сказала, что ей неохота сгорать со стыда, когда я у патологоанатома окажусь. Залезут ко мне в рот, а там зубы как у самца-бабуина. Тетя Таня, а чего вы в лифт не заходите?

Я отмерла и зашла в кабину. Но с немотой от изумления так и не справилась.

Когда-то Альберт Эйнштейн в сердцах произнес: «Или я сумасшедший, или весь мир сошел с ума». Ох как я была сейчас с ним согласна! Кто бы спорил, ребенку необходимо лечить зубы, но не дарить же поход к дантисту на день рождения! Однако самое сильное впечатление на меня произвел пассаж милой бабули про стол патологоанатома, на котором очутится Аня. А кстати, интересно, что там такого неприятного с зубами у самца-бабуина и откуда милейшая Ольга Николаевна знает о проблемах обезьяны?

Глава 2

— Ты что, только из койки вылезла? — прошипела Рената, когда я, запыхавшись, вошла в офис. — На чуму похожа! Хоть бы спортивный костюм переодела!

— Сама велела мне бежать как есть, — напомнила я.

— Но я не предполагала, что твое «как есть» столь ужасно! — парировала хозяйка. — Иди сюда, в кабинет...

Все мое детство, а потом юность и большая часть зрелости прошли около крайне недовольной дочерью мамы. Родительница постоянно делала мне замечания:

— Не горбись! Не чавкай! Не болтай! Не ленись! Учись отлично! Забудь о мальчиках! Сначала диплом — потом ерунда!

Думаю, мама хотела воспитать идеального члена общества, подгоняла дочь под некий живший в ее голове идеал, но я оказалась неблагодарным материалом и служила для своих родителей вечным напоминанием об их педагогической несостоятельности. Нет, нет, я не совершала ничего асоциального, не курила, не пила, впервые поцеловалась лишь на свадьбе, брачная ночь была у меня первой во всех смыслах этого слова. Я очень старалась понравиться собственной маме! Но если школьнице Тане даже и удавалось получить по математике четверку, дома ее незамедлительно спрашивали:

— Почему не пять?

А взяв в руки мою тетрадь с сочинением, мама всегда возмущалась:

— Ну и почерк! Грязно! Не знаю, почему учительница поставила «отлично»! Больше тройки работа не заслуживает!

И папа, и мама скончались, а я так и не стала образцом для подражания. Великолепно знаю свои отрицательные качества: я ленива, медлительна, туго соображаю, пассивна, некрасива, слишком толста и неповоротлива. Остается лишь удивляться, по какой причине Гри, возле которого красотки укладываются штабелями, женился именно на госпоже Сергеевой. До сих пор меня терзает недоумение: ну что он во мне нашел? Да к тому же муж намного моложе.

Впрочем, я успешно пытаюсь маскировать неуверенность за широкой улыбкой, хотя любые намеки на недостатки моей внешности жалят сильнее диких африканских ос. Но я очень хорошо понимаю: если покажу свою обиду, окружающие не замедлят этим воспользоваться.

Хотите совет от женщины, над которой постоянно издевались и одноклассники, и одногруппники? Едва кто-то, желая уколоть вас, воскликнет: «Вау! Ты сегодня страшнее атомной войны и явно прибавила в боках!» — не вздумайте надуть губы и заплакать. Жалеть вас не станут, и угрызений совести хам не испытает. Тут требуется иной способ борьбы. Широко улыбнитесь и с радостным выражением воскликните: «Верно! Прикинь, хочу принять участие в соревновании «Самая толстая задница». И начинайте громко хохотать. Пару раз проделаете подобный трюк, и от вас отстанут. Неинтересно ведь дразнить человека, который сам готов посмеяться над собой. Потом вы, конечно, порыдаете в ванной, за плотно закрытой дверью, но посторонние не должны об этом даже догадываться...

И сейчас, услышав слова Логиновой, я немедленно воспользовалась отработанным сценарием.

— Что ты, сегодня я выгляжу просто чудесно! Вот вчера... Эх, жаль ты меня не видела, это были руины Черкизовского рынка.

— Почему именно его руины? — вдруг удивилась Логинова. — Обычно вспоминают про Помпеи.

— На Помпеи не тяну, — с ложной скромностью ответила я, — мой потолок — вещевая толкучка.

Рената захихикала.

— Ты обладаешь уникальным даром возвращать людям хорошее настроение, — заявила она.

— Это происходит случайно, — пожала я плечами, не выходя из роли.

Логинова распахнула дверь и пропустила меня в свой кабинет.

— Вера Петровна, гляньте, подходит? А то фотография часто искажает человека. Хотя в нашем альбоме отличные карточки сотрудников.

Я лишь усмехнулась мелькнувшей мысли: если вы стали похожи на собственное изображение в паспорте, срочно проситесь в отпуск. А затем посмотрела на клиентку.

Худенькая, смахивающая на ощипанного воробышка тетка, опираясь на ручки кресла, встала.

— О! Великолепно! — сообщила она, окинув меня цепким взглядом. — Даже спортивный костюм в жилу, — она обожала подобную одежду. И грима много не понадобится. Изумительное совпадение! Едем!

— Куда? — поинтересовалась я.

— Разве вам не объяснили? — встревожилась Вера Петровна.

— Еще не успела, — затараторила Рената.

— Катастрофа! Она не успеет выучить роль! — простонала заказчица и рухнула обратно в кресло.

— Татьяна наша лучшая сотрудница, — запела хозяйка.

Я приосанилась. Доброе слово и кошке приятно.

— Госпожа Сергеева у нас — суперпрофи, справляется с любыми заданиями, — продолжала нахваливать меня Рената.

Вот тут означенная суперпрофи насторожилась. Ох, не зря Логинова льет елей! Видно, приключилась на редкость масштабная неприятность.

— Хватит разговоров, лучше введите актрису в суть дела, — перебила Вера Петровна Ренату.

— Значит, так... — резко изменив тон, повернулась ко мне Логинова. — Вера Петровна имеет мужа, Олега Михайловича. В семье полное взаимопонимание, дом обеспеченный, проблем никаких.

— Замечательно, — встряла я со своим комментарием.

— Но в последнее время Олег загрустил, — вступила в беседу заказчица. — Всегда был веселым и радостным, очень остроумным, а тут слегка сник, погрустнел.

— Неприятности на работе? — предположила я.

— Ни малейшего намека, — отрезала дама, — бизнес стабилен.

— Может... простите, конечно... любовница? — брякнула я.

Рената незаметно ущипнула меня, но Вера Петровна не разозлилась.

— Мой муж не ходит налево! Я ни о чем таком не знаю! — отвергла она мое предположение.

— А большинство жен и не ведает о неверности второй половины, — ляпнула я. — Мало кто затевает адюльтер с целью сообщить о нем супруге.

— Олег мне рассказывает все. Абсолютно! — улыбнулась дама. — Супруг со мной предельно откровенен, я в курсе его дел и моральных терзаний.

Я опустила голову. Желание полностью душевно обнажиться перед другим человеком, пусть даже и близким тебе, является симптомом психического заболевания. У нормальных людей всегда имеются некие секретики, большие и малые, которые даже под дулом пистолета не захочется озвучивать. Следовательно, либо мужчина слегка не в себе, либо Вера Петровна обманывается.

— Естественно, я провела работу с мужем, — продолжала клиентка, — и в процессе разговора выяснила: он тоскует по временам своего детства. Понятно?

Мы с Ренатой одновременно кивнули.

— Чтобы Олег реанимировался, я оборудовала для него комнату, воссоздала помещение, в котором он провел школьные годы. — спокойно вещала Вера Петровна. — Пришлось, конечно, потрудиться, но результат превзошел все ожидания. Да вы сами увидите. Олег вошел в детскую и прослезился. Кинулся меня обнимать, заплакал от счастья и сказал: «Теперь у меня есть угол, где сумею полностью расслабиться. Спасибо, любимая!»

Вера Петровна осеклась, достала сумку, вытащила оттуда платок и начала промокать глаза, тоже прослезившись.

Я глянула на Ренату и незаметно покрутила пальцем у виска. Логинова развела руками. Заказчица убрала платок в недра ридикюля и вернулась к своему рассказу:

— Неделя прошла шикарно. Олег буквально возродился — опять шутил, смеялся. Но потом снова погас. И мне вновь пришлось с ним работать.

— Думается, в данном конкретном случае лучше

всего обратиться к специалисту, пригласить врача, — не выдержала я.

Вера Петровна положила ногу на ногу.

— Солнышко, я психотерапевт. Вам ясно? Являюсь хорошим специалистом, обладаю обширной практикой и расчудесно разбираюсь в сути проблемы мужа. А она такова: Олег фактически рос сиротой при живых родителях, недополучил любви и ласки. Значит, просто следует наполнить пустой сосуд. Понятно?

Мы с Логиновой снова закивали.

— В ходе сеансов выплыло некое обстоятельство, — методично продолжила дама. — В семье Олега имелась домработница. Милая дама заботилась о мальчике, помогала с уроками, хвалила его, а иногда наказывала. Короче, исполняла еще и обязанности гувернантки. Именно Тигровна являлась для Олега символом спокойствия, бастионом надежности. Увы, старушка умерла, еще когда Олег учился в десятом классе. Но с той поры в его сердце образовалась рана. Муж не может расслабиться, он не ощущает душевного комфорта.

— Какое странное имя — Тигровна, — изумилась я.

— Женщину звали Натэлла Тиграновна, — улыбнулась Вера Петровна. — Однако ребенку трудно было выговаривать ее имя, и в результате получилась Тигровна. Так вот, вам предстоит сыграть ее роль!

На секунду я опешила, потом протянула:

— Вроде я мало похожа на старуху. И, думается, Натэлла Тиграновна была армянкой. Я же русская и по возрасту совсем не бабушка.

— Не волнуйтесь, Вера Петровна, — задергалась Рената. — Татьяна изобразит что надо. Загримируем, замажем, состарим, если надо, усики подклеим...

Вера Петровна замахала руками:

— Нет, нет! Тигровне на самом деле было чуть больше тридцати пяти, но ребенку она казалась пожилой. Татьяна изумительно похожа на гувернантку, вот только надо нарисовать на виске родимое пятно.

— Отлично! — заликовала Логинова. — Сейчас гример придет. И пока он будет работать, вы расскажете Татьяне, как себя вести.

Через пару-тройку часов мы с Верой Петровной вышли из машины — кстати, совсем недорогой иномарки — и поднялись по ступенькам к вызывающе роскошной парадной двери пафосного особняка. Похоже, Олег Михайлович, мечтающий вернуться в беззаботное детство, зарабатывает бешеные деньги, маловероятно, что громадный дом построен на гонорары психотерапевта.

— Детская на первом этаже, — пояснила хозяйка. — Сюда, пожалуйста, через библиотеку. Нет, нет, здесь комната Ирины, нам налево... Опля, пришли!

Дверь, перед которой мы остановились, разительно отличалась от остальных створок, мимо которых Вера Петровна провела «няню». Она была не цельной, сделанной из массива дуба, а, похоже, просто фанерной. И цвета другого — серо-белая. Кое-где филенки покрывали царапины, а ручка смотрелась совсем дешевой. Специализированная железная морда льва, из пасти которого торчало кольцо.

— Входим, — приказала психотерапевт и толкнула деревяшку.

Моему взору открылась спальня. У широкого окна маячил самый обычный двухтумбовый письменный стол. На поверхности лежало стекло, под которым виднелось расписание уроков. Рядом с ним была засунута записка: «Бассейн в понедельник, среду и пятницу с 18 до 19.30. Музыкальная школа в четверг, субботу, воскресенье и вторник с 16 до 20. Не забывай сумку». Справа на столешнице высилась стопка учебников, слева несколько тетрадей, обычная настольная лампа, посередине белел перекидной календарь. У стены стоял трехстворчатый шкаф, за ним кровать с железными спинками, верхнюю часть которых украшали маленькие шарики, выкрашенные в белый цвет. У другой стены — книжный стеллаж и нечто вроде комода, заваленного моделями машин. Дальше шло кресло, над ним висел радиоприемник — желтый короб из пластмассы.

На койке мирно спал мужчина, одетый в синюю байковую пижаму, явно сшитую по заказу психотерапевта. Теперь подобных одеяний днем с огнем не сыскать. Нынешним детям повезло больше, чем их сверстникам из прошлого века, — у малышей сейчас яркая одежка и замечательные игрушки. Один компьютер чего стоит! А одногодки Олега Михайловича проводили свободное время в компании с моделями машин и самолетов.

— Ну, начинай, — скомандовала Вера Петровна, — желаю удачи. Главное, не сомневайся в своих силах! Олег настроен на игру.

— Он и правда спит? — с недоверием осведомилась я.

— Да, — кивнула жена. — У него сегодня выходной, пообедал и лег. Приступай!

Вера Петровна вышла, а я осталась в спальне. Постояла мгновение в тишине, потом решительно подошла к кровати и потрясла хозяина за плечо.

— Олежек, вставай!

— Отстань, — прошептал мужчина.

— Пора чай пить.

— Не хочу!

— Надо подниматься.

— Отвяжись! Хрена пристала, дура!

Я опешила. И как следует поступить хорошей гувернантке, если воспитанник проявляет откровенное хамство? У меня нет своих детей, соответственно отсутствует и родительский опыт, но предполагаю, грубияна следовало наказать.

— Ты отвратительно разговариваешь! Немедленно попроси прощения! — гаркнула я.

Олег сел, потряс головой и, не открывая глаз, заявил:

— С ума сошла? Ох и надоела ты мне, блин! Вали отсюда!

Глубочайшее изумление охватило меня. Слово «блин» почти нецензурное выражение для ребенка! И как мне поступить? Хлопнуть «малыша» по губам? Но текст роли совсем иной! Ладно, начну его озвучивать.

— Милый Плюша, твои любимые «ушки» на столе, — просюсюкала я. — Иди скорей, пора пить чай с домашним печеньем.

Глаза Олега распахнулись и уперлись в меня. Я заулыбалась изо всех сил и продолжила:

— Тигровна смастерила «ушки»!

Лицо хозяина исказила гримаса.

— Ты кто? — еле слышно спросил он.

— Не узнал, милый?

— Н-нет, — прозаикался Олег. — То есть да... О боже! Нет!

— Ты очень крепко спал, — произносила я заученные слова, — еле-еле добудилась. У нас сегодня десятое октября. Или забыл?

— Десятое октября... — эхом повторил Олег. — О нет! Неправда! Где она?

— Кто? — старательно разыграла я изумление.

Впрочем, я на самом деле испытывала некое удивление. Вера Петровна, когда объясняла «няне» роль, предусмотрела реакции мужа: сейчас он поудивляется некоторое время, потом сообразит, что жена приготовила новую забаву, и радостно включится в игру. Но пока клиент не очень-то идет на контакт.

— Беда, — промямлил Олег, — память у меня совсем отшибло.

Я рассмеялась:

— У мальчиков не бывает склероза. Ну хватит

безобразничать, а то поставлю в угол и накажу по-иному!

— Я мальчик? — не успокаивался Олег.

— Уж не девочка!

— Маленький? — впал в изумление мужчина.

— Хватит разговоров! Ты школьник, пей чай и начинай делать уроки. Кстати, ходишь не в первый класс, скоро школу заканчивать! — гнула я свою линию, поражаясь глупости своей роли.

Внезапно Олег поднял колени к лицу, обхватил их руками и, качаясь из стороны в сторону, протянул:

— Так какое сегодня число?

— Сказано же, десятое октября.

— Где мама?

— Она отдыхает.

— Где?

— В своей спальне. Вот скоро проснется, и я расскажу ей, какой ты непослушный.

— Сегодня десятое октября?

— О господи... Да!

— Нет, неправда. Не может быть, — зашептал Олег, — ты врешь.

Я подавила вздох. По расчетам Веры Петровны, сейчас ее мужу следовало потребовать полдник — в комнате все приготовлено для чаепития. Но, очевидно, жена не настолько досконально изучила мужа, и действие стало разворачиваться не по запланированному сценарию.

— Десятое октября? — шарахнулся к стене Олег. — Не хочу! Не хочу! Не хочу! Все! Конец! Нет!

Крик прокатился по комнате и взметнулся к потолку. Вот тут я испугалась и решила прекратить забаву.

— Олег Михайлович, успокойтесь.

Куда там! Взгляд хозяина остекленел, словно у зомби.

— Тигровна! Ты! Живая! Десятое! Нет! Она здесь! Моя голова! Помоги! Дай! Болит! Дай!

— Что? — засуетилась я. — Лекарство? Какое?
Хозяин неожиданно рассмеялся:

— Сейчас будет хорошо. Очень!

Не успела я охнуть, как Олег Михайлович вскочил, одним прыжком достиг шкафа, распахнул дверцу, схватил с полки пузырек и разом вылил себе в рот его содержимое.

— Немедленно выплюнь! — приказала я, все еще на автопилоте играя роль няни.

Олег Михайлович сделал шаг вперед, потом подогнул колени и очень медленно осел на пол. Затем он лег на старый, протертый ковер, разбросал руки-ноги, вздрогнул и замер.

Я кинулась к Олегу Михайловичу, попыталась перевернуть его на спину, но сумела лишь сдвинуть голову мужчины. Широко раскрытые глаза не моргали, рот был полуоткрыт, а нос странным образом начал заостряться прямо у меня на глазах. Я отскочила в сторону, ударилась о кровать, упала и, не вставая, на четвереньках отползла к двери. Похоже, Олег Михайлович только что умер.

На ковре остался валяться пустой пузырек — узкий, длинный, с красной этикеткой и пробкой цвета свежей крови. Горло флакона было витым. Согласитесь, странный дизайн для упаковки лекарственного средства.

Советы
от безумной оптимистки
Дарьи
Донцовой

письма

рецепты

советы

Обращение к читателям

Дорогие мои, я очень люблю вас, но, увы, не имею возможности сказать о своих чувствах лично каждому читателю. В издательство «Эксмо» на имя Дарьи Донцовой ежедневно приходят письма. Я не способна ответить на все послания, их слишком много, но обязательно внимательно изучаю почту и заметила, что мои читатели, как правило, либо просят у Дарьи Донцовой новый кулинарный рецепт, либо хотят получить совет. Но как поговорить с каждым из вас?

Поломав голову, сотрудники «Эксмо» нашли выход из трудной ситуации. Теперь в каждой моей книге будет мини-журнал, где я буду отвечать на вопросы и подтверждать получение ваших писем. Не скрою, мне очень приятно читать такие теплые строки.

Совет № раз
Рецепт
«Пальчики оближешь»

Фаршированные шампиньоны

Что нужно:

400 г шампиньонов,
1 ст. ложка масла,
8 ст. ложек картофельного пюре,
2 маленьких соленых огурца,
соль и перец.

Что делать:

Целые шляпки грибов потушить в масле. Ножки мелко порезать и так же приготовить. Потом их нужно перемешать с картофельным пюре и поперчить. Смесью нафаршировать шляпки грибов. На каждую шляпку положить по ломтику огурца.

Приятного аппетита!

Совет № два

Простые правила ухода за проблемной кожей лица

Маски для проблемной кожи

• Возьмите 1 стакан кефира, 3 ст. ложки молотых пшеничных отрубей и добавьте туда пищевую соду на кончике ножа. Тщательно перемешайте и нанесите маску на лицо. Через 5 минут эту маску нужно смыть теплой водой. Если вы будете пользоваться ею 1 раз в неделю, у вас заметно улучшится цвет лица.

• Возьмите 3 ст. ложки ягод размятой черноплодной рябины. (Внимание! Она должна быть свежей, а не сушеной или консервированной.) Добавьте туда 3 ст. ложки жирной сметаны, перемешайте и наложите на лицо на 5 минут, смывать эту маску необходимо теплой водой, и делают ее тоже раз в неделю.

• Еще при жирной коже с расширенными порами очень хорошо помогает умывание настоем коры дуба. Делают его очень просто: 1 ст. ложку измельченной коры заливают стаканом кипятка и настаивают полчаса в теплом месте. Потом не забудьте его процедить. Курс состоит из 2 недель, умываться настоем коры дуба нужно каждый день, потом сделайте перерыв на 2 недели, а затем опять повторите цикл умываний, и так 2 месяца.

• Есть еще одно замечательное народное средство от жирной кожи и расширенных пор – это протирать лицо соком квашеной капусты.

Письма читателей

Дорогие мои, писательнице Дарье Донцовой приходит много писем, в них читатели сообщают о своих проблемах, просят совета. Я по мере сил и возможностей стараюсь ответить всем. Но есть в почте особые послания, прочитав которые понимаю, что живу не зря, надо работать еще больше, такие письма вдохновляют, окрыляют и очень, очень, очень радуют. Пишите мне, пожалуйста, чаще.

Уважаемая Дарья Аркадьевна!

Вашу первую книгу я прочитала в июне 2001 года, когда была беременна.
Побежала с работы в книжный магазин, и продавец посоветовала мне Ваш «Бассейн с крокодилами». Тогда я о Дарье Донцовой ничего не слышала. Но мне очень повезло! Величайшим удовольствием было лежать на спинке, вверх животиком, лопать шоколадки. А рядышком три-четыре непрочитанных томика. С той женщиной-продавцом мы потом подружились, часто болтаем ни о чем, просто так.
После кесарева сечения в реанимации со мной был смешной случай. Я читала «Канкан на поминках». На обходе заведующий очень удивился: «Все видел! Но чтобы в реанимации книги читали! А чтобы с таким названием!..»
Не помню, на какой по счету книге, но мне стало казаться, что я знаю о Вас (Ваших привычках, вкусах, привязанностях, семье) практически все.
Тогда еще я о Вас ничего не читала и ни разу не видела по телевизору. Но мне казалось, что я могу составить Ваш психологический портрет.

Ваши книги я называю уютными. Сейчас у меня 70 томов в твердом переплете. Но, к сожалению, те времена, когда был «запас» прошли. Теперь приходится ждать новинок. Но из любой ситуации есть выход! Я иногда перечитываю те книги, которые читала давно. На каждой книге я ставлю дату, когда ее читала, а теперь еще – когда перечитывала.

Уважаемая Дарья Аркадьевна! Спасибо Вам! Ваши книги – живые. Они буквально дышат оптимизмом, жизнерадостностью, домашним теплом. Я Вас очень люблю! Пишите еще чаще!

P.S. Не дождусь, когда у меня появится компьютер. Первым делом зайду на Ваш сайт!

С уважением, Светлана

СОДЕРЖАНИЕ

Донцова Д. А.

Д 67   Стриптиз Жар-птицы: Роман; Диета для трех поросят: Главы из нового романа; Советы от безумной оптимистки Дарьи Донцовой: Советы / Дарья Донцова. — М.: Эксмо, 2008. — 384 с. — (Иронический детектив).

Ну и отдохнула я на даче!.. Нет, не бывает у меня, Виолы Тараканова, так, чтобы жизнь текла спокойно и размеренно, обязательно что-нибудь случится! Только приехала погостить к подруге, а с той произошло несчастье — выпала из окна мансарды. Хотя постойте... Выпала? Что-то не похоже! Но кто и за что так обошелся с Даной? Кому она помешала? Письма какие-то анонимные, птички ядовитые, недавнее самоубийство деревенской учительницы, сплетни... Вопросы, вопросы... Где искать ответы? Разберемся! Только, оказывается, история-то давняя. Надо же, сколько скелетов в шкафу можно обнаружить в доме соседей...

УДК 82-3
ББК 84(2Рос-Рус)6-4

ISBN 978-5-699-26595-4

Оформление серии *В. Щербакова*

Литературно-художественное издание

Дарья Донцова

СТРИПТИЗ ЖАР-ПТИЦЫ

Ответственный редактор *О. Рубис*
Редакторы *И. Шведова, Т. Семенова*
Художественный редактор *В. Щербаков*
Иллюстрация на переплете *В. Остапенко*
Технический редактор *Н. Носова*
Компьютерная верстка *А. Чаплыгина*
Корректоры *Н. Витько, З. Харитонова*

ООО «Издательство «Эксмо»
127299, Москва, ул. Клары Цеткин, д. 18/5. Тел. 411-68-86, 956-39-21.
Home page: **www.eksmo.ru** E-mail: **info@eksmo.ru**

Подписано в печать 21.02.2008. Формат 84x108$^{1}/_{32}$.
Гарнитура «Таймс». Печать офсетная. Бумага Classic. Усл. печ. л. 20,16.
Тираж 250 000 (1-й завод — 165 000) экз. Заказ № 0802960.

Отпечатано в полном соответствии с качеством предоставленного электронного оригинал-макета в ОАО «Ярославский полиграфкомбинат» 150049, Ярославль, ул. Свободы, 97

Дарья ДОНЦОВА

С момента выхода моей автобиографии прошло три года.
И я решила поделиться с читателем тем, что случилось со мной за это время...

В год, когда мне исполнится сто лет, я выпущу еще одну книгу, где расскажу абсолютно все, а пока... Жизнь продолжается, в ней случается всякое, хорошее и плохое, неизменным остается лишь мой девиз: "Что бы ни произошло, никогда не сдавайся!"

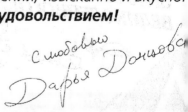

Дорогие поклонники
Дарьи ДОНЦОВОЙ!

200**8** год будет *великолепным*!

Вас ожидают новые радости и свершения, новые *великолепные* книги любимого автора и новая годовая акция – «*Великолепная восьмёрка* от Дарьи Донцовой»!

С марта по октябрь покупайте новые романы Дарьи Донцовой в твёрдом переплёте, и когда вы соберёте все **восемь** книг, то из букв на корешках сможете составить: Д. ДОНЦОВА

В этой игре нет проигравших: все обладатели *Великолепной восьмёрки* книг получат прекрасный подарок – сборник рассказов Дарьи Донцовой в эксклюзивном издании, который не будет продаваться в магазинах! А восьми самым удачливым участникам достанутся ценные призы!

8
Великолепная восьмёрка
от Дарьи Донцовой

Участвуйте и побеждайте!

Всего вам ВЕЛИКОЛЕПНОГО!

Дарья Донцова

www.dontsova.ru